www.bbulmedia.com

당신을 주세요

당신을 주세요

반해수 장편 소설

DAHYANG ROMANCE STORY

Contents

프롤로그

하늘은 편의점 의자에 앉아 술에 반쯤 잠식당해 발갛게 달아오른 눈을 연신 가물거렸다. 그리고 작은 입술로 우유를 쪼로록 빨아 당겼다.

빨대를 타고 오르기 시작하는 하얀 액체가 하늘의 목구멍 안으로 꿀꺽하며 들어갔다.

여린 목울대가 우유를 삼켜 내느라 힘없이 움직이고 있었다. 그리고 그녀의 맞은편 의자에 앉아 있는 남자는 그런 하늘을 보며 어이가 없는 듯 헛웃음을 흘렸다.

나참, 누가 보아도 앳돼 보이는 허여멀건 얼굴로 흰 우유를 마시고 있는 모양새를 보자니 영락없이 어린아이를 상대하고 있는 기분이라 선우는 묘한 죄책감이 들었다.

불을 붙이지도 못하는 담배를 물고 미간을 찌푸린 선우는 하아, 하고 한숨을 내쉬었다.

"아저씨도 한 모금 드릴까요? 아, 한 빨대로 같이 쓰기 불편하시죠?"

"됐으니까, 이것만 마시고 곧장 집으로 들어가."

"네에……."

말꼬리를 늘어뜨린 하늘은 대답을 하면서도 빨대에 입술을 대고 아직 많이 남았는지 출렁거리는 우유를 마저 빨아 당겨 삼켰다.

선우는 우유를 마시면서도 술기운에 벌겋게 열꽃이 핀 뺨이 뜨거운지 연신 제 뺨을 만지작거리는 하늘을 보며 담배필터를 잘근잘근 씹었다.

아무리 주위를 둘러보아도 호프집이며 다소 불건전한 술집이 늘어선 이 근방에서, 연하늘보다 이 거리에 어울리지 않는 사람이 없어 보일 정도였다.

그중에서도 가장 어울리지 않는 건 교복만 입혀 놓으면 딱일 것 같은 그녀와, 이 거리와 별반 다를 바 없는, 세상 좋은 꼴 안 좋은 꼴은 죄다 보고 사는 제가 함께 있다는 것이었다.

"아저씨. 전 괜찮으니까 담배 태우셔도 돼요."

"어서 마시고 술 깨기나 해. 그리고 제발 가라, 좀."

너와 절대 어울리지 않는 이런 곳에 있지 말고.

혹시 좋지 않은 물이라도 들까 괜히 술에 취해 어슬렁거리는 주위의 움직임들이 신경 쓰였다.

선우는 결국 태우지 못한 담배를 검지와 중지 사이에 끼우며 찌푸린 제 미간을 쓸었다.

입안에선 어느새 밴 담배 맛이 혀끝으로 강하게 느껴졌다. 선우는 짙은 한숨을 내쉬며 복숭아처럼 맨들맨들한 뺨을 움직이며 우유를 마시고 있는 하늘을 바라봤다.

대체 어쩌다 이렇게 된 건지. 선우는 그녀와 조우했던 지난 토요일을 떠올리며 다시 담배를 입에 물었다. 역시 이번에도 불은 붙이지 못했다.

당신을 주세요

하늘은 적당한 온도로 식은 빵을 봉지 안으로 넣으며 동시에 빵 개수를 세었다.

스물둘, 스물셋······.

봉지 안으로 차례차례 들어간 빵들을 끌어안고 영차, 바닥에 놓인 우유갑들을 대충 발로 밀어낸 하늘은 막 주방에서 나오는 덕환을 보며 싱긋 웃었다.

"기사님. 저 이거 배달하고 바로 퇴근할게요. 그럼 마무리 부탁드릴게요."

"그래요. 조심히 들어가요."

빵을 한가득 품에 안고 꼭 세상 물정이라고는 하나도 모를 것 같은 얼굴로 인사를 하는 하늘을 바라보던 덕환은 배달을 나가는 그 모습이 영 걸리는지 걱정이 한가득 섞인 목소리를 냈다.

"주인 아가씨 뜻이긴 하지만, 난 걱정돼요. 아무리 그래도 그런 곳에 배달이라니."

"놓칠 수 없는 단골인걸요. 저는 그냥 빵만 배달하는 건데요, 뭐."

"아무리 그래도 술집은 좀……."

"괜찮아요. 저 마담언니랑 친하잖아요."

덕환은 웃으며 빵집 문을 열고 나가려는 하늘을 보며 걱정 가득한 목소리를 삼켜 냈다.

확실히 그녀는 요즘 아이들과 다르다. 아, 아이라고 해선 안 되나. 하긴 스물넷이나 먹었으면 확실히 나쁜 것에 물들까 걱정을 할 만한 나이는 아니지.

그렇지만 어려 보이는 저 얼굴이, 세상 물정은 하나도 모를 것처럼 순수한 눈을 하고 있는 저 얼굴이 괜히 사람으로 하여금 걱정을 불러일으키게 만들었다. 더구나 하늘의 삼촌 연배쯤 되는 덕환에겐 더욱 그러했다.

그러나 조금만 눈을 부릅뜨면 잔뜩 겁을 먹을 것처럼 보이는 그녀는 겉모습과 달리 상당히 친화적이고, 놀랄 만큼 사교적이라 그녀를 바라보는 사람으로 하여금 놀라게 만들었다. 덕환도 예외는 아니었다.

처음 제빵 기사 면접을 보러 구름 베이커리에 왔을 때, 앳돼 보이는 하늘을 보고 저도 모르게 실수를 범했었다. 그녀를 향해 '사장님 어디 가셨나요?' 라고 말했을 때만 해도 누가 알았나. 그녀가 이 아기자기한 구름 베이커리의 사장일 거라고는 꿈에서조차 상상 못 할 일이었다.

처음엔 알바생도 아니고, 사장님 따님인 줄 알았다. 알바생이라고 하기에도 어려 보여서.

그런 그를 향해 하늘은 대수롭지 않다는 듯 그 특유의 하얀 얼굴로 웃으며, 자신이 사장이라고 인사를 건넸다. 이 하나뿐인 작은 베이커리는 아버지가 돌아가시며 남겨 주신 유일한 유산이라고 설명까지 친절히 곁들여 주었다.

초면에 실수를 범한 덕환에게도 사근사근 어찌나 말을 잘 붙이던지, 붙임성이 상당히 좋은 그녀는 곧 삼촌 연배인 덕환과 친밀해졌고, 가까운 노사관계가 되었다.

"그럼, 내일 봬요!"

힘차게 문을 열고 나서는 그녀의 뒷모습을 보며 덕환은 흐뭇하게 웃었다.

하늘은 허연 손목을 타고 줄줄 내려오는 니트를 걷어 올리며 어둡고 습한 아래층으로 걸음을 옮겼다. 누구는 이곳을 단란주점이라고 불렀고, 누구는 이곳을 룸살롱이라고도 불렀다. 명칭이 어찌 되었건 하늘에겐 저와 덕환이 맛있게 구워 낸 빵을 선물처럼 전달하는 손님 집에 불과했다.

서른 개에 가까운 빵을 일주일에 한 번씩 배달받는 통에 사실 놓칠 수 없는 고객이기도 했지만, 또 저를 딸처럼 예뻐해 주는 마담 덕에 최초이자 마지막으로 빵 배달이란 걸 하기로 마음을 먹었었다.

"언니. 오늘 빵 여기 있어요."

작은 몸집이 휘청하며 빵을 담은 상자가 탁자 위로 올려졌다. 어느새 빵 무게에 쓸려 벌겋게 부은 손바닥을 쥐었다 폈다.

화장을 하며 다리를 꼬고 앉아 깔깔대던 여자들이 익숙하게 그녀를 향해 다가와 빵 봉지를 하나씩 들고 갔다. 하늘 씨네 빵 진짜 맛있어요. 이 앙금은 뭐예요? 라고 한마디씩 던지는 것도 잊지 않았다.

"이건 이번에 저희 기사님이 새로 만드신 아몬드 빵인데, 한번 드셔 보세요. 엄청 고소해요. 이건 완두로 만든 거고, 이건⋯⋯."

이어지는 설명에 아가씨들은 저마다 기호대로 빵을 골라 갔다.

"맛있게 먹을게요."

"네."

아직 식지 않아 뜨뜻한 빵을 입안 가득 베어 무는 걸 보며, 하늘은 빵값을 받고 로비로 나왔다. '하늘 씨네 빵 진짜 맛있어요'. 환청처럼 자꾸만 들려오는 그 목소리에 하늘은 복숭아 같은 부드러운 뺨을 움직여 보조개를 만들었다.

아직 손끝에 묻어 있는 꿀에 절인 달달한 아몬드 냄새가 코끝을 찔러 왔다. 괜히 손끝을 쪽 빨아 내고 싶은 마음을 죽이고 로비를 걷기 시작한 하늘은 시끄럽게 들려오는 목소리에 천천히 걸음을 멈춰 섰다.

룸 밖으로 나온 여자 하나와 매서운 눈을 한 남자가 실랑이를 벌이고 있었다. 폐쇄적인 공간이니만큼 으레 있을 실랑이겠거니 싶어 다시 걸음을 옮기려고 마음을 먹었을 때, 다시금 무서운 목소리가 들려왔다.

여자는 팔짱을 끼며 하이톤의 목소리로 남자를 쏘아붙였다. 통굽 구두를 신어 걷기도 불편해 보이는 여자는 저를 무섭게 내려다보는 남자를 보며 당장이라도 주먹질을 할 듯 으르렁거렸다.

"네가 뭔데 간섭질이야."

"말 예쁘게 안 하지."

"그냥 가. 내 일에 간섭 마. 알겠어, 도선우?"

"네가 뭐 때문에 어리광 부리는지는 알겠는데 이쯤 해라. 피곤하다."

"그러니까 간섭 말라고."

"윤아영."

"나 오늘 여기서 새벽 넘게까지 놀다 갈 거니까 더 이상 신경 쓰지 마."

팔짱을 낀 여자는 다시 룸 안으로 들어가려다 남자에 의해 팔목이 붙들렸다. 홱 뒤돌아 눈을 가늘게 떠 그를 노려보는 여자는 '뭐?' 하고 시건방진 목소리를 냈다.

"하여간 머리에 피도 안 마른 게 까져 가지고 안 좋은 건 다 하려고 하지. 대학 갔다고 풀어 주니까 네가 다 큰 거 같지? 용돈을 끊든가 해야지 원."

"그래, 넌 늙어서 좋겠다. 용돈 끊어. 누가 달래?"

"들쳐 엎고 나가기 전에 네 발로 가자. 어? 진짜 피곤하다."

여자에게 선우라고 불린 남자는 잔뜩 짜증이 섞인 목소리로 말하면서도 술에 취한 남자가 여자의 곁을 스쳐 지나가자 본능처럼 그녀를 끌어당겨 위험요소로부터 멀리 떨어뜨려 놓았다.

그런데 여자를 스쳐 지나온 술 취한 남자가 하늘의 어깨에 툭 부딪쳤다. 그 충격에 손에 들고 있던 하늘의 가방이 아래로 떨어졌을 때였다.

짜증 섞인 눈으로 일관하던 선우의 시선이 하늘에게로 닿았다. 선우는 말똥말똥 저를 쳐다보고 있는 하늘의 눈동자에 혀를 찼다.

대체 이놈의 룸살롱은 고객관리를 어찌하기에 고딩이 다 드나드냐. 세상 말세다, 말세. 아무리 동네 양아치들을 상대로 장사를 한다지만 저렇게 앳되고 어린 청소년을 고객 취급한다는 건 저질 장사가 아닌가.

선우는 혀를 차고선 어린아이처럼 관심을 바라고 있는 윤아영에게로 다시 고개를 돌렸다.

그리고 그가 하늘에게서 시선을 거둬 냈을 때, 룸살롱 안으로 들어오는 경찰들을 포착했다. 선우는 또 한 번 눈살을 찌푸렸다. 오늘 무슨 날이다, 날이야.

불시 점검이었다. 경찰들 중 룸살롱이다, 성 접대다 난잡한 짓거리를 즐기는 놈들이 태반이었지만 버젓이 나 공무원이요, 하는 옷을 입고 나타났다는 건 필시 좋은 의도로 온 것이 아님을 뜻하는 바였다. 그리고 선우의 시선이 자연스레 하늘에게로 향했다.

저 고딩 붙들려 갈 텐데…….

하지만 곧 오지랖 넓은 걱정을 거둔 선우는 하늘에게서 고개를 돌려 단번에 아영의 손목을 끌고 룸살롱을 나갔다.

습한 지하에 잠깐 있었다고 그새 피부가 진득해지는 게 영 기분이 좋지 못했다. 괜히 입안이 껄끄러워져 선우는 마른침을 삼켰다.

가만히 제 시야에서 나가 버린 남자를 보고 있던 하늘은 떨어진 가방을 다시 주워 들고 먼지를 탁탁 털어 냈다. 오늘은 집으로

14

가서 교수님께 받은 일거리나 해야겠다고 생각하며 가방을 어깨에 올려놓았다.

주위가 시끄러운 게 귀가 멍멍해져 눈앞까지 다 흐려지는 기분이었다. 아직 빵 냄새가 붙어 있는 손을 탈탈 털어 낸 하늘은 갑자기 제 앞으로 다가온 낯설지만 낯설지 않은 인영에 고개를 들어올렸다.

"고딩, 나와."

아까 그 남자였다. 분명 가게를 나갔던 남자가 다시 하늘의 눈앞에 서 있었다.

"네?"

두 번 말하기도 귀찮은 듯 하늘을 향해 나오라고 말한 남자는 그녀가 제 뒤를 따라오는 것을 확인한 후, 재빨리 발을 놀려 계단을 올랐다. 제법 가게에서 멀어지고 나서야 남자는 그녀를 돌아보았다.

"청소년 졸업장에 도장 찍히기도 전에 경찰서 가고 싶어?"

선우는 익숙한 손놀림으로 담배를 입술에 끼웠지만 불은 붙이지 않은 채 계속해서 말했다. 담배를 물고 있어 발음이 조금 뭉개졌지만 남자는 개의치 않았다.

"웬만하면 다른 데 가서 놀아. 너 같은 애가 올 만한 곳이 아니다."

그때 저 멀리서 남자를 부르는 여자의 새된 음성이 들려왔다.

"야! 도선우. 안 와? 추워 뒤지면 네가 책임질 거야?!"

그녀의 목소리에 남자는 혀를 차며 하늘에게서 등을 돌렸다.

"하여튼, 저놈의 성질머리."

하늘은 그렇게 저에게서 등을 돌려 가는 남자를 가만히 바라보고 있었다.

당신을 주세요

— 당신을 처음 만났던 그날 밤

I

뭐든 삼류가 있으면 일류가 있는 법이고, 아류가 있으면 주류가 있는 법이다. 싸구려가 있어야 고급은 빛이 나는 법이다.

누구도 부정하지 않는 보편적인 사실과도 같았지만, 선우는 더욱 그 법칙을 헌법처럼 믿는 사람이었다. 삼류는 오직 일류를 위해 존재한다. 그것이 그의 모토이자, 사업 철칙이었다. 급을 매기는 것은 대중이지, 소위 현대인들이 전문가라고 일컫는 지식인들의 혀끝이 아니라고 생각하는 쪽이었다.

누군가는 그깟 유흥 사업에 무슨 급 운운하냐고 하지만, 사실 급이 가장 엄격하게 적용되는 곳이 유흥 바닥이다.

조금만 제 급에 맞지 않는다고 생각이 되면 유명인들이나 고위 관리직에 앉아 있는 머리통들은 귀신같이 눈치채고 자리를 뜨는 게 이 바닥이고, 복잡다단하고 은밀한 소문과 비밀이 돈이 되는 시장이 이 바닥이기도 했다.

흔히 조폭들이 잡고 있는 클럽들이 즐비한 유흥업소들은 동네 양아치들, 끽해야 국회의원 나부랭이들의 은신처였지만, 기본적으로 그런 싸구려 유흥가에 위치한 업소들은 선우의 말에 따르면 '삼류'에 지나지 않았다.

돈 있는 놈들이나 '급'을 운운할 만큼 값비싼 비밀을 들고 오는 거물들은 흔히들 입방아에 올리는 '클럽D' 계열로 몰려드는 게 알 만한 사람은 다 아는 유행 같은 진리였다.

클럽D 계열의 일대 클럽이나 바에는 감히 함부로 접근할 수 없었다. 출입이 엄격히 제한된 회원제 운영으로, 한 번 들어가려면 돈을 싸 들고 가야 한다는 소문이 파다하게 나 있었다. 그 급은 쉽게 말해 일류고, 주류고, 고급이라는 소리다.

그리고 클럽D 계열의 업소를 더욱 유명하게 만든 것은, 바로 이 어마어마하고 엄청난 업소들의 소유주를 아무도 알지 못한다는 것이었다. 각 업소에 앉아 있는 월급사장들조차 업소 소유주 D의 하수인에 의해 지정될 뿐, 그 어느 누구도 소유주 D를 직접 본 적이 없다는 사실이었다.

'얼마나 대단한 남자기에.'

라고 다들 말하는 데는 다 이유가 있었다. 소유주가 그저 남자라는 것밖에는 알지 못한다는 사실 때문이었다.

선우는 입구에서 저를 알아보고 인사를 하는 지배인을 지나쳐 클럽 안으로 들어갔다. 그리고 선우의 등 뒤를 따라오던 남자, 강석이 곧이어 카드를 내밀고 선우의 뒤를 따라 클럽 안으로 들어섰다.

일류 호텔을 연상시킬 만한 룸이 줄지어 있는 복도를 걸어 고급 샹들리에가 걸려 있는 통로를 지나친 선우는 클럽D임을 상징하는 까만 나비 문양이 그려진 문을 열고 안으로 들어갔다. 그리고 선우는 제 책상 앞에 앉아 보고 있었던 서류들을 손으로 쓸었다.

"말한 건."

"바로 다음 페이지에 있습니다."

"클럽 나인이 빠졌잖아."

"아, 그렇습니까?"

"그렇습니까 같은 소리 할래?"

"시정하겠습니다."

선우는 자료들을 휙휙 훑어보며 영 못 미더운 눈을 했다. 그리고 사인이 필요한 서류들을 보며 책상 위에 놓인 펜을 가져와 뚜껑을 열었다.

일단은 월급사장의 이름으로 자리에 앉아 있는 것이긴 한데, 사인을 해 나가는 남자의 손놀림이 예사롭지 않았다.

선우는 사인을 하다 말고 진동이 울리는 핸드폰을 찾아 포켓을 뒤졌다.

[도은석]

제 동생 이름이 적힌 발신인에 그는 핸드폰을 무성의하게 귀에 갖다 대었다.

"왜."

— 형, 오늘 집에 오는 날 아냐? 안 오는 거야?

"곧 가."

— 알았어.

"윤아영은."

— 아영인 친구 집에서 자고 온다고 나갔어.

"이게 허구한 날 외박질이네. 알았으니까 일단 끊어."

선우는 귀에서 떼어 낸 핸드폰을 대충 포켓 안으로 찔러 넣고 마저 사인을 했다. 값비싼 만년필로 휘갈겨진 사인은 검은 잉크의 광택을 뽐내며 종이 위에 자리 잡고 있었다.

D. 그것이 그의 사인이었다.

✻

하늘은 여기저기 놓인 빵 봉지들을 치우며 동시에 논문 자료를 정리하고 있었다.

학창시절 알고 지내던 교수님의 부탁으로 아르바이트생이 오는 요일엔 제 모교 교수님의 조교 일을 하기로 했기 때문이다.

"사장님. 저 왔어요."

아르바이트생이 베이커리 문을 열고 들어오는 목소리에 논문 자료들을 책상 끝에 놓고 톡톡 쳐서 각을 맞추던 하늘이 고개를 들고 환한 미소를 지었다. 그리고 기다렸다는 듯 옆에 놓아둔 백 팩을 메며 앉아 있던 의자에서 일어섰다.

딱 붙는 스키니 청바지에 흰 티셔츠를 입고 그 위에 간단하게 멘 깔끔한 백팩은 베이직한 패션이었지만 그녀의 맑은 인상을 돋보이게 하기에 충분했다.

"그럼 전 가 볼게요. 수고하세요!"

희고 가느다란 팔목을 유연하게 들어 머리를 쓸어 넘긴 하늘은 따끈한 빵이 담긴 종이봉투를 들고 곧장 베이커리를 나왔다. 그리고 근방에 있는 학교로 향했다.

도은석 교수

반듯하게 이름이 새겨진 교수연구실 문을 열고 들어간 하늘은 머리에 잔뜩 까치집을 달고서 신경질적으로 키보드를 두드리고 있는 은석에게로 다가갔다.

"교수님. 저 왔어요."

"어어, 연하늘. 일찍 왔구나."

은석은 저에게로 다가온 하늘의 얼굴에, 아슬아슬하게 엉덩이를 걸치고 있던 의자를 바로 당기고 코끝에 간신히 걸려 있던 안경을 콧등 위로 추켜올렸다.

세미나 준비에 한창인 그는 뭔가가 마음대로 되지 않는지 머리를 벅벅 긁으며 하아, 하고 깊은 한숨을 내쉬었다. 새어 나오는 한숨을 지켜보던 하늘은 가방을 내려놓으며 제가 정리한 자료들을 그에게로 내밀었다.

"고맙다."

자료를 내미는 하늘을 향해 선한 모양으로 입술을 올린 은석은 엉망이 된 머리를 듬성듬성 쓸어 넘겨 대충 정리했다.

서른넷, 교수 직함을 달고 있는 이들 사이에선 다소 젊은 나이에 속했지만 그는 똑똑하고 실력 좋기로 유명한 교수였다. 더불어 그를 보러 가끔 학교로 찾아온다는, 흡사 연예인 같은 그의 한 살 많은 형은 벌써 이 학교에 알 만한 사람은 다 아는 유명인이었다.

다소 소문에 관심이 없는 하늘에게는 학생들 입에 오르내리는 도은석 교수의 신상정보와 그의 형에 관한 이야기들이 그저 먼 나라 이야기였지만, 당장 연구실로 들어오는 제 또래 다른 조교들만 봐도 그랬다.

"도은석 교수님, 이건석 교수님께서 오늘 오후에 같이 저녁 하재요."

하고 낭창하게 웃는 하늘 또래의 조교의 목소리에 은석은 사람 좋은 목소리로 '어, 그래, 그래. 알았다고 전해 드려.' 하고 웃었다.

"오늘은 너도 같이 가면 되겠다. 갈비 사 준다고 했으니까 얻어먹자."

"제가 가도 괜찮은 자리예요?"

"이건석 교수님이잖아. 널 얼마나 좋아하시는데, 싹싹하……어?"

은석은 하늘을 향해 그렇게 말하다가 하늘이 간이 책상 위에 올려놓은 종이봉투를 눈으로 발견하고는 손뼉을 딱 쳤다.

"빵 가져왔구나."

"네에. 교수님 좋아하시는 크림빵 담아 왔어요."

"난 갈비보다 하늘이 빵이 더 좋아."

"에이."

"진짜야. 참, 우리 형도 네 빵 맛있다더라. 원래 밀가루 질색하는 사람인데."

"정말요?"

"교수는 진실만을 알려 주는 사람이야. 객관적 눈으로. 몰라?"

다소 장난스럽게 말하는 남자의 말에 하늘이 좋은 기분을 감추지 못하고 고개를 저었다. 알고 있어요, 하는 뜻이었다.

"녀석."

바람 빠지는 소리로 웃은 남자는 종이봉투째로 가져와 빵 봉지를 뜯었다. 그리고 아직 식지 않은 빵을 오물오물 씹으며 다시 의자 바퀴를 굴려 모니터 앞에 앉아 키보드를 두드리기 시작했다.

그러다가 다시 뭐가 잘 안 풀리는 건지 하아, 하고 한숨을 내쉰 은석은 때마침 요란하게 울려 대는 진동 소리에 책상 위 아무렇게나 놓아둔 핸드폰을 집어 들었다. 그리고 발신인도 보지 않고 전화를 받았다. 여전히 그의 눈은 모니터로 향해 있었다.

"어, 형. 아. 응. 우리도 거기서 회식이나 하려고. 그래. 그럼 거기서 보자. 그때 줄게. 어."

하늘은 핸드폰을 다시 아무렇게나 집어 던지듯 책상 위에 두는 은석을 보며 조용히 자료들을 정리하기 시작했다.

한동안 교수연구실 안에는 복사기 돌아가는 소리만이 이어졌다. 얼마나 지났을까 복사가 끝난 종이들이 어느덧 복사기 앞에 수북이 쌓여 있었지만 하늘은 제 품만 한 가방을 끌어안은 채 눈을 감고 있었다.

요 며칠 신 메뉴 개발로 신경을 바짝 써서 그런가? 오는 잠을 제어하지 못해 눈동자가 뻑뻑하게 아려 왔다.

하늘은 눈을 감은 채 복사가 끝이 나길 기다리고 있다가 결국 살짝 잠이 들었다. 그리고 그런 하늘에게로 가까이 다가온 은석은 복사가 끝이 나 뻑뻑하게 글자가 새겨진 종이들을 손에 쥐고 입술을 올려 웃었다.

제게 주어진 일이라면 밤샘을 해서라도 완수할 정도로 책임감이 넘치는 아이였다. 사실 뭐든지 좀 과하다 싶을 만큼 한 가지 일에 열중하는 성향이 있긴 했지만, 그 모습도 하늘의 장점이라 여겼다.

은석은 복사가 끝이 난 줄도 모르고 눈을 감고 있는 하늘에게로 다가와 주먹을 가볍게 쥐고 책상 위를 톡톡 두들겼다. 그제야 까만 눈동자가 은석을 올려다본다.

"이러면 잡아 놓고 있는 거 같아서 내가 미안하잖아."

"아, 교수님 때문에 그런 게 아니라⋯⋯."

"고기 먹여서 내가 기운 충전시켜 줄 테니까 가자."

"네."

또 싱긋.

참 요즘 애들치곤 가식이라고는 눈을 씻고 봐도 찾아볼 수 없는 웃음이다. 주위 남자들이 많이들 좋아하겠는데. 확실히 때 묻지 않은 저 얼굴이 사람으로 하여금 좀 더 가까이 가고 싶게 만들긴 했다. 남자로서든, 친구로서든. 은석 자신에겐 그저 눈에 넣어도 아프지 않은 조교지만.

차에 올라 고깃집으로 향하는 내내 하늘은 창밖에 시선을 두며 꼭 세상 구경 처음 하는 아이처럼 이것저것에 관심을 두었다.

그러고 보면 그녀는 호기심도 많은 편이었다. 모르는 문제가 있으면 꼭 그냥 지나치지 않고 은석에게 물어 왔고, 납득이 가지 않으면 홀로 도서관에 가서 몇 십 권이나 되는 책을 찾아서라도 해답을 알아내 은석에게 칭찬을 듣기도 했다.

또 뭐가 궁금한 건지 창밖에 시선을 두며 한참을 말이 없는 하늘을 보며 은석은 그녀 몰래 조용히 웃었다. 참, 재미있는 아이다. 보면 시간이 가는 줄 모르는.

고깃집에 둘러앉은 은석과 하늘 그리고 이건석 교수는 다시 한 번 술잔을 높이 들었다. 잔을 짠 하고 부딪히며 동시에 술을 목구멍 안으로 털어 넣었다. 절로 눈이 찌푸려졌다.

은석은 곁에 앉아 술을 마시는 하늘의 모습에 괜히 알 수 없는 불안한 마음이 들었다. 아직 어려 보이는 이 얼굴에게 술을 권해도 되는 것인지 진심으로 잠깐의 시간 동안 고민을 했다. 역시, 권하지 말았어야 했나.

"그나저나 하늘이 너는 학교 다닐 때 공부도 꽤 잘했잖아. 취업은 안 해?"

이건석 교수의 서글서글한 질문에 하늘이 배시시 웃으며 들고 있던 젓가락을 테이블 위로 내려놓았다.

"교수님. 기억 안 나세요? 저 이래 봬도 사장이잖아요. 구름 베이커리."

"아, 아! 맞다, 맞아. 그랬었지. 빵 엄청 맛있었던 기억이 난다."

"한번 가게에 오시면 제가 맛있는 빵 구워 드릴게요."

"이야. 영광인데?"

은석은 제 아빠뻘인 교수와의 대화에도 곧잘 유들유들 대답하는 하늘을 흐뭇하게 보고 있다 이내 진동이 오는 제 핸드폰을 내려다보았다. 그리고 잊고 있었는데 생각이 났다는 듯 아차차 하는 소리를 냈다.

"어, 형. 미안. 내가 깜빡하고 있었다. 어디야? 이 근방이야? 아, 거기 편의점. 어. 알았어. 갖다 줄게."

은석은 전화를 끊고 곧장 곁에 놓아두었던 가방을 뒤적였다. 그리고 형네 집에 잠깐 들렀던 날 자신의 착오로 잘못 들고 나왔던 서류가 담긴 노란 봉투를 꺼내 들었다.

자리에서 일어설 요량으로 손바닥으로 무릎을 짚으니 하늘이 맥주를 마시다 말고 어, 했다.

"교수님. 이거 전해 드리려는 거예요?"

"금방 다녀올게."

"계세요. 제가 전해 드리고 올게요."

"아. 괜찮은데. 그럼 그럴래? 여기 큰길 따라 쭉 올라가다 보면 편의점 있어. 아, 양 갈래 길 나오면 오른쪽이다. 아마 이거 들고 있으면 그쪽에서 알아보고 너한테 올 거야. 내가 전화 넣어 놓을게."

"네."

하늘은 그길로 일어서 고깃집을 나와 큰길을 따라 걸어 올라갔다. 그리고 편의점 앞에 다다랐을 때, 모두의 시선을 힐끔힐끔 받고 있는 남자를 발견했다.

큰 키에 완벽하게 만져진 머리, 한눈에 보아도 탄력 있는 남자의 상체를 감싸고 있는 버건디 셔츠, 구김 하나 가지 않고 길게 떨어진 검은 슬랙스까지, 고급스러운 느낌으로 휘감겨 있었다.

남녀노소 누구도 웬만큼 옷발이 받지 않고서야 소화가 불가하다는 버건디 셔츠를 완벽하게 소화해 낸 남자는 아무리 주위를 둘러보아도 이 근처에서 가장 주목받고 있었다. 심지어 빛을 번쩍이고 있는 촌스러운 간판들보다도 더 눈길이 갔다.

셔츠에 단추 하나 풀지 않고 완벽하게 목 끝, 소매 끝까지 단정하게 핏을 세운 남자는 제 손목에 채워진, 엄청나게 비싸 보이는 손목시계를 내려다보며 팔짱을 꼬고 서 있었다. 주위를 지나는 사람들의 시선이 힐끔힐끔 그를 향했다.

노란 봉투를 품에 안은 채 그가 있는 편의점 앞으로 다가간 하늘은 어느덧 선명한 시야 안으로 들어온 남자와 눈이 마주쳤다.

선우는 노란 봉투를 안은 채 저를 말없이 바라만 보고 있는 하늘을 보며 미간을 구겼다. 조교를 보낸다더니, 웬 애를 보냈어.

"줄 거야, 말 거야."

"네?"

끼고 있던 팔짱을 풀고 턱짓으로 가리키는 것을 눈으로 따라가자 곧 제 품에 안고 있는 노란 봉투에 닿았다.

"아……."

그제야 제가 봉투를 전달해야 할 사람이 그라는 것을 알아차린 것인지 까만 눈을 들어 올리는 아이의 모양새에 선우는 혀를 찼다.

보아하니 술이라도 한 사발 잡순 것 같다. 뺨이 불그스름한 게 딱 봐도 눈가에 취기가 스며 있었다. 윤아영이고, 이 고딩이고 요새 젊은 것들은 단체로 까지는 게 유행인 건지 원.

선우는 봉투를 건네줄 생각도 않고 말없이 저를 올려다보고만 있는 하늘을 보며 긴 손을 뻗었다. 그리고 품에 안겨 있던 노란 봉투를 낚아챘다.

하늘은 술기운이 올라 뜨거운 눈을 살짝 감았다 뜨며 남자의 눈을 가만히 올려다보았다. 날 까먹은 건가? 까먹은 건가 보다. 그렇게 생각하며 까만 눈을 올려 물끄러미 그를 바라보고 있었다.

눈으로 그의 매끈한 콧날을 타고 올라가니 살짝 구겨진 미간이 보였다. 좀 더 눈을 들어 올려 날렵한 남자의 눈과 시선이 마주쳤을 때였다.

"너, 내가 이런 데서 놀지 말랬지."

까먹을 리가 없었다. 저런 죄책감을 불러일으키는 순진한 얼굴이 확실히 흔한 분위기는 아니었다. 말 잘 듣게 생겨서 은근히 고집스럽게 저를 올려다보고 있는 말캉한 눈망울에 선우는 저도 모르게 눈을 찌푸렸다.

멀리 갈 것도 없이 여기서 조금만 더 올라가면 싸구려 유흥업소들이 판을 치는데, 보아하니 저런 차림으로 룸살롱을 가려고 온 것 같진 않고.

아니, 근데 도은석 이 자식은 교수라는 놈이 핏덩이를 데리고 술을 마셔?

복잡다단한 눈으로 하늘을 내려다보고 있던 선우는 봉투를 겨드랑이 사이에 끼우고 바지 포켓에 손을 쑤셔 넣었다.

"괜히 이런 데서 어슬렁대지 말고 그만 가."

"네."

생긴 것과 달리 야무진 입술로 대답을 하더니, 이내 아이는 그에게 천천히 고개를 숙이고 인사를 하며 뒤돌아섰다.

선우가 담배 한 개비를 입에 물며 불을 붙이기 위해 라이터를 꺼내 들었을 때였다. 종종걸음으로 잘 걸어가는가 싶더니, 술기운이 갑자기 돌았는지 살짝 몸을 비틀거렸다. 가는 다리가 어김없이 휘청거렸다.

그런 데다 나이트 삐끼 하나가 싸구려 전단지를 들고 하늘 주위를 어슬렁거리는 것이 선우의 눈에 잡혔다. 입술에 물려 있던 담배가 거칠게 그의 손에 의해 다시 입술에서 떨어져 나왔다. 하아, 짧은 한숨이 그의 입에서 흘러나왔다.

"야, 고딩."

저를 부르는 것인 건 아는 모양인지 조금 걷다 말고 허연 얼굴이 고개를 돌렸다. 선우는 긴 다리로 성큼성큼 그녀에게 다가갔다.

"따라와."

선우는 그렇게 돌아서면서 0.1초 만에 후회했다. 원래 후회할 짓은 눈곱만큼도 안 하는 그가 유례없는 짓을 벌이고 있었다. 그게 스스로도 어이가 없는지 선우는 긴 손가락을 들어 올려 제 구겨진 미간을 문질렀다.

제가 지금 뭐 하는 짓인가 싶었다. 그냥 가 버리면 될 걸 괜히 평소에는 쥐똥만큼도 없는 오지랖이 발동해서는.

선우가 편의점 문을 열고 들어가 술이라도 깨워 보내려고 음료 진열대 앞에 서자, 저보고 음료를 고르라는 걸 알아챈 모양인지 아이는 어느새 음료를 가만히 쳐다보며 제법 고민을 하는 듯 흐음, 하는 목소리를 했다. 그리고 작은 갑 안에 담긴 우유를 골라냈다.

꼭 저 닮은 순백의 흰 우유를 집어 들어 마음에 드는 듯 입술을 올려 웃는 모습에 선우는 저도 모르게 헛웃음이 나왔다.

선우는 대충 계산을 하고 밖으로 나와 편의점 앞 파라솔 의자에 긴 다리를 꼬고 앉았다. 그리고 아까 피우지 못하고 넣어두었던 담배를 입에 문 채 라이터를 찾기 위해 바지 포켓을 뒤적거렸다.

그의 맞은편 의자에 앉아 작은 손을 꼼지락거려 우유갑 입구를 벌려 내려던 아이는 우유 입구가 잘 벌어지지 않는지 몇 번이나 입구를 들여다보았다.

가지가지 하네, 진짜. 그 모습을 바라보고 있던 선우는 여전히 입에 담배를 문 채 손을 뻗어 하늘이 붙잡고 있던 우유갑을 낚아챘다. 단숨에 우유갑 입구를 벌려 낸 선우가 그녀의 앞으로 우유를 내려놓고 다시 플라스틱 의자에 털썩 앉았다.

감사합니다, 하는 유약한 목소리가 흘러나왔다. 하늘은 선우가 벌려 놓은 우유갑 입구에 작은 빨대를 꽂아 넣고 그대로 입술로 물었다. 작은 입술이 쪽쪽 우유를 빨아 내는 소리가 들려왔다.

참, 죄 없는 사람 죄책감 들게 만드는 얼굴이다. 아무렇지 않은 얼굴로 사람 혼 빼는 의도하지 않은 순수한 얼굴. 그런 그녀를 보고 있던 선우는 알 수 없이 심사가 뒤틀렸다.

아니 근데 이놈의 새끼는 교수라는 놈이 원조야 뭐야. 왜 어린 애랑 어울려.

"그런데요, 아저씨."

저한테 하는 말인 듯 여린 목소리로 입술을 뗀 아이를 바라보던 선우가 다시 한 번 놀랐다. 그래. 저 얼굴로 오빠라 불렀으면

그게 더 놀랄 일이다. 차라리 아저씨라 불려서 다행이라는 생각이
들다니, 허참.

"뭐."

"자꾸 저보고 고딩이라고 하시는데, 저 고등학생 아니에요."

나 어린애 아니에요, 라고 주장하는 그 어린애 같은 입술이 촉
촉하게 젖어 있었다.

당신을 주세요
― 나 어린애 아니에요, 아저씨

2

"저보고 자꾸 고딩이라고 하시는데, 저 고등학생 아니에요."

"그래서."

"네?"

오해해서 미안하다고 사과를 할 줄 알았던 건 아니었지만 그래도 전혀 미동도 없는 남자의 대답에 사실 하늘은 좀 당황했다. 그러다가 다시 침착하게 우유를 마셨다. 우유가 살짝 묻은 입술이 벌어졌다.

"저 스물넷이에요."

어때요? 많죠? 라고 말하는 듯 자랑스럽게까지 얘기하는 그 모습에 선우는 무심히 팔짱을 끼었다.

열아홉이나 스물넷이나 저와는 열이 넘게 차이가 나는 어린애였다. 별반 달라질 게 없어 놀랄 것도 없었다. 다만 좀 의외인 건 저 얼굴로 스물넷이나 먹었다는 것, 그건 좀 놀랄 만했다.

그러고 보니 내가 나이가 그렇게 많은 건가. 서른다섯이면 아직 한창이지, 라고 말하던 제 친구 준우 놈의 능글맞은 목소리가 들려와 갑자기 기분이 나빠졌다.

"제 이름 가르쳐 드릴까요?"

앤 낯가림도 없나. 윤아영과는 달라도 한참 다른 성격인 듯했다. 곧잘 서글서글하니 웃으며 말을 거는 모양새가 남자 여럿 홀려 낼 성격이다.

"아니."

술이 깨기를 기다리며 우유를 쪽쪽 마시고 있는 아이를 보자니 어린애 돌보는 기분이라, 더 깊이 엮이기 피곤한 듯 선우는 그녀의 말이 끝나기도 전에 잘라 답했다.

그리고 요란하게 몸을 떨어 대는 핸드폰을 열어 귓가로 가져갔다. 은석이었다. 심부름 보낸 하늘이 늦어지자 전화를 한 모양이었다.

"와서 데려가. 그리고 넌 인마, 애를 이런 곳에 혼자 보내면 어쩌잔 거야."

선우는 눈만 들어도 보이는 쓰레기 유흥업소들을 보며 짜증 섞인 목소리를 했다. 오겠다는 은석의 목소리에 단번에 전화를 끊은 선우는 결국 태우지 못하고 입술에 물려 있었던 담배를 거칠게 잡아 뺐다.

"아. 교수님께 가 봐야 하는데……."

자진해서 심부름을 왔으면서, 결국은 그가 저를 찾아오게 만들었다는 사실에 죄송스러운지 하늘은 당혹한 얼굴을 했다.

선우는 그런 그녀를 보며 길게 접어 둔 다리를 좀 더 바짝 접어 당겼다. 의외였다. 생긴 것처럼 쉽게 흥분하지도 않고 침착한 성격인 듯한 그녀가 당황한 얼굴은 처음이었다.

"그냥 얌전히 기다려. 보낸 놈 잘못이지."

다시 쉽게 수긍을 하는 듯 고개를 숙여 우유를 내려다본 하늘이 빨대를 빨았다. 이내 우유를 다 마셨는지 빈 통 빨아들이는 소리가 들렸다.

"하늘이에요. 연하늘. 아저씨 이름은 뭐예요?"

"내가 왜 말해 줘야 하는데."

"얼굴은 서로 알고 있는데 이름을 모르는 건 이상하잖아요."

"앞으로 얼굴 볼 일 없으니까 몰라도 이상하지 않아."

"그럼 교수님께 여쭤 볼게요."

아까부터 느끼던 바였지만 그녀는 은근히 고집스러운 구석이 있었다. 선우는 저 멀리서 걸어오는 은석을 보며 기다렸다는 듯 의자에서 몸을 일으켜 세웠다. 애 돌보느라 몇 분 새 바짝 늙어 버린 기분이었다.

"도선우."

더 귀찮을지도 모르니 빨리 말해 주고 자리를 떠야겠다고 생각했다.

"……선우. 도선우."

제 이름을 곱씹는 하늘을 보며 선우가 다시 담배를 물었다. 담배 연기 마실까 애 앞에서 태울 수가 없어 태우지도 못하는 담배를 물었다 뺀 것도 벌써 세 번째였다.

하늘은 제 앞으로 다가온 은석을 보며 죄송하다 고개를 숙여 인사했고, 은석은 그저 그런 하늘이 귀엽다는 듯 웃을 뿐이었다.

역시나 만인의 귀여움을 받고 있는 모양이었다. 선우는 이내 저에게 인사를 꾸벅하는 하늘을 보며 성의 없이 고개를 끄덕였다.

"우유 고맙습니다."

그렇게 잊지 않고 인사를 하며 은석과 함께 사라지는 하늘을 보던 선우는 그제야 담배에 불을 붙였다. 한참 만이었다.

✳

"뒤지고 싶어? 일 처리 진짜 이따위로밖에 못 해?"

"아니, 명신 애들이 먼저……."

"너 요새 정신 바짝 안 차리지. 여기가 네 실수에 오냐오냐 넘어가 줄 수 있는 곳인 줄 알아? 이 바닥에서 헛바닥 한번 잘못 놀리면 바로 목구멍 따이고 진창이야. 알아, 몰라."

"죄송합니다. 사장님."

"……후. 준우 들어오라 그래."

기분이 좋지 않은지 거칠게 머리를 쓸어 넘긴 선우는 곧 문을 열고 들어오는 준우를 보며 제 앞에서 떨고 있는 남자를 향해 꺼지라는 듯 눈짓을 했다. 준우는 믿을 만한 친구로 선우의 오랜 사업 파트너였다.

"오늘 밤에 S&P 상무 접대 있으니까 네가 가 봐."

"왜. 네가 안 가 보고?"

"안 가."

"여자 끼고 있는 게 그렇게 힘드냐? S&P 상무 사이즈면 네가 접대해야 하는 거 아냐? 걔가 한 달에 우리 가게에 갖다 바치는 돈이 얼만데."

"……시발."

"일단 오늘은 내가 가. 가는데, 너 이 일 하면서 이제 그건 적응해야 하는 거 아니냐? 빵집 하는 사람이 빵 싫어하는 꼴이잖아."

선우는 제 몸에 손을 대는 것을 지나치게 경멸했다. 그러니까 단순히 악수를 하거나, 사업 파트너와 포옹을 한다거나 하는 그런 수준의 터치가 아니라 성적 의도가 담긴 그런 터치들, 어떻게 해보려는 의도가 명백히 담긴 그런 접촉들.

생각만으로도 역겨운지 눈살을 찌푸린 선우는 탁자 위에 놓아 둔 생수병 뚜껑을 거칠게 열어 벌컥벌컥 물을 들이켰다.

아무리 거물이어도 감히 자신에게 함께 2차를 가자고 종용할 수 있는 사이즈가 아닌 것에 그나마 감사해야 했다.

그의 업소 내에는 한 가지 묘한 룰이 있다. 도 사장이 누군가와 접대를 할 때는, 그의 곁에 앉되 절대로 그에게 손을 대지는 말라. 사심이 담긴 눈으로 그를 쳐다보지도 말라.

선우는 생수를 멀리 치워 버리고 곧장 담배를 입에 물었다. 쓴맛이 필요했다.

✼

하늘은 은석의 연구실에 앉아 조용히 자료들을 정리하다 말고 마시던 우유를 쳐다보았다. 어제와 같은 우유였다.

아침을 걸러 빵과 함께 마실 우유를 사러 편의점으로 들어가

음료 진열대를 보던 중 어제 마셨던 우유를 발견했다. 제법 야무진 손동작으로 우유갑을 집어 와 계산을 하고 우유 입구를 열었을 때 문득 선우가 떠올랐다. 도은석 교수님 형이라고 하던데.

하늘은 살짝 고개를 들어 모니터에 집중을 하고 있는 은석을 보았다. 그러고 보니 조금 닮은 것 같기도 했다. 분위기는 완전 정반대에 가까웠지만 전체적인 얼굴선이나 떨어지는 턱 선이나 자잘한 것들.

하지만 따지고 보면 두 사람은 닮은 점보다 닮지 않은 점이 더 많아 보였다. 은석은 누가 봐도 학문에 길을 두고 있는 그야말로 올곧은 남자였고, 선우는…… 그와 반대되는…….

한마디로의 정의가 어려운 남자였다.

'정의할 필요 없어.'

그가 들었다면 그렇게 말했겠지. 하늘은 어느새 턱을 괴고 은석의 옆모습을 바라봤다. 은석과 함께 일을 한 지도 벌써 한 달이 넘어가고 있었지만 이렇게 유심히 그를 뜯어본 적은 처음이었다.

뚫어지게 누군가가 쳐다보고 있는 시선에 문득 고개를 돌린 은석은 하늘과 눈이 마주쳤다. 제 얼굴에 뭐라도 묻은 건가 싶어 괜히 턱을 쓸어내린 은석은 고개를 갸웃했다.

"왜? 할 말 있어?"

"아……. 아니에요. 자료 정리 다 한 건 여기 있어요. 저, 그럼 가 보겠습니다."

"그래."

앉아 있던 제 책상을 정리하고 자리에서 일어선 하늘은 가방을 주워 올리다 말고 문이 쾅! 하고 열리는 소리에 고개를 돌려 문을 바라봤다.

"아, 진짜 미친 새끼가 자꾸 따라붙고 지랄이야."

교수연구실 문을 확 열어젖히고 들어온 여자는 어디 전쟁이라도 참전하는 용병처럼 씩씩거리며 성큼성큼 안으로 들어와 은석과 마주 보았다.

"작은오빠! 나 배고파. 뭐 좀 시켜 봐."

"윤아영. 문짝 다 부서지겠다."

은석은 저를 향해 잔뜩 심통이 난 얼굴을 하고 있는 아영을 보며 히유, 하고 한숨을 쉬었다. 아영은 하늘이 있는 것도 모르고 메고 있던 가방을 바닥에 아무렇게나 툭 던진 채 눈을 찌푸렸다.

"배고픈데. 집에 언제 가?"

"이것만 끝내고 가자. 맛있는 거 사 줄게."

하늘은 문득 저와 눈이 마주친 아영을 보며 눈을 크게 떴다. 그때 단란주점에서 선우와 함께 있던 그 여자였다. 이 학교 학생인 건지, 방금까지 수업을 듣고 온 것처럼 보이는 여자는 하늘과 눈이 마주치자 노골적으로 팔짱을 끼며 삐딱하게 섰다.

"작은오빠. 이 여자 누구야?"

"우리 조교. 너보다 언닌데 존댓말 해야지."

"체."

너보다 언니라는 말에 이 여자가? 하는 노골적인 눈길이 돌아왔다. 그리고 곧 하늘에게서 시선을 거둔 아영은 배가 고픈지 제 배를 슥슥 쓰다듬며 잔뜩 얼굴을 구겼다. 그러다가 할 게 없는

지 연구실 이곳저곳을 보며 툴툴거렸다.

하늘은 가만히 제 가방을 내려다보다 지퍼를 열고 제가 먹으려고 챙겨 왔던 빵을 꺼냈다. 그리고 아영에게로 다가가 조용히 빵을 내밀었다.

"저, 이거 먹을래? 내가 만든 건데."

탐탁지 않은 시선이 하늘에게로 돌아왔고, 당장이라도 거절할 마음으로 눈을 치켜뜨던 아영은 꼬르륵거리는 허기를 참지 못하고 빵으로 손을 뻗어 낚아채듯 가져왔다.

빵 봉지를 뜯고 한입에 왕창 빵을 쑤셔 넣은 아영은 한참을 가만히 씹다가 물끄러미 빵을 내려다보았다. 그리고 남은 빵을 다시 입안으로 밀어 넣었다.

"뭐, 직접 만들었다고요?"

"아, 응."

"진짜 맞아요?"

"그럼. 맛있어?"

"뭐……. 나쁘진 않네요."

맛있는지, 그리고 아쉬운지 어느새 목구멍 안으로 다 넘어가 입맛을 다시던 아영이 괜히 적은 양에 배만 더 고파졌다는 듯 더욱 인상을 구겼다. 하늘은 가방에 지퍼를 다시 채우다 말고 그런 아영을 향해 싱긋 웃었다.

"학교 밑으로 조금만 내려가면 우리 가게 있는데. 같이 갈래? 맛있는 빵 많이 줄게."

"됐어요."

"크림빵 좋아해? 교수님이 제일 좋아하는 빵인데."

"……."

"그럼 나중에 기회 되면 가져다줄게."

더는 아영에게 권하지 않고 가방을 멘 하늘이 은석에게 꾸벅 인사를 하고 걸음을 옮기려던 찰나, 아영이 바닥에 아무렇게나 던져 놓은 제 가방을 덥석 집었다. 그리고 하늘의 뒤로 주춤거리며 붙어 섰다.

"뭐, 얼마나 먹게 해 주는 건데요? 돈 내야 해요?"

하늘은 눈도 마주치지 않고 볼을 퉁퉁 불리는 아영을 보며 귀엽다는 듯 웃었다.

"아니. 맛있게 먹으면 공짜야."

그렇게 연구실을 나서는 두 사람을 지켜보던 은석이 하늘의 놀라운 친화력에 박수를 보내고 있었다. 하늘이 친해질 수 없는 사람이 있기나 한 걸까? 저 떼쟁이 윤아영과도 친해지다니.

✳

아영은 작은 손님 테이블에 앉아 빵을 우걱우걱 먹다 말고 급하게 우유를 들이켰다. 덕환은 반죽을 하다 말고 그런 아영을 보았다.

하늘이 가게로 친구들을 데려온 적은 많았지만 오늘의 분위기는 어째 친구랑은 달라 보였다.

하늘은 급하게 먹지 말고 천천히 먹으라며 조용히 머그컵에 우유를 더 부어 주었다.

"언니네 빵 최고네요."

"그래?"

"이렇게 맛있는 단팥빵은 처음이에요."

"고마워."

"아니, 세상에 이렇게 맛있는 빵을 작은오빠는 한 달 동안 지혼자 다 먹었단 말이야?"

하늘은 그렇게 투덜거리며 빵을 씹는 아영을 보며 아까부터 궁금했던 부분을 다시 상기시켰다.

그때, 단란주점에서 선우와의 대화를 생각해 보면 남매 사이처럼 보였다. 도은석 교수에게도 작은오빠라고 하는 걸 보면 분명 남매지간일 것 같긴 한데, 결정적으로 도선우, 도은석, 윤아영. 아영은 성이 달랐다. 친척인가? 그런데 아까 집에 같이 가자고 하지 않았어?

"저, 아영아. 한 가지 물어봐도 될까?"

"뭔데요? 물어보세요."

제 마음에 쏙 드는 빵 맛에 아까보다 훨씬 목소리 톤이 온화해진 아영은 궁금한 게 있으면 편하게 물어보라는 듯 말했다.

"교수님이랑 무슨 사이야? 동생이야?"

"네."

"친동생?"

"네. 아, 반쪽짜리 친동생이요."

아영은 그렇게 말하며 크림이 묻은 입술을 티슈로 벅벅 닦았다. 그러다가 그게 무슨 말이냐는 뜻으로 눈을 크게 뜨는 하늘을 향해 아영은 별거 아니라는 듯 대수롭지 않게 말했다.

"우리 엄마가 밖에서 낳은 자식이 나예요. 오빠들은 정식 자식이고."

"……아."

"윤 씨는 내 친아빠 성이에요."

"……그렇구나."

"괜찮아요. 나도 나 불쌍한 거 다 아니까."

"네가 왜 불쌍해."

하늘의 침착하고 고요한 목소리에 우유를 마시던 아영이 고개를 들고 하늘을 보았다.

"그래도 두 오빠들도 있고, 부모님도 계시잖아."

"별로. 어느 날 갑자기 생긴 생판 모르는 오빠가 좋기만 하겠어요? 그리고 부모님은 한쪽만 계세요. 두 아빠 모두 돌아가셨거든요. 덕분에 제가 엄마, 오빠들이랑 같이 살게 된 거고."

그렇구나, 하고 고개를 끄덕이고 있는 하늘을 보며 아영이 의미 모를 목소리를 냈다.

"근데 오빠가 두 명이라는 건 어떻게 알았어요? 그거까진 말 안 했던 거 같은데. 은석 오빤 뭐 알거고, 한 명은 말 안 한 거 같은데."

"아……."

"맞아요. 한 명 더 있어요. 싸가지 없는 놈. 아주 성격 지랄 같은 놈."

그렇게 말하며 가게를 쭈욱 살펴보던 아영이 자리에서 벌떡 일어섰다. 배가 불러 이제야 가게가 눈에 들어오는 건지 진열되어 있는 빵과 예쁜 케이크들을 이리저리 구경하던 아영이 가게 문 앞에 붙어 있는 종이 하나를 보고 자리에 멈춰 섰다.

"언니. 알바 구해요?"

"지금 일하는 알바생이 곧 그만둘 거 같아서. 아무래도 조교 일도 해야 하다 보니까 알바생이 필요하거든."

"언니. 이거 아직 정하지 마요. 네?"

"왜? 안 그래도 내일 한 사람 면접 보러 오기로 했는데."

"그 면접 어떻게 보는 건데요? 나도 볼래요."

하늘은 처음으로 눈을 번쩍이는 아영의 모습에 말을 하지 못하고 가만히 바라만 보고 있었다. 그에 조금 안달이 났는지 가까이로 바짝 다가온 아영이 처음으로 애교 섞인 목소리를 냈다.

"나도 면접 볼래요. 네? 나도 면접 보게 해 줘요~"

"그건 어렵지 않은데. 학교 다니면서 피곤하지 않겠어? 시간대가 오후라."

"그러니까 내가 하려는 거죠. 무조건 늦게 집에 들어가야 해요."

"왜?"

"집에 있기 싫어서요. 싫어요, 집."

그리고 아영은 다시 매달리기 시작했다. 면접 보게 해 주세요~

덕환이 퇴근을 하고 늦게까지 남아 수다를 떨던 두 사람은 동시에 푸하하하 웃었다.

"맞죠? 나도 그 드라마 웃기다고 생각했어요. 아니, 여주가 그렇게 예쁜데 남주가 평범하다고 하는 게 말이나 되냐고요."

아영은 배를 잡고 웃다 말고 요란하게 울리는 전화벨 소리에 제 가방을 뒤적였다. 그리고 핸드폰을 보며 단번에 눈을 찌푸렸다.

"왜. 알아서 뭐하게. 됐어. 집에 혼자 갈 수 있어. 지금이 뭐가 늦었다고. 이제 8신데. 아 진짜 네가 무슨 내 담탱이야? 도은석도 너만큼은 안 고지식해."

— 좋은 말로 할 때 대답해라.

라고 말하는 남자의 목소리가 수화기 너머로 들려왔다. 하늘은 커피에 입술을 묻다 말고 고개를 들어 아영을 보았다. 결국엔 빵 집 위치를 얘기하고 전화를 끊은 아영이 소새끼 말새끼 욕을 하며 핸드폰을 내려놓았다.

"누구야?"

"내가 말했던 그 성격 지랄맞은 놈이요."

"큰오빠?"

"네. 아니 지금 이 시간이 뭐가 늦었다고 집까지 데려다준다는 거야. 하여튼 귀찮아 죽겠네."

아영이 귀찮아 죽겠다고 학을 뗀 지 몇 분 채 지나지 않아 구름 베이커리 문이 딸랑 하고 열리는 소리가 들렸다.

이목을 집중시키는 남다른 무게로 가게에 들어선 남자는 발목이 살짝 접힌 검은 면바지에 흐트러짐 없이 몸에 핏 되는 흰 셔츠를 입고 나타나 아영을 찾는 듯 주위를 살폈다. 그리고 곧장 발견한 아영에게로 성큼성큼 다가와 무섭게 쏘아붙였다.

"집에 곧 들어간다고 말했다며. 지금 시간이 몇 시야."

"아, 곧 들어가려고 했어."

"말없이 늦으면 걱정을 해, 안 해."

귀찮은 듯 가방을 메고 일어선 아영은 퇴근 준비를 마치고 주방을 나온 하늘을 보며 빙그레 웃었다.

"하늘 언니. 그럼 내일 다시 올게요."

"그래."

하늘은 아영을 향해 손을 흔들며 저도 베이커리 문을 닫으려 전등불을 껐다. 그리고 저를 보고 있는 선우가 서 있는 문 쪽으로 걸어갔다.

아영이 베이커리를 먼저 나가 버리고 얼떨결에 타이밍을 놓쳐 가게를 나가지 못한 선우는 저를 향해 가까이 다가오는 하늘을 보고 슬쩍 미간을 찌푸렸다.

"고딩, 아니……."

"연하늘이요."

"그래, 연하늘."

"네. 아저씨."

뭐라고 말을 하려다 저를 향해 해맑게 웃고 있는 모습에 선우는 순간 무슨 말을 하려고 했는지 까먹어 버리는 웃긴 상황에 놓였다. 허참. 선우는 헛웃음을 흘렸다. 무슨 놈의 애가 사람만 봤다 하면 혼을 빼는지.

"너 뭐야. 네가 왜 여기 있어."

"여기가 제가 운영하는 가게예요, 아저씨. 저 고등학생 아닌 거 맞죠? 그죠?"

아이고, 두야.

"지금 그런 걸 묻는 게 아니잖아. 네가 왜 내 앞에 있냐고."

"아, 오늘 교수님 연구실에 있었는데 아영이가 와서 우리 가게에 데려왔어요."

우리 가게. 그녀가 우리 가게라고 말한 빵집을 슬쩍 둘러본 선우가 그제야 이해가 간다는 표정을 했다. 언뜻 하늘에게서 고소하고 달콤한 냄새가 난다 했더니, 빵집 고삐리였구만.

"문단속 잘하고 퇴근해라."

"네에."

그렇게 말하며 선우는 몸을 돌려 베이커리를 나갔다. 왜 이제야 나오냐는 눈으로 차에 앉아 있던 아영이 눈을 뾰족하게 떴다.

욕 장전을 시작하고 있는 눈동자에 선우는 운전석에 앉아 핸들을 잡으며 눈으로 빠르게 아영의 안전벨트 착용 여부를 확인했다.

차 속도를 줄이고 천천히 골목을 빠져나가던 선우가 어두컴컴한 보도에서 혼자 나긋나긋 걷고 있는 하늘을 발견했다. 제 덩치만 한 백팩을 메고 걷고 있는 그녀는 뭐가 그렇게 기분이 좋은지 청량한 웃음을 지으며 눈길이 닿는 족족 관심을 두었다. 나뭇잎에 매달린 벚꽃을 매만지기도 하고, 향기도 맡고, 또 그게 좋은지 배시시 입술을 올려 웃고.

선우는 그런 하늘을 가만히 바라보고 있다 저도 모르게 한숨을 내쉬었다. 이 밤에 혼자 위험한지도 모르고 저 순진한 얼굴로 이곳저곳 관심을 두고 있는 그녀의 안일함에 절로 미간이 찌푸려졌다.

소매를 반듯하게 걷어 올려 핸들을 붙잡고 있던 선우는 이내 다시 그녀에게서 시선을 거뒀다.

내가 무슨 상관이야. 쟤가 한두 살 먹은 애도 아니고.

또 저러다가 누가 우유 사 준대면 쫄래쫄래 따라가는 거 아냐?

그러니까 그게 나랑 무슨 상관이냐고.

재가 그러든가 말든가.

"야! 너 어디 가?!"

골목을 막 돌아 나와 큰길로 들어섰을 때, 순식간에 선우는 갓
길에 차를 세우고 차 밖으로 나왔다.

하늘은 저를 바라보고 있는 남자의 얼굴에 눈을 깜빡였다. 갑
자기 눈앞에 나타나 길을 막아선 남자의 모습에 제법 놀랐는지 커
다란 눈이 멀뚱히 선우를 바라보고 있었다.

"아저씨?"

"넌 어떻게 된 여자애가 조심성이 없어."

하늘은 아무런 대답도 하지 않고 제 앞으로 뚝 떨어진 남자를
올려다보고 있었다. 와아. 어둠 속에서 봐도 잘생겼구나.

"대답 안 해?"

"네?"

됐다는 듯 건성으로 손을 두어 번 허공으로 휘휘 내저은 선우
는 저를 올려다보는 작은 머리통을 보며 옅은 한숨을 쉬었다.

"타. 데려다줄 테니까."

"괜찮은데……."

"그래. 잘 경계하네. 그렇게 하라고, 평소에도."

"그럼 감사히 타겠습니다."

아, 두통아.

선우에게 잊지 않고 꾸벅 인사를 한 하늘은 총총 걸어가 뒷좌
석으로 올라탔다.

"안녕. 아영아."

살가운 목소리로 인사를 한 하늘은, 피로한지 이마를 짚으며

다시 걸음을 돌려 운전석에 앉는 선우를 빤히 바라봤다. 섬세한 귀부터 이어지는 날렵한 턱 선, 그리고 뭐가 마음에 안 드는지 잘근잘근 입술을 씹는 그 의미 없는 사소한 행동까지.

운전을 다소 거칠게 하는 편인 듯한 남자는 밍기적거리는 앞차를 보며 육두문자를 중얼거렸다. 깜짝 놀란 하늘이 살짝 주춤했다.

선우는 아까부터 뚫어져라 저만 쳐다보는 하늘 때문에 운전에 집중을 할 수가 없었다. 윤아영을 집으로 내려 주고 돌아 나오는 길에, 한참을 길을 막은 채 밍기적거리는 차를 보며 험한 말을 중얼거리니 꽤 놀란 듯 몸이 흠칫하는 것이 느껴졌다.

괜히 저 눈에서 눈물을 흘리게 해보고 싶다는 생각이 들었다. 창문에 팔을 기대고 정차된 신호를 기다리며 영양가 없는 생각에 피식 웃으니 하늘이 갸웃하는 것이 룸미러를 통해 보였다.

"아저씨."

"왜."

"아영이가 우리 가게에서 아르바이트를 하고 싶어 해요. 들어 보니까 제대로 된 아르바이트는 해 본 적이 없는 것 같던데, 아영이를 우리 가게에서 일하게 해도 돼요?"

"윤아영이 너한테 그 말을 직접 했다고?"

"네."

믿지 못하겠다는 듯 남자는 하늘을 향해 되물었다. 의외였다. 제 사생활은 고사하고 누구와 깊은 대화 나누는 것을 싫어하는 윤아영과 그런 고차원적인 대화—아영의 수준에서—를 나눴다니.

언제 그렇게 친해진 건지 제법 윤아영에 대해 알아낸 것이 많아 보이는 하늘은 다시 조심스레 선우를 향해 입을 열었다. 아까 벚꽃을 뚫어져라 보고 있더니 그새 물들고 왔는지 말하는 모양새까지도 아주 나긋나긋하다.

"뭐든 일을 하고 싶어 하는 것 같았어요. 우리 가게에서는 크게 어려운 일이 없으니까 걱정하지 않으셔도 될 거예요. 허락, 해 주시면 안 돼요?"

말이 없는 선우의 행동을 거절인 것으로 받아들인 하늘이 아까보다 좀 더 빠른 목소리로 말했다.

선우는 창문에 얹어 놓은 팔을 떼어 내 핸들을 완전히 꺾어 유턴을 하며 힐끔 거울 속의 뒷좌석을 쳐다봤다. 다행이 몸이 쏠리진 않았는지 잘 중심을 잡고 있는 하늘이 조금은 간절한 눈빛으로 저를 보고 있는 것이 보였다.

"제대로 할 줄 아는 게 없을 거다. 딱히 섬세한 성격도 못 되고."

"괜찮아요. 제가 가르쳐주면 되니까요."

"나야 상관은 없긴 한데."

문제는 터져 자빠질 네 속이겠지.

저를 빤히 바라보는 새까만 눈동자에 선우가 묘하게 곤란한 표정을 했다. 부탁할 때 나오는 특유의 표정이라고 하기엔 벌써 여러 번의 전적이 있었다.

선우는 고개를 돌리며 대충 고개를 두어 번 주억거렸다. 네 마음대로 하라는 그의 허락에 하늘은 좀 더 눈을 활짝 휘어 웃으며 고맙습니다. 아저씨, 하고 유순한 목소리를 했다.

그리고 그녀는 차가 자신의 집 앞에 정차하자 제 가방에서 꺼낸 듯 예쁜 모양으로 봉지 안에 넣어져 있는 빵 하나를 그에게로 내밀었다.

"저번에 사 주신 우유 답례요."

선우의 답은 들을 생각도 없이 그의 손에 빵을 쥐여 주듯 올려 놓은 하늘은 그대로 폴짝 차 문을 열고 내렸다. 새까맣게 선팅이 되어 선우는 보이지도 않을 텐데 하늘은 창문 너머에서 그를 향해 꾸벅 인사를 했다. 그리고 등을 돌렸다.

"……허."

선우는 꼼짝없이 하늘만큼이나 오밀조밀하고 예쁘게 구워진 빵을 내려다보고 있었다.

*

"형님. 이거 웬 빵입니까? 형님 빵 안 좋아하지 않으십니까?"

오랫동안 선우의 책상 위에 놓여 있는 빵을 바라보던 강석이 한참 만에야 그에게 그렇게 물어보았다. 그리고 답 않고 그저 서류만 보고 있는 선우를 보며 천천히 그에게로 가까이 다가섰다.

"형님 안 드실 거면 제가 먹어도 괜찮겠습니까?"

미간을 구기며 관자놀이를 누르고 있는 선우에게로 좀 더 다가선 강석이 빵 쪽으로 조금씩 손을 뻗었을 때였다.

"뒤지고 싶지."

선우는 여전히 서류에 눈을 못 박은 채 가라앉은 목소리로 나지막이 말했다. 조곤조곤한 그의 목소리에도 위협을 느낀 강석이 저도 모르게 손사래를 쳤다.

"아, 아닙니다, 형님."

"손 안 떼?"

"죄송합니다."

아쉬운 눈으로 빵 근처에서 손을 거둬들인 강석이 아무래도 궁금한 듯 여전히 서류로 눈을 박고 있는 선우를 향해 물었다.

"근데 형님 원래 이런 군것질거리 생기면 애들 다 주셨지 않습니까?"

정말로 악의 없이 순수한 의도로 궁금해서 물어본 것이었다. 그렇지만 곧 매섭게 들리는 남자의 시선에 강석은 입을 합, 하고 다물었다.

"선물 받은 걸 남 주는 싸가지는 어디서 배워먹은 싸가지야."

"아. 선물 받으신 겁니까? 혹시 여자한테 받으신 겁니까? …… 근데 좀 이상합니다."

강석이 뭘 말하는지 알고 있었다. 그를 위해 줄줄이 가져다 나르는 여자들의 선물은 대개 향수나 시계 혹은 넥타이 이런 정말 여자 냄새가 풀풀 풍기는 선물들이 주를 이루었는데 그가 이번에 받은 선물은 그런 것들과는 거리가 멀어도 한참 먼 것이었다.

분명 여자들한테 선물을 받으면 구석에 처박아 놓거나 그게 쓰레기인 줄 알고 아랫놈들이 들고 가도 별다른 관심도 없던 그가 무려 책상 위에, 그것도 그의 시선의 사정거리 내에 두고 있었다.

"그래도 형님이 아끼는 여잔가 봅니다."

"뭐?"

"그러니까 이렇게 책상 위에, 그것도 보이는 곳에……."

"야, 너 나가. 쓸데없는 소리 할 거면 나가."

가뜩이나 오후에 있는 접대 때문에 신경 쓰여 죽겠는데 저거까지 왜 저래.

찌푸려질 대로 찌푸려진 미간이 펴질 새도 없이 문이 열리고 준우가 나타났다.

"어라? 분위기 왜 이래? 핫 하네?"

준우의 등장에 강석이 고개를 숙이고 재빨리 자리를 떴다. 준우는 영 기분이 좋지 않아 보이는 선우를 보며 슬쩍 소파에 기대어 서서 말했다.

"오늘 접대는 네가 하는 거?"

"어."

"강 회장 저질스런 얘기 잘 들어 줘라. 그 양반 너 엄청 좋아한다."

"야. 너도 나가."

"우리 일이 다 그렇잖냐. 좋은 꼴 보자고 하는 사업은 아니지. 이따 보자."

준우가 문을 닫고 나가자마자 선우는 들고 있는 서류를 책상 위로 내려놓으며 한숨을 쉬었다. 그러다가 책상 위에 놓아둔, 정성스럽게 빚은 듯한 빵이 눈 안에 들어왔다.

그냥 아까 강석이 줘 버릴 걸 그랬나. 빵을 보자니 이걸 주며 활짝 웃던 그 눈망울이 떠올라 접대를 하러 가는 제가 진창에 나뒹구는 쓰레기가 된 것 같은 기분에 욕지거리가 밀려왔다.

선우는 습관처럼 책상 위에 놓아둔 담배를 가져와 입에 물었다.

＊

　강 회장은 뭐가 그렇게 기분이 좋은지 한참 동안이나 상승세를 그린 주식에 관한 눈물 나게 재미없는 이야기를 하다, 다시 주제를 바꿔 요새 만나고 있는 애인에 대해 이야기를 해 왔다.

　모델 출신 레이싱걸인데 만나는 재미가 쏠쏠하니 아주 살맛이 난다, 와이프랑은 또 다른 재미가 있다, 안는 맛이 다르다, 그러니 기분이 좋아서 자제가 안 된다. 결론은 도 사장도 같이 기뻐해 달라 그거였다.

　선우는 의미 없이 술잔 가득 채워진 술만 바라보고 있다 몇 번 무성의하게 고개를 끄덕여 주었다.

　한번은 이준우가 물어본 적이 있었다. 준우의 말에 따르면 저는 싸가지가 바가지고, 공감능력도 떨어지고, 인성도 글러 먹었고, 동정심 같은 것은 개미 눈물만큼도 없어서 누군가의 이야기를 들어 주는 것이 세상에서 가장 고역일 텐데 어떻게 그렇게 거물들 마음을 잘 들었다 놓았다 하느냐고.

　그래서 언젠가 한 번 말한 적이 있었다. 지금 생각하고 있는 것과 완전히 반대되는 말만 골라 내뱉을 뿐이라고.

　사실, 이런 저질 같은 놈 하나 골라내는 거야 큰 힘 들이지 않을 수 있지만, 이런 은밀하고 난잡한 비밀이 오고 가야 더 큰 돈이 되는 법이었다.

　강 회장은 보란 듯이 제가 부른 그 소문 자자한 레이싱걸 애인을 끼기 시작했다. 불륜을 하기 위해 이보다 더 좋은 장소도 없었다. 제가 보는 앞에서도 여자의 젖가슴을 주무르는 강 회장을 보며 선우는 자리에서 벌떡 일어섰다. 단번에 강 회장의 시선이 위로 들렸다.

"그럼 전 이만 빠지겠습니다. 즐거운 시간 보내십시오."

"그래, 그래. 도 사장."

선우는 그대로 룸을 나온 후 곧장 화장실로가 입안을 헹궈 냈다. 남자가 난데없이 제 애인을 부른 덕에 술은 몇 잔 입에 안 댔지만 조금만 있으면 베이커리로 아영일 데리러 가야 하는데 괜히 술을 입에 댔다 싶었다. 계산 실수였다. 그래도 아직 시간이 남은 게 다행이다 싶었다.

조금씩 비가 내리기 시작하더니 이내 쏴아, 하며 굵은 빗줄기가 퍼붓기 시작했다. 아영은 비질을 하다 말고 창가로 바짝 붙어 섰다.

뭔 놈의 비가 하늘에 구멍 뚫린 것처럼 내리냐. 아, 도선우라도 불러야 하나. 좆 됐네, 하는 영락없는 요새 애들 같은 욕을 중얼거렸다. 그러면서도 비질을 쓱싹쓱싹하며 꼼꼼하게 먼지를 털어냈다.

하늘은 그런 아영을 보며 남은 빵들을 정리하다 말고 떨어지는 유리 너머의 비를 보았다. 오늘은 정말 누구라도 아영이를 데리러 왔으면 좋겠는데 그 남자는 소식이 없었다.

아영일 집에 어떻게 보내야 하나 고민을 하며 문득 오늘 처음으로 시험 삼아 구워 본 빨간 시럽이 맛있게 흘러내리는 딸기 쉬폰 빵을 테이블 위로 올렸을 때였다. 딸랑, 하며 문이 열리고 낯익은 형체가 안으로 들어왔다.

"아저씨."

빗방울이 내려앉은 어깨를 대충 털어 낸 남자는 긴 손가락을 머리카락 안으로 집어넣어 가볍게 쓸어 넘겼다. 물기에 젖어 살짝 흐트러진 남자의 머리칼이 어딘가 모르게 차분해져 있었다. 선우는 저를 부르는 하늘을 보며 물기가 아직 남아 있는 손을 손수건으로 닦아 냈다.

"이런 날은 문도 좀 일찍 닫고 해."

확실히 여자 둘이서 작은 가게를 보기엔 유난히 어두웠다. 비가 억수같이 쏟아지고, 바람이 많이 불어 누가 들어와 칼을 들이밀어도 비바람 소리에 고함 소리가 꼼짝없이 묻힐 게 분명했다.

"괜찮아요. CCTV 있잖아요."

"CCTV는 범인을 잡아 줄진 몰라도, 막아 주진 못해."

그러면서 선우는 스캔하듯 가게 안을 살폈다. 구조를 눈에 담아 두려는 듯 빠르게 주위를 둘러본 선우가 제자리로 고개를 돌렸을 때, 놀라 심장이 나가 떨어질 뻔했다. 저 멀리에 있던 하늘이 어느새 제 코앞까지 다가와 제 셔츠 자락을 쥐고 있었다.

"너, 뭐야!"

"있죠. 아저씨. 오늘만 저도 태워 주시면 안 돼요? 답례는 드릴게요."

"뭐, 또 빵 쪼가리라도 주려고?"

"어? 맛없으셨어요? 그거 우리 가게에서 제일 잘 팔리는 제품인데."

뭔가 문제가 있었나? 그렇게 중얼거리며 스르륵 선우의 셔츠에서 손을 떼어 낸 하늘이 새삼 깊은 고민에 빠지는 듯했다. 아니

무슨 애가 이렇게 매사에 진지해.

"데려다줄 테니까 타고 가."

선우는 더는 말을 섞기가 귀찮다는 듯 그렇게 말하며 돌아섰다. 그리고 친구들과 문자를 주고받는지 핸드폰을 쥐고 키득거리던 아영이 가게를 나가는 그를 보며 재빨리 앞치마를 벗어 던졌다.

선우는 다시 저를 뚫어져라 쳐다보기 시작한 하늘의 시선에 괜히 창문에 기대고 있던 손을 들어 올려 턱을 쓸었다. 무슨 놈의 눈도 저렇게 커. 무시할 수도 없게.

깜빡이는 눈으로 그를 보던 하늘이 흐음, 하고 뭔가 생각하는 듯하더니 다시 관망하듯 선우를 샅샅이 살펴보기 시작했다. 아영일 먼저 집에 내려 줬으니 망정이지 분명 이 꼴을 봤다면 괜히 쓸데없이 눈치만 빨라서 꼬치꼬치 귀찮게 캐물을 게 뻔했다.

"닳는다."

"네?"

"그만 봐. 내 얼굴."

아, 귀찮았나? 그렇게 생각하며 하늘은 천천히 등받이에 등을 기대고 그에게서 조금 멀어졌다. 잘생겼다, 아저씨.

"아저씨. 저녁 드셨어요? 안 드셨으면 우리 집에서 저랑 같이 먹을래요?"

"생각 없다. 더더구나 너랑은 안 먹어."

"왜요?"

"귀찮으니까."

역시 제가 귀찮았나 보다. 하늘은 고개를 끄덕이며 수긍하는 듯했다. 그 모습에 선우가 괜히 한시름 놓았다는 생각에 다시 턱을 쓸던 손을 핸들 위로 올리는데 하늘이 조용히 다시 입을 열었다.

"같이 먹으면 안 돼요?"

말을 말자, 말을.

선우는 피곤한 듯 옅은 한숨을 내쉬었다.

"그리고 넌 인마, 무슨 여자가 그렇게 쉽게 남자한테 집에서 같이 밥을 먹재."

"집에 들어가면 깜깜한데 저 혼자거든요. 근데 비 오는 날은 더 어두워요. 게다가 혼자 먹는 밥이 제일 싫은데. 같이 먹으면 안 돼요?"

"……."

"무섭고, 누가 들어올지도 모르고……."

"……."

"막 겁이 나요."

젠장.

생각보다 연하늘의 머리가 좋다는 것을 선우는 금방 깨쳤다. 제가 약한 부분을 그새 알아차렸다는 것이 명백히 드러났다. 선우는 착잡한 숨을 내쉬었다.

하늘은 집으로 들어오자마자 불을 켜고 냉장고를 뒤적였다. 그리고 딸기우유를 전자레인지에 넣어 돌리며 몸을 녹일 준비를 했다.

아저씨 뭐 좋아해요? 라고 묻는 목소리에 선우가 털썩 의자에 앉으며 기대 따위는 하지 않는다는 목소리로 대충 되는대로 지껄였다.

"스파게티."

좋아하지도 않는 음식을 입 밖으로 뱉어 내고, 그런 건 못한다고 말을 한다면 그대로 나가 버릴 생각이었다. 하늘은 돌아온 선우의 대답에 네에, 하더니 이내 혼자 뚝딱뚝딱 조물조물 재료 손질을 시작했다.

하, 참. 스파게티도 할 줄 안다?

선우는 긴 다리를 꼬며 헛웃음을 흘렸다. 그래 어디까지 하나 보자 싶어 팔짱을 끼고 삐딱하게 등받이에 등을 기댈 때였다.

"꺄악!"

가만히 야채를 손질하던 하늘을 보고 있던 선우가 놀란 목소리로 몸을 튕기는 그녀를 보며 자리에서 벌떡 일어섰다.

젠장, 그러게 왜 하지 않아도 될 스파게티를 한다고 해서는!

손이라도 베인 건가 싶어 하늘 가까이로 다가간 선우가 그녀의 손목을 확 움켜잡았을 때였다. 하늘이 그의 품 안으로 확 파고들었다.

"아저씨이. 흑. 바퀴벌레……."

"뭐?"

그녀가 부들부들 떨리는 손으로 가리키고 있는 곳에는 새카만 바퀴벌레 한 마리가 더듬이를 움직이며 벽에 달라붙어 있었다. 흑, 무서워요. 바퀴벌레, 하는 유약한 목소리가 속삭이듯 제 품 안에서 들려왔다.

급격하게 피곤이 밀려와 그녀의 팔목을 붙잡고 품 안에서 떼어 내려던 순간 하늘이 그의 품 안으로 더욱 와락 안겼다.

"……"

선우는 순간, 가슴을 간질이듯 피어오르는 묘하고 알 수 없는 야릇한 감각에 숨을 들이켰다.

감히 허락도 받지 않고 뛰어 대고 있는 제 가슴을 내려다보았다.

얘, 뭐야. 이거 왜 이래.

당신을 주세요

— 그 밤, 혼자 집으로 보낼 수 없었던 이유

3

선우는 하늘의 여린 팔을 붙잡고 단번에 제 품에서 떼어 냈다. 정말로 저 작은 벌레 한 마리가 위협이 되었던 건지 품에서 떨어진 그녀의 얼굴이 조금 상기되어 있었다.

입술이 삐죽삐죽하는 걸 보니 정말로 겁이 났던 모양이다. 내참, 지금 한 줌도 안 되는 저깟 벌레 하나 때문에 이게 뭔 짓거린지.

"아저씨이……."

어느새 눈앞에서 사라진 바퀴벌레가 다시 나타나기라도 할까 봐 슬금슬금 다시 저에게로 조금씩 다가서는 하늘을 보며 선우가 제법 단호한 얼굴로 경고하듯 말했다. 그의 눈썹이 조금 일그러진 것이 보였다.

"지금부터 세 발자국 이상 떨어져."

"아저씨."

"세 발자국."

마지막 경고라는 듯한 단호한 그의 말에 결국 하늘이 고개를 끄덕이며 정확히 세 발자국 떨어졌다. 저어…… 아저씨, 하며 할 말이 있는 듯 조금 발을 주춤하는 하늘을 보며 선우가 쓰읍, 하는 소리를 내며 잊었냐는 듯 눈을 매섭게 떴다.

아차차, 하며 다시 한 발자국 멀어진 하늘은 그제야 하고 싶었던 말을 꺼냈다. 참 애랑은 정상적인 대화 한번 주고받기가 힘들다.

"토마토 스파게티 말고 크림 스파게티 만들어도 돼요? 전 크림 스파게티가 더 좋은데."

"네 마음대로 해라. 네 마음대로."

크림 스파게티를 만들든, 크림 국수를 만들든.

관심도 없다는 듯 탁자로 돌아와 의자에 털썩 앉은 선우가 이내 팔짱을 꼬고 다시 긴 다리를 접었다. 소매를 제법 아무지게 착착 걷고 스파게티를 만드는 하늘을 보며 선우는 그녀의 옆모습을 가만히 쳐다보았다.

영락없는 어린애 같다고만 생각했는데, 요리를 하는 모습은 제법 여자 향기를 내고 있었다. 베이컨을 썰어 내는 허연 손목에 힘이 들어가는 게 보였다. 저런 팔모가지로도 뭘 하긴 하는구나 싶어 픽 웃음이 나왔다.

레스토랑에서 주문한 스파게티처럼 제법 면을 돌돌 말아 예쁘게 접시에 담아 온 하늘이 그의 맞은편 의자에 앉아 선우를 빤히 쳐다보았다. 선우가 어서 포크를 들길 기다리고 있는 눈치였다.

선우는 저만 빤히 쳐다보는 두 눈동자에 하는 수 없이 포크를

면 사이로 푹 찔러 넣어 대충 면을 감아 입안으로 넣었다. 어때요? 하고 물어보는 듯한 눈동자가 저를 뚫어져라 쳐다보는 것이 느껴졌다.

먹어, 하는 남자의 목소리에 그제야 스파게티를 한입 먹는다. 그리고 다시 한참 동안 선우를 쳐다보았다.

"아저씨."

"왜."

"⋯⋯멋있어요."

컥. 커억. 목으로 잘못 넘어간 스파게티에 선우는 급하게 곁에 있는 티슈를 빼 들었다. 제가 무슨 말을 한 것인지는 아는지, 기침을 하는 선우를 멀뚱히 바라보고 있는 하늘이 조용히 그를 향해 물이 든 제 컵을 내밀었다.

"괜찮아요?"

걱정스런 물음에 선우는 진이 다 빠진 얼굴로 물을 벌컥벌컥 들이켰다.

별다른 의미가 들어 있지 않은 말이라는 것을 잘 알고 있었다. 저런 말을 별 의미도 없이, 아무런 표정 없이 내뱉고 있는 하늘을 보자니 새삼 지금 제가 여기서 뭐 하고 있는 건가 싶었다.

"지금부터 아무 말도 하지 마."

"네?"

"쓸데없는 말 하지 말라고."

다시 네, 하고 대답하는 목소리가 들렸다. 하여간 대답이나 못 하면 말을 안 하지. 대답으로 어디 대회라도 나가면 못해도 입상은 할 것 같았다. 선우는 더 이상 말을 말자는 듯 남은 물을 마저 삼켰다.

"그런데요, 아저씨."

"또 뭐."

"여자 친구 있어요?"

난데없이 떨어진 질문에 선우는 그제야 제법 흥미로운 질문을 한다는 듯 느긋한 얼굴을 했다.

"있으면."

"네?"

"있으면 이제 같이 밥 먹잔 소리 안 하게?"

이번에 흥미가 돋은 쪽은 선우였다. 선우는 아예 포크를 내려 놓고, 팔을 테이블 위에 올린 채 한쪽 손가락을 둥글게 말아 턱을 괴었다. 재미있다는 듯 입술 한쪽을 올리고 하늘의 얼굴을 관찰하기 시작했다.

아니나 다를까 조금 시무룩해진 얼굴로 약간 고개를 숙이는 것이 보였다. 입맛이 떨어졌는지 이내 포크를 놓은 하늘이 제가 먹고 있던 딸기우유를 가져와 조물거리며 힘이 없는 목소리로 말했다.

"그 언니가 있으니까요."

"무슨 언니."

"아저씨 여자 친구요."

저보다 언니인지 동생인지 알지도 못하지만 일단 어느 쪽이든 실례가 되지 않는 호칭을 붙여 언니라고 칭하는 듯했다.

참 담담한 듯하지만 침착하지 못한 표정을 여실히 드러내는 그 얼굴에 선우는 웃음이 나올 것 같았다. 늘 평온한 얼굴을 하고 있

는 하늘의 얼굴이 평온을 잃으며 어지러워지는 것도 지켜보는 쪽
에선 나쁘지 않았다.

"죄송해요, 아저씨. 그 언니랑 데이트하러 가야 하는데 제가 못
가게 한 거예요?"

이젠 안절부절못하며 눈을 굴리는 것이 보였다. 저 때문에 선
우가 이곳에 잡혀 억지로 저녁을 먹고 있다는 사실에 죄책감을 느
끼는지 작은 입술을 여러 번 깨물었다 놓는 것을 반복했다. 더 이
렇게 지켜보다간 애 잡을 것 같아 아쉽지만 놀리는 것은 이쯤 하
기로 했다.

"쓸데없는 소리 말고 마저 먹기나 해. 그런 거 없어."

가만히 선우의 말을 곱씹던 하늘이 한참 동안이나 생각에 잠겨
있었다. 그러니까 아저씨는 여자 친구가 없다는 말……

그제야 마음이 놓이는지 다시 뺨을 움직이며 잡고 있던 딸기우
유 갑을 만지작거렸다. 그러다가 웃음이 나오려는지 살짝 고개를
숙여 말없이 쥐고 있던 우유갑에 꽂힌 빨대를 입에 물고 쪽 빨아
당겼다.

비가 오고 있는 하늘을 가만히 올려다보던 하늘이 창문을 모두
걸어 잠그고 블라인드를 모두 내렸다. 그런 뒤에 방이란 방의 전
등불을 모두 켰다.

선우는 신발을 신다 말고 그런 하늘을 지켜보고 서 있었다. 그
가 사라지고 공허해질 공간을 채우려는지 방 안의 불을 모조리 켠
후에야 하늘이 거실로 나왔다.

"제가 차까지 바래다 드릴까요?"

"됐으니까 문이나 잘 잠가."

"네. 아저씨, 조심히 가세요. 비 오는데 안전 운전이요. 아시
죠?"

선우는 대충 손을 들어 두어 번 젓고는 그대로 문을 열고 밖으
로 나갔다. 부러 바로 가지 않고 문 앞에 잠깐 서 있으니 하늘이
문을 철컹하고 잠그는 소리가 들렸다. 그제야 선우는 걸음을 뗐
다.

❋

"근데 그건 웬 빵이냐?"

준우가 선우의 책상 한편에 놓인 빵을 턱으로 가리키며 별다른
궁금증 없이 지나가는 말로 물었다. 그러다가 대답도 않고 그저
일만 보고 있는 선우를 한참 동안이나 지그시 바라보던 준우가 입
꼬리를 씩 올렸다.

악랄해 보이기까지 할 정도로 입술을 올린 준우가 슬쩍 가까이
로 다가와 빵을 덥석 집어 갔다.

"뭐 하는 짓이야."

"여자가 준 거? 어째 여자 냄새가 좀 많이 난다?"

"병원을 가. 빵에서 빵 냄새가 아니라 여자 냄새가 나면."

"누구야. 이 깜찍한 선물."

준우는 빵을 이리저리 돌려보며 흐음, 하고 잔뜩 궁금증에 단
목소리를 했다.

"너한테 죽고 못 사는 은선 씨? 아냐. 은선 씨 선물이라면 네가

받지도 않으니까. 나래? 걔도 이런 깜찍한 짓을 할 만한 애는 아닌데. 뭐야. 말해 봐. 너 따라다니는 여자들 중에 누군데. 이 완두콩같이 동글동글한 빵은."

그에게 달라붙을 만한 인물을 다 떠올려 봐도 이런 깜찍한 짓을 할 만한 여자는 떠오르지 않았다.

말없이 제 할 일만 하고 있는 선우를 보며 준우가 빵 봉지를 살짝 열었다

"내려놔라."

어김없이 으르렁거리는 목소리가 들려왔다. 이번에야말로 책상 앞으로만 박혀 있던 그의 시선이 위로 들렸다. 준우는 그제야 알겠다는 듯 큭큭 웃었다. 어떤 아가씬지 궁금하네. 도선우의 관심을 이렇게 끈 여자가.

"새 여자구나. 이 완두콩 같은 빵의 주인은."

"됐으니까 처먹으려면 처먹든가."

어라? 이렇게 나오면 아닌데.

그렇게 생각하며 준우는 빵 봉지를 좀 더 열어 봉지 안으로 손을 집어넣었다. 그러다가 다시 봉지를 덮었다. 웃음이 나올 것 같아 볼이 다 아파 왔다.

저렇게 죽일 듯이 노려보면서 뭘 먹으려면 먹어야. 진짜로 먹으면 그대로 내 죽방을 갈기겠네. 준우는 웃음을 끅끅 참으며 빵을 책상 위로 내려놓았다. 그나저나 안 먹으면 상할 텐데.

"됐어. 난 안 먹으련다. 상하기 전에 강석이 주든가 해. 저거 곧 있으면 상할 거 같은데. 실온에 꽤 있었던 거 아냐? 며칠 전부터 본 거 같은데."

준우는 그렇게 말하면서 다시 한 번 강조했다.

"곧 상하니까 먹고 싶어 하는 애 있으면 꼭 주라는 말이야. 상하니까."

'상하니까'에 또박또박 악센트를 준 준우가 싱긋 웃으며 문을 열고 사무실을 나갔다. 모르긴 몰라도 꽤 아끼는 거 같은데 저렇게 문화재 보관하듯이 보관만 하다가 상하면 아깝잖아.

준우가 나가고 텅 빈 사무실에 홀로 있던 선우는 다시 하던 일을 계속했다. 제 앞에 쌓여 있는 서류들을 슥슥 넘기며 제 사인이 떨어진 종이들을 책상 위로 내려놓았을 때, 준우가 내려놓고 간 빵이 눈 안으로 들어왔다.

사실 저는 밀가루 음식 자체를 좋아하는 편이 아니었다. 몇 번 도은석이 먹어 보라고 내밀어 맛본 적 있는 그 빵이 보아하니 연하늘이 만든 빵인가 본데, 나쁘지 않았던 기억이 있었다.

얘를 먹어야 하나 말아야 하나 별 시답지 않은 고민으로 제법 한참 제 책상 한편에 자리하도록 허락해 두었다.

선우는 다시 고개를 서류 쪽으로 돌려 만년필을 굴리다 말고, 제 책상 한편에 너무나도 크게 존재감을 차지하고 있는 빵 쪽으로 손을 뻗었다. 그리고 그간 사무실에 드나들었던 놈들이 다 탐냈던 빵을 꺼냈다. 빵에서 하늘의 베이커리에 들렀을 때 났던 향이 올라왔다.

맛은 나쁘지 않다. 제가 빵을 좋아하지 않아 사실 맛이 좋다, 나쁘다 판단하기엔 무리가 있었지만 좋아하는 사람이 먹는다면 보통은 선호할 맛이라는 생각이 들었다.

참, 별 재주 다 있다 싶었다. 손이 굉장히 작던데. 이 반죽을 하려면 제법 힘이 있어야 할 텐데 그 손으로 가능하긴 한가? 팔목도 가늘어서 꽤나 아플 텐데…….

……내가 지금 누굴 생각하는 거야. 그 고삐리를 왜 생각해.

선우는 이내 봉지만 남은 빵 껍데기를 쓰레기통으로 버리고 다시 보고 있던 서류들을 손으로 끌어왔다. 입안에 남아 맴도는 진한 앙금 향에 한숨을 쉬었다. 앤 또 왜 이렇게 맛이 진해. 계속 향이 남게.

❋

"교수님. 저 그럼 먼저 가 보겠습니다."

"그래, 그래. 참, 하늘아."

"네."

"아영이 그런 식으로 부탁해서 미안하다."

"아니에요. 저도 도움 많이 받고 있는걸요."

"그렇게 말해 주니까 고맙다."

미안한 듯 반쪽짜리 웃음만 짓고 있는 은석을 향해 괜찮다고 인사를 한 하늘이 꾸벅 고개를 숙이고 연구실을 나왔다.

복도를 걷는데 손을 씻고 나왔는지 손에 물을 잔뜩 묻힌 여조교 하나가 화장실에서 불쑥 나왔다. 갑자기 마주하게 된 두 사람이 서로 살짝 고개를 까딱이며 인사를 했다.

그런데 이리저리 구겨져 가루가 된 휴지로 손을 돌려 닦던 여조교가 슬쩍 눈치를 보더니 하늘의 곁으로 다가왔다. 그리고 물

때문에 조각이 나 손에 엉망으로 붙은 휴지들을 귀찮은 듯 탈탈 털어 내며 궁금한 듯 슬쩍 말을 걸어왔다.

"도은석 교수님이랑은 같이 일하기 괜찮으세요?"

"네. 저는 덕분에 편하게 일하고 있어요."

"그렇구나. ……저 혹시 이 학교에 도은석 교수님 동생이 있다고 하던 거 같은데 들어 본 적 있으세요?"

동생? 아영일 말하는 건가?

아영일 말하는 거냐고 그렇게 물어보려 입을 떼려던 찰나 여조교는 진짜로 궁금한 건 여동생 같은 게 아니라는 듯 바로 본심을 드러냈다.

"도은석 교수님 형도 있다던데. 본 적 있으세요?"

"네."

"어머! 정말요? 아니, 저번 달까지는 그래도 가끔 학교에 왔었다던데 제가 조교 일 맡고 나서는 한 번도 안 온 거 있죠? 내가 못 본 걸 수도 있겠지만."

"근데 형은 왜요?"

"모르시는구나. 도은석 교수님 형이 그렇게 잘생겼대요. 키도 훤칠하니 모델 같고. 그냥 애들 사이에선 유명하기에 나도 궁금해서."

단지 학생들 사이에서 유명해 내가 궁금할 뿐이지, 개인적인 마음은 하나도 없다는 듯 여조교는 몇 번이나 학생들 얘기를 하며, 소문이 그렇다고 강조했다.

"네에."

고개를 끄덕이며 하늘이 동의 섞인 대답을 했다. 제가 생각해도 아저씨는 잘생겼으니, 학생들의 소문에 동의하는 듯 하늘이 고개를 끄덕였다.

그 동의의 말이, 그녀도 은석의 형이란 존재를 궁금해한다는 뜻으로 받아들인 여조교는 마치 이 주제로 수다를 떨 상대가 없었는데 생겼다는 양 이젠 노골적으로 선우를 언급했다.

"정말 그렇게 잘생겼어요? 막 연예인 같다던데. 스타일이 끝빨난다더라구요."

'도선우가 성격은 개지랄 잡종이라 그렇지 스타일 하나는 좋 되지.'

라고 말하던 아영의 말이 생각나 하늘은 고개를 끄덕였다.

"와. 진짜요? 점점 궁금해지네. 대체 어떤 사람이기에?"

"그냥……."

어떻게 설명을 해 줘야 할까, 아저씨를 어떤 문장으로 설명을 해 줘야 가장 비슷하게 묘사할 수 있을까.

생각에 생각을 거듭하는 하늘의 모습이 일부러 가르쳐 주기 싫어 망설이는 거라고 생각한 여조교가 그러지 말고 한번 털어놓아 보라며 하늘을 재촉했다.

"착하고, 다정해요. 잘해 주고."

"에? 진짜요? 소문이랑은 정반댄가 보네? 성격이 완전 개차반이라던데."

"아니에요."

아저씨 엄청 착해요.

확실하다는 듯 하늘이 싱긋 웃었다.

"오. 그것도 매력 있는데요? 와. 난 잘생긴 남자가 성격이 안 좋대서 역시 인물값 한다고 생각했거든요. 히야. 하늘 씨 좋겠네요. 실물도 보고. 이름이 뭐라더라. 누가 겨우 알아냈다고, 비밀리에 떠돌던데. 도……."

그렇게 말하며 이름을 떠올리는 듯 여조교가 아차, 심부름을 잊고 있었다는 듯 다음에 봬요! 라는 말만 남기고 급하게 뒤돌아갔다. 하늘은 그런 여조교의 뒷모습을 가만히 보다 조용히 중얼거렸다.

"도선운데. 아저씨 이름."

그리고 이내 어깨에 달라붙어 있는 백팩 가방끈을 잡으며 학교를 나왔다.

✳

"잡아다가 매장을 시키든가 룸살롱으로 팔아넘기든가 네가 알아서 해. 그리고 다시는 나한테 이런 좆 같은 것까지 하나하나 보고하지 마. 알았어?"

전혀 착하지 않은, 어마무시하게 살벌한 대화를 주고받던 선우가 신경질적으로 핸드폰을 옆 좌석으로 던졌다. 그리고 마음에 들지 않는지 육두문자를 중얼거리던 그가 시원찮게 운전하고 있는 강석을 보며 발로 등받이를 툭툭 쳤다.

"운전 똑바로 안 할래? 젊은 나이에 일찌감치 골로 가고 싶어?"

"죄송합니다, 형님. 갑자기 저 새끼가 튀어나오는 바람에."

강석은 식은땀을 흘리며 겨우겨우 원하는 길로 들어섰다. 그러다가 어디서 많이 본 듯한 얼굴에 고개를 갸웃했다.

"형님."

"왜."

"저기…… 형님 여동생 아닙니까?"

"뭐?"

제가 지금 잘못 들었나 싶었다. 유흥업소가 줄지어 늘어선 이곳에 누가 있다고?

창문을 내려 강석이 말한 사람이 누군가 싶어 빠르게 주위를 훑은 선우가 눈을 확 찌푸렸다.

뭔가 잔뜩 들고 가는 듯 품에 봉투를 안은 아영이 길을 걷고 있었다. 그리고 그 옆으로 함께 걷고 있는 인영에 선우는 두 번 놀랐다. 하늘이 아영과 함께 뭔가를 잔뜩 들고 거리를 걷고 있었다.

저것들을 진짜 잡아다가 가둬 놓을 수도 없고, 잔뜩 열이 오른 선우가 차에서 내렸을 때였다. 길을 가던 두 사람이 중간에 멈춰 섰다. 뭔가를 도모하는 듯 소곤거리는 모습에 선우는 더 다가가지 않고 차에 기대어 섰다.

뭔가 얘기를 하는가 싶더니 이내 아영은 왔던 길을 되돌아가고, 하늘 혼자 아영이 들고 왔던 봉투까지 모두 손에 쥔 채 다시 길을 걸었다. 대체 어딜 가는 거야.

다시 걷기 시작하는 하늘 뒤를 조용히 밟던 선우가 걸음을 멈췄다. 목적지에 도착한 듯 건물 안으로 들어가고 있었다.

선우는 본능적으로 고개를 들어 간판을 봤다. 처음 그녀와 마주쳤던 그 단란주점이었다. 그래도 저보다 동생이라고 아영일 먼저 돌려보낸 듯싶었다.

선우는 긴 다리를 천천히 움직여 거의 다 태워 필터만 남은 담배를 구두로 짓이겨 끄고 하늘의 뒤를 따라 주점 안으로 들어갔다.

'어서 오십시오, 손님. 혼자 오셨습니까.' 하고 묻는 웨이터를 무시하고 선우는 조용히 하늘의 뒤를 밟았다. 익숙한 듯 복도를 걷던 하늘이 뒤편 룸 안으로 들어가는가 싶더니 이내 들어간 지 몇 분 되지 않아 빈손으로 룸 밖으로 걸어 나왔다.

작은 몸이 봉투의 무게를 버티고 있었던 게 제법 힘이 부쳤던지 휘청거렸다. 술에 취해 비틀거리는 남자가 맞은편에서 오는 줄도 모르고 걷고 있는 게 보였다. 아니나 다를까 맞은편에서 오는 남자와 어깨가 툭 하고 부딪혔다.

하늘이 몸을 휘청거렸을 때였다. 하늘은 제 손목을 확 낚아채는 것에 놀라 고개가 확 들렸다.

"아저씨."

놀란 것인지 눈을 크게 뜨던 하늘이 이내 반가운 듯 눈을 접어 웃었다. 아저씨다.

"너 내 말이 우습지. 이런 곳에 얼쩡거리지 말라고 몇 번을 말해. 어?"

"아, 여기 손님네 가게예요. 그냥 저는 배달하는 것뿐이에요."

"필요한 사람이 와서 사 먹으라고 해. 네가 배달을 왜 해."

"그래도 여기 사장 언니랑 친하거든요. 그럴 수가 없었어요."

"친하면 아주 온 동네에 배달하겠네."

선우는 이어 지나가는 남자들의 시커먼 무리를 보며 하늘의 손목을 더욱 잡아당겨 제 쪽으로 끌었다. 하늘은 그의 품 안에 살짝 안긴 모양새로 말없이 선우를 올려다보았다.

"아저씨."

"뭐."

"손……."

그제야 제가 하늘의 손목을 꽉 붙들고 있는 것을 발견한 선우가 툭 던지듯 손목을 내려놓았다. 놓아 달라는 말이 아니었는데.

"따라와."

하늘은 제 손목을 내려놓은 선우를 말없이 올려다보며 이내 주점을 나서는 그를 뒤따랐다.

주점 밖으로 나와 강석이 기다리고 있는 차 쪽으로 걸음을 옮기던 선우가 시계가 채워진 제 손목을 살짝 매만지며 노골적으로 미간을 구겼다.

"다시 갈 거야. 안 갈 거야."

"그래도 손님인데……. 그냥 배달 가면 안 돼요?"

보아하니 한참 동안 배달을 다닌 듯싶은데 여태까지 한 번도 무슨 일이 벌어지지 않은 게 용하다 싶었다.

"허락해 주시면 안 돼요?"

왜 하늘이 그에게 허락을 받아야 하는지, 왜 선우가 허락을 하고 말고 하는지, 어느 누구도 따지고 들지 않았다. 선우는 고집스레 저를 올려다보는 두 눈을 보며 어이가 없다는 듯 이마를 짚었다. 하아. 한숨이 나왔다.

"어디 팔려 가든가 말든가 난 모른다."

"허락해 주셔서 감사합니다, 아저씨."

그러고 또 고맙다며 인사를 한다. 선우는 이젠 헛웃음도 나오지 않는지 피곤한 눈을 했다. 그리고 주차된 차를 보며 턱짓으로 가리켰다.

"타고 가. 베이커리까지 데려다줄 테니까."

"네."

하늘이 차에 올라타는 것을 보며 선우는 핸드폰을 꺼내 전화를 걸었다. 제 부하 직원 하나가 신호음이 몇 번 가기도 전에 전화를 받는 목소리가 들렸다.

"너, 토요일 오후 시간대에 애들 보내서 미러 감시시켜."

— 미러면 그 단란주점 말씀하시는 겁니까, 형님.

"그래."

— 오후 시간대면 몇 시쯤…….

"오후 내내 감시하라고. 뭔 몇 시쯤이야."

— 아, 알겠습니다. 형님.

그리고 전화를 끊은 선우가 하늘이 탄 뒷좌석 옆자리로 올라탔다. 하늘은 그새 강석과 몇 마디 나눴는지 유하게 웃고 있었다. 강석과 대화를 하게 놔둬도 되나 싶었다. 저놈도 그닥 착한 놈은 아니라.

"아저씨 조폭이세요?"

"조폭 아닙니다. 저희는……."

"닥치고 운전이나 해."

"예. 형님."

애한테 못할 말 할까 싶어, 이 짓도 잘한 짓은 아니라는 생각이 들었다.

하늘은 어느새 강석에게 향해 있던 관심을 선우에게로 돌렸다. 다시 저를 빤히 보는 하늘의 시선에 선우는 이젠 적응이 됐다는 듯 별다른 반응도 없이 무심히 바지 포켓에 손을 찔러 넣고 등받이에 등을 기대고 있었다.

"아저씨."

"왜. 이젠 네가 부르면 무섭다."

"왜요?"

"됐으니까 말해."

하늘은 그에게 허락도 받았으니 이제 말을 하겠다는 듯 고개를 끄덕이고는 작은 입술을 벌렸다.

아까 제가 넘어지지 않도록 잡아 준 그의 품 안이 떠올랐다. 그리고 위험하니까 이곳엔 다니지 말라고 경고하듯 말한 그 눈동자도 떠올랐다.

왜 이런 아저씨보고 성격이 나쁘다고 하지? 진심으로 하늘은 이해가 가지 않았다. 저에겐 이렇게 다정한 아저씬데.

"저, 있죠. 아저씨가 더 좋아질 거 같아요."

"뭐?"

하늘이 그의 주먹 쥔 손을 감싸 잡았다 놓으며 그렇게 말했다. 당연히 지금도 네가 좋다, 라는 말을 전제로 깔고 가는 뉘앙스에 선우는 저도 모르게 놀라 되물었다.

아직도 놀랄 일이 남아 있었다니.

"아저씨. 엄청 좋은 사람 같아요."

좋은 사람이라는 말은 제 살아생전에 처음이었다. 그러니까 훗날 칠십이 되고 완전히 개과천선해 속세를 벗어나게 되면 듣게 될 말이라고 생각했다.

태어나서 처음 듣는 그 말로도 황당하고 어이가 없는데 그다음 나온 말에 더 뒤통수를 때려 맞는 듯했다.

"저는 아저씨 좋아요."

다른 누가 아저씨 안 좋다고 해도, 성격이 더럽다고 해도 저는 좋아요. 엄청. 그렇게 말하며 하늘이 웃었다. 도선우가 성격이 더럽다고 해도, 라는 걸 보니 누구한테 제 욕을 들은 모양이었다. 또 그걸 아무렇지 않게 당사자 앞에서 말하고 있는 하늘을 보니 선우는 기가 찼다.

아니 근데, 지금 이게 무슨 뜻인지는 알고나 말하나. 하늘은 평소의 차분한 얼굴로 눈에 웃음기를 띤 채 마치 엄마 좋아요, 아빠 좋아요 그리고 아저씨가 좋아요, 라는 어투로 말하고 있었다.

갑자기 하늘의 입에서 튀어나온 말에 엄청나게 놀란 건 사실이었지만, 선우는 이내 곧 평상심을 되찾았다.

오해할 소지가 다분할 수 있는 말이었지만 선우는 오해하지 않았다. 여태껏 봐 온 하늘이라면 저만 한 또래와는 달리 이런 말들을 해도 전혀 그런 쪽의 뜻이 아니라는 것쯤은 이젠 충분히 알 수 있었다.

"그래. 싫어하지 않아 주셔서 대단히 고맙다."

바짝 목 안이 말라 와 선우는 손을 뻗어 아무렇게나 던져두었던 생수를 가져왔다. 그리고 룸미러 너머로 두 사람을 빤히 쳐다보고 있는 강석을 향해 그는 들고 있는 생수병을 집어 던질 듯 매섭게 보았다.

"눈 안 돌려?"

"죄송합니다."

하늘은 제 아저씨 속을 있는 대로 없는 대로 다 뒤집어 놓고는 마치 아무 일도 없었다는 듯 진동이 오는 핸드폰을 꺼내 귀로 가져갔다.

"아, 응, 아영아. 곧 갈게. 조금만 있어."

그리고 전화를 끊은 하늘은 선우를 돌아볼 생각도 않고 곧바로 도착한 베이커리 앞으로 폴짝 내렸다.

덕분에 바짝 늙은 듯한 기분으로 차에서 내린 선우는 곧장 아영을 싣고 집으로 향하려던 참이었다. 그리고 윤아영을 찾아 베이커리 문을 열었을 때 선우를 발견한 은석이 손을 흔들며 다가왔다.

오늘은 저도 아영이가 걱정이 된 모양인지 모처럼 차를 끌고 학교 밑으로 내려온 은석이 베이커리에 있었다. 아영은 두 오빠들을 피하기 위해 시작한 알바였는데 이곳에서 두 오빠들을 만난 게 몹시 불쾌한지 노골적으로 인상을 썼다.

"형 왔어? 오늘은 내가 아영이 데려다줄게."

"어."

"아니다. 오랜만에 셋이 만났는데 저녁이라도 하고 갈까?"

은석의 제안이 끝나기도 전에 동시에 두 개의 답이 돌아왔다.

"아니!"

"됐어."

동시에 튀어나온 아영과 선우의 대답에 은석이 웃으며 다시 재촉했다.

"그러지 말고 가자. 어차피 다들 저녁 아직인 거 아냐? 하늘이까지 넷이 가면 되겠다. 하늘이 괜찮지?"

"네."

"거봐. 가자. 아영이 너 좋아하는 걸로 사 줄게."

"아, 됐어. 내가 뭔 개새끼야? 먹을 걸로 꼬신다고 따라가게?"

"같이 가자, 아영아. 가요, 아저씨. 네?"

하늘의 웃음을 지켜보던 은석이 싱긋 따라 웃었다.

선우는 결국 베이커리에 들어서면서부터 손안에 굴리고만 있던 담배를 물지 못하고 쓰레기통 안으로 쑤셔 박았다.

다시 꼼짝없이 몇 시간은 금연이었다.

와인글라스 스템을 쥐고 한참 동안 의미 없이 잔을 가볍게 돌리던 선우가 묘하게 웃기게 돌아가는 상황에 긴 다리를 꼬고선 각기 다른 세 사람을 관망하고 있었다.

뭐가 그렇게 재밌는지 눈물이 나도록 따분하고 재미없는 연구 이야기를 쉴 새 없이 하며 천천히 음식을 먹는 은석과 그런 따분한 은석의 말을 들으며 배가 고프지 않은지 음식이 거의 그대로 남은 접시 앞에 앉아 있는 하늘과 있는 음식은 죄다 헤집으며 입안으로 쑤셔 넣고 있는 아영이 선우의 눈에 들어왔다.

그리고 제일 재미있고도 기가 막힌 건 세상에서 제일 까다로운 삼남매가 죄다 연하늘과 얽혀 있는 이 상황이었다. 그 결과, 연하늘의 농간에 놀아난 세 남매가 무려 한 테이블에 앉아서 밥을 먹고 있었다.

선우는 이젠 헛웃음이 나오지도 않는지 한참 동안이나 제 옆에 앉아 있는 하늘을 응시했다. 저렇게 접시에 손도 안 대니 손목이 저리 말랐지. 쯧, 혀를 차며 쥐고 있던 와인글라스를 놓고 곁에 놓인 물컵을 가져왔다. 강석을 보냈으니 꼼짝없이 연하늘 운전기사 노릇은 제 몫이었다.

"연하늘."

"네."

저를 부르는 목소리에 은석과 대화를 하던 와중에 그를 돌아본다.

"안 먹고 뭐 해. 저렇게 먹어 봐, 좀. 얼마나 잘 먹어."

그러면서 선우는 턱짓으로 제 맞은편에 앉아 와구와구 음식을 먹고 있는 아영을 가리켰다.

그제야 하늘이 다시 포크를 쥐며 샐러드를 먹는다. 이것저것 먹어 가며 고기란 고기는 죄다 뜯고 있는 아영과는 달리 고기 쪽으로는 손을 대지 않는 그 모습에 선우가 못마땅한 목소리를 했다.

"그렇게 안 먹으니 살이 안 찌지."

"살 안 찌는 거 싫어요?"

"어."

그의 단답형 대답에 가만히 앞쪽에 놓인 고기를 보고 있던 하늘이 그제야 포크로 은석이 썰어 놓은 스테이크 조각을 찍어 가져왔다. 그러더니 작은 입안으로 힘겹게 밀어 넣는다. 그의 말을 듣고서 잘 먹는다 싶더니 몇 조각 삼키지 못하고 사레가 들렸는지 제 가슴을 툭툭 쳤다.

그 모습에 혀를 차며 선우는 제 옆에 있는 물컵을 밀어 주었다.

선우가 밀어 준 물컵을 받아 꿀꺽꿀꺽 물을 삼킨 하늘이 그제 야 편한 얼굴을 했다.

그리고 그 모습을 조용히 바라보고 있던 은석이 부드럽게 웃으 며 주스를 들었다.

"둘이 언제 그렇게 친해졌어?"

"아영이 데려다주면서 아저씨가 저도 데려다주셨어요."

"그랬구나. 자 주스 더 마셔."

"감사합니다."

선비같이 올곧기만 한 두 사람의 대화에 그제야 디저트에서도 완전히 손을 뗀 아영이 못마땅한 얼굴을 했다.

"진짜 재미없게들 놀아. 도선우도 개날라리지만 도은석도 진짜 개구닥다리야. 하여간 존나게 재미없어."

"어디서 욕지거리야."

"너한테 배웠다. 왜."

으르렁거리며 물을 벌컥벌컥 마신 아영이 선우를 노려보았다.

"그나저나 언니도 불쌍해요. 하필이면 좌 도선우, 우 도은석이 라니."

아영은 고개를 절레절레 저으며 이내 자리에서 일어섰다.

"다 먹었음 안 가고 뭐 해. 제사 지내?"

아영은 터덜터덜 걸어 나가며 자연스레 레스토랑 밖으로 향했 다.

자연스레 계산은 좌 도선우의 몫이었다.

나란히 주차되어 있는 두 사람의 차도 완전히 두 사람을 빼다 박아 놓은 것 같았다.

하늘의 앞에는 두 대의 차가 나란히 서 있었다.

차분하고 안정적인 무게감을 중시해 무난하게 남들과 어울릴 만한 대중적인 그레이 색상의 은석의 자가용과 국내에 몇 대 들어오지도 않는, 긁으면 당장이라도 달려와 집, 땅문서를 모조리 받아 내고도 남을 것 같은 도선우의 블랙 색상 스포츠카가 그것이었다.

은석은 배가 부른 듯 제 볼록 튀어나온 배를 쓰다듬고 있는 아영을 보며 선우를 향해 말했다.

"아영인 내가 데리고 갈게. 형은 바로 사무실 갈 거지?"

"어."

그렇게 아영이 탈 차가 정해지고, 아영은 제게 주어진 은석의 차를 향해 걸어가 단숨에 차 안으로 들어갔다. 그리고 두 사람 사이에 서 있는 하늘을 보며 은석과 선우가 동시에 입을 열었다.

"하늘아, 타. 데려다줄게."

"연하늘, 타."

하늘은 저를 쳐다보고 있는 두 형제를 번갈아 보며 다소 난감한 얼굴을 했다.

선택에 대해 고민을 하고 있는 것이기보다는 갑자기 저에게 내려진 선택 강요에 흠칫하는 듯했다.

하지만 하늘은 곧 제 대답을 기다리고 있는 은석을 향해 고개를 숙였다. 오늘 감사했습니다, 교수님, 하는 연한 목소리가 밤공기를 타고 흘렀다. 그리고 하늘은 총총 걸어가 선우의 차 조수석으로 올라탔다.

　집 앞에 차가 도착하고 한참 동안이나 뭔가를 찾는 듯 제가 앉은 자리를 뒤적거리던 하늘이 그제야 찾았다는 듯 목걸이 하나를 들어 보였다. 그러더니 그에게 인사를 꾸벅한다. 이제 차 문을 열고 나가겠다는 신호였다.

　"아저씨. 오늘 감사했습니다. 아참, 아까 커피 드시고 싶다 하셨는데, 저희 집 가서……. 아, 귀찮다고 하셨지."

　차에서 저에게 계속 말을 걸어오는 그녀를 향해 지금은 모든 게 귀찮다고 말을 했던 제 말이 떠오른 모양이었다. 하늘은 더 그에게 권하지 않고 군말 없이 차에서 내려 그에게서 등을 돌렸다.

　그리고 평소와 달리 더 붙잡지 않고 그렇게 가 버리는 하늘을 보며 선우가 핸들에 팔을 얹어 턱을 괴고 설명할 수 없는 묘한 느낌에 알 수 없는 표정을 지었다.

　말 들으랄 땐 안 들더니 또 이런 건 잘 듣네.

　엘리베이터 입구부터 열쇠를 꺼내어 미리 집 안으로 들어갈 준비를 하던 하늘은 열쇠를 열쇠구멍에 꽂아 넣으려다 말고 가만히 입구를 들여다보았다.

　어째 뭔가가 좀 이상했다. 하늘은 손으로 문고리를 돌려 보았다. 뻑뻑하게 잡히지 않고 헐겁게 돌아간다 싶더니 이내 문고리가 툭 분리되어 아래로 떨어졌다.

　"……!"

　뭐지? 혹시 도둑이라도 든 건가?

하늘은 침을 꿀꺽 삼켰다. 그리고 조심스레 문을 열었을 때 저도 모르게 뒷걸음질 쳤다. 누군가가 침입한 흔적으로 집 안이 완전히 난장판이었다.

당신을 주세요
— 당신이 절실한 밤

4

Rrrrrrr.

선우는 느긋하게 창문에 팔을 기대어 핸들을 유연하게 돌리다 말고 저를 찾는 전화에 다소 피곤한 얼굴로 곁에 놓아두었던 블루투스를 귀에 꽂았다.

그리고 통화 버튼을 누르자마자 저를 더 피곤하게 만드는 목소리가 흘러나왔다.

"왜."

— 도선우. 나 지금 베이커리로 급하게 가 봐야 하는데 네가 좀 태워 줘.

"이 시간에 거길 왜 가."

— 하늘이 언니 집이 도둑맞아서 지금 베이커리 앞에 있대. 근데 열쇠가 나한테 있거든.

"뭐?"

— 은석이 오빠 급한 약속 생겼다고 나갔단 말이야. 네가 아무리 싸가지가 왕 바가지 세숫대야라고 해도 그렇지, 하늘이 언니가 지금 그러고 있다는데 안 나오는…….

선우는 시끄럽도록 소리치는 아영의 목소리를 끊어 내고 그대로 핸들을 꺾었다.

곧 베이커리에 도착한 선우는 차에서 내리자마자 보이는 조그마한 인영에 한숨을 내쉬었다. 안도가 섞인 피곤한 한숨이었다. 무릎을 굽혀 제 몸을 둥글게 말고 있는 하늘은 제가 다가가는지도 모르고 어둠 속 베이커리 문 앞에서 누에고치처럼 웅크리고 있었다.

"연하늘."

불리는 제 이름에 한 가닥 남은 정신이 돌아오는지 천천히 작은 머리통이 들렸다. 제 눈앞에 있는 선우의 존재를 믿지 못하겠다는 듯 그녀답지 않게 느릿하게 눈을 깜빡였다. 반응이 느렸다.

"…….”

정말 어디 정신이라도 나간 건가? 몸이 상한 거 같진 않은데.

"연하늘. 대답해."

"……네."

"괜찮아?"

이번엔 대답도 버거운지 고개를 끄덕끄덕한다.

"일어나 봐."

한참을 웅크리고 있었는지 조금씩 몸을 들썩이면서도 인상을 썼다. 선우는 손을 뻗어 가볍게 하늘의 팔을 붙잡아 일으켜 세웠다.

겨우 몸을 일으켜 저를 올려다보는 새카만 눈동자를 보았다. 무서웠던 건지 그래서 울음을 참았던 건지, 운 것 같진 않은데 눈가가 빨개져 있었다.

"아저씨."

"그래."

"무서워요."

그제야 무섭다는 말을 털어놓는다. 그러면서 겨우겨우 참고 있던 눈물을 뚝뚝 흘려 낸다.

선우는 소리를 죽여 가며 끅끅 우는 애를 그냥 보고만 있을 수 없어 어찌할까 고민하다 손을 뻗어 여린 등을 쓸었다. 우는 여자를 달래 본 적이 없어 손길이 어색하기만 했다. 이게 아닌가, 어째 더 울기만 한다.

"울지 마."

"흑."

"울지 마라. 어?"

고개를 끄덕끄덕하면서도 뚝뚝 눈물을 흘린다. 선우는 어찌할까 한참 동안 고민을 하며 눈물을 손등으로 훔치는 하늘을 바라보고 서 있었다.

겨우겨우 진정한 하늘을 거의 힘으로 일으켜 세워 차에 태웠다. 닭똥 같은 눈물을 흘리며 잔뜩 두려움에 젖은 아이를 어디에 맡겨두고 오자니 그게 또 그랬고, 늦은 시각이라 딱히 전화를 걸 만한 곳도 없었다. 결국 선우는 자신의 집으로 향했다.

그래 봤자 저에게 믿을 만한 사람은 준우 놈인데 준우한테 하늘을 맡기는 미친놈이 될 순 없었다.

그래도 그 정신없는 상황에 제법 대처능력은 좋았다. 엉망인 집을 확인하자마자 아파트 밖으로 나와 112에 신고를 하고, 경찰이 도착했을 때야 집 안으로 같이 들어가 상황을 살핀 모양이었다.

없어진 건 딱히 없는데 아무래도 집에 쳐들어온 놈이 주인이 혼자 살고 있는 아가씨라는 걸 알고 있었던 것 같다는 말을 했다고 한다. 그 대목에서 겁을 집어먹은 듯했다.

선우는 집으로 들어오자마자 욕조에 뜨거운 물부터 받고, 밖으로 나와 냉장고를 뒤적였다.

먹을 게 있을 리가 없었다. 집에서 딱히 요리를 해 먹는 스타일도 아니었고, 그렇다고 인스턴트 음식을 재어 두는 스타일도 아니어서 줄 만한 게 없었다.

선우는 하늘이 욕실을 사용하는 동안 편의점으로 나와 대충 먹을 것들을 골라 담았다.

속옷이나 간단한 옷가지들은 들고 나왔다고 했으니까 이만하면 됐다 싶었다. 허구한 날 빵만 먹는 앤데 빵을 사 오긴 좀 그래서 대충 밥이 될 만한 것들과 비스킷도 샀다.

그래도 입맛에 맞는 모양인지 하늘은 아직 덜 말라 물기가 남아 있는 머리칼을 하고선 비스킷을 연신 베어 물었다.

"아저씨."

"왜."

"죄송해요."

조금 진정이 된 건지 비스킷 가루가 묻은 입술이 살짝 벌어졌다 닫혔다. 선우는 편안한 니트로 옷을 갈아입고 나와 하늘이 앉아 있는 식탁 테이블 맞은편 의자에 앉았다.

"알면 어서 먹기나 해."

"이렇게 신세 져서 죄송해요. 정말이요. 오늘 하루만 신세 지고 내일 아침 일찍 갈게요."

"보통은 내일 일찍 가겠다는 말보다 고맙다는 말을 먼저 하지 않나?"

"고마워요, 아저씨."

"됐다. 내가 너한테 인사받아서 얻다 쓰겠어."

선우는 식탁 위에 남은 원두커피를 그대로 개수대에 버리고 거실로 향했다. 오늘 그의 잠자리는 소파였다.

침대가 킹사이즈긴 했지만 하나뿐인지라 하늘에게 양보된 참이었다. 그리고 두 사람 위로 내려앉은 밤은 그렇게 조용히 깊어지나 했다.

선우는 잠귀가 밝은 편이었다. 그래서 나와서 살기 전, 은석과 함께 살았을 때 그가 새벽에 책을 읽다가 책장을 넘기는 소리에 잠이 깨 책상을 한번 뒤엎은 적이 있었다. 그 이후로 은석은 그가 잠자리에 드는 시간을 무조건 취침 시간으로 삼았다.

선우는 이불이 바스락바스락거리는 소리에 몇 번이나 꿈틀거렸다. 그러다가 눈을 번쩍 떴다.

소리가 날 근원지가 없었다. 분명 하늘은 제 방 침대에서 자고 있을 터였고, 저는 잠을 자는 동안 별다른 미동을 하지 않는 스타일이니 소리가 날 이유가 없었다.

몸을 일으켜 옆으로 돌아누운 선우는 아무것도 없어야 할 자리에 있는 낯선 형체에 흠칫했다.

자신이 누워 있는 소파 옆 바닥에 간단한 요를 깔고 몸을 고치처럼 웅크린 채 하늘이 누워 있는 것이 보였다. 대체 얜 왜 여기 있는 건데.

"연하늘."

깊이 잠이 들지는 않았는지 저를 올려다보는 눈이 보였다.

"너 왜 여기 있어. 침대에서 자라는 말 못 들었어?"

"그게 아니라 무서워서……. 저 아무 짓도 안 할게요. 그냥 여기서 자게 해 주시면 안 돼요?"

"뭐?"

"그냥 얌전히 여기 있을게요. 네?"

아아, 그녀가 이 집에서 하룻밤 자게 된 이유를 간과하고 있었다. 선우는 피곤한 눈을 감았다 뜨며 한숨을 쉬었다. 가지가지도 이런 가지가지가 없네.

"침대로 가."

"……아저씨."

"허리 작살나고 싶어? 너 그리고 내가……."

선우는 더 말을 하기도 입 아픈지 한 템포 쉬었다가 다시 입을 열었다.

"경계 좀 하랬지."

연하늘을 이준우 집으로 보내지 않았던 것을 다시 한 번 잘한 결정이라고 생각했다. 이준우 집에서 이랬다면 보나 마나 뭔 일이 생겨도 생겼을 터였다. 하긴, 도둑 무서워 엉엉 울었던 애한테 그러겠냐만은. 아니 근데, 지금 그게 문제가 아니라.

"빨리 안 일어나?"

기어코 일어나라고 무서운 목소리를 하는 선우의 말에 결국 하늘이 바르작거리며 자리에서 일어났다. 바닥에 깔았던 얇은 요 하나를 질질 끌고 느릿느릿 들어가기 싫은 티가 역력한 걸음으로 방 안으로 들어가는 게 보였다.

선우는 그대로 고개를 푹 숙이고 깊고도 긴 숨을 내쉬었다. 그렇지 않아도 불면증에 시달리는데 그에게 오늘의 밤은 너무나도 길었다.

선우는 입고 있던 제 니트를 펄럭여 바람을 불어넣곤 그대로 소파에서 일어섰다. 그래, 어차피 연하늘을 집으로 데려온 거, 미친 짓 한 번 더 한다고 이 사태가 더 나빠질 것 같지도 않았다.

선우는 방으로 들어와 침대 위에서 몸을 웅크려 자고 있는 하늘을 보며, 침대 옆 바닥에 대충 이불을 펴 깔고 몸을 누였다. 시발, 허리 아파 죽겠네. 절로 욕이 튀어나왔지만 그는 그대로 한 손을 들어 이마에 얹은 채 눈을 감았다.

다음 날 아침, 선우는 몸을 일으키다 말고 미간을 찌푸렸다. 할아버지 같은 소리가 입 밖으로 절로 튀어나왔다. 아직 몸을 웅크린 채 자고 있는 하늘을 내려다보며 선우는 허리를 매만졌다. 허리가 얼마나 중요한데 이걸 내가, 아…….

가뜩이나 요새 이준우가 완두콩 닮은 빵 하나로 저를 의심하고 있는데 허리까지 부여잡으면 보나 마나 놀려 먹을 게 뻔했다.

내린 커피를 마시며 뻐근한 허리를 붙잡고 있던 그가 제 옆자리에 앉는 하늘을 보았다. 부스스한 머리로 좀비처럼 걸어 나와 그가 앉은 식탁 의자 옆에 나란히 앉은 하늘이 저를 위해 선우가 놓아둔 우유를 들었다.

"좋은 아침이에요, 아저씨."

그렇게 말하면서도 선우의 답은 들을 생각도 않고 우유 몇 모금을 꿀꺽꿀꺽 마신 후 어기적어기적 걸어 욕실로 향했다.

한참을 혼자 욕실 안에서 뚝딱뚝딱 뭘 하는가 싶더니 이내 말끔해진 모습으로 눈을 말똥말똥 뜨고 욕실을 나왔다. 그리고 허리에 손을 얹은 채 가만히 힘을 줘 허리를 문지르고 있는 선우를 보았다.

"아저씨 허리 아파요?"

"아니."

남자 자존심에 또 허리 아프다는 말은 할 수가 없어—연하늘이 알겠냐마는— 더는 묻지 말라는 듯한 뉘앙스를 팍팍 풍기며 욕실 안으로 들어갔다.

칫솔을 들고 거울 앞에 선 선우는 보지도 않고 손을 뻗어 늘 있던 자리에 놓아두는 치약을 낚아채듯 가져왔다. 치약을 칫솔 위에 대충 눌러 짜고 습관적으로 입안으로 밀어 넣은 선우는 순간 제 입안으로 들어와 잔뜩 퍼지는 초콜릿 향기에 인상을 썼다. 뭐야, 이거.

한정판. 달콤한 쿠키가 갈린 초코맛 치약.

치약 위에 진하게 적힌 글자가 나 좀 봐 달라는 듯 번쩍이고 있었다. 누구 것인지 더 말을 할 필요도 없었다. 살아생전에 초코 맛이 나는 치약을 입에 물게 될 줄이야.

선우는 몰려오는 두통에 제 이마를 움켜쥐었다.

✻

언니, 오늘 불금인데 우리 술이나 한잔 마실까요?

이 한마디가 발단이었다.

금요일이라고 가게 문을 조금 일찍 닫아야 한다는 룰은 없었지만 뭐 만들면 또 생기는 게 룰이니까. 그리고 예외라는 게 있지 않은가? 그러니까 오늘은 베이커리 문을 조금 일찍 닫는 룰을 적용시키기로 했다.

교수연구실에서 일을 마치고 나올 때쯤, 막 캠퍼스를 가로질러 오는 아영과 마주쳤을 때였다. 언니, 제가 좋은 걸 손에 넣었는데 저랑 같이 오늘 술이나 한잔 마실래요? 라고 했을 때 '좋은 걸 손에 넣었는데.'에 집중을 하지 못했던 것이 화근이었다.

'이게 그 유명한 클럽D 카드예요. 회원 카드. 그리고 이건 제가 알기론 엄청 VVIP 카드거나 암튼 좋은 카드거든요? 그러니까 그 말은 우리도 거기서 술을 마실 수 있단 거죠.'

라고 했을 때 하늘은 답했다.

'술이라면 그냥 호프집으로 가자. 아무래도 난……'

'모르는 소리 말아요. 언니가 뭘 몰라서 그래요. 아무나 갈 수 없는 곳이라고요.'

그때 이 카드가 어디서 난 것이냐고 물었어야 했다. 생각해 보니 이 사태를 바로잡을 기회는 얼마든지 있었다.

'우리는 그중에서도 최고 좋다는 곳으로 가요.'
'거기 비싼 데 아냐?'
'나 돈 많아요. 걱정 말아요.'
'네가 무슨 돈이 있다고.'
'내 물주가 도선우 잖아요. 뭘 걱정하고 그래요.'

신이 난 아영을 말렸어야 했다. 그랬어야 했다.

사실 조용히 술 한잔 마시고 싶어 응했지, 그 클럽D라고 불리는 곳이 그런 곳일 줄이야 상상도 하지 못했었다. 하늘은 주위를 두리번거리며 아영의 팔을 움켜잡았다.

"우리 그냥 가자. 아저씨가 이런 곳에서 놀지 말랬어."

"아, 진짜. 언니는 남이 하는 말 그렇게 곧이곧대로 다 들을 거예요? 인생 재미없게. 그리고 그냥 술만 마시는 거예요. 뭘 더 어떻게 하는 게 아니라. 옷 다 벗은 남자라도 나올까 봐 그래요?"

화들짝 놀란 하늘이 고개를 저으며 손사래까지 쳤다.

뭐, 그러면 나야 좋지만, 하는 아영의 목소리도 함께 들렸다.

그래. 술만 마시는 거지 뭐. 따지고 보면 저도 잘못하고 있는 건 없었다. 엄연한 성인이고, 성인이 술집에서 술만 잠깐 마시고 나오는 건데 뭐.

입구에 서 있는 웨이터에게 카드를 건넨 아영이 당당히 어깨를 펴고 섰다. 카드와 함께 아영을 훑어본 웨이터가 주춤하더니 이내 별다른 말없이 들어가는 것을 허락했다.

클럽D의 소유주, D의 카드였다. 그러니까 이 카드는 그 소문난 소유주의 카드였다. 그 말은 소유주와 이 맹랑한 아가씨가 긴밀한 관계에 있다는 소리였고, 그 소리는 곧 이 손님은 최고 VIP라는 소리였다.

저절로 두 사람의 룸은 일류 호텔에 버금가는 룸으로 정해졌다. 그리고 곧 소유주의 카드가 사용되었다는 것이 준우의 귀로 전해졌다.

아영은 생전 한 번 접해 보지도 못했던 고급스러운 소파 가죽 시트에 앉으며 히야, 진짜 대한민국 돈지랄은 이 소파에 다 했네, 라며 중얼거렸다. 매끄럽고도 부드러운 시트에 앉으며 저도 모르게 바닥을 내려다보았다.

깔아 놓은 벨벳 카펫은 주기적으로 청소를 하는지 분명 신발을 신는 곳인데도 깨끗하게 숨이 살아 있었다.

아영은 굳은 얼굴로 가만히 술잔만 바라보고 있는 하늘을 바라봤다. 이런 곳은 난생처음이라 저도 모르게 침이 꼴깍 넘어갔다.

"그렇게 떨 거 없어요. 술만 한잔하고 가는 거라니까."

꼭 노친네, 여대생 꼬시는 멘트 같잖아요. 그렇게 굳어 있지 좀 마요.

그렇게 말하면서도 아영은 활동 반경을 넓히지 못하고 그 큰 룸 한 공간에만 엉덩이를 붙이고 앉아 있을 뿐이었다.

뭔가 압도당한 분위기에 아영은 술을 홀짝이며 주위를 두리번 거렸다. 고급 샹들리에가 빛을 반짝이며 저를 내려다보고 있었다. 생각보다 도선우가 대단한 놈이었구나. 오늘은 네가 마음에 든다, 라고 생각하며.

분명 폐쇄적이고 은밀한 공간임에도 특1급 호텔을 연상시키는 분위기가 섞여 룸은 묘한 느낌을 주고 있었다.

"술맛도 죽이네. 그죠, 언니."

술맛이고 뭐고 맛 따위가 느껴질 리가 없었다. 하늘은 제가 견디기엔 너무 압도적인 분위기가 느껴지는 공간이라 멀뚱히 잔 안에서 찰랑거리고 있는 술만 바라보고 있을 뿐이었다.

"뭐? 그 카드가 왜 사용돼?"

가드 하나가 와서는 전해 주는 말에 준우는 지금 제 앞에서 상황을 전해 주고 있는 놈이 그 이유를 모른다는 것을 알면서도 되물었다.

그 카드 주인이 지금 버젓이 여기 앞에 있는데?

"확실한 거야?"

"예. 방금 전해 듣고 왔습니다."

"그래. 알았으니까 나가 봐."

선우는 보고 있던 모니터 화면에서 눈을 돌리고 단번에 자리에서 일어섰다. 흡사 일이라도 벌일 것 같은 남자의 무서운 눈빛에 준우가 곁으로 따라붙었다.

확실히 이상한 일이긴 했다. 생전 없었던 일은 아니었지만, 회원이 아닌 자, 엄격히 정해져 있는 제 급에 맞지 않는 카드를 사용한 자, 또는 뭔가를 비밀리에 얻어 가기 위해, 알아내기 위해 은밀히 들어온 자들이 어떤 결말을 맞는지는 알 만한 사람들은 다 아는 공공연한 비밀이었다. 그래서 최근엔 이렇게 대놓고 그의 카드가 사용된 적은 없었다.

"위조는 아닐 거다. 우리 애들도 바보가 아냐. 그 정도는 알아."

이미 준우의 말이 들리지 않는 듯 선우의 매서운 눈은 살벌하기까지 했다. 잔챙이들이 헛짓거리를 한 것이거나 준우 말대로 위조라면 그대로 갖다 박아 버릴 생각이었다.

방법이 뭐였든 간에 감히 저를 우습게 여긴 것에 대한 처벌은 불가피하다. 선우의 손짓에 여기저기 말없이 클럽을 감시하고 있던 남자들이 천천히 선우의 뒤로 따라붙었다.

고객에 대한 예의는 그쪽에서 지킬 때, 이쪽에서도 지켜지는 법이다. 난잡하고 밑바닥에서 굴러먹어야 돈이 되는 바닥이어도, 뭐든 신뢰를 바탕으로 하는 사업에서 이건 반칙이었다.

부하직원 하나가 룸 문을 열어 선우의 앞길을 열고, 선우의 뒤로 따라붙어 섰다. 그리고 선우가 룸 안으로 들어가기 전, 밖에서 기다리라는 손짓을 하며 구두 굽 소리를 울리며 룸 안으로 들어갔다. 그가 지나간 곳에서 차가운 향을 머금은 옅은 향수 냄새가 번졌다.

그리고 선우와 준우가 룸 안으로 들어섰을 때, 준우가 묘하게 눈썹을 일그러뜨렸다.

'쟤, 그 떼쟁이.'

떼쟁이 윤아영이 중요한 문제가 아니라는 것쯤은 금방 알아차
릴 수 있었다. 준우는 제 옆에 있는 선우를 곁눈질했다. 그의 시
선이 윤아영이 아니라 아영의 옆자리에 앉아 있는 하얀 생명체에
게로 향해 있다는 것을 단번에 알아차렸다.

묘한 눈빛이었다.

분명 상당히 화를 억누르고 있을 만큼 분노한 눈이긴 한데, 또
어딘가 모르게 꽁꽁 감춰 놓고, 뭔가를 지켜 주기 위해 제가 견고
히 만들어 놓았던 벽이 다 허물어진 듯한, 세상 다 잃은 듯한 분
노 어린 눈빛.

그래 그게 딱 지금 상황에 맞는 듯했다.

분명 지금 도선우가 보내고 있는 이 눈빛의 대상이 윤아영은
아니란 말이지. 상당히 복잡해 보이는 눈빛을 읽으려고 애쓰던
준우가 그 이상은 모르겠다는 듯 손을 들어 제 입술을 더듬었
다.

준우는 벽에 기대서서 팔짱을 낀 채 가만히 두 사람을 보고 있
었다. 흥미로운 눈빛을 가득 담고서 흐음, 하는 음흉한 소리와 함
께 턱을 쓰다듬었다.

선우와 아영이 거친 대화를 주고받고 있었지만 준우의 시선 속
엔 도선우의 옆에 서서 떨고 있는 저 아가씨뿐이었다.

처음 보는 여자란 말이야? 그런데 너무나 당연한 듯이 도선우
옆에 서 있잖아? 그게 어디 가당키나 하냔 말이지. 저 성격에 살
섞을 만큼 사랑하는 여자 아니면 가까이 두지도 않는 놈이.

평소 도선우 스타일이랑은 다른데? 저건 뭐, 청순이라고 하기도 그렇고 때 안 묻은 아가씨잖아. 갓 스물 언저리나 되었겠네.

어느새 하늘에 대한 분석을 끝낸 준우가 간만에 목격한 흥미로운 상황에 피식 웃음을 지었다.

"아, 카드 훔친 건 미안하게 생각해."

"넌 이따가 다시 보자."

"그래도 내가 이렇게까지 말하는데 화낼 것까진 없……."

"당장 나가!"

남자의 무서운 목소리에 결국 한마디 말도 더 꺼내지 못하고 아영이 홱 몸을 돌려 계단을 올라 나가는 소리가 들려왔다. 그리고 곧 그 무섭고 어마무시한 시선이 하늘에게로 쏟아지자 큰 눈 가득 흔들리는 눈동자가 고스란히 돌아왔다.

"아저씨……."

"조용히 해."

지금도 화를 많이 눌러 참고 있다는 것이 그 음성에서 여실히 드러나자 하늘은 몸을 움찔거렸다. 선우는 대단히 인내심 있게도 화를 참아 내고 있었다. 육두문자를 쓰지 않고 있다는 것만 봐도 그랬다.

"따라 나와."

아, 더 좋은 구경 할 수 있었는데 아쉽다는 듯 준우가 웃음을 머금었다.

선우는 가게 밖으로 나온 자신을 따라 나와서도 저와 눈을 마주치지 못하고 있는 하늘을 보며 허리춤에 손을 얹었다.

"화났어요? 아저씨, 미안해요. 제가 화나게 만들었어요?"

"연하늘."

"네."

"너 여기 왜 온 거야."

"아영이가 술 마시자고 해서⋯⋯. 그냥 우리는 술만 마시려고 왔어요. 술만 한잔 마시고 가려고."

그녀의 답변에 선우는 그럴 줄 알았다는 듯 깊고도 복잡다단한 것들이 섞인 한숨을 뱉어 냈다.

"너 여기가 어딘 줄 알아? 네가 생각하는 단순히 술 마시는 곳이 아냐."

"다시는 안 갈게요. 아저씨 속상하게 안 할게요."

"⋯⋯후. 됐으니까 그만 돌아가. 기다리고 있어. 차 가지고 오라고 할 테니까."

그렇게 허리춤에 얹었던 손을 떨어뜨리고 등을 돌렸을 때, 선우는 순간 제 손을 감는 보드라운 촉감에 잡힌 손을 내려다봤다. 제 손을 잡은 작은 손이 눈에 들어왔다.

"뭐 하는 거야."

"화 많이 났어요?"

"⋯⋯이거 놔."

선우는 몇 시간 전, 지금 하늘이 잡고 있는 이 손으로 제 애인의 다리 사이를 만진 강 회장과 악수를 했다는 사실이 떠올랐다.

"놔. 아저씨 손 더러워."

"제 손도 더러워요. 아까 가게에서 오븐 청소했거든요."

나 참. 그녀의 순수한 대답에 선우는 저도 모르게 웃음이 흘러나왔다. 그 소리에 덩달아 하늘이 웃는 소리가 들려왔다.

"아직 화 안 풀렸어."

"……네에."

그만 들어가 봐, 라고 말하며 잡은 손을 빼내려는 순간 하늘이 나지막이 중얼거렸다. 그 목소리가 너무도 평이해서 선우는 제가 잘못 들은 건 줄 알았다.

"저, 아저씨 좋아하나 봐요."

"……알아. 네가 그랬잖아."

"그런 거 말구요. 아저씨랑 손잡고 있으니까 가슴이 이상해요."

심장이 두근두근 뛰는 게 목도 막 가려운 것 같고. 뭔가 좀 이상해요, 아저씨.

그렇게 말하는 하늘이 선우를 빤히 올려다봤다. 새카만 눈동자가 보였다. 제 맘에 지나치게 솔직하다. 근데 또 그게 영악하고, 뭔가를 노린 계산적인 솔직함이 아니라 더 난감했다.

잡고 있는 손에 꽉 힘이 들어가는 게 느껴졌다. 하늘은 저도 이 감정을 잘은 모르겠다는 듯, 그냥 평소와는 달리 가슴이 간질거려 그게 좋아하는 감정인 건 알겠는데 더는 어떻게 해야 할지 모르겠다는 듯 저를 올려다보고 있었다.

무언가 제 스스로의 마음에 좀 더 명확한 답이 내려지길 원하는 말간 눈동자가 깜빡였다.

선우는 어디서부터 뭘 어떻게 설명해야 할까 앞으로, 앞으로 되짚어 가다 다시 제자리로 돌아오기를 반복하고 있었다.

스스로의 마음도 잘 모르는 상태로, 어느새 빨라지고 있는 심장 고동을 감당하고 있는 그녀에게 뭔가를 설명하기에도 웃긴 상황인지라.

심각하게 받아들일 상황이 아니라는 걸 알면서도, 어쩐지 언젠가는 지금 이 상황이 좀 더 심각하게 저를 찾아와 머릿속을 박살 내 버릴 것 같은 막연한 불안감에 선우는 다시 입을 떼기가 막막해졌다.

"널 어떡하면 좋으니. 어?"

"저도 모르겠어요."

선우는 이마를 짚으며 정말로 어떻게 해야 할지 모르겠다는 듯 한참 동안이나 하늘을 바라보고 서 있었다.

"부서졌다던 문고리는."

"아까 아저씨가 고쳐 주고 가셨어요."

"그래. 들어가 봐. 문단속 잘하고."

건물 입구 안쪽에서 그런 두 사람을 지켜보고 있던 준우가 웃음을 겨우 참으며 서 있었다.

하마터면 이 재미있는 구경을 놓칠 뻔했다.

도선우를 뻔질나게 찾아와 너를 사랑한다느니, 당신이랑 섹스가 하고 싶다느니, 진한 여우 짓을 대놓고 하는 여자에게는 말로 먹일 수 있는 모욕과 수치는 다 먹이면서 정작 저런 어설프기 짝이 없는 고백에는 입 한번 벙긋 못 하고 있는 선우가 너무나도 생경해 준우는 터져 나오려는 웃음을 참느라 입꼬리가 다 아파 왔다.

그 빵을 책상 위에 고이 모셔 놓고 못 먹었던 이유가 다 있었구만.

준우는 저에게 전화를 하려는지 선우가 핸드폰을 드는 것을 보고 곧장 앞으로 다가섰다.

모셔다 드려야지. 완두콩 아가씨.

준우는 가만히 밖을 쳐다보는 하늘을 한참 동안 보고 있었다. 그새 도선우 냄새가 밴 듯 그녀에게선 늘 제가 익숙하게 맡던 도선우의 향이 살짝 피어올랐다. 우연찮게 같은 샤워용품을 쓸 리도 없고.

"도둑이 들었다던데, 그럼 어제는 어디서 잤어?"

"아, 아저씨가 재워 주셨어요."

그래서 그랬구만. 미치겠네.

파면 팔수록 더 재미있어지는 상황에 준우가 웃음을 참지 못하고 입꼬리를 올렸다.

도선우의 허리가 아팠던 이유가 아직까지 그 이유는 아니군.

"학생이야?"

"아니요. 이 근방 사거리에서 베이커리를 운영하고 있어요."

그래도 번듯한 직장이 있네. 아까부터 보고 있자니 생각보다 제 앞길도 잘 가는 듯하고, 생각도 똑바로 박혀 있는 근래 보기 드문 아가씨네.

그렇게 생각하며 입가에 웃음을 띠우고 있던 준우는 제 옆에서 바스락거리며 몸을 움직이고 있는 하늘을 보며 친절히 물었다.

"왜, 어디 불편해?"

"어제 잠을 제대로 못 자서 그런 것 같아요."

"많이 무서웠어?"

"그냥 좀……."

준우는 하늘이 사근사근 대답을 하면서도, 도선우에게 그랬던 것처럼 뭔가 좀 더 세세한 것들까지는 털어놓지 않는 것을 알아채고는 가볍게 고개를 끄덕였다. 네 아저씨한테만 솔직하게 말하고 싶다? 보면 볼수록 마음에 드는 아가씨네.

"연하늘이라고 했지?"

"네."

"난 이준우야. 도선우 친구이자 직장 동료."

그러시구나, 하며 하늘이 그제야 조금 추임새를 넣었다.

"그냥 준우 아저씨라고 불러."

준우 오빠라 부르라 그랬다간 도선우가 날 죽이려 들 거 같으니까. 아쉽지만 할 수 없지.

"네. 준우 아저씨."

"그래. 여기서 좌회전?"

"네."

준우는 부드럽게 차를 정차시켜 하늘을 집 앞에 내려 주었다. 그리고 저를 향해 반듯하게 인사하는 하늘을 보며 고개를 끄덕였다. 아, 예쁘다. 너는 하는 짓이 예쁘구나.

"나도 데려다줬는데 뭐 안 줘?"

"네?"

"선우한텐 맛있는 빵도 줬던데."

"아…… 지금은 없는데. 나중에 가게로 오시면 드릴게요."

그렇게 말하며 인사를 하고 등을 돌리는 하늘을 보며 준우는 턱을 괴고 잔뜩 재미있는 표정을 지었다. 사거리 베이커리라……. 아, 앞으로 재미있는 일이 생길 것 같다.

준우는 그렇게 웃으며 하늘이 아파트 안으로 들어가는 것을 확인하고야 단지를 나섰다.

하늘이 들어가던 발걸음을 멈추고 멀어지는 차를 확인했다. 아직 챙기지 못한 몇 개의 짐을 선우의 집에 놔두고 왔다는 것이 생각났지만 하늘은 이내 고개를 저었다. 그리고 준우가 아파트를 빠져나가는 것을 보고 다시 베이커리로 향하기 시작했다.

사실 아직 문 못 고쳤어요, 아저씨.

아저씨 귀찮게 해 드리기 싫어서 말 못 했어요. 거짓말해서 죄송해요.

❋

고급 세단이 베이커리 앞으로 주차되었다. 물론, 베이커리에 자주 오는 단골이나 가끔 지나가다 들르는 손님 중 값비싼 승용차를 타고 오는 사람이 없진 않았지만 이런 식의 이목을 집중시키는 차는 덕환의 기억으로는 몇 번 없었다.

그리고 그중에 한 번이 오늘이었다. 차에 대해 별다른 지식이 없는 제가 봐도 와, 비싸겠구나, 싶은 차 안에서 낯선 남자 하나가 내렸다. 덕환이 차를 보며 입을 벌리고, 알지도 모르는 차 주인에 대해 부러움을 털어놓았다.

나는 저런 차를 타려면 삼대는 이 일을 해야 할 텐데.

그리고 덕환의 시선이 남자의 걸음을 따라 이어지는가 싶더니 이내 놀라 눈을 깜빡였다. 그 남자가 베이커리 문을 열고 들어왔기 때문이다.

덕환은 가만히 주방 유리를 통해 남자를 들여다보았다.

정장을 캐주얼한 느낌으로 차려입은 남자는 누군가를 찾는 듯 빵보다는 가게 내부를 둘러보았다. 그리고 남자는 손을 씻고 온 것인지 화장실에서 걸어 나오는 하늘을 보며 살갑게 알은척을 했다.

"안녕. 완두콩."

"어? 준우 아저씨."

"기억하는구나. 내 이름."

"네. 어젯밤엔 데려다주셔서 감사했습니다."

"그래, 그래."

근데 내가 왜 완두콩이지? 라는 뒤늦은 궁금증을 떠올릴 찰나, 준우는 뒤를 돌아 맛있는 냄새를 폴폴 풍기고 있는 빵들을 쟁반에 담기 시작했다.

제법 많은 양의 빵들을 담아낸 그가 계산대 위에 쟁반을 올려놓자, 하늘이 작은 손으로 꼼꼼히 빵을 담기 시작했다. 준우는 그 모습을 조용히 지켜보았다. 낮에 보는 완두콩은 더 예쁘네.

"완두콩은 열심히 일하는 모습도 예쁘네."

"아……. 감사합니다, 칭찬."

"그래, 칭찬이야."

준우는 알 수 있었다. 하늘이 저에게 연한 미소를 띠우며 부드럽게 웃고 있어도, 선우에게 건네는 말과는 확연히 달랐다.

정말 자신보다 어른이기에 내비치는 감사함, 공손한 말투, 늘 친절한 사람이기에 친절하게 웃는 웃음.

준우도 하늘에게 있어 그 선에 지나지 않았다. 준우는 제법 능숙하게 빵을 담아내는 하늘을 보며 입술을 올려 웃었다.

"선우한테도 나눠 줄게. 지는 혼자 먹었어도 나는 나눠 먹지 뭐."

"네. 그럼 맛있게 드세요."

하늘은 갓 만들어 온 듯한 생크림을 작은 플라스틱 통에 담아 함께 먹으라고 넣어 주었다. 그런 그녀의 세심함을 보며 준우는 아쉽게 됐다는 듯 슬쩍 말을 흘렸다.

"완두콩을 위해서 선우랑 같이 오면 좋았을 텐데, 아쉽네."

"아저씨는 많이 바쁘세요?"

으레 지나가는 말로 그냥 물어보는 듯한 평이하고 침착한 음성에 준우는 하늘의 물음을 기다렸다는 듯 싱긋 웃으며 답했다.

"아저씨는 바쁘지. 여자랑 있을걸?"

"여자……요?"

오늘 여자 바텐더 면접을 본다고 했으니, 아마.

"응. 여자."

잠깐 짧은 침묵이 돌았다. 저를 올려다보는 연한 눈빛이 느리게 깜빡였다. 준우는 그 눈빛을 보며 다시 한 번 싱긋 웃었다. 참, 도선우도 심심하진 않겠다. 너 보는 재미에.

"……단둘이요?"

"응. 단둘이."

심층면접이라고 했으니 단둘이겠지?

준우는 그렇게 입꼬리를 올려 웃으며 하늘이 다 포장해 놓은 봉투를 가볍게 들었다.

그리고 마치 아무 일도 없었다는 듯 또 보자, 완두콩, 하며 이제 더 이상은 말해 주지 않겠다는 듯 가게를 나가겠다는 신호를 던졌다.

하여간 둘이 재밌게 놀긴. 아 재밌다, 재밌어.

✳

은석은 샌드위치를 먹으며 먹지도 않고 가만히 샌드위치를 내려다보고만 있는 하늘을 쳐다보고 있었다.

샌드위치 안에 잘 정돈되어 있는 햄과 양상추들을 괜히 손으로 툭툭 건드리며 기운 없이 앉아 있는 하늘을 보던 은석은 알 수 없다는 표정을 했다.

무슨 일이 있는 거냐고 물어도 별다른 대답도 없고, 맛있는 도넛을 사 준다고 해도 생각이 없다고 고개를 저었다. 간단한 점심을 마치고 일을 시작한 하늘은 제가 준 자료를 스테이플러로 꾹꾹 눌러 찍는 손에도 힘이 없었다.

확실히 평소와는 다른 무언가가 그녀의 주위를 둘러싸고 있는 것이 분명했다. 무슨 일이 있냐고 물어도 묵묵부답일 뿐.

"앗, 따거!"

비명 소리가 들렸다. 명백히 무슨 일이 일어났다는 소리에 타이핑을 하다 말고 하늘을 돌아보았다. 그리고 가까이로 다가갔다. 스테이플러를 잘못 찍었는지 종이를 쥐고 있는 검지에서 붉은 피를 흘리고 있었다.

조심해야지, 하며 곁에 있는 티슈를 뽑아 손가락을 눌러 주며 은석은 제 책상 서랍을 뒤적여 밴드를 찾았다. 그리고 간단히 연고를 바른 뒤에 밴드를 붙여 주니 그제야 제법 정신이 돌아온 모양인지 감사하다는 인사를 한다.

"하늘이 봄 타는 거야?"

"봄이요?"

"그래. 영 기운이 없고 안 하던 실수를 하는 거 보니까 봄 타는 거 같은데?"

"봄을 타지 않는 방법도 있을까요?"

"음. 글쎄. 딱히 큰 방법이 있을까? 그냥 이것도 이 나름대로 하나의 재미있는 과정이다, 하고 견디면 어느새 지나가고 없겠지?"

방법이 없다는 말에 하늘이 네에…… 하고 말꼬리를 늘어뜨렸다.

"정말 연애하고 싶은 계절이다. 그치?"

은석은 창문 너머로 솔솔 불어 들어오는 봄 공기에 턱을 괴고 천천히 눈을 감았다 떴다. 숨을 들이마시니 그대로 봄을 담은 공기가 코를 타고 들어왔다.

"아영이랑 셋이서 봄 소풍이라도 갈까?"

"그러다 더 봄을 타게 되면요?"

"어차피 온 봄, 그냥 확 들이켜지 뭐. 어때? 하늘이 생각은."

"……네. 좋아요."

오늘 내내 기분이 안 좋아 보이더니 이제야 뭔가가 풀리는지 연한 미소를 짓는 것이 보였다.

"벚꽃의 꽃말이 뭔지 알아요? 언니?"

라는 아영의 첫 대사부터 심상치 않았다.

뭔데? 하고 묻기가 무섭게 '중간고사요.' 하며 아영이 미간을 착 구겼다.

시새발끼를 1분 걸러 한 번씩 외치며 미친 듯이 선반을 닦던 아영이 으아아악, 하며 제 머리를 쥐어뜯었다.

"벚꽃 같은 개소리 하네. 무슨 벚꽃만 피면 중간고사야."

"그렇게 싫어?"

"그럼 언니 같으면 좋겠어요? 이렇게 날이 좋은데 무슨 공부예요, 진짜."

아영의 절규에도 침착하게 웃던 하늘이, 덕환이 갓 구운 빵을 정돈하다 말고 다시 제 머릿속을 스치고 지나가는 목소리에 눈을 느리게 감았다 떴다.

'여자랑 있을걸?'

'단둘이.'

여자랑 단둘이……. 단둘이 뭐 할까.

아저씨도 봄을 확 들이켜러 봄 소풍이라도 갔을까? 그 여자랑.

아니면 그때 거기 좋은 술집에서 술을 마시고 있을까? 그 여자랑.

뭐 하고 있을까. 그 여자랑.

"언니."

"……"

"언니!"

"……응."

"뭘 그렇게 넋 놓고 있어요."

"아냐. 너 공부할래? 가게는 내가 볼게."

"그런 친절은 베풀어 주지 않아도 돼요, 언니."

그러면서 아영은 다시 머리를 쥐어뜯었다. 결국에 한구석에 있는 손님 테이블로 가, 책을 펴 드는가 싶더니 이내 고개를 꾸벅꾸벅대기 시작했다.

결국 코까지 골며 잠들어 버린 아영의 어깨 위로 제 작은 담요를 덮어 준 하늘이 드문드문 오는 밤 손님을 챙기며 가게를 조금씩 정돈했다. 그러다가 가게에 걸어 둔 시계를 올려다보았다.

이쯤 되면 선우가 올 시간이었다. 아영일 깨워야 하나 하는 고민으로 잠깐 주춤하는 사이 세련된 블랙 셔츠를 입은 남자가 가게 안으로 들어왔다.

늘 셔츠의 목 끝, 소매 끝이 단정하게 채워져 있던 여느 때와는 달리 목 아래 단추 두어 개 정도를 풀어 목선을 드러낸 선우는 평소와는 달리 조금 흐트러진 모양새를 하고 있었다.

이젠 익숙해진 베이커리 안을 보며 아영을 찾는 듯 시선을 움직이던 그가 저를 보고 서 있는 하늘을 향해 가까이 다가왔다. 오늘은 어째 늘 완벽하게 만져져 있던 머리도 스타일을 달리했는지 차분하게 흩어져 있었다.

"아영이는."

"공부하다가 피곤했는지 자고 있어요."

"꼭 집에선 안 하는 게 밖에 나오면 한다고 난리야. 야, 일어나."

하늘은 아영을 깨우러 가기 위해 좀 더 걸음을 옮기는 남자를 보며 조용한 목소리로 그를 불렀다. 가다 말고 돌아보는 남자의 시선이 느껴졌다.

"아저씨한테서 향수 냄새 나요."

여자 향수 냄새.

하늘의 조용한 목소리가 어느새 차분해진 가게 안으로 퍼졌다.

선우는 뜬금없는 하늘의 말에 살짝 미간을 좁혔다. 아까 면접 보러 온 여자가 쓴 향수 냄새가 밴 모양이었다.

역시 베이커리에 향수 냄새는 좀 민폐인가 싶어 어서 얼른 아영을 데리고 나가려고 다시 등을 돌린 선우가 순간 제 등으로 와 닿는 촉감에 놀라 몸을 돌리려 했지만 그럴 새도 없이 얇은 팔이 제 허리를 감싸 안았다.

"뭐 하는 거야."

"여자랑 같이 있었어요?"

"……뭐?"

"아저씨."

하늘은 아까보다 좀 더 차분하지 못한 목소리를 내며 그의 허리를 끌어안았다. 그리고 넓은 그의 등에 이마를 붙였다. 입술을 붙여 보고 싶었지만 그랬다간 아저씨가 화낼 것 같으니까.

좀 더 가까이로 붙으니 옅은 담배 냄새와 함께 그의 체향, 스킨 그리고 세련된 향수 냄새가 섞여 평소 맡던 익숙한 그의 향이 났다.

"다른 여자 안 만나면 안 돼요?"

"……."

"평소랑 다른 낯선 냄새…… 싫어요."

"……."

"그 여자 싫어요."

"연하늘."

선우는 직접적인 그녀의 고백보다 하늘의 입에서 싫다는 표현이 나온 것에 대해 먼저 놀라고 있었다.

그녀에게서 싫다는 표현이 나온 건 처음이었다. 저 입에서 싫다는 소리가 나오는 걸 보니 어지간히도 싫은 모양이었다.

아니, 근데 얘가 지금 왜 이런 말을 하는 거야. 단순히 향수 냄새 하나로 이런 추측까지 할 만한 애는 아닌데. 아니, 그것보다.

"일단 이것부터 놓고 말해. 아영이 깬다."

생각만으로도 귀찮은지 선우가 저도 모르게 눈썹을 살짝 구겼다. 하늘은 그의 등에 이마를 가만히 붙이고 있다 이내 좀 더 와락 끌어안았다.

그리고 그 순간, 확연히 부풀 만큼 부풀어 등으로 와 닿는 여체에 선우는 제 허리에 있는 손목을 잡고 하늘을 떼어 냈다.

하늘은 저를 떼어 내는 손길에 살짝 뒤로 물러서 남자를 올려다보았다. 제 상체가 그에게 바짝 닿으면 어떨 거라는 것에 대해 인식하고 한 행동이 아니라는 것은 따로 생각을 할 필요도 없었다.

난감한 기색이 묻어난 남자는 습관처럼 살짝 미간을 찌푸리며 제 손으로 구겨진 미간을 문질렀다.

왜 그가 저를 확 떼어 낸 것인지 짐작조차 하지 못하는 하늘은 그저 제가 싫어 떨어뜨려 놓은 것이라 생각해 조금은 가라앉은 눈을 하고 있었다.

당신을 주세요
— 봄 향기보다 진한 진심

5

　마주하고 있던 눈이 떨어진 것은 아영이 바스락거리며 잠에서 깨려고 할 때였다. 엎드려 있던 테이블에서 몸을 일으켜 기지개를 쭈욱 펴는 아영을 보며 하늘이 조심스레 선우에게서 한 걸음 물러섰다.

　반쯤 감겨 있던 눈을 밀어 올린 아영은 두 사람을 발견하곤 거칠게 제 눈을 비비며 테이블 위에 펼쳐 두었던 책을 덮었다. 아, 뭔 공부만 하려고 하면 밤이야, 하는 투덜거리는 목소리가 조용한 베이커리 안에 울렸다.

　아영과 하늘 모두 얌전히 베이커리를 나와 선우의 차에 올라탔다. 그리고 아영이 자신의 집에 내리고 난 후, 제가 내릴 차례를 얌전히 기다리고 있던 하늘이 이내 도착한 아파트 단지를 바라보며 천천히 안전벨트를 풀어냈다. 오늘 아침 현관문 수리를 마쳐 오늘은 집으로 들어갈 수 있었다.

안전벨트를 푼 하늘은 유연하게 핸들을 돌려 단지 안으로 정차시키는 선우를 바라봤다. 늘 하던 대로 인사를 하려는지 그의 시선이 저에게 돌아오기를 기다리는 듯했다.

곧 차를 멈추어 세운 선우가 저를 바라봤을 때 그제야 데려다줘서 고맙다고 인사를 한다. 그리고 이내 내리려는 듯 그에게서 몸을 틀었다.

잠깐, 뭔가 계산이 하나 안 된 거 같은데.

"연하늘."

"네?"

돌아보는 그녀의 눈이 조금은 지쳐 있는 듯해 보였다. 오늘 하루 종일 피곤했던 건지, 아니면 봄바람을 맞아 노곤한 건지 분위기가 여느 때보다 좀 더 차분해져 있었다.

"손은 왜 그래."

남자의 목소리에 아래를 내려다보니 낮에 스테이플러에 찍혀 붙여 두었던 밴드가 눈에 들어왔다. 밴드 위로는 붉은 선홍빛 선혈이 맺혀 있는 것이 보였다. 망각하고 있었는데 갑자기 아픔이 느껴지는 것 같은 느낌에 살짝 눈을 찡그렸다.

그 모습을 보고 있던 선우가 혀를 찼다. 조심성 없긴, 하는 낮은 목소리가 들려왔다. 저를 탓하는 목소리인데도 어째 다정하게 느껴져 하늘의 뺨에 슬쩍 보조개가 팼다.

"왜 웃어."

"걱정해 주는 거 같아서요."

"……허."

이게 이젠 아주 대놓고.

"연하늘."

"네."

네가 어떤 말을 하더라도 난 들을 준비가 되어 있다는 듯 물끄러미 자신을 보는 하늘의 까만 눈동자에 선우는 어찌 말을 꺼내야 할까 난감한 기색을 하면서 후, 하고 옅은 한숨 섞인 목소리를 냈다.

"너 몇 살이야."

"스물넷이요."

"나는 몇 살이야."

"서른다섯이요."

"그럼 몇 살 차이야."

"음, 열한 살이요."

그게 뭐가 어떠냐는 듯 담담하게 말하는 하늘은 제 눈만 빤히 쳐다보고 있었다.

여전히 저를 말간 눈으로 바라보고 있는 하늘을 보며 조금은 단호하게 말하려고 입을 떼려 할 때였다.

"좋아해요, 아저씨."

제발 말 좀 하자. 말 좀.

옅은 한숨을 내쉬며 제 이마를 짚은 남자는 답답한지 착용하고 있던 안전벨트를 풀어냈다.

"연하늘."

"네."

"너 앞으로 다신 그런 소리 하지 마. 알았어?"

"어떤…… 아, 아저씨 좋아한다는 거요?"

그런 소리 하지 말라는 말을 1초 전에 했는데 그대로 돌려주는 모양새를 보니 제가 연하늘과 같이 있긴 한 모양이었다.

"어."

"진짠데……. 좋아하면 안 돼요?"

"안 돼."

"왜요?"

순수한 눈망울이 정말로 궁금한 듯 그 이유를 묻고 있었다.

"저번에 처음 만났을 때 저 걱정해 주신 것도 좋았고, 우리 집 도둑 들었을 때도 저 걱정해 주셔서 좋았고, 또 재워 주셔서 좋았고 또, 또……."

"알았어. 알았으니까 그만해도 돼. 그만 말해."

"아저씨……."

"미치겠네, 진짜. 연하늘. 너랑 내가 몇 살 차이인 줄은 알아? 열한 살 차이야."

하늘은 제 손가락 열 개를 펴 가만히 내려다보았다.

"그리고 너 내가 어떤 사람인지는 알아?"

"……."

"나 네가 생각하는 그런 좋은 사람 아냐."

"아저씨."

"말 듣자. 어?"

"……네."

좀 더 고집부릴 줄 알았더니 쉽게 수긍을 하는 듯 그러하겠다고 대답한다.

어쩐 일인가 싶어 더 채근하려다 말고 입을 닫으니 하늘이 알겠다는 뜻으로 고개를 끄덕였다. 어째 생각보다 쉬워 다행이면서도 한편으론 불안한 마음이 들었다. 얘가 뭘 알고 끄덕이는 거야?

선우는 진지한 눈으로 저를 보고 있는 하늘을 보며 의심스러운 눈을 했다. 아까부터 제 말에 동의를 하는 듯하기는 한데 정말 알아들은 건지 알 길이 있어야지, 원.

그즈음, 하늘은 어쩐지 피곤한 얼굴을 하고 있는 선우를 보며 가만히 생각에 잠겨 있었다.

제가 아저씨를 피곤하게 만드는 건가? 귀찮게 만들어서 그런가?

아저씨 귀찮게 하기 싫은데.

"늦었으니까 그만 들어가."

"네."

더는 아무런 말도 없이 차에서 폴짝 내린 하늘은 그에게서 등을 돌렸다. 그리고 단 한 번도 뒤돌아보지 않고 걸었다.

오늘은 더 귀찮게 하지 말아야지.

✻

선우는 커피를 내리다 말고 미친 듯이 울려 대는 초인종 소리에 인상을 찌푸리며 험악한 표정으로 인터폰을 통해 지금 이 사달을 내고 있는 사람을 확인했다. 가방 하나를 메고 집을 다 때려 부술 듯 초인종을 눌러 대고 있는 윤아영이 문을 박살 낼 기세로 문 앞에 서 있었다.

선우는 지끈거리는 관자놀이를 누르며 문을 열었다. 열린 문 사이로 작은 몸이 비집고 들어왔다.

"돈 좀 줘. 친구들이랑 예약해 둔 호텔 레스토랑 갈 거야."

머리, 꼬리 자르고 몸통만 얘기하는 윤아영의 직설화법은, 귀찮은 거 싫어하고 말 길어지는 걸 질색하는 선우에게 있어 최대의 장점이긴 했다.

가타부타 설명도 없이 제 할 말만 던지는 아영을 보며 선우는 콘솔 위에 놓아둔 지갑을 가져와 대충 5만 원권 여러 장을 집어 되는대로 내밀었다.

군말 없이 받아 들고 집을 나서려 돌아서던 아영은 제 눈앞에 놓인 물체에 나가다 말고 멈춰 섰다. 어디서 많이 본 옷인데, 이거.

"이거 하늘이 언니 옷 아냐? 이게 왜 여기 있어?"

"두고 갔나 보지."

"그니까 이걸 왜 여기 두고 가."

뭔가를 생각하는 듯 굴리지 않던 머리를 굴리기 시작하던 아영이 그렇지 않아도 좋지 않은 인상을 더욱 팍 썼다.

"너…… 설마…… 하늘이 언니 건드렸어?"

"그런 거 아냐."

피곤함이 잔뜩 묻어나 아영이 문밖으로 나가기만을 기다리고 있던 선우가 답하기도 귀찮은 듯 어서 가라고 손짓을 했다.

"근데 왜 하늘이 언니 옷이 여기 있어. 그것도 재킷도 아니고 티가!"

하늘이 하루 집에서 머물고 갔을 때 놔둔 것이었다. 그러니 티가 아니라 속옷이 있어도 이상할 게 없었지만 사정을 모르는 아영은 얼굴이 벌겋게 상기되어 목을 옥죌 것처럼 선우를 쏘아붙였다.

"왜 대답을 안 해? 언니 티가 왜 여기 있냐고!"

"그만 가라, 좀."

선우의 말은 귓등으로도 듣지 않고 이젠 대놓고 집 안을 둘러보기 시작한 아영이, 침실에 두고 간 하늘의 목걸이를 집어 들고 광분 섞인 눈으로 침실을 뛰쳐나왔다.

"너…… 어떻게……. 진짜 손댔어? 어? 그래?"

눈을 부라리며 당장이라도 날뛸 것처럼 얼굴이 벌게지는 아영을 보며 선우가 상대하기도 귀찮다는 듯 눈썹을 일그러뜨리며 대충 내뱉었다.

"그래. 손댔다. 손댔어."

등도 만졌고, 팔도 만졌고, 어제는 안기까지 했으니 틀린 말도 아니네.

더 귀찮게 굴지 말라는 얼굴로 인상을 쓴 선우는 한 손으로 아영의 등을 밀어 현관까지 나왔다. 거의 끌려나오다시피 현관까지 나오면서 아영이 세상 떠나가라 소리를 질렀다.

"야, 네가 아무리 개망나니라도 그렇지 어떻게 천사 같은 하늘이 언니한테까지 손을 댈 수 있어. 어?!"

"나가라. 좀. 나가."

문밖으로 등이 떠밀리며 쫓겨나면서도 닫힌 문 밖에서 아영이 멈출 줄 모르고 욕을 쏟아부으며 울부짖는 소리가 들려왔다.

선우는 잔뜩 피곤이 쌓이는 느낌에 지끈거리는 이마를 손으로 짚으며 짜증 섞인 한숨을 내쉬었다.

구운 계란을 까먹으면서 동시에 식혜를 쭉 빨아 당겼다. 하늘은 아까부터 제 얼굴만을 뚫어져라 보고 있는 아영의 눈동자를 보며 할 말이 있냐고 물었지만 아영은 한숨을 푹푹 내쉴 뿐이었다.

"왜 그래? 아까부터."

"언니."

"응?"

"내가 진짜 이 말까진 안 하려고 했는데."

아영은 엎드려 있던 몸을 일으켜 찜질복을 잡아 뜯을 듯 털고 일어나 똑바로 앉으며 하늘과 마주 보았다. 땀을 흘려 내고 있는 하늘의 얼굴을 보자니 절로 한숨이 나왔다. 어떻게 이런 청순하고 예쁜 하늘이 언니한테 손을 댈 수가 있어.

"언니. 차라리 은석이 오빠를 만나는 건 어때요?"

"은석이 오빠? 도은석 교수님?"

"네. 은석이 오빠는 그래도 여자한테는 착한 남자예요."

"갑자기 왜 그런 말을 해?"

아영은 어디서부터 말을 꺼낼까 매우 고심하는 듯 머리를 긁었다. 그러다가 답지 않게 조심스러운 얼굴을 했다. 아무리 제가 막나간다 해도 연하늘 앞에서까지 그렇고 그런 얘기들을 쉽게 꺼낼 수는 없었다.

"언니. 좋아하는 사람 있어요?"

갑자기 뭔가를 확인하듯 물어 오는 조심스러운 물음에 하늘은 식혜를 빨아들이고 있던 빨대를 떼어 내고 단 한 번의 망설임 없이 대답했다.

"응."

"……하. 언니, 세상에 좋은 남자가 얼마나 많은데 하필……."

좋아해도 그런 개날라리를.

아영은 세상 괴로운 짐은 제가 다 진 것 같은 얼굴로 마른세수
를 벅벅 했다.

"못돼 처먹게 굴어도 언니가 이해해요. 원래 글러 먹었는데 뭐
어떡하겠어요. 지 좋다고 따라다니는 여자한테 하는 거 보면 아주
그냥 미친 새끼가 따로 없지. 고마운 줄도 모르고."

그러다가 아영은 혹시나 하는 마음에 조심스레 입을 뗐다.

"언니. 혹시…… 처음이었어요?"

"응?"

무슨 말을 하는 거냐고 묻고 있는 까만 눈동자에 아영은 그래,
솔직하게 까놓고 한번 말해 봅시다, 하며 팔짱을 끼었다. 곁에 내
려 두었던 식혜를 벌컥벌컥 마시곤 비장한 얼굴을 했다.

"그니까, 남자랑 잔 거 처음이냐고요."

"무슨 말 하는 거야?"

"다 알아요. 언니 도선우네 집에서 잤던 거."

그제야 무슨 말을 하는 건지 알겠다는 얼굴로 하늘이 아, 하며
웃었다. 도둑 무서워 울고 있는 저를 침대까지 내어 주며 재워 준
아저씨를 생각하며 고개를 끄덕였다. 그 동의의 끄덕임을 남자랑
잔 게 처음이냐고 묻는 제 질문에 대해 수긍하는 것으로 받아들인
아영의 얼굴이 붉으락푸르락해지며 완전히 넘어갈 듯한 표정이
되었다.

"하…… 심지어 처음을 도선우랑."

"왜 그래?"

"이 미친 새끼."

아영은 제 머리를 쥐고 한참 동안이나 욕을 내뱉다 이내 걱정이 된다는 듯 하늘을 돌아보며 걱정 섞인 목소리로 말했다.

"언니 안 아파요? 어디 아프진 않아요? 허리는, 허리는 괜찮아요?"

제 허리를 보며 만지지도 못하고 손을 댈까 말까 발만 동동 구르는 아영의 애타는 목소리에 하늘은 그날 아침의 선우가 떠올랐다.

허리가 아픈지 잔뜩 인상을 쓰며 손으로 주무르고 있던 선우의 모습이.

"아저씨 허리 아파 보였는데 이제 괜찮으려나."

하늘의 걱정이 가득 담긴 중얼거림에 아영은 세상 다 망한 듯 주저앉았다. 당장에 달려가 머리털을 다 뽑아낼 것 같은 기세로 벌떡 일어나 눈을 부릅뜨더니 다시 주저앉았다.

그저 지금은 도선우를 욕하는 것밖엔 방법이 없는 것이 통탄할 노릇이었다.

땀을 어느 정도 뺀 것인지 먹었던 계란 껍데기와 식혜를 정리하며 앉은 자리 청소를 마친 하늘이 일어섰고 아영은 그런 그녀의 뒤를 털레털레 따라갔다.

어서 목욕 끝내고 닭발이라도 먹어 스트레스를 풀고 싶었다. 그러다가 옷을 벗고 목욕탕으로 들어가는 하늘을 보며 아영은 저도 모르게 놀라 침을 꿀꺽 삼켰다. 앳돼 보이고 여려 보여 전혀 상상하지도 못했던 육감적인 하늘의 몸매에 절로 입이 벌어졌다.
세상에.

그리고 판판한 제 가슴을 내려다보았다.

"존나 사기캐야. 저 얼굴에 어떻게 저 몸매……"

다 가졌네. 다 가졌어.

"도선우는 뭔 복이야. 하. 인생 불공평해."

그러다가 다시 인상을 확 구겼다.

"도선우 이 나쁜 새끼."

✳

따뜻한 빵을 정리하며 개수를 하나하나 체크해 나가고 있던 하늘이 숫자를 세다 말고 벽에 걸린 시계를 올려다보았다. 벌써 아영이 와야 할 시간에서 두 시간이 훌쩍 넘었는데 아무런 연락도 없이 소식이 없었다.

둘, 셋, 넷, 둘. 숫자가 세어지다 말고 다시 돌아가기를 반복하고 있었다. 가만히 고소한 빵 냄새를 맡으며 아직 세어야 할 빵을 쳐다보던 하늘이 굽혔던 무릎을 펴고 다시 시계를 보았다.

1분 걸러 한 번씩 시계를 보는 것 같은데 시곗바늘이 어느새 반 바퀴는 더 돌고 있었다.

하늘은 제 핸드폰을 내려다보며 받지 않는 전화를 다시 한 번 걸었지만, 이번에도 핸드폰은 꺼져 있다는 말만 내뱉을 뿐이었다.

대체 어디 간 거야. 걱정돼, 아영아.

은석에게 전화가 걸려 왔다. 아영이 베이커리에 오지 않은 지 한 시간쯤이 되었을 무렵, 은석에게 아영의 행방에 대해 아는 것이 있냐고 물었었다. 아직 베이커리에 도착했다는 연락이 없어 걱정이 되어 다시 전화를 한 모양이었다.

— 아직 안 왔어?

"네. 교수님."

— 너무 걱정하지 마. 자주 그래. 소리 소문도 없이 놀러 가고, 사라지고. 그러다가 다시 나타나니까 너무 걱정 말고 기다려 보자.

여러 번의 전적이 있으니 크게 걱정할 것 없다는 말투였다. 그래도 하늘은 핸드폰을 놓을 수 없었다. 한번 집에 도둑이 들었던 이후로 사소한 것 하나도 그냥 지나칠 수 없을 만큼 걱정이 되어 돌아왔다. 손님이 들어와 문소리를 낼 때마다 고개가 문 쪽으로 향했다.

하늘은 얌전히 바라보고만 있던 핸드폰을 다시 가져와 조금 침착하지 못한 손놀림으로 다이얼을 눌렀다. 몇 번의 신호가 얌전히 기다리고 있으라는 듯 텀을 두다가 이내 기다리고 있던 목소리가 수화기를 타고 넘어왔다.

"아저씨."

— 왜.

"바빠요?"

— 바빠.

"네……."

정말로 바쁜 것인지 희미하긴 했지만 수화기 너머로 슥슥 종이를 넘기는 소리가 들려왔다.

— 말해.

그리고 들려온 남자의 목소리에 하늘은 조금 다급한 목소리를 했다. 아영이가 안 와요. 올 시간이 한참 넘었는데.

그렇게 말했을 때 선우의 반응도 은석과 별반 다르지 않게 돌아왔다.

— 자주 그래. 신경 쓸 거 없어.

그렇지만…… 여전히 걱정이 된다는 듯한 하늘의 말에 탁, 하는 소리가 났다. 펜을 내려놓는 소리인 것 같았다. 분명 읽고 있던 서류 종이에서 시선을 뗐을 것이다.

— 몇 시간째 그러고 있어.

"네?"

— 몇 시간째 시계만 보고 있냐고.

어떻게 알았는지, 방금도 벽에 걸린 시계를 힐끔 쳐다봤던 하늘이 두 시간이요, 라며 말을 흐렸다.

밖은 점점 해가 기울어 저녁노을이 져 있었다. 어두워지는 건 이제 금방이다.

두 시간이라는 말에 그제야 선우도 아까보다 조금 짙은 한숨과 같은 숨을 내쉬는 것이 느껴졌다.

문을 열고 들어온 선우는 탄 빵처럼 속을 시꺼멓게 태운 채 앉아 있는 하늘에게로 가까이 다가왔다.

올려다보는 눈동자가 잔뜩 걱정에 절어 어쩔 줄 모르겠다고 말하고 있었다. 그러면서도 눈앞으로 다가온 선우의 존재에 조금은 안심이 되는 건지 목에 잔뜩 주고 있었던 힘이 풀려 목 언저리가 유연해진 것이 보였다.

사실 아영이를 찾으러 다닌다고 해봐야 그녀가 갈 만한 곳이라고는 학교 외에는 짐작할 수 있는 곳이 없었다. 그건 하늘뿐 아니라 선우도 마찬가지였다.

차 조수석에 앉아 유리창에 달라붙어 여기저기 살펴보며 아영을 찾는 눈길이 다급해졌다.

점점 어두워지고 있는 하늘 아래, 아직 제대로 제 마음이 정립되지 못한 갓 고등학교를 졸업한 스무 살이 갈 만한 곳이라고는 건전해 봤자 게임방, 오락실, PC방이 기껏인데 그마저도 아영이 갈 만한 곳은 뚜렷하지 않았다.

막연히 학교 주위를 뱅글뱅글 돌며 쓸데없이 시간 죽이기를 반복한 지도 30분이 흘러가고 있었다. 결국 선우는 다시 베이커리로 방향을 틀고 핸들을 고쳐 잡았다.

아영을 찾지 않고 그냥 돌아가겠다는 남자의 명백한 의도에 하늘은 뺨이 창백해졌다. 아저씨, 하고 불러도 그는 갑자기 앞으로 튀어나오는 차를 보며 손을 뻗어 하늘의 몸이 앞으로 쏠리지 않도록 막아 줄 뿐 별다른 말이 없었다.

"왜 그냥 가는 거예요?"

하늘의 애가 달은 물음에 그는 턱짓으로 대시보드의 시계를 가리켰다. 그가 가리키는 방향대로 눈을 돌린 하늘은 시계에 적힌 숫자를 본 후 다시 그를 향해 고개를 돌렸다.

"평소 집에 가는 시간이잖아. 실컷 놀고 지금쯤이면 베이커리에 도착했을 거다."

아……. 그의 말에 고개를 끄덕이며 하늘이 다시 등받이에 등을 붙인 채 얌전히 정면을 바라보았다. 하지만 이내 코너를 돌며 보이기 시작하는 베이커리 간판에 저도 모르게 등을 떼어 내고 창가로 달라붙었다.

아영은 저 때문에 평소보다 빨리 닫아 버린 베이커리 문 앞에서 가방 하나를 메고 이리저리 의미 없이 시선을 두고 있었다. 그러더니 최근 사고 싶다고 몇 번이나 노래를 불러서 선우가 사다 준 비싼 운동화에 어느새 시커멓게 그을음이 묻어 그게 속상한지 몇 번이고 손으로 신발을 문질렀다.

별다른 신변의 문제 없이 나타난 아영의 모습에, 꼭 물가에 내놓았던 아이의 손을 잡은 엄마처럼 안도한 표정으로 글썽이는 하늘을 보던 선우가 피식 웃음을 흘렸다. 저도 어리면서 누구를 이렇게 걱정하고 있다는 것에 묘한 위화감이 들기도 했고, 제법 귀엽다는 생각이 스쳤……

귀여워? 지금 무슨 생각 하는 거야. 정신 차려 미친놈아.

스스로에게 쌍욕을 하며 눈썹을 구긴 선우가 어느새 조수석에서 내려 아영에게로 조급하게 걸어가는 하늘을 발견했다.

아영에게 어디 갔었냐고 왜 연락은 하지 않았냐고 눈물을 글썽거렸다. 뭐라고 말을 하는지 들리진 않았지만 듣지 않아도 뻔했다.

선우는 차에서 내려 쫑알거리고 있는 두 사람에게로 다가갔다. 저에게로 다가오는 선우를 발견하고 단번에 인상을 구긴 아영이 슬쩍 뒤로 물러섰다.

선우가 오늘 같은 일을 끔찍이도 싫어한다는 사실을 동물적인 감각으로 알고 있는, 사납지만 힘이 없는 먹이사슬 아래층 서식자의 본능이었다.

"뭐, 뭐!"

"읊어. 변명."

"아, 핸드폰 배터리가 나갔었어. 문자는 보냈다고 생각했는데 배터리가 거의 꺼져 갈 때 보내서 안 간 거 같아. 그래서 빨리 왔는데 베이커리 문이 닫혀 있잖아."

"무사히 온 거면 됐지. 아저씨 화내지 마요."

그러면서 저에게 등을 돌려 노골적으로 아영을 감싸며 손까지 잡아 주는 정성에 선우는 헛웃음이 나왔다. 저게 좋아한다 할 땐 언제고 누구 편드는 거야.

"아, 근데 뭐야. 둘이 같이 있었던 거야? 야, 도선우. 내가 하늘이 언니한테 손대지 말랬지."

"아저씨가 너 찾으러 다니는 거 도와주셨어. 그러지 마, 아영아."

"언니. 정신 차려요! 쟤 늑대도 아니고 그냥 짐승이에요. 짐승."

"……짐승?"

별소릴 다 한다는 눈으로 미간을 구긴 선우가 차에 타기나 하라는 낮은 목소리를 냈다. 그리고 그런 선우의 등살에 욕을 중얼거리며 조수석으로 걸어가던 아영이 순간 붙잡힌 제 가방에 더 앞으로 나아가지 못하고 멈춰 섰다.

가방을 툭 떨어뜨리듯 놓은 선우가 성의 없는 손짓을 했다. 그의 손짓을 가만히 떠올리며 그 뜻을 알아차린 아영의 눈썹이 있는 대로 일그러졌다.

"뒤에 타."

그리고 벙찐 아영을 스쳐 지나 조수석으로 올라타는 하늘을 보며 아영이 넋을 바닥에다 흘린 듯 중얼거렸다.

"내 하늘이 언니를…… 저 짐승한테."

하늘이 기분이 좋은지 연신 웃음을 띠우고 있었다. 원래 얼굴에 늘 웃음기가 있었지만 오늘따라 더 기분이 좋아 보였다. 아영이가 무사하다는 사실에 마음이 그렇게도 놓이는지 방긋방긋 잘도 웃는다. 내 동생인 건지 지 동생인 건지.

아파트 앞에 도착한 차가 이내 멈춰 섰다. 선우가 안전벨트를 풀어 주려고 고개를 숙였을 때, 하늘이 그가 제 안전벨트로 손을 뻗기도 전에 자기 손으로 안전벨트를 풀어냈다.

덕분에 반쯤 허리를 숙인 선우가 바로 눈앞에 있었다. 하늘은 저에게로 가까이 다가온 남자의 넓은 어깨에 살포시 손을 얹었다. 그리고 입술에 가까운 뺨에 입을 맞추었다.

쪽, 쪼옥.

"오늘 아영이 찾아 줘서 고마워요, 아저씨."

마치 보답이에요, 라고 말하는 듯한 그 순한 얼굴이 선우가 상황파악을 하기도 전에 생긋 입술을 올려 웃으며 그렇게 차에서 내려 떠나가고 있었다.

"……."

선우는 방금 무슨 일이 일어났던 건지 다시 곱씹듯 시간을 되돌려 상기시켰다.

그리고 한참 만에야 정신이 돌아오며 방금 일어난 일이 무엇이었는지 알아차렸다.

당신을 주세요

— 빨갛게 내려앉은 당신을 향한 마음

6

"에이. 그건 아니다."

"정말입니다. 그래서 저희가 바로 제압했지 않습니까."

클럽가드 중 하나가 이제 믿기냐는 듯 무심코 하늘의 허벅다리를 툭 하고 쳤다. 가벼운 액션이었다. 곧 그녀의 정성스런 리액션도 돌아왔다. 뭐, 믿기진 않지만 믿어 드릴게요, 하고 웃는 하늘의 눈웃음에 가드는 답지 않게 수줍게 웃으며 제 뒷목을 긁적였다.

클럽 직원들은 하늘을 둘러싸고 앉아 그녀가 가져온 빵들을 하나씩 입에 물며 그녀의 입이 떨어지길 기다리고 있었다.

작은 입이 무어라 말할 때마다 직원들은 손뼉을 치며 그래요?, 우와, 정말입니까? 와 같은 조금도 새롭지 않은 틀에 박힌 리액션을 해 댔다. 따분하기 짝이 없는 리액션이었지만 하늘은 제 말에 집중하고 있는 여러 개의 눈에 입술을 올려 웃었다.

"그나저나 하늘 씨 빵 진짜 맛있습니다. 이건 뭡니까?"

"이건 검은깨로 앙금을 낸 건데요. 저희가 직접 만들어서 사용한 거예요."

"역시, 역시. 입에 넣을 때부터 고소하더라니. 딱 알아봤습니다."

"맛있게 먹어 줘서 고마워요, 다들……."

감동을 한 건지 살짝 말꼬리를 흐리는 그녀의 목소리에 하늘을 둘러싸고 앉아 있던 직원들이 일제히 들고 있던 빵을 내려놓으며 손사래를 쳤다. 개중에는 빵을 입에 한가득 문 채 급하게 손을 좌우로 흔드는 놈도 있었다.

"아, 아닙니다. 이렇게 직접 챙겨 주셔서 저희가 고맙죠."

"하늘 씨. 한국대 옆에 있는 사거리 베이커리 맞습니까? 저번에 거기 갔었던 적 있는데. 거기가 하늘 씨 베이커리일 줄은 상상도 못 했습니다. 어떻게 그렇게 작은 손으로 이렇게 맛있는 빵을 만듭니까?"

"과찬이세요."

준우는 조금 멀찌감치 떨어진 소파에 다리를 꼬고 앉아 화기애애한 분위기를 말없이 지켜보고 있었다. 자식들, 하루 종일 한 번을 안 웃는 놈들이 완두콩 왔다고 입이 찢어져라 웃네. 그나저나 우리 완두콩 너무 인기 많으면 여기로 데려온 내가 좀 곤란해지는데.

준우는 슬쩍 눈을 돌려 책상에 앉아 잔뜩 인상을 쓴 채 매출파일을 보고 있는 선우를 쳐다봤다. 아까도 저 페이지더니 아직 한 장도 넘기지 못한 듯싶었다.

준우는 여전히 인상을 쓴 채 제 이마를 짚고 있는 선우에게서 눈을 돌려 직원들에게 둘러싸여 웃고 있는 하늘을 보며 소파에서 일어섰다. 그리고 천천히 그녀에게로 다가간 준우는 하늘의 옆자리에 앉았다. 좀 더 그녀에게로 가까이 붙었다.

"우리 완두콩은 매일 뭐가 그렇게 좋아? 안 웃는 날이 없네?"

"그게 아니라 아저씨들이 너무 재미있어서. 아…… 제가 아저씨라고 불러도 되는 건가요?"

제 주위에 앉아 있는 직원들을 쭈욱 둘러보며 하늘이 공손하게 허락을 구했다. 준우는 그런 하늘의 등을 살짝 토닥이듯 만지며 싱긋 웃었다.

"그럼. 여기 다 너보다도 나이 많으니까 그냥 아저씨라고 불러."

곧 허락해 주셔서 감사하다는 듯 네에, 하고 연한 목소리로 대답을 했다.

"형님. 저는 하늘 씨랑 나이 차이 별로 안 납니다. 아저씨는 좀 그렇습니다."

준우는 저에게 항명이라도 하듯 쏜살같이 날아온 굵은 목소리에 싱긋 웃던 웃음기를 거두고 눈치 없게 지껄이는 강석을 돌아봤다. 아저씨는 싫으니 오빠라고 불러 줬으면 좋겠다는 의도를 담은 목소리에 준우는 한심하다는 듯 한숨을 쉬었다. 새끼. 센스가 없으면 눈치라도 있어야지. 저 뒤에서 널 잡아 죽일 듯 노려보는 도선우가 안 보이냐.

"그냥 군소리 말고 아저씨 해. 누가 봐도 네 얼굴은 아저씨야. 어디 양심 없게 오빠 소리 들으려고."

"아, 형님. 아무리 그래도 아저씨는 좀."

큰 덩치로 징징대는 징그러운 목소리에 준우는 눈썹을 비틀었다. 저도 모르게 반지가 차곡차곡 끼워져 세련된 빛을 내고 있는 손가락을 접어 주먹을 쥐었다. 완두콩 앞에서 욕을 할 수도 없고.

"그럼 오빠라고 부르면 될까요?"

"아냐. 그럴 필요 없어. 다 같은 아저씨야."

준우는 그렇게 말하며 하늘의 어깨에 손을 둘렀다. 네에, 하고 다시 금방 고개를 끄덕이는 연한 눈동자가 돌아왔다. 강석은 오빠라고 불리지 못한 것에 대해 못내 아쉬운지 한숨을 푹 내쉬며 손에 들려 있는 빵 껍데기를 바닥으로 툭 내려놓았다. 그리고 그 모습을 보고 있던 준우가 쯧쯧 혀를 찼다. 다 저 위해서 이러고 있고만 눈치가 좀 있어라. 쯧.

여전히 오빠라 불리지 못해 아쉬움 가득한 강석에게서 눈을 돌려 하늘을 바라본 준우가 좀 더 그녀의 어깨에 둘러진 손에 힘을 주었을 때였다. 탁, 하고 머리로 던져진 무언가에 정수리를 세게 얻어맞은 준우가 제 머리를 감싸 쥐었다.

입 밖으로 튀어나오기 직전인 욕을 참으며 바닥을 내려다봤다. 제 머리를 강타하고 나가떨어진 파일철에서 튀어나온 종이들이 잔뜩 구겨져 있었다.

"한가하게 처먹을 시간은 있고 치울 시간은 왜 없어."

"……후. 도선우."

"사무실이 니들 놀이터야? 이러라고 허락한 줄 알아?"

낮게 가라앉은 선우의 목소리에 준우는 하늘의 어깨에 올려놓고 있던 손을 거두고 천천히 자리에서 일어섰다. 그리고 그의 두 눈을 마주 보고 섰다. 아아, 화가 나셨구만.

"뭐 해. 안 치우고."

선우의 목소리에 직원들은 그제야 엉덩이를 떼고 자리에서 일어나 뭉툭한 손길로 바닥에 널브러진 빵 봉지들이며 우유갑을 줍기 시작했다. 준우는 저를 보고선 잔뜩 미간을 구긴 채 뺨을 꿈틀대고 있는 선우를 보며 태연한 목소리로 말했다.

"화가 났으면 화가 났다고 말을 하지 왜 던져, 던지길. 성깔 안 나오나 했네."

"이준우."

"알았다. 알았어. 내가 잘못했다."

준우는 그렇게 빙긋 웃으며 어느새 제 곁으로 다가온 하늘을 돌아봤다. 또 저 때문에 선우가 화가 난 건 줄 알고 움찔대고 있는 하늘이 귀여워 준우는 웃음을 감추지 못하고 그녀를 쳐다보고 있었다. 그리고 그런 준우를 보고 있던 선우가 짜증 섞인 한숨을 내쉬었다. 이것들을 다 갖다 박아 버릴까.

오전 일을 끝내고 막 사무실로 돌아왔을 때였다. 어디서 많이 본 생명체가 눈앞에 있다 했더니 안 그래도 하얀 애가 새하얀 원피스를 입고서 사무실에 앉아 있었다.

선우는 순간 제 눈을 의심했다. 그렇지 않아도 연하늘을 만난 이후부터 하루도 조용할 날 없었던 일상에 이젠 헛것까지 보나 싶었다. 허락도 없이 뺨에 입술을 갖다 대더니 이젠 헛것까지 보게 하나 싶어 헛웃음이 나오려던 찰나였다.

아저씨, 하고 부르는 그 목소리에 심장이 나가떨어질 뻔했다. 저도 여기에 있으면 안 된다는 걸 알긴 잘 아는 모양인지 소파에서 일어서는 모양새가 엉거주춤했다. 단박에 험악한 얼굴로 다가

가는 선우 앞으로 큰 봉투를 양손 가득 든 준우가 불쑥 나타나 어어, 하며 그를 막아 세웠다.

애들 빵도 먹일 겸 내가 데려왔으니까 너무 그러지 마라. 사무실 안에만 있으면 괜찮지 뭘 그래, 하고 웃는 모양새에 선우는 저도 모르게 주먹이 나갈 뻔했다.

사무실 안이 제일 위험하다는 걸 잘도 알면서 지껄이는 얼굴에 열이 올라 절로 안면이 꿈틀거렸다. 당장에 호기심 가득한 눈으로 다가와 하늘을 뚫어져라 쳐다보는 강석의 면상을 보고도 그런 소리가 나오는지. 준우는 하늘을 자리에 앉히고 여기저기 흩어져 있는 직원들을 불러 모으기 시작했다. 그리고 빵 껍질을 까기 시작하더니 저 보란 듯이 판을 벌려 이 지경까지 온 것이다.

선우는 후, 짧은 한숨을 내쉬며 제 명령으로 서둘러 청소를 시작하는 직원들을 내려다봤다.

선우의 명령으로 한참 동안이나 사무실을 청소하던 직원들이 밖으로 나가고 하늘은 소파에 앉아 제가 가져온 베이커리 일지를 보며 저를 닮은 하얀 연필을 쥐고 있었다. 그리고 그런 그녀를 힐끔거리며 선우의 곁에 있던 강석이 슬쩍 하늘의 곁으로 다가가 베이커리 일지를 보며 말을 건네 왔다.

멋대가리 없이 여기저기 알이 굵은 반지가 끼워진 손가락이, 종이 위에 알록달록 그려진 그림 중 무언가를 가리키고 있었다.

"이건 무슨 빵입니까?"

"아…… 이건 빵이 아니라 과잔데 이번에 봄 제품으로 만든 딸기마들렌이에요."

"마들렌……."

"나중에 하나 가져다 드릴게요."

"아, 정말입니까? 고맙습니다, 하늘 씨."

강석은 흠흠, 하고 헛기침을 하며 저어, 그런데 하늘 씨, 하고 그윽하게 덧붙였다. 그런 강석을 올려다보는 눈동자가 왜 부르냐는 듯 궁금함에 반짝이고 있었다.

"오늘 저희 회식 할 건데, 오시면 안 됩니까? 바쁘십니까?"

"네? 그게……."

정작 하고 싶은 말은 이것이었던 듯 한참 동안 말을 뱅글뱅글 돌리던 강석이 드디어 힘겹게 본론을 꺼내 놓았다. 그리고 그의 제안에 마치 본능적으로, 일을 하고 있는 선우를 힐끔 쳐다본 하늘이 곤란한 얼굴을 하며 답하기를 주저했다.

"이강석."

강석은 불리는 제 이름에 고개를 번쩍 쳐들고 책상 앞에 앉아 불을 붙이지 못한 담배를 물고 있는 선우를 향해 돌아섰다.

줄곧 책상 앞에 놓인 종이 뭉치들만 보고 있던 그의 시선이 어느새 들려 있었다. 낮게 깔린 목소리에 저도 모르게 몸이 바짝 긴장해 근육이 조여 왔다. 위기를 감지한 육식동물이 저보다 강한 짐승을 만났을 때 보이는 반응과 별반 다르지 않았다.

엉성하게 걸어 선우 앞으로 다가선 강석이 부르셨습니까, 하고 뒤늦게 긴장 섞인 목소리를 했다.

"넌 뭐가 그렇게 궁금한 게 많아."

"아, 아닙니다, 형님. 궁금한 거 없습니다."

"아니긴 뭐가 아니야. 방금 네가 지껄인……,"

육두문자가 튀어나오다 말고 그의 입안에서 멈춰 섰다. 선우는 저를 빤히 쳐다보고 있는 까만 눈동자를 보며 작은 한숨과 함께 말을 고쳐 다시 말했다.

"네가 말한 건 질문이 아니고 대답이세요?"

"저는 그냥……."

어찌할 바를 모르고 이리저리 눈을 굴리고 있던 강석은 마침 문을 열고 들어오는 준우를 구세주 쳐다보듯 올려다보았다.

다시 핫 해진 분위기를 감지한 준우는 그 특유의 미소를 지으며 강석의 등을 톡톡 쳤다. 눈치 없는 네가 고생이 많아. 응? 하며 강석을 달랜 준우가 나가 보라고 손짓을 했고 강석은 그의 말이 끝나기가 무섭게 기다렸다는 듯 사무실 문을 열고 나갔다.

준우는 다시 기분이 안 좋아진 선우를 무시하고 하늘을 향해 다가갔다. 베이커리 일지를 내려다보던 준우는 저를 닮아 예쁘게 그려진 그림에 히야, 하고 감탄의 목소리를 했다.

"완두콩 그림도 잘 그리네? 이건 무슨 빵?"

"아, 에클레어예요."

"나중에 나도 하나 주는 건가?"

"그럼요."

준우는 하늘을 향해 입꼬리를 올리다 말고 따갑도록 느껴지는 시선에 결국 고개를 들고 선우를 보았다. 그리고 부러 느릿한 손놀림으로 슬쩍 하늘의 어깨를 만졌다 떼며 팔짱을 끼었다.

"뭐 어때. 하늘이도 회식 같이 가자. 어차피 우리 바 안에서 하는 건데 뭐."

"야. 이준우."

"갈 거지, 하늘아?"

어찌해야 할까 고민하며 선우와 준우를 가만히 번갈아 보고 있던 하늘이 쥐고 있던 연필을 조용히 내려놓았다. 그리고 작은 입술이 천천히 움직였다.

"가도…… 돼요?"

준우는 소리 내어 웃으며 당연하지, 하고 목소리를 높였다. 이러다가 도선우한테 한 대 얻어맞는 거 아냐? 아, 그래도 재밌다. 재밌어.

❋

바 전체가 통으로 비워졌고 비워진 만큼 술로 채워졌다. 안주는 간단한 과일과 과자가 전부였다. 안주 따위가 중요한 게 아니라 그들에게 중요한 건 술 그 자체였다. 짐승들처럼 술을 들이붓고 있던 직원들이 시시껄렁한 대화를 주고받으며 으레 남자들이 모이면 한다는 얘기를 시작했다.

"그래서 딱 모텔에서 옷을 벗는데 진짜 죽이는 거 아닙니까. 그래서 제가……."

"쳤어, 안 쳤어. 그것만 말해."

"당연히 쳤죠. 형도 그걸 말이라고."

"이게 출근만 하면 눈이 벌겋다 했더니 밤새 떡친다고 그러셨어요?"

"밤새는 아니고, 제가 요새 스태미나가 좀 딸려서. 그래도 네 번은 합니다, 제가."

쳐? 떡? 네 번?

맥주 한 병을 얌전히 쥔 채 오고 가는 대화를 듣던 하늘은 깊은 생각에 빠져들고 있었다.

선우는 제 옆에 앉아 귀를 쫑긋거리며 듣고 있는 하늘을 보고는 미간을 있는 대로 구겼다. 그리고 선을 넘어서 점점 짙은 음담패설을 내뱉는 놈들을 보며 탁자를 발로 쾅 하고 올려 찼다.

순간 술을 마시던 남자들의 눈이 모조리 선우에게로 집중되었다. 그리고 곧 그들의 시선은 무서운 눈을 하고 있는 선우의 옆에서 자신들의 대화에 집중하고 있는 하늘에게로 향했다. 그제야 선우가 하고자 하는 말을 알아차린 직원들이 아차차 하며 시커먼 속을 숨기고 입을 올려 웃었다.

"하늘 씨. 호, 혹시 노래할 줄 아십니까? 노래라도 한 곡……."

말을 하다 말고 선우와 눈이 마주친 강석이 다시 움찔거리며 입을 다물었다. 그리고 그 모든 상황을 흥미롭게 지켜보고 있던 준우가 흐음, 하는 소리를 내며 턱을 괴었다.

그리고 더 그를 흥미롭게 하는 상황이 시작되었다. 할 줄 알아요, 하는 부드러운 목소리가 들려온 것이다. 그녀의 침착하지만 부드러운 목소리에 직원들이 우워워워 하는 짐승 같은 소리로 울부짖으며 박수를 쳤다.

선우는 지끈거리는 관자놀이를 누르며 간신히 호흡을 유지하고 있었다. 들숨, 날숨. 숨 쉬는 법을 까먹지 않으면 다행이다 싶었다. 아아, 어머니.

"그럼 준비해 드리겠습니다."

그렇게 말하며 자리에서 벌떡 일어난 강석이 바 스테이지로 향하며 무대장치를 손보기를 몇 분, 바로 준비가 된 무대에 곧장 마이크를 하늘에게로 넘겼다.

저 작은 몸에서 나오는 목소리는 어떠려나 기대하는 눈빛들이 반짝이고 있었다. 저, 노래 잘 못하는데, 하고 기대는 하지 말라는 작은 목소리가 마이크를 타고 넘어왔다.

어떤 선곡을 하려나 기대를 하면서도 제 나름대로 감정을 잡는 듯 지그시 눈을 감는 그 모습에 준우가 흐뭇하게 입술을 올렸다.

작은 입술이 천천히 벌어졌다. 그리고 나지막이, 바 안을 채우듯 울려 나오는 선율을 타고 하늘이 목소리를 보탰다. 작고도 여린 목소리는 감미로운 노래를 만나 빛을 내며 반짝였다.

목소리에서 빛이 난다. 감고 있어서 보이지 않는 두 눈에서도 빛이 났다. 보이지 않지만 충분히 알 수 있었다.

노라존스의 come away with me.

한때 감미로운 목소리가 좋아 선우가 즐겨 듣던 팝송이었다. 가사를 가만히 듣고 있던 준우는 천천히 고개를 돌려 하늘을 바라보고 있는 선우를 보았다.

준우는 마음을 전하는 방법도 참 그녀답다고 생각하고 있었다. 너를 열렬하게 사랑한다고 말하는 그 어떤 단어보다도 저 목소리 하나면 됐다고 생각했다. 그리고 그는 갑자기 지난날 제가 그녀에게 잠깐 쳤던 장난이 미안해졌다.

"형님. 저 노래 무슨 뜻입니까?"

준우는 저에게 소곤소곤 물어 오는 강석을 보며 답했다.

도선우와.

"함께하고 싶다는 말."

도선우를.

"좋아한다는 말."

그리고 끝이 나는 노래와 함께 하늘의 두 눈이 떠졌다. 이리저리 눈동자가 움직이는가 싶더니 원하는 것을 찾아냈는지 활짝 웃었다. 선우와 눈을 맞춘 채로.

바 한구석에서 선우의 어깨에 기대어 눈을 감고 있던 하늘은 잠을 청하려는지 몸을 뒤척였다. 회식이 끝나 모두 빠져나가고 둘만 남아 있는 공간에서 선우는 제 어깨에 기대어 있는 하늘을 보며 이러지도 저러지도 못하고 어깨를 내어 주고 있었다.

그러다가 가만히 선우의 어깨에서 머리를 떼어 낸 하늘이 고개를 돌려 그를 보았다. 남자의 두 눈이 무언가에 젖은 듯 촉촉해져 있었다. 순간 하늘은 왠지 제 얼굴이 달아오르는 듯해 살짝 그의 시선을 피해 고개를 숙였다. 그리고 그런 하늘을 바라보고 있던 선우가 피식 웃음을 흘렸다.

"왜, 또 입이라도 맞추게?"

"그래도 돼요?"

"되긴 뭐가 돼."

옅은 웃음이 섞인 선우의 목소리에 하늘은 네에, 하며 작게 대답하면서도 선우의 셔츠 자락을 꾹 움켜쥐고 있었다. 작은 손이 꼼지락거려 허리에 몇 번이나 닿아 왔지만 선우는 말없이 그런 하늘을 보고 있었다.

"그런데요, 아저씨."

"또 왜요."

"있죠……."

뭔가를 말하려다가 망설이는 기색이 역력했다. 선우는 말해 보라는 듯 제법 한참 동안이나 그녀가 말을 꺼내길 기다렸다. 침묵으로 오래 기다려 주고 있는 남자를 바라보며 하늘은 천천히 입술을 떼어 냈다.

"그럼 아저씨는 룸살롱에서 일하는 사람들 다 알 수 있어요?"

"……뭐?"

"룸살롱에서 일하고 있는 사람들 다 찾을 수 있어요?"

그녀의 입에서 나온 룸살롱이라는 단어에 놀랄 새도 없이 하늘이 하는 말에 선우는 벽에 기대고 있던 등을 떼어 내 몸을 일으켰다. 대체 무슨 말을 하는 거야, 너.

"찾고 싶은 사람이 있어서요."

"연하늘."

"네."

"고개 들어 봐."

고개를 숙인 채 제 시선을 피하고 있는 하늘의 이름을 불렀다. 천천히 들리는 고개가 선우를 향했다. 어쩐지 눈가가 조금 촉촉해져 있는 것 같기도 하고. 선우는 무슨 말을 하는 것인지 물어보려다 말고 조용하지만 강한 목소리로 말했다.

"정확하게 말해. 네가 하려는 말이 뭔지."

그리고 한참 만에야 작은 입술이 제가 원하는 것을 뱉어 냈다.

"엄마를 찾고 싶어요."

하늘은 좀 더 선우의 셔츠 자락을 꾹 움켜쥐었다. 어느새 눈가가 빨개져 있었다. 그러니까 그녀의 말을 조합해 보자면 연하늘의 어머니가 룸살롱에서 일을 한다, 뭐 그런 말인가?

그러고 보니 지난번에 집에 갔을 때도 혼자 산다고 했고, 어렴풋이 지나가는 말로 아버지는 베이커리 하나를 남겨 주고 돌아가셨다고 했다. 그리고 어머니……. 그녀의 어머니에 대해서는 들은 바가 없다.

"아주 오래전부터 엄마와 친했던 아주머니를 만났는데요. 저희 엄마를 어느 술집에서 봤다고 했어요. 그런데 거기가 어딘지 모르겠어요."

"……."

"그래서 아저씨라면 알 수 있지 않을까 해서."

선우는 짧은 시간 그녀의 얼굴에서 많은 것을 읽어 냈다. 한참 동안이나 어머니를 그리워하고 있었다는 것과 꽤 오래전부터 이 일로 속병을 앓고 있었다는 사실. 그리고 덧붙여 하늘이 지금 이 사정으로 몹시 괴로워하고 있다는 사실을.

하늘은 집으로 돌아와 쥐고 있던 가방을 내려놓고 피곤에 짓눌린 몸을 침대 위로 눕혔다. 늘 집으로 돌아오면 가장 먼저 하는 일이었던 점등도 하지 않았다.

어둠 속에 홀로 있는 것을 가장 싫어했다. 꼭 세상에 혼자 있는 것만 같은 기분에 환하게 불을 밝힐 수 있는 것은 뭐든 켜야 했다. 그래서 그녀의 집엔 유난히 인테리어 조명이 많았다.

하늘은 가만히 엎드린 채 손을 들어 올려 침대 옆에 놓인 작은 식빵 모양 조명을 켰다 껐다 무의미한 동작을 반복했다.

그냥 가게로 갈 걸 괜히 집으로 왔나? 늘 하던 고민이 새삼스러울 정도로 심각하게 그녀에게로 다가왔다. 아니다. 가게에 내려 달라고 했으면 분명 아저씨가 날 걱정했을 거야. 그렇게 생각하며 하늘은 침대 위로 얼굴을 묻었다.

✳

선우는 알아낸 하늘의 어머니 성함으로 싸구려 방석집부터 시작해 삼류 룸살롱, 혹시 몰라 사창가까지 물장사를 한다는 곳에 죄다 사람을 풀어 엇비슷한 이름을 가진 사람을 알아 오라고 명령했다.

어떤 사연이 있는 것인지는 부러 물어보지 않았다. 입 밖으로 꺼내는 순간 상처가 될 것은 자명한 일이었다. 그 상처를 거의 평생을 짊어지고 살아온 듯한데 다시 저에게 고백하듯 털어놓느라 상처를 되새겨 줄 필요는 없었다.

원래 제가 이렇게 남을 배려하는 성격이었던가. 선우는 담배를 물며 옅은 한숨이 섞인 헛웃음과 같은 웃음을 흘렸다. 어쩌다가 이렇게 된 건지. 이준우가 이 꼴을 봤다면 또 그 꼴같잖은 웃음을 지으며 저를 놀릴 게 뻔했다.

생각만으로도 속이 시끄러워 선우는 담배를 입에 문 채 두 손을 바지 포켓에 쑤셔 넣고 두 다리를 작은 테이블 위로 올려놓았다.

대체 뭔 놈의 애가 모르긴 몰라도 가볍지 않을 것이 뻔한 사정을 끌어안고도 그렇게 아프지 않은 척 살아가고 있는 건지, 원.

선우는 고개를 들어 벽에 걸린 시계를 올려다보았다. 지금쯤이

면 도은석이랑 수업 준비니 뭐니 그거 하고 있겠네. 그거 다 하면
베이커리로 가겠고.

미친놈. 그걸 그새 다 외우고 있었냐.

선우는 담배를 입에 문 채 그대로 고개를 뒤로 젖혔다.

찾기야 금방 찾을 텐데. 이 바닥이야 훤히 손바닥 꿰듯 알고 있
으니 사람 하나 시켜 알아 오라고 하는 건 일도 아니니 그거야 문
제가 아닌데 문제는 그다음이었다.

필시 좋은 모양새로 일을 하고 있지는 않을 터였다. 진짜 만나
게 해 줘도 되나 싶기도 했고, 이렇게 찾았다 한들 찾아가도 되나
싶기도 했다. 또 그 큰 눈에서 눈물을 흘려 낼 것은 불 보듯 뻔한
일이고 상처를 받을 것이다.

아아, 선우는 지끈거리는 두통에 눈을 감고 깊숙이 담배를 빨
아들였다.

비가 추적추적 내리는 완전히 어두운 밤거리를 지나 간신히 사
람 하나가 들어갈 수 있는 골목을 걸어 들어갔다. 그리고 선우는
싸구려 간판 불빛이 번쩍였다 다시 들어오는 것을 보고 천천히 입
에 물고 있던 담배를 손가락 사이에 끼우고 주위를 둘러보았다.
선우의 뒤에서 그를 위해 우산을 받쳐 들고 있던 강석이 심상치
않은 분위기에 괜히 몸을 움츠렸다.

간판을 보아하니 여기가 맞는 듯한데, 영업을 하는 건지 마는
건지 가게 안은 어두컴컴해 불빛 하나 보이지 않았다. 원래 폐쇄
적인 공간이지만 참 어지간히도 더러운 짓을 하는지 빛 하나 내지
않는 가게를 보며 선우는 물고 있던 담배를 구두 굽으로 짓이겨

끄고 천천히 가게 안으로 들어갔다.

문이 삐그덕거렸다. 간신히 가게 입구를 지탱하고 있는 오래된 작은 쇠문은 불쾌한 소리를 내며 입구를 벌려 냈다.

퀴퀴한 냄새가 코를 파고들었다. 저도 모르게 살짝 눈을 구긴 선우가 제 뒤를 따라오는 강석을 향해 손을 들어 여기 그대로 남아 있으라는 신호를 보냈다. 그리고 좀 더 안으로 들어갔다.

촌스러운 붉은 립스틱을 잔뜩 입술에 갖다 발라 입술선이 분명한 여자 하나가 나와 선우를 올려다봤다.

"혼자 오셨어요?"

"사람을 찾아왔습니다."

"어떤, 아, 연아는 아직 안 나왔는데. 조금만 기다리시겠어요?"

남자가 내민 쪽지 하나를 보며 지금은 부재한다고 말하는 여자는 생경한 남자의 얼굴을 한참 동안이나 빤히 바라보고 있었다.

선우는 지금은 만날 수 없다고 말하는 여자에게서 눈을 돌려 가게 안을 살폈다. 방이라고 할 것도 없이 칸칸이 서로를 볼 수 없게 하는 용도로나 남은 낡아 빠진 문짝에 불쾌감이 치고 올라왔다.

선우는 저를 빤히 쳐다보고 있는 여자를 지나쳐 다시 가게 밖으로 나왔다. 그리고 그의 모습에 강석이 재빨리 우산을 들고 선우의 곁으로 붙어 섰다.

"만나셨습니까?"

강석의 목소리가 빗속을 뚫고 들려왔다. 그리고 동시에 여자의 비명 섞인 고함 소리가 빗물에 섞여 들려왔다. 본능과 같은 감각으로 단번에 고개를 돌린 선우는 웬 남자의 발밑에서 울고 있는 여자를 발견했다.

여자는 고운 얼굴로 그와 맞지 않게 요사스런 옷을 입고 있었다. 그리고 제게 발길질하는 남자를 보며 악다구니를 치고 있었다. 공포로 일그러진 얼굴을 하고서 입 밖으로 뱉어져 나오는 욕은 그에 어울리지 않았다.

"얼마나 더 팔면 그 돈이 나오는 건데. 어? 얼마나 더 아랫도리를 대 줘야 그 돈이 나오냐고. 야, 대답 안 해? 이년이."

뺨을 얻어맞으면서도 욕을 멈추지 않는 여자는 가쁜 숨을 헐떡이고 있었다. 빗속에서도 그 숨소리가 들려왔다.

여자를 다시 때리려 손을 높게 쳐든 남자는 순간 제 가슴을 훅 찌르고 오는 뾰족한 물체에 억, 하는 소리를 내며 제 가슴을 내려다봤다. 시커먼 우산이 제 가슴을 누르고 있었다.

선우는 좀 더 힘을 줘 우산을 밀어 남자를 벽으로 밀쳤다. 순식간에 벽으로 밀쳐진 남자의 입에선 천박한 욕설이 튀어나왔다.

"야, 이 시발새끼야. 너 누구야. 좆 같은 저년 기둥서방이야? 어? 이거 안 놔?"

"말 곱게 해라. 간신히 봐주고 있는 거니까."

"하하, 미친 새끼. 진짜 이년 기둥서방이라도 되는가 보네. 야, 넌 재주도 좋다. 어디서 이런 놈을 물었냐? 어? 그럼 이제 갚을 돈 있겠네."

남자는 곧 제 얼굴로 날아오는 주먹에 기침을 하면서 뭉개진 발음으로 욕을 내뱉었다. 가슴을 부여잡으며 도끼눈을 뜨고 선우를 올려다본 남자는 다시 휘청거렸던 허리를 펴고 고개를 쳐들었다.

선우는 어느새 제 뒤로 뒷걸음질 친 여자를 막아서며 천천히 주먹을 떨어뜨렸다. 그리고 피가 묻어난 반지를 남자의 가슴팍에 문질러 닦으며 우산 끝으로 남자의 턱을 치켜들었다. 좆 같게도 생겼네.

"너 뭐야. 네가 뭔데 이 지랄이야. 어? 네가 돈 갚아 줄 거야? 저년이 얼마나 빚졌는지 네가 알아?"

"여자한테 년이 뭐야, 년이."

"뭐? 이 새끼가 나랑 장난하나."

"때릴 데가 어디 있다고 여자를 때려. 어?"

선우는 우산 끝으로 남자의 턱을 툭툭 쳐 올렸다. 수치심으로 얼굴이 붉으락푸르락해진 남자가 주먹을 바짝 쥐고 쳐들었다. 다시 한 번 더 건드렸다간 당장이라도 주먹을 날릴 기세였다.

선우는 제 옷자락을 움켜잡으며 끌어당기는 약한 힘에 천천히 뒤를 돌아봤다. 연하늘을 닮은 여자가 그러지 말라고 고개를 젓고 있었다.

여전히 가게 안은 코를 찌르는 퀴퀴한 냄새로 가득했지만 아까보단 훨씬 나은 환경이었다. 싸구려 믹스 커피가 그나마도 그 냄새를 보완해 주고 있었기 때문이다. 여자는 천천히 커피를 마시며 눈꺼풀을 떨었다.

"우리 하늘이랑 알고 지내는 사이라고요."

"……네. 그렇습니다."

"그 아이는 잘 지내나요?"

울음을 간신히 삼키는 연약한 목소리가 여과 없이 떨리고 있었다. 연하늘이 제 엄마를 닮았구나. 목소리며, 얼굴이며, 특히 눈이.

그 와중에도 상황과 별달리 관계없는 생각이 스쳐 지나가고 있었다. 선우는 그 생각을 털어 버리려는 듯 그다지 좋아하지 않는 인스턴트 커피를 한 모금 삼켜 냈다.

"잘 지내고 있습니다."

"그 아이 걱정으로 하루도 마음 편했던 날이 없었는데 덕분에 이제 괜찮을 거 같아요."

선우는 가만히 여자의 말을 듣고 있기만 했다. 분명 할 말이 많을 테지. 그저 들을 테니 쏟아부으라는 뜻이었다. 그리고 그의 뜻을 알아들은 여자는 하고 싶었던 말을 꺼내 놓기 시작했다.

"그 아이가 아주 어렸을 때, 하늘이 아빠와 이혼했어요. 제가 바람이 나서 그 아이도 아이 아빠도 버리고 나간 거죠. 그리고 벌 받았죠. 남자 잘못 만나서 빚더미에……."

"……."

"저를 많이 원망하고 있을 거예요. 그 예쁜 아이가."

"하늘이 만나 보지 않으시겠습니까?"

선우는 이미 답을 알고 있으면서도 물었다. 그래도 물어봐야 할 것 같아서.

그리고 그녀는 그가 생각했던 대답을 그대로 꺼내 놓았다.

"남자랑 바람이 나 가정 버리고 도망가선 재혼 실패에 빚만 끌어안고 술집에서 몸 파는 엄마를 만나는 게 그 애를 얼마나 힘들게 할 일인지 잘 알아요. 그 아이에겐 절대 이런 모습 보여 주고 싶지 않아요. 난 그래도 엄마니까요."

선우는 고개를 끄덕이며 제 주머니에 있는 담배를 꺼냈다. 그러나 태우지 않고 손에 쥐었다.

"태우셔도 돼요. 담배."

"아닙니다."

그저 자신의 말을 가만히 듣고만 있는 선우를 보며 하늘의 엄마, 연아는 희미하게 입꼬리를 올렸다.

"우리 아이와 어떤 관계인지는 모르겠지만 그 아이가 예쁘게 클 수 있게 도와주세요. 부탁……드리겠습니다."

선우는 여자를 보며 다시 한 번 생각했다. 연하늘은 엄마를 닮은 게 분명했다.

❋

강석은 선우를 보며 고개를 숙였다.

"돈은 모두 완납했습니다."

알았으니 그만 나가 보라는 선우의 답에 강석이 고개를 숙이며 막 몸을 돌리려던 참이었다. 그가 다시 강석을 불러 세웠다.

"네가 좋아하는 하늘 씨 모셔 와."

"예?"

"연하늘 모셔 오라고."

"아, 예. 알겠습니다."

선우는 자리에서 일어나 접어 올려 두었던 소매를 반듯하게 내려 커프스단추를 채우고 천천히 사무실을 나와 미로처럼 얽힌 복도를 걸었다.

그녀가 도착하기까지는 긴 시간이 걸리지 않았다. 가게 안으로 들어서는 하늘을 보며 사무실에 직원들을 비롯한 그 누구의 출입도 허락하지 말라는 말을 던지곤 안으로 들어섰다.

이제 어지간히 직원들과 친해진 건지 여기저기 인사를 하는 하늘을 보며 선우가 감당 못 하겠다는 듯 옅게 웃었다. 뭔 놈의 친화력은 저렇게 좋아서.

사무실 안으로 들어온 선우는 천천히 책상 앞으로 다가가 보고 있던 서류들을 한곳으로 밀어내고 책상 앞에 섰다. 그리고 저에게로 나긋이 걸어 가까이 다가오는 하늘의 허리에 손을 올려 붙잡고 깨끗하게 치워진 책상 위로 앉혔다. 닿지 않는 발을 천천히 까딱이며 저를 올려다보는 까만 눈동자가 보였다.

"연하늘."

"네."

저를 부르는 낮은 목소리에 그가 할 말이 좋지 않은 말이라는 것을 알아차린 것인지 금세 눈동자가 차분하게 가라앉고 있었다. 그러면서도 가만히 그가 할 말을 기다리고 있는 것이 보였다.

"가끔은 상대를 위해 모른 척해야 할 때도 있어. 알면서도 모른 척 눈감는 것도 용기인 거야."

선우가 하려는 말을 몇 번이나 곱씹는 듯 하늘은 생각에 잠겨 있었다.

그리고 곧 그가 말하려는 바가 무엇인지 알아차린 듯 분위기가 달라졌다.

엄마를 위해 눈감는 것, 그것이 무슨 말인지 알아듣은 그녀의 눈꼬리가 천천히 붉어져 갔다. 울먹이면서도 울음을 참아 내며 울

지 않는 하늘은 저를 내려다보고 있는 선우를 올려 보며 천천히
고개를 끄덕였다.

"울어. 여기선 울어도 돼. 나 말곤 아무도 못 들어오니까."

선우의 목소리에 하늘은 간신히 참고 있었던 것인지 맥을 탁
풀었다. 그리고 동시에 눈물이 주르륵 뺨을 타고 흘러내렸다. 선
우는 한참 동안이나 울고 있는 하늘의 곁을 말없이 지키고 서 있
었다.

당신을 주세요
— 울지 마, 울지 마라

7

"어, 안녕하세요, 아저씨."

베이커리 안으로 들어오는 남자의 분위기는 여느 때와 비슷했다. 남성의 페로몬을 짙게 머금고 있으면서도 어딘가 모르게 묘한 섹시함을 주는 그런 분위기.

하늘은 슈크림이 잔뜩 든 빵을 한입 베어 먹다 말고 고개를 들었다. 입가에 보기만 해도 단내가 나는 크림이 묻어 있었지만 하늘은 크림이 묻었는지도 모르고 입을 오물거렸다.

"다 담아."

선우가 내미는 블랙카드를 보며 오물거리던 입을 멈추었다. 남자의 말뜻을 순간 알아듣지 못해 큰 눈만 끔뻑이고 있었다.

"네?"

"담으라고."

남자가 턱짓으로 선반 위에 가지런히 정렬된 빵을 가리키고 있었다. 아, 하고 그의 말을 알아들었다는 뜻으로 고개를 끄덕인 하늘이 갖가지 빵들을 하나씩 담으며 슬쩍 선우를 곁눈질했다.

본인이 먹으려고 사는 것이 아닌 것은 분명했다. 아영에게서 선우는 밀가루 음식을 딱히 좋아하지 않았고, 특히 빵은 그의 관심영역이 아니라는 것을 들은 바 있었기 때문에. 그리고 곧 그가 빵을 사는 이유를 알아차렸다. 무심한 목소리로 받는 남자의 전화 때문에.

"다음번엔 네가 좀 사다 처먹어. 사람 오라 가라 하지 말고."

몇 음절 이어지지 않았다. 남자의 성격처럼 거칠게 끊긴 전화에 다시 베이커리 안이 고요에 잠겼다.

하늘은 조심스러운 손길로 빵을 담고서 계산대로 가져가 빵을 포장했다. 고소한 냄새가 코끝에 진동했다. 하늘은 말없이 포장을 하다 말고 우연처럼 부딪힌 남자와의 시선에 살짝 눈이 커졌다.

무심한 남자의 눈동자를 담은 눈이 진중하고 깊었다. 딱히 큰 의미를 두고 바라보는 것 같진 않은데 남자는 늘 그랬다. 매섭고 차가운 눈은 늘 사람을 쉬이 다가갈 수 없도록 만들었다.

남자는 손을 들어 눈동자만큼이나 무심하게 제 입가를 툭툭 쳤다. 그 손길엔 무서울 만큼이나 귀찮음이 잔뜩 묻어 있었다.

그가 하는 말을 알아듣지 못해 아무런 말도 하지 못하고 고개를 갸웃하다 뒤늦게야 제 입가에 무언가가 묻어 있다는 것을 알아차렸다.

하늘은 곁에 있던 티슈를 들어 크림이 묻은 입술을 슥슥 닦았다. 입안으로 밀려 들어온 크림에서 달콤한 향이 묻어났다.

"여기……."

낚아채듯 봉투를 든 남자는 저에게 내미는 블랙카드를 아무렇게나 받아 들고 등을 돌렸다. 남자의 넓은 등을 감싸고 있는 짙은 네이비색 셔츠가 움직이며 우아함을 그렸다.

그런 남자의 날개뼈를 가만히 바라보던 하늘이 다시 눈을 빠르게 올려 떴다. 바지 주머니에 손을 넣고 긴 다리를 움직이던 남자가 뒤돌아섰다.

"저녁은."

"……저녁이요?"

"아직이면 따라오든가."

"그래도…… 돼요?"

"혼자 먹는다며."

하늘은 늘 혼자 저녁을 먹어 쓸쓸하다고 그에게 푸념처럼 늘어놓았던 제 말이 떠올랐다.

"아냐?"

"아, 맞아요."

"가서 애들이랑 같이 먹어."

그가 말한 애들이 누구인지 따로 짐작할 시간도 없이 남자가 다시 말을 이었다.

"싫으면 말고."

"아니에요, 싫은 거."

그리고 다시 등을 돌려 베이커리를 나서는 남자를 하늘은 곧장 따라나서려다가 황급히 되돌아와 가게 문을 잠그고 불을 껐다. 그리고 다시 남자를 뒤따랐다.

강석을 비롯한 선우의 부하 직원들이 빵을 우적우적 먹으며 동시에 여러 갈래로 테이블 위에 올려놓은 짜장면과 짬뽕을 씹어 댔다.

　참으로 어울리지 않는 조합이었다. 빵이랑 중식이라니. 딱히 중식엔 손을 대지 않고 빵만 먹으며 간간이 우유를 마시고 있는 준우를 보고 나서야 빵을 사 오라 시킨 사람을 알아차렸다. 사실 애초에 선우에게 무언가를 사 와 달라 시킬 수 있는 사람 자체가 그뿐이긴 했지만.

　"하늘 씨. 탕수육도 좀 드세요."

　"전 괜찮아요. 여기 짜장면이 맛있어요."

　"그러지 말고 탕수육 좀 드시지. 여기 탕수육 되게 바삭바삭하고 맛있거든요."

　"아. 제가 고기를 별로 안 좋아해서."

　"하늘 씨도 그 뭐더라, 채식주의자? 베지테리언? 그런 겁니까?"

　"그런 건 아니에요. 그냥 안 좋아해서."

　강석은 입가에 묻은 짜장 소스를 벅벅 닦으며 면을 참참 씹었다. 사내들이라 그런지 유난히 면발을 씹는 소리가 컸다. 하늘은 강석의 등 너머로 파일철을 들고서 무섭게 눈을 뜬 채 인상을 쓰고 있는 선우를 힐끔 바라봤다. 마음에 들지 않는지 허리춤에 한 손을 얹은 채 미간을 찌푸리고 있는 게 아무래도 저녁 생각은 눈곱만큼도 없어 보였다.

　"그래도 저녁 드시는 게 좋을 텐데."

"예?"

"아, 아니에요. 많이 드세요, 강석 씨."

"강석…… 씨? 지금 저에게 아저씨가 아니라 강석 씨라고 불러주신 겁니까?"

감격에 겨운 눈으로 강석은 배달 음식이 온 이후 패물처럼 들고 있던 나무젓가락을 내려놓았다. 짜장 소스가 묻어 입술이 검게 반짝였다.

"하늘 씨. 저 지금부터 짜장면 안 먹고 빵 먹습니다."

"예?"

"저도 오늘부터 탕수육 끊을 겁니다. 대신 빵 먹을 겁니다."

"굳이 왜……."

강석은 무언가를 굳게 결심한 눈으로 빵 껍질을 착, 깠다. 그 소리도 경쾌했다. 감격스러운 눈으로 빵을 씹어 재끼던 강석이 곧 몸을 돌려 가까이로 다가오는 선우를 보며 자리에서 벌떡 일어섰다.

"형님. 저녁 안 드십니까?"

"일찍도 물어본다."

"같이 드십시오."

"됐어. 니들이나 먹어."

선우는 거칠게 문을 열고 나가더니 쾅, 소리가 나도록 거세게 문을 닫았다. 그의 손에 담배 한 개비가 들려 있었던 걸로 봐서 담배를 태우려고 나가는 게 틀림없었다.

하늘은 단무지 하나를 입에 넣어 오물거리며 식사를 하느라 정신이 없는 사내들을 쭈욱 훑어보았다. 그리고 다시 선우가 나간 문을 돌아보았다.

직급이 엄연히 다르긴 했지만 분명 같은 일에 종사하는 사람인데 선우와 이 사내들은 모든 것이 확연히 달랐다. 외관뿐만이 아닌 모든 것. 가령 무심한 듯하지만 깊은 눈동자나 뿜어져 나오는 남자의 기운, 그저 의미 없이 취하는 제스처 하나하나가 그는 남달랐다.

강석이 작은 빵 하나를 해치울 만큼의 시간이 지나서야 사무실 문이 다시 열렸다. 담배를 태우고 들어온 것인지 문을 열고 들어온 남자에게서 나는 담배 향이 짙었다.

귀찮은 듯 대충 팔짱을 끼며 어슬렁어슬렁 가까이로 다가온 남자가 긴 팔을 뻗어 아무렇게나 놓인 빵 하나를 낚아채듯 잡았다. 그리고 껍질을 아무렇게나 까 대충 입안으로 구겨 넣으며 소파에 털썩 앉았다.

뭔 맛인지도 모르고 씹어 대는 게 분명했다. 대충 씹어 먹으며 소파에 앉은 남자는 마저 서류를 보려는 듯 긴 다리를 꼬았다.

"형님. 하늘 씨네 빵 맛있지 않습니까? 고소합니다."

"그런가 보지."

무심한 목소리가 나른했다. 피곤한지 미간을 좁힌 남자가 이내 서류를 유리 테이블 위로 탁 소리 나게 내려놓고는 깍지를 낀 손을 뒤통수에 대고 소파에 느릿하게 누웠다. 긴 다리는 유리 테이블 위로 올라갔다. 구두가 상처 하나 없이 매끈했다.

"근데 이강석 너는 왜 짜장면은 안 처먹고 빵만 처먹어."

"아, 저 오늘은 빵만 먹고 싶어 졌습니다."

"지랄."

"하늘 씨가 저보고 강석 씨, 하고 불러줬습니다. 형님. 저 아저씨 같은 거 아닙니다."

아저씨라 불리우고 있는 남자를 앞에 두고 자신은 '아저씨 같은 게' 아니라고 실언을 했다는 사실을 뒤늦게야 깨달은 강석이 주둥이를 헙 하고 다물었다. 뒤늦게라도 알았으니 다행이지 싶었다. 눈치라고는 개좆도 없는 새끼.

"날 따뜻하다고 옷 소중한지 모르지?"

"아, 아닙니다, 형님."

"옷 벗고 거리 한번 나뒹굴어 봐야 정신을 차리지. 어?"

"잘못했습니다, 사장님."

"잘못한 거 아는 새끼가 그러고 서 있어?"

자리에서 벌떡 일어난 강석이 빵에서 손을 떼었다. 그리고 마치 로봇처럼 사무실 안을 청소하기 시작했다.

선우의 옷도 반듯하게 털어 다시 걸어 놓고, 엉망으로 던져 놓은 종이 뭉치들도 병적으로 반듯하게 정리해 데스크 위로 올려 두었다.

"연하늘."

하늘은 노랗게 물들어 있는 단무지를 가만히 내려 보다 말고 저를 부르는 목소리에 고개를 들었다. 여전히 소파에 몸을 묻은 남자가 저를 쳐다보고 있었다.

"일찍 가야 해?"

"집이요?"

"어."

"아니요. 괜찮아요."

"그래. 눈 좀 붙였다 가자. 지금 운전대 잡으면 너 건사 못 할지도 모른다."

하늘은 천천히 고개를 끄덕이며 남자가 눈을 감는 것을 보았다. 이내 사내들이 수북이 쌓인 짜장면과 짬뽕 접시들을 정리하며 자리에서 일어서 사무실을 나가기 시작했다. 그들의 사장님이 잠을 청하기 시작했으니 더 이상 이곳은 떠들 수 있는 곳이 아니었다.

후식으로 남은 빵을 선택한 남자들은 이내 문을 닫고 사무실을 떠났다. 하늘은 등을 돌려 잠이 든 선우를 바라보다 남자들을 따라나섰다.

"아, 대박대박. 진짭니까, 하늘 씨?"

"네. 신기하죠?"

"와. 저는 꿈에도 모르고 있었습니다."

사내들이 껄껄대며 하늘의 주위를 에워쌌다. 입에 굳어 버린 습관인 듯 무시무시하고 어머어마한 욕설들이 즐비했지만 이제 어느 정도 익숙해졌는지 하늘은 아무렇지 않게 생긋 웃어 넘겼다.

준우도 선우도 없는 자리에 이들을 제지할 사람은 아무것도 없었다.

"근데 하늘 씨 하얀 원피스 정말 잘 어울리십니다."

"감사합니다."

"형님이 눈을 못 떼십니다."

강석이 말하는 '형님'이 선우라는 사실을 자연스럽게 인지했다. 하늘은 강석의 말에 순간 저도 모르게 숨을 참고 눈을 깜빡였다.

"아니에요. 그럴 리……."

"한두 해 형님을 모신 것도 아니고, 분명 하늘 씨가 하얀 원피스 입을 때마다 형님 시선이 오래 머무는 거 제가 봤습니다."

"……."

"저라는 놈이 눈치는 없어도 형님 관련된 일이라면 빠릅니다. 제가 존경하는 분이시고, 저희에게 있어선 하늘 같은 분이시고, 또……."

강석의 도선우 찬양이 끝을 모르고 이어졌다. 하늘은 강석이 크게 떠벌리는 목소리가 하나도 귓가에 꽂히지 않았다. 그가 저를 눈여겨보고 있었다는 강석의 말만 반복 재생해 둔 노래처럼 귓가에 웅웅대고 있었다.

하늘은 일을 하러 떠난 남자들을 뒤로하고 다시 사무실 앞에 섰다. 사무실 주인의 허락 없이는 함부로 출입이 불가하다. 왠지 모르게 무게감이 느껴지는 까만색 나비 문양이 그려진 문. 그리고 그 안에 잠들어 있는 주인.

하늘은 떨리는 손으로 문고리를 돌렸다. 문을 엶과 동시에 제작은 몸을 짓누르는 우월한 남자의 기운이 느껴졌다. 죽은 듯이 잠들어 있는데도 말이다. 팔짱을 낀 채 소파에 누운 남자의 긴 다리가 교차되어 소파 손잡이에 얹혀 있었다. 눈을 감은 남자의 얼굴이 유난히 날렵했다.

"……."

하늘은 가만히 손을 들어 남자의 이마로 가져가다 말고 중간에 멈췄다. 그리고 얌전히 소파에 손을 모으고 남자를 내려다봤다.

"저두요, 아저씨. 저도 아저씨 눈여겨보고 있었어요."

미간에서부터 뻗어 내려오는 콧날이 섬세했다.

"마음대로 좋아해도 돼요?"

가슴 위로 껴 놓은 팔짱, 그 손가락도 길고 우아했다.

"그 정도는 허락할 착한 아저씨라는 거 알아요."

하늘은 천천히 고개를 움직여 남자의 뺨에 쪽 하고 입을 맞추었다. 떨려서 맞닿은 입술이 부들거렸다. 나의 잘생긴 아저씨. 닿았다 떨어지는 입술에 그의 향이 잔뜩 묻어나 저도 모르게 혀를 내어 입술을 핥았다. 향긋했다.

선우는 눈을 떠 제 곁에 엎드린 채 잠들어 있는 하늘을 내려다봤다. 그의 성정대로라면 마음대로 뺨에 입 맞춘 것도 두 번째면 용서가 되지 않아야 정상이었지만 그는 그저 가만히 내려다보기만 했다.

널 어쩌면 좋을까. 스스로에게 물음을 던지는 것도 이젠 답을 구하지 못해 포기한 차였다. 선우는 가만히 몸을 일으켜 하늘을 소파 위로 눕혀 주었다. 그리고 어기적어기적 데스크 쪽으로 다가 어딘가엔 있을 담요를 찾아 손을 움직였다. 분명 강석이 예전에 사다 놓은 담요 하나가 있을 텐데.

얼마 안 가 찾아낸 담요를 꺼낸 선우가 작은 몸 위로 그것을 펼치며 혀를 찼다. 애냐. 짱구 담요라니. 딱 이강석답다 싶었다.

노크 소리가 들렸다. 그 소리가 매우 조심스러운 것을 보니 아직 제가 자고 있다고 생각한 강석일 것이었다. 아니나 다를까 허락의 목소리에 고개를 빼꼼 내민 강석이 문을 열고 안으로 들어왔다.

"어, 하늘 씨 아직 안 가셨습니까? 제가 하늘 씨 집까지 모셔다 드릴까요?"

"목소리 죽여."

"아, 네."

금세 덩치에 맞지 않게 목소리가 모기만 해진 강석이 다시 소곤거렸다.

"제가 모셔다 드릴까요?"

"자는 애를 들쳐 엎고 가겠다고?"

"아, 그럼 깨워서……."

어느 쪽이 됐든 둘 다 마음에 들지 않는 말이다. 자는 애를 들쳐 엎고 보내는 것도 어이가 없고, 깨우는 것도 썩 내키지 않고.

"그럼 제가 깨우지 않고 안아서……."

"야, 너 이리 와 봐."

"아, 아닙니다. 형님. 제가 잘못……."

강석은 두 번 말하지 않겠다는 선우의 표정에 급격히 울상이 되어 그에게로 다가섰다. 그리고 강석은 곧 제 머리로 와 박히는 주먹에 재빨리 머리를 감싸 쥐며 아픈 소리를 냈다.

선우는 쯧, 혀를 차며 생각 없이 지껄인 강석에게 나가라며 대충 손짓했다. 강석은 빛의 속도로 남자의 눈앞에서 사라졌다.

선우는 습관처럼 담배를 잇새에 물고 자리에서 일어서려다 말고 멈춰 섰다. 잠결에 제 셔츠를 움켜쥐듯 붙잡은 그녀의 작은 손이 보였다. 가만히 그 손을 보고 있던 선우가 다시 물었던 담배를 빼내었다. 저를 붙잡은 손을 떼어 내지 못하고 그 자리에 다시 앉았다.

잠결에 뒤척이며 제 손을 잡는 손가락에는 힘이 없었다. 선우는 엉겁결에 잡힌 손을 빼내지도 못하고 가만히 내려다보고 있었다. 한참을 내려다보던 선우는 잡히지 않은 손을 움직여 담요를 올려 주었다.

✻

"그래서 그때 딱 키스를 하는데, 와 진짜 나 미치는 줄."

"네 애인 대애박. 어떻게 거기서 키스를 할 생각을 하냐? 언제 한번 데려와. 얼굴이라도 보자."

오랜만의 친구들과의 수다였다. 그간 있었던 제 남자친구와의 그렇고 그런 얘기들을 자랑처럼 풀어놓는 여자들은 각자 주문한 음료를 마치 기계처럼 마시며 누군가의 만담에 격렬한 반응을 했고 누군가의 로맨스에 누군가는 설레어 미치겠다는 듯 두 손까지 모은 채 흐뭇한 미소를 짓고 있었다.

어디서 키스를 했네, 어떻게 데이트를 했네, 따분하기 이를 데 없이 판에 박힌 스토리들이었지만 본래 그것이 남 얘기라면 더 즐거운 법이었다.

"그런데 하늘이 넌 애인 없어?"

"……응."

오렌지주스를 마시다 말고 고개를 끄덕이는 하늘의 대답에 친구들은 기다렸다는 듯 몸을 바짝 붙여 왔다.

"소개라도 받아 볼래? 너 좋다는 남자들이 없는 것도 아닌데 한번 소개팅해 봐."

"그래, 한번 받아 봐. 안 그래도 너 소개시켜 달라는 애 있었는데."

하늘은 저를 붙잡고 흔드는 친구들의 재촉에도 별달리 마음이 없어 보이는 웃음을 지으며 얼음이 가득 든 오렌지주스를 마셨다.

봄이 완연한 거리에는 어느덧 봄꽃들이 바람에 날려 떨어지고 있었다. 그리고 봄 거리 사이에 위치한 카페 안은 하늘과 그녀의 친구들처럼 오랜만에 수다를 떨러 나온 것으로 보이는 사람들로 가득했다.

괜히 사람들 사이에 섞여 있다는 생각에 기분이 좋아 주위를 둘러본 하늘은 다시 저를 재촉하기 시작하는 친구들을 보며 고개를 저었다. 입술에서 빨대가 툭 하고 떨어져 나갔다.

"아냐. 나 좋아하는 사람 있어."

"뭐? 진짜? 정말? 야, 누군데? 우리가 아는 사람?"

"아니."

우리가 모르는 사람이라니 아쉽게 되었다는 표정과 함께 그게 누구냐는 궁금증 섞인 눈동자가 동시에 돌아왔다. 그러다가 다시 그저께 있었던 야릇한 사건들을 털어놓는 친구 중 하나 덕에 반짝이는 그녀들의 눈동자는 이야기를 시작한 친구에게로 돌아갔다.

"어우야. 나 그때 진짜 미치는 줄 알았잖아. 막 키스하다가 내가 눈을 떴거든? 얼마나 섹시한가 보고 싶어서. 근데 날 뚫어져라 보고 있는 거야."

동시에 비명이 터져 나왔다. 대체 어디에서 놀라야 할 대목인지 몰라 그저 눈만 깜빡이고 있던 하늘이 친구들의 반응에 옅게 웃음을 지었다. 눈뜬 채 한 키스보다 즐겁게 웃는 친구들 반응이 더 재미있었다.

"그러다가 입술이 떨어지자마자 내 티셔츠를 미친 듯이 벗기는데. 와 진짜 나 그때 심장 터지는 줄."

흥분해 마지않아 잔뜩 열을 내고 있는 제 친구의 이야기를 들으며 고개를 끄덕끄덕했다. 키스를 한 다음엔 옷을 벗는 게 보통의 절차구나.

"처음엔 아파서 미치는 줄 알았는데 나중엔 내가 막 멈추지 말라고 애원하게 되더라니까?"

아파서 미치는구나. 그래도 좋은 건가 보다.

다시 고개를 끄덕이며 어느새 바닥이 난 오렌지주스에서 입술을 떼어 낸 하늘이 무의식중에 열리는 카페 문소리에 고개를 돌렸다.

환한 봄빛을 온몸으로 받는 남자가 긴 다리를 움직여 카페 안으로 들어오고 있었다. 말없이 남자를 바라보고 있는 하늘의 시선이 꽤 오랫동안 이어지자 그제야 관심을 돌린 친구들이 덩달아 하늘의 시선 속에 담긴 남자를 응시했다.

아저씨다.

"……대박."

"존멋존셉. 연예인인가?"

"다리 봐. 스캔하는 데 한참이네."

"와. 스타일 봐라. 저걸 소화하네. 일반인은 아닌 거 같은데,

169

모델인가?"

친구들의 관심 속에서 바지 포켓 속에 두 손을 찔러 넣고 걷는 남자는 지나치게 주위의 이목을 집중시키고 있었다. 흰 와이드 칼라가 돋보이는 네이비 셔츠에 짙은 버건디 슬랙스를 입은 남자는 살짝 보이는 발목 아래 신은 블랙 플레인토 슈즈를 매치해 멋들어지게 소화하고 있었다.

주변엔 눈길도 주지 않은 선우는 카페 한가운데를 걸었다. 그리고 가볍게 받아 든 아이스 아메리카노를 한 손에 쥐고 몸을 돌려 저를 빤히 쳐다보고 있는 열 몇 개의 눈동자를 무심코 지나치려 할 때였다. 잠깐, 어디서 많이 본 눈동자가 있었던 것 같은데.

"아저씨."

들려오는 낯익은 목소리에 선우는 단번에 시선을 옮겨 그 주인을 찾아냈다. 제 또래 친구들과 함께 있는 하늘은 그 사이에서도 가장 하얀 축에 속하는 듯 흰 얼굴이 가장 도드라졌다.

주위 시선을 모조리 주목시킨 남자에게로 어느새 태연히 웃으며 다가가 인사하는 하늘을 본 친구들이 궁금증에 달은 얼굴로 남자를 응시했다.

"여긴 어쩐 일이에요?"

"이 근처에 볼일이 있어서. 그러는 넌 왜 여기 있어."

"저는 친구들이랑 놀러 왔어요."

여전히 저를 빤히 바라보고 있는 여러 개의 부담스러운 눈동자에 귀찮음이 묻어난 얼굴로 살짝 미간을 구겼다 편 남자는 다시 저를 보고 있는 하늘을 내려다봤다.

"그래. 놀다 들어가라."

"네."

"이따 베이커리로 데리러 갈 테니까 아영이랑 어디 새지 말고."

"네에."

대답을 받아 낸 남자는 그렇게 몸을 돌려 그림처럼 카페를 나갔다. 선우가 완전히 사라질 때까지 제법 한참 동안이나 그의 뒷모습을 보고 있던 하늘이 다시 친구들에게로 돌아왔을 때, 여린 팔목을 붙잡는 손길에 철푸덕 의자로 주저앉고 말았다.

"누구? 어? 아는 사람? 와, 스타일 진짜! 문 열고 나가는 게 아니라 만화책 찢고 나가네."

"뭐야. 무슨 사이야? 소개 좀 시켜 줘 봐."

"야, 내가 먼저다? 소개 좀 시켜 줘, 하늘아."

"미친년. 눈 뜨고 키스하는 네 남친은 어떡하고."

미치게 섹시했던 키스남이 못나 빠진 남친이 되어 버린 건 한순간이었다. 남자의 신상정보에 대해 알아내려 하늘을 쥐어짜던 여자들이 의자를 더욱 바짝 당겨 앉았다.

"저 남자 여친 있어?"

"아니."

"상황도 완벽해. 나 저 남자 연락처 좀 가르쳐 줘."

"그건 안 돼."

"아, 왜! 그러지 말고 공유하자. 어?"

하늘은 고개를 저었다. 싫다는 명백한 의도가 섞인 대답에 하늘을 닦달하던 친구들이 대체 왜 안 되냐는 불만 섞인 목소리를 했다. 가만히 선우가 나간 문을 바라보고 있던 하늘이 담담히 입술을 열었다.

그건 안 돼.

"내가 좋아하는 사람이니까."

*

작은 몸이 길게 이어진 은밀한 복도에 들어서자 조심스레 걸음을 옮겼다. 지배인은 안으로 들어서는 하늘을 보며 다시 등을 돌리고 섰다. 그녀의 출입에 제재를 가하지 말라는 준우의 특별 지시가 있었기 때문이다.

하늘은 이젠 제법 익숙해진 복도를 돌아 저에게 알은척을 해오는 강석에게로 다가갔다.

"오셨습니까, 하늘 씨."

"아저씨는요?"

"안에 계십니다."

문을 열어 주는 강석의 친절에 사무실 안으로 총총 들어선 하늘이 창밖을 보고 선 채 전화 통화를 하고 있는 선우에게로 가까이 다가갔다. 그리고 얼마 지나지 않아 통화를 끝낸 선우가 뒤돌아섰을 때, 제 앞에 있는 인영에 놀라 눈을 찌푸렸다.

"아저씨."

"너 뭐야."

놀랍도록 차분한 목소리로 말한 그의 눈이 반짝이며 저를 향해 있었다. 또 이준우가 하늘의 출입을 허락한 것이 분명했다. 선우는 작은 한숨과 함께 긴 손가락을 머리칼 사이에 넣어 헤집으며 눈썹을 꿈틀거렸다.

"너 내가 여기에……,"

더 독한 말을 쏘아붙이려다 말고 입을 다문 선우는 제 손을 말 없이 움켜잡는 하늘의 손을 내려다봤다. 화를 내려는 남자의 분노를 잠재우는 방법을 어느새 터득한 듯했다.

"오늘 토요일이잖아요. 베이커리는 일찍 문 닫는단 말이에요. 그래서 아영이는 먼저 집에 갔어요. 아저씨가 귀찮게 저 데리러 오게 하기 싫어서 제가 왔어요."

하늘은 그렇게 잡은 손에 힘을 주며 생긋 웃었다. 선우는 제 손을 잡고 가볍게 흔들고 있는 하늘을 내려다보며 한숨을 내쉬었다. 화내지 말라고 제 입을 닫게 하는 하늘에게 더 화를 낼 수도 없어 제법 한참 동안 그녀를 내려다보며 난감한 얼굴을 하고 있던 그가 화가 억눌린 목소리를 했다.

"후우. 돌아다니지 말고 여기 얌전히 있어."

"네."

"사탕 준다고 어디 따라가지 말고."

"제가 뭐 애예요?"

"네가 애지, 그럼 뭐야."

선우는 강석을 불러 하늘의 주위를 잘 살피라 명령하며 동시에 착잡한 숨을 내쉬었다. 저놈도 결코 안전하지 않은 놈인데 애를 맡겨도 되나 싶었다.

베이커리 일지를 꼼지락대며 꺼내 소파에 앉는 하늘에게서 등을 돌린 선우는 노크 소리를 내는 문을 보며 짧게 들어와도 좋다는 허락을 했다. 그의 허락이 떨어짐과 동시에 급하게 안으로 들어온 가드는 다급한 목소리로 급히 나와 보셔야겠다고 말했다.

선우가 사무실을 나서는 모습을 보고 있던 하늘이 쥐고 있던 연필을 내려놓았다. 뭔가 상황이 좋지 않아 보이는 모습에 저도 모르게 소파에서 일어선 하늘이 저에게로 주춤대며 다가오는 강석을 보며 입술을 굳게 깨물었다.

"여기 계시는 게 좋으실 듯합니다."

"강석이 말대로 완두콩은 여기 있어."

걱정 섞인 눈으로 자리에 앉지 못하고 주춤하고 있는 하늘의 귓가로 다정한 목소리가 파고들었다. 사무실 문을 열고 들어온 준우가 하늘의 어깨를 부드럽게 잡아 소파에 앉히며 입술을 둥글게 말아 올렸다.

"우리 완두콩은 예쁜 것만 봐야지."

준우는 그렇게 말하며 하늘의 곁에 털썩 앉아 다리를 꼬았다. 그 말인즉슨 밖에선 예쁘지 않은 상황이 벌어지고 있다는 그런 말…… 걱정 섞인 얼굴이 절로 선우가 나간 문으로 향했다.

선우는 크리스틸 유리잔을 쥔 긴 손을 움직여 순식간에 벽으로 내리박았다. 유리잔이 쨍그랑 하는 기분 나쁜 소리와 함께 조각조각 깨져 벽을 타고 후두둑 떨어졌다. 그는 손안에 남은 뾰족한 유리 조각으로 제 밑에 무릎 꿇고 있는 남자의 턱을 들어 올렸다.

"적당히 하라고 했지."

"새끼가……. 우리 형님이랑 친하다고 눈에 뵈는 게 없지?"

"네가 이렇게 쓰레기같이 노는 걸 너네 형님도 알고 있어? 어?"

"네가 감히……!"

남자는 제 턱 아래 놓인 유리 조각이 느껴져 말을 하려다 말고 시선을 아래로 떨어뜨려 제 목숨을 쥐고 있는 선우의 손을 응시했다.

선우는 손에 쥐고 있던 유리 조각을 던지듯 버리고 허리를 일으켜 세웠다. 룸 내부는 은밀한 공간이니만큼 으레 있을 만한 더러운 짓거리들은 눈감아 주고 넘어가는 편이었다. 그렇지만 도를 넘어서 난동에 가까운 지나친 행패는 퇴출과 함께 척결 대상이었다.

상황파악 하지 못하고 날뛰다 쫓겨나는 인물의 대부분은 이처럼 조폭 조무래기들이었다. 속해 있는 집단이 나를 지켜 줄 것이고, 때문에 감히 나를 건드리지 못할 것이라는 우스운 자만심에 비롯되는 것이 대부분이었다.

선우는 더는 힘 빼기 싫다는 듯 알아서 처리하라는 손짓을 하곤 뒤돌아섰다. 급격히 밀려오는 피곤으로 인상을 찌푸리며 두 손으로 미간을 누른 선우는 곧 강석이 여는 사무실 문 안으로 들어섰다. 그리고 저를 걱정스런 눈으로 바라보고 있는 하늘과 눈이 마주쳤다.

아, 젠장.

계산 실수다. 이래서 연하늘을 사무실에 안 두려고 했던 건데.

선우는 완전히 걱정 섞인 눈동자로 저를 바라보고 있는 하늘을 보며 한 손으로 이마를 문질렀다. 그리고 곧장 그녀의 두 눈동자가 제 손으로 향해 있다는 것을 알아차렸다.

아까 벽으로 유리잔을 갖다 박으면서 생긴 상처에 밴 핏물을 바라보는 하늘의 눈이 글썽였다. 피가 무서워서 그런 건지, 선우

가 상처를 입었다는 것 때문에 그런 건지 둘 중 하나겠지만 여태
봐 온 그녀라면 후자일 것이라는 짐작은 어렵지 않았다.

선우는 제 손수건을 꺼내 대충 손에 묻어 있는 피를 문질러 닦
으며 하늘의 곁을 지키고 있는 준우를 향해 말했다. 피곤과 노기,
그리고 걱정이 함께 섞인 묘한 목소리였다.

"연하늘 데려다줘."

"알았다. 오늘은 내가 완두콩 기사 하지 뭐."

괜찮은 건지 물어보고 싶어 입술이 들썩이는 것이 보였지만 하
늘은 더 묻지 못하고 그저 걱정 섞인 눈으로 선우를 바라보고 있
었다.

"먼저 들어가. 문 제대로 잠그고."

그나마도 제가 여기에서 나가는 것이 선우를 덜 걱정시키는 것
이란 사실을 알고 있는 하늘은 더 이상 아무런 말도 꺼내지 않고
고개를 끄덕였다.

하지만 먼저 앞질러 나가는 준우를 바라보며 천천히 문 쪽으로
걸음을 옮기던 하늘이 걸음이 떨어지지 않아 느릿느릿 걷다 말고
제 옆에 있는 선우를 돌아보았다. 그리고 멈칫하는가 싶더니 빠르
게 다가가 선우의 품 안으로 덥석 안겼다.

이게 뭐 하는 거냐는 눈으로 저를 내려다볼 선우를 알고 있지
만 하늘은 아무 말도 더 하지 말라는 듯 남자의 가슴에 얼굴을 묻
은 채 고개를 저으며 선우를 꽉 끌어안았다.

"연하늘."

"아저씨 걱정돼서요."

그녀의 등을 끌어안을 수도, 어깨를 잡아 떼어 낼 수도 없어 어

쩌지 못하는 두 손을 어정쩡하게 든 채 옅은 한숨을 내쉬는 소리
가 들렸다.

"걱정할 거 없으니까 먼저 들어가 있어. 어?"

"……네."

"집에 혼자 있기 싫다고 베이커리로 가지 말고."

어떻게 알고 있었던 건지 전처럼 베이커리로 가지 말고 집으로
곧장 들어가라는 선우의 말에 하늘이 그의 품 안에서 고개를 끄덕
였다.

"연하늘. 나 봐."

조금은 강인한 남자의 목소리에 여전히 그의 허리를 끌어안은
채 고개만 조금 들어 올려 선우를 올려다보았다.

"너 또 혼자 베이커리로 갔다간 혼날 줄 알아. 알았어?"

"네에."

"들어가 봐."

고개를 끄덕이며 천천히 선우의 품에서 떨어진 하늘이 다시 저
를 데리러 길을 돌아온 준우의 뒤를 따라 사무실을 나갔다. 선우
는 그와 동시에 안도 섞인 짙은 숨을 내쉬었다.

※

피곤한 눈을 손으로 누르며 파일철 하나를 들고 복도를 걸어
나온 선우는 길게 늘어선 가로등을 따라 주차해 놓은 차로 향했
다.

어둠이 완전히 내려앉은 길거리는 하룻밤 상대를 찾거나, 애인

을 끼고 하룻밤을 함께하러 갈 사람들이 서성이고 있었다.

건전치 못한 공기가 깔린 거리를 지나쳐 차로 향하던 선우는
제 차에 몸을 기대고 있는 낯선 인영에 천천히 걸음을 늦추고 저
를 기다리고 있는 그림자를 향해 다가갔다. 선우가 다가온다는 것
을 발견한 여자는 차체에 기대어 있던 몸을 일으켜 그에게로 몸을
돌려 섰다.

"도선우 씨. 맞죠?"

차가운 눈을 하며 지키고 있는 침묵을 긍정을 뜻하는 것으로
알아들은 여자는 고개를 살짝 끄덕이며 천천히 선우에게로 다가
갔다. 원래도 키가 클 것 같은 여자는 굽이 꽤 높은 하이힐을 신
고 능숙한 걸음걸이로 걸었다.

"저 아시죠?"

"압니다. 강정석 회장 애인분."

강 회장의 불륜 상대. 몇 번이나 제가 보는 앞에서 강 회장과
질척한 스킨십을 했던 여자. 강 회장이 훌륭하다 칭찬해 마지않았
던 그 레이싱걸 애인.

"이제 퇴근하는 길이세요?"

"하고 싶은 말이 뭡니까."

"그냥 선우 씨랑 술 한잔 하고 싶어서요."

뭐 언제 봤다고 가까운 사이인 양 성도 갖다 버리고 이름만
부르는 건지 기분이 나빠진 선우는 저도 모르게 눈을 차갑게 떴
다.

그렇지 않아도 피곤한데 더 피곤하게 굴어 오는 여자의 행동에
선우는 더 말도 섞기 귀찮다는 듯 그대로 여자를 지나쳐 차를 향

해 걸어갔다.

그런 선우를 가만히 지켜보고 있던 여자는 저를 스쳐 지나가는 남자의 팔을 움켜쥐듯 붙잡았다. 그리고 그 순간 그의 팔을 붙잡아 세웠던 손목이 확 꺾이듯 잡혔다.

순식간이었다. 분명 잔뜩 위협이 묻어난 남자의 행동임에도 손목에 가해지는 통증은 미미했다. 여자는 저에게 경고를 주려 부러 아프지 않게 손목을 잡아챈 것이라는 것을 직감적으로 알아챘다.

"손, 대지 맙시다."

경고하는 듯한 얼굴로 한 글자 한 글자 뱉어 낸 남자의 가라앉은 목소리에 여자는 저도 모르게 고개를 끄덕였다. 탁, 손목을 놔 주자 여자는 침을 꿀꺽 삼키며 다시 뒤돌아선 남자를 보았다. 그러다가 좀 더 빠른 걸음으로 선우의 앞을 막아선 여자는 묘한 눈으로 남자를 바라봤다.

"뭐 다 알고 있는 거 같으니까 그냥 바로 말씀드릴게요. 저 도 선우 씨랑 친해지고 싶어요. 물론, 좀 더 깊은 관계까지 가면 더 좋겠지만."

그리고 여자는 한 걸음씩 그에게 다가오며 몸을 바짝 붙여 왔다. 부러 입은 듯한 상체의 굴곡이 드러나는 원피스는 파인 목 부분을 조금만 더 끌어 내리면 그대로 가슴이 튀어나올 것만 같았다.

마치 이런 제 상태를 알아 달라는 양 가슴을 바짝 붙여 오는 여자의 행동을 보고 있던 선우는 어디까지 오나 두고 보자 싶어 잠깐 방관하듯 여자를 지켜보고 서 있었다.

그것을 허락의 뜻으로 알아듣고 선우에게 한 걸음 더 다가선 여자는 순간 제 명치 언저리에 툭 하고 닿아 오는 뾰족한 무언가에 아래를 내려다보았다. 파일철 끝으로 더 다가오지 못하도록 눌린 명치가 눈에 들어왔다.

"남이 주무르는 거 같이 주무르는 취미는 없어서."

명치에 맞닿은 파일 끝을 밀어 제게서 여자를 떨어뜨려 놓은 선우는 귀찮으니 더 달라붙지 말라는 눈을 한 채 그대로 차에 올라탔다. 그리고 여자는 저에게서 멀어져 흔적도 없이 가 버린 남자의 뒷모습만 바라보고 서 있었다.

✻

선우는 긴 다리를 꼰 채 소파 등받이에 등을 기대고 느긋하게 강 회장과 그의 애인을 관람하듯 보고 있었다. 평소에는 강 회장이 제 가슴을 주무르든 다리 사이를 만지든 태연한 얼굴을 했으면서, 오늘은 그가 제 몸을 만지는 것에 대해 유독 신경을 쓰는 듯 몸을 사리고 있었다.

도선우의 존재 때문이겠지. 선우는 곁에 둔 담배를 물며 느긋이 강 회장과 대화를 이어 나갔다. 오늘도 그가 꺼내는 말은 재미도 없는 주식 얘기, 부동산 투자 얘기, 저를 귀찮게 하는 마누라 얘기 등 닳고 닳은 한심한 주제들뿐이었다.

선우는 필터 끝을 깊숙이 빨아들이며 의미 없이 그에게 시선을 두었다. 그리고 어쩌다 보니 몇 번 눈이 마주치는 여자와 시선이 스쳐 지날 뿐, 따분하게 짝이 없었다.

한층 더 재미없어진 대화 주제에 크리스털 재떨이에 담배를 지져 끄고 자리에서 일어서려 했을 때였다. 강 회장이 의미 모를 묘한 목소리로 입을 열었다.

"도 사장도 애인 있지?"

갑자기 송곳처럼 파고드는 시답지 않은 물음에 선우는 그래선 안 된다는 사실을 통째로 날려 버리고 날카롭고도 차가운 눈으로 강 회장을 쳐다봤다.

돌아온 차가운 시선에 강 회장은 곁에 앉아 있는 제 애인의 허리에 두른 손에 좀 더 힘을 주어 끌어당긴 채 입술을 올려 웃었다. 히죽이는 웃음이 묻어난 입술엔 한 병에 수백이 하는 술이 묻어 있었다.

"아니, 도 사장처럼 잘생긴 사람이 애인 하나 없겠나 싶어서."

처음이었다. 저에게 이런 사적인 질문을 해 온 것은. 보통의 저를 찾는 VIP고객들은 제 얘기를 하러 오는 것이지 남 얘기를 들으러 오는 쪽이 아니었다.

더구나 강 회장은 더더욱 자신의 위치를 과시하기 좋아하는 남자였다. 남 얘기 따위는 들을 필요도 없으며 듣고 싶지도 않아 하는, 자기과시욕을 에너지 삼아 살아가는 대표적인 사람이었다. 그런 남자가 제 사적인 영역을 물어 오고 있다.

"도 사장 애인은 어떤 사람이야? 한번 보고 싶은데."

선을 넘고 있었다. 사생활에 대한 질문부터가 선우에게 있어 애초부터 선을 넘은 것이었지만 지금은 누가 보아도 명백히 강 회장이 도선우를 도발하고 있는 것이 틀림없었다.

그리고 그 순간 선우는 알아차렸다. 저 여자가 제게 쓸데없는 짓을 했었다는 것을 이 남자는 어렴풋이 알고 있다는 사실을.

"전 애인 없습니다."

"그러지 말고 한번 불러. 같이 놀자."

선우는 강 회장과 그의 곁에 앉아 있는 여자를 차례로 응시했다. 내가 애써 분노를 참고 있으니 알아서 자제하라는 듯, 느긋함이 섞였지만 화가 있는 대로 억눌려 있는 목소리로 잘 알아들으라는 듯, 귀에 박아 넣듯 뱉어 냈다.

"이건, 제게 실례입니다. 강 회장님."

일그러진 뜻이 완벽한 그 한 문장에 강 회장은 하하, 웃으며 손을 내저었다.

"도 사장 화내는 거 처음 보네. 농담이야, 농담. 왜 없는 애인 때문에 화를 내고 그래."

선우는 입술을 비틀며 그대로 자리에서 일어섰다. 더 있다간 고객이고 뭐고 이준우가 말하는 그 미친 성격 나올 것 같아 더 자리에 있을 수가 없었다.

그럼 두 분 좋은 시간 보내라는 말을 덧붙이고 룸에서 나온 선우는 그대로 화장실로 향했다. 그리고 습관처럼 손을 씻었다. 강 회장이 제게 어설픈 위협 아닌 위협을 했을 때 단번에 하늘이 떠올랐다.

조폭 나부랭이들 쓰레기 처리에다가 강 회장 더러운 입에까지 오르내리게 만들다니. 분명 그녀는 자신의 연인이 아니지만 지금 제 곁에 있는 여자라곤 연하늘뿐이니 강 회장이 연하늘을 지칭하여 도발한 것이라 하더라도 이상할 게 없었다.

선우는 짙은 한숨과 함께 몰려온 지끈거리는 두통에 한 손으로 관자놀이를 누른 채 천천히 세면대를 짚었다.

결국 제가 우려했던 일들이 벌어지고 있었다. 제가 사는 세계에서 최대한 멀리 떼어 내 놓고 좋을 것이 없는 것들은 보이지 않으려 했는데, 얽히지 않게 하려 했는데.

선우는 수도꼭지를 따라 아래로 하염없이 쏟아지는 물줄기를 보며 한참 동안 두통을 억누르려 이마를 짚은 채 서 있었다.

❋

하늘은 부드럽게 핸들을 꺾어 좌회전하는 준우를 힐끔 돌아보았다. 당분간 클럽은 오지 않는 게 좋겠다는 준우의 귀띔이 있었다. 제가 있을 때 소란스러운 일이 있었으니 그러는 거겠구나 싶어 쉽게 수긍했다.

그런데 그날 이후부터 선우가 베이커리에 아영을 픽업하러 오는 일도 뜸해졌고, 가끔 마주하는 얼굴은 일에 지친 탓인지 피곤한 기색이 역력해 보였다.

그리고 오늘, 준우는 평소 그답지 않게 여유로운 모습도, 장난기 섞인 웃음도 옅어진 얼굴로 저와 아영을 집으로 데려다주겠다고 나타났다.

아저씨한테 무슨 일이 있는 건가? 마구 물어보고 싶은데 그마저도 준우와 선우에게 부담스러운 일이 될까 쉽게 입을 열 수 없었다. 점점 분위기가 물먹은 솜처럼 가라앉았다.

한 마디도 없이 입을 열지 않고 꾹 다물고 있는 하늘을 곁눈질하던 준우가 슬쩍 말을 건네 왔다. 본래의 그 웃음기 섞인 말투였다.

"왜 이렇게 힘이 없어. 우리 완두콩."

"저…… 준우 아저씨."

"그래, 그래. 뭐 할 말 있어?"

뭐가 저렇게 조심스러운지 한참을 아니 한 수백 번은 고민을 하는 듯한 얼굴이 입을 떼기를 주저했다.

작은 두 손이 갈 곳을 찾지 못해 꼼지락거리고 있는 것이 보였다. 누군가가 저 손을 봤다면 잡아 주고 싶을 만한 작은 손이었다.

"괜찮으니까 말해 봐."

"……아저씨한테 무슨 일 있어요?"

준우는 제 턱을 쓸던 손을 들어 올려 핸들에 얹고 난감한 표정을 했다. 아주 잠깐이었지만 하늘은 준우의 유쾌하지 못한 그 표정을 읽었다.

무슨 일……. 무슨 일은 아닌데. 늘 있었던 일이었기에. 그런데 상황은 평상시와는 많이, 아주 많이 달라져 있었다. 당연히 그 이유의 중심엔 연하늘이 있었다.

늘 난동을 피우는 조무래기들은 존재해 왔고, 선우를 걸고넘어지는 놈들이야 이 세계 물정 모르는 피라미들이 가끔가다 한 번씩 걸어오는 장난질이니, 사실 흔하게 있는 일은 아니었지만 역시 유례 없던 일은 아니었다.

그런데 지금의 도선우는 사실 지나칠 정도로 그 일에 스트레스를 받고 있었다. 물론, 그 이유는 지금 제 곁에 앉아 맑은 눈망울을 깜빡이고 있는 이 착하고 여린 아가씨를 금이야 옥이야 지켜

내느라 그런 것이겠지.

준우는 이 말을 그대로 입 밖으로 꺼내 전할 수 없어 어떻게 말을 할까 머릿속에서 순화하고 있는 중이었다. 덕분에 잠깐 흘러간 침묵이었지만 준우의 침묵의 의미가 좋은 뜻이 아님을 감지한 하늘의 얼굴에 어두운 회색빛 구름이 내려앉았다.

"너무 걱정 마. 우리 완두콩은 꼭 선우가 지켜 줄 거니까."

아저씨가 나를 지켜 준다고?

"원래 지켜야 할 게 생기면 상대적으로 약해지는 법이거든. 물론, 피지컬적인 면이나 경제력적인 면이 약해지는 건 아니지만, 이전에는 전혀 위협적이지 않던 것들이 이젠 그냥 지나칠 수 없는 약점이 되니까."

아차, 완두콩이 도선우 약점이라고 말한 꼴이네.

묘하게 눈치도 빠르고 상황파악을 캐치하는 감각이 남다른 거 같던데.

준우는 제 곁에 앉아 눈을 내리깔고 있는 하늘을 보며 곤란한 얼굴을 했다.

"선우는 지켜야 할 게 하나 더 생긴 것뿐이지, 완두콩이 걱정할 만큼 큰일이 있는 건 아니니 걱정 마. 응?"

고개를 끄덕이며 준우의 말에 수긍을 하는 듯해 보였다. 이내 속도가 줄며 천천히 정차했을 때 하늘은 잊지 않고 공손히 인사를 하며 차에서 내렸다.

더 말을 하려다 말고 입이 다물린 준우가 어느새 저에게 등을 돌려 걷고 있는 하늘을 보며 애먼 짓을 했나 싶었다. 그렇다고 혼자 상상을 있는 대로 없는 대로 펼쳐 가며 도선우를 걱정하고 있는 처연함은 못 보겠고.

최대한 에둘러 말을 한다고 했는데 어째 말하기 전과 별반 다를 바가 없어 보이는 하늘의 분위기에 준우는 정말로 난감해져 버렸다.

오랜만이었다. 한동안 눈코 뜰 새 없이 일이 바빠 윤아영과 연하늘 운전기사 노릇은 하지 못한 지도 일주일이 훌쩍 지나가고 있었다.

그사이 단 한 번도 하늘은 사무실로 찾아오지 않았다. 평소 같았으면 목소리 듣고 싶다고 전화라도 한 번 했을 텐데 부재중으로 찍힌 전화도 없었다. 무슨 일이 있나 걱정이 되면서도 한편으론 다행인가 싶기도 했다.

더 저와 엮여 봤자 좋은 꼴도 못 볼 테고, 아직 제 마음도 확고히 정의하지 못할 만큼 여리고 어린 애가 뒤늦게라도 정신을 차린 건가 싶기도 했다. 뭐 어느 쪽이 되었건 하늘과 제가 멀어진 것은 올바른 일이었다.

선우는 그렇게 생각하며 오랜만에 일찍 사무실을 나와 베이커리로 향했다. 윤아영 운전기사 노릇을 요 며칠 준우가 해서, 그렇지 않아도 불만 가득 섞인 아영의 전화가 불이 나게 오던 참이었다.

'나 이 아저씨 싫단 말이야! 아, 자꾸 놀린다고! 그냥 혼자 갈래. 앞으로 데리러 오지 마!'

아아, 생각만으로도 그 쨍쨍거리는 목소리가 귀에 울려 선우는 머리가 다 아파 왔다.

어느덧 어둠이 짙게 깔린 밤거리를 가로질러 차를 주차시킨 선우가 상처 하나 나지 않아 빛이 나는 구두를 움직여 베이커리 안으로 들어갔다.

문이 열리자 쩔렁이는 소리가 남과 동시에 이쪽을 향하는 눈동자에 선우는 묘한 안도감을 느꼈다. 그래도 별일이 있었던 건 아닌 모양인지 하얗고 말간 얼굴은 그대로였다.

오셨어요? 하는 보드라운 음성도 그대로였다. 그런데 뭐지, 뭔가가 달라진 것 같은 이 묘한 위화감은.

아영은 선우가 저를 데리러 왔다는 것을 확인하자마자 앞치마를 벗고 손을 털어 냈다. 이준우 아저씨가 오지 않았다는 생각에 신이 난 건지 하나 물고 있던 크로켓을 입안으로 와구와구 쑤셔 넣었다.

하늘은 제가 보고 있던 베이커리 일지를 덮지 않고 자리에서 일어서며 문밖을 힘차게 나서는 아영을 향해 손을 흔들었다. 저는 가지 않을 것이라는 의도가 명백한 인사였다. 그러고는 선우를 향해 아차, 하며 잊고 있었다는 듯 덧붙였다.

"저는 아직 해야 할 일이 남아서. 먼저 들어가세요."

"늦었어. 너도 이만 들어가."

"전 조금 더 있다 갈래요."

처음이었다. 선우가 한 말에 한 번 더 토를 단 것은.

어쩐 일인지 생전 하지 않던 거절을 표현한 하늘은 그게 괴로운지 선우와 눈을 맞추지 않고 시선을 돌려 피했다. 그러더니 뒤를 돌아 괜히 선반 위를 정리하며 그에게 얼굴을 보여 주지 않으려 했다.

의미 없이 손을 움직이고 있던 하늘의 손이 툭, 뭔가 묵직한 것을 건드렸다. 순간 머리 위로 드리워진 시커먼 그림자에 흠칫 놀라 몸을 움츠렸을 때였다.

손목이 확 끌어당겨진 하늘이 두 눈을 질끈 감았다. 감은 두 눈이 파르르 떨렸다.

순간 확 끼쳐 오는 익숙하고도 기분 좋은 향기에 천천히 두 눈을 들어 올렸다. 늘 맡던 선우의 스킨, 체향, 옅은 담배 냄새가 뒤섞인 그의 향이었다.

그때서야 지금 제가 선우의 품 안에 안겨 있다는 사실을 알아차렸다. 괜찮아? 하는 무심한 듯하면서도 걱정 섞인 목소리가 들려왔다.

"연하늘. 괜찮아? 어?"

그리고 순간 하늘은 제 손목을 붙잡고 있는 남자의 손길을 쳐내듯 밀어냈다. 쭈뼛거리며 몸을 딱딱하게 굳힌 하늘이 선우에게서 한 발자국 걸음을 물렸다. 선우는 저를 노골적으로 피하는 몸짓에 순간 미간이 일그러졌다.

"전 괜찮아요, 아저씨. 아영이 기다리겠어요. 어서 가 보세요."

여전히 눈을 맞추지 않은 채 어서 가 보라고 재촉하는 그 연한 목소리가 끝이 나기도 전에 다시 베이커리 문을 열고 들어온 시끄러운 입술이 빨리 나오지 않고 뭐 하냐고 쏘아붙였다. 아영의 재촉에 하는 수 없이 선우는 베이커리를 나왔다.

완전히 어둠이 짙게 내려앉았는데 이렇게 놔두고 가도 되나 싶

어 밤하늘을 올려다봤다. 조금 더 시간이 지체되자 다시 소리를
빽 지르는 아영의 고함 소리에 선우는 인상을 구기며 차에 올라탔
다.

하늘이 제 차를 타고 퇴근을 하지 않은 지 일주일이 지나고 있
었다.

한 번은 친구들과 약속이 있으니 먼저 가라고 했고, 한 번은 그
늦은 밤에 빵을 굽는다고 되도 않는 거짓말을 했으며, 한 번은 아
영에게 뒷정리를 맡기고 먼저 집으로 갔다는 말을 들었다.

확실히 피하고 있는 게 분명하긴 한데, 저를 좋아하지 말라고
선을 그은 건 본인이었으니 뭐 이상할 것도 없는 일이었다. 다만,
그전엔 제 거절 따위는 상관도 않고 손을 잡고 입을 맞춰 오던 애
가 어느 날 갑자기 노골적으로 저를 피한다는 게 확실히 정상적인
반응은 아니었다.

신경이 쓰이지 않는다고는 말 못 하겠지만 한편으론 다행이다
싶었다. 이제 엮일 일이 없으면 더는 더러운 꼴 안 봐도 될 것이
고, 저와 달리 때 묻지 않은 그 착한 성정을 지켜 줄 수 있을 것이
다. 도선우 인생에 처음으로 타인을 위한 배려라는 것을 하고
있었다.

그런 제 모습이 스스로가 생각해도 웃기지도 않는지 선우는 헛
웃음을 지으며 담뱃불을 지져 끄고 집 안으로 들어왔다. 그리고
뭔가 집 안 분위기가 달라졌다는 사실을 동물적인 감각으로 눈치
챈 남자가 불을 켜고 주위를 둘러보기 시작했다.

확실히 뭔가 달라졌다. 누군가가 다녀갔다는 흔적이 뚜렷이

남아 있었다. 컵 하나를 사용한 것인지 막 선반 위에 올려놓은 것으로 추정되는 머그컵은 씻어 낸 지 얼마 되지 않아 물방울을 뚝뚝 흘리고 있었다.

누군가가 다녀간 것이 확실했다. 선우는 주먹에 힘을 넣고 집 안을 둘러보며 침실 문을 확 열어젖혔다. 그리고 그때, 다녀간 사람이 누구인지 단번에 알아차렸다. 침실 한구석에 모아 두었던 연하늘의 물건들이 흔적도 없이 사라지고 없었다.

몇 번의 생각을 거치지 않고 이전에 하늘이 하룻밤 이 집에 머물렀을 때, 혹시나 해 현관 비밀번호를 가르쳐 준 것이 떠올랐다. 애초에 현관 비밀번호를 알고 있는 것은 저와 연하늘 둘뿐이니 이렇게 얌전히 몰래 다녀간 밤손님에 대한 짐작은 연하늘부터 했어야 했다.

선우는 가만히 다가가 하늘의 물건이 놓였던 빈자리를 내려다보았다.

✳

하늘은 아침 일찍부터 정성스레 준비한 김밥과 유부초밥, 과일이 든 도시락을 짊어지고 은석의 차에 올라탔다. 아영이 중간고사도 끝났겠다, 약속했던 봄 소풍을 당장에 실천에 옮긴 은석은 곧바로 경치 좋은 곳에 바비큐 파티를 할 수 있는 펜션을 예약했다.

가지 않겠다고 딱 잘라 말하는 아영을 꼬여 낼 수 있었던 건 하늘이 덕이었다. 하늘이 언니랑 같이 갈 건데? 라는 말 한마디에 그럼 생각해 볼게, 라는 귀여운 답변을 뱉어 낸 아영은 그로부터 하루가 채 지나지 않아 가겠다는 의사를 전해 왔다.

하여튼 이 귀여운 강아지들. 은석은 영락없이 강아지처럼 창문에 달라붙어 있는 하늘과 아영을 보며 기분 좋은 미소를 지었다.

푸른 잔디가 깔린 언덕에 돗자리를 깔고 점심을 먹은 세 사람은 각자 제가 좋아하는 일을 하고 있었다. 은석은 가져온 책을 읽었고, 하늘은 햇살을 받으며 베이커리 일지를 정리하고 있었고, 아영은 친구들과 문자를 주고받느라 키득거리고 있었다.

아영의 모습을 빤히 바라보던 은석이 하여간 못 말린다는 눈으로 고개를 젓고 제 곁에 앉아 있는 하늘을 돌아보았다.

가만히 노트를 내려다보는 눈이 내리깔려 있었다. 무언가를 적는 손이 느릿했다. 확실히 요즘 그녀의 표정은 좋지 못했다. 말로 설명할 수 없는 무언가가 있었다. 기분도 좋지 못하고, 손놀림도 느릿한 게 꼭 무슨 걱정 하나 달고 있는 사람 같아 확실히 그녀답지 않았다.

무슨 일이 있는 거냐고 물어도 그저 고개를 저을 뿐, 그러다가 별일 없으니 걱정 말라고 전혀 가볍지 않은 웃음을 지어 보일 뿐이었다.

은석은 은근슬쩍 말을 꺼내려다 말고 다시 김밥을 찾으러 성큼성큼 다가온 아영의 모습에 이내 입을 다물었다.

은석은 펜션 밖으로 나와 둥글게 뜬 달을 올려다보았다. 이곳의 밤은 서울과 비교도 할 수 없을 만큼 조용했다. 따뜻한 커피

한 잔에 읽고 싶었던 책 한 권을 읽으면 그만한 행복도 없을 것 같았다.

시끄럽게 하루 종일 제 머릿속을 헤집어 놓았던 아영이도 잠이 들었으니 이제 조금은 휴식을 취하고 싶어 머그컵에 커피 한 잔을 타 밖으로 나온 참이었다. 그리고 벤치로 향하던 은석이 천천히 걸음을 늦추었다.

이미 주인을 맞은 채 자리를 내어 준 벤치에는 작은 인영이 앉아 달을 올려다보고 있었다. 파르르 떨고 있는 눈꺼풀이 누군가가 저를 보고 있는 것도 모르고 깜빡이고 있는 것이 보였다.

다가가도 되나 싶어 컵을 쥔 채 제법 오랫동안 제자리에 서 있던 은석이 천천히 하늘에게로 다가갔다. 바스락거리는 소리에 이제야 인기척을 느낀 것인지 하늘이 돌아보는 것이 보였다.

"내가 방해한 거지? 미안."

"아니에요, 교수님."

은석은 하늘의 옆자리에 앉으며 그녀가 보고 있던 달을 올려다보았다.

"이런 걸 보고 달이 휘영청 밝다고 하는 거지?"

"네. 달이 참 밝아요."

"하늘아."

"네?"

은석은 나무로 만들어 고운 향이 나는 테이블 위로 가져온 책을 내려놓았다. 그리고 모락모락 김이 피어나는 커피를 보며 천천히 입을 열었다. 향긋한 커피와 어울리는 밤이었다.

"무슨 걱정이 있는 거야? 단순히 봄을 타는 것 같진 않은데 뭘 이야."

　은석의 하늘이 물음에 선뜻 답하지 못하고 주저했다. 은석은 곤란해하는 기색이 역력한 그 모습에 다시 말을 이었다.

　"말하기 싫으면 말 안 해도 돼. 그냥 나는 하늘이가 이제 힘을 좀 냈으면 좋겠어서."

　은석은 말을 하다 말고 제 주머니에서 느껴지는 짧은 진동에 핸드폰을 꺼내 들었다.

　— 도착했으면 전화를 해야지.

　들려오는 선우의 목소리에 은석이 본연의 그 부드러운 목소리를 울려 냈다.

　"어. 형. 미안 깜빡했다. 우리는 무사히 도착했어."

　— 네가 달고 간 발발이들 잃어버리지 말고 잘 챙겨 와라.

　수화기 너머로 들려오는 선우의 목소리가 고요한 밤 한가운데를 가르며 들려왔다. 하늘은 은석의 귀에 붙잡혀 있는 핸드폰을 물끄러미 바라보며 입술을 꾹 닫았다.

　"걱정하지 마. 응. 알았어. 어."

　간단하기 짝이 없는 통화를 마치고 핸드폰을 테이블 위로 내려 놓은 은석은 저에게서 시선을 옮겨 테이블에 놓인 핸드폰을 빤히 바라보는 하늘을 발견했다. 한층 더 복잡다단해진 얼굴로 그렁그렁 눈망울에 눈물을 매달고 있었다.

　갑자기 안색이 더 안 좋아진 하늘을 보며 조금은 당혹한 낯빛을 한 은석이 그녀의 어깨를 붙잡으려 할 때였다. 하늘은 자리에서 일어나 은석에게 반듯하게 고개를 숙여 인사를 하곤 작은 목소리를 냈다.

"그럼 저 이만 들어가 보겠습니다, 교수님."

그리고 더 붙잡을 새도 없이 하늘이 등을 보이며 은석에게서 멀어지고 있었다.

❉

"정신이 있어, 없어 새끼야! 진짜 처맞고 싶어? 어? 정신 똑바로 안 차려?"

무섭도록 폭언이 쏟아졌다. 가혹하다 싶을 정도로 퍼붓는 잔인한 말들에 부하직원들이 어깨를 덜덜 떨고 있었다.

한참이나 이어지는 남자의 더러운 성정을 고스란히 담아내고 있는 사무실은 열기가 오를 만큼 올라 더울 정도로 꽉 차 있었다.

준우가 선우를 말리며 떨고 있는 놈들을 향해 어서 나가 보라는 손짓을 했다. 덩치는 산만 한 놈들이 두려움에 떨며 사무실을 나가는 모양새를 보고 있던 준우가 한숨을 푹 내쉬었다.

도선우가 극도로 예민해진 지 벌써 며칠째였다. 저렇게 화를 내면서 미친 듯이 일만 하고 있는 꼴을 보자니 진짜 뭔 사달이라도 낼 것 같아 걱정이 되기도 했고, 그 이유가 짐작이 가지 않아 답답하기도 했다.

본래 저 성격이야 그의 주위에 감당할 수 있는 사람이 아무도 없다는 사실을 천지가 다 알고 있기는 한데, 요새 들어 더 심해지고 있는 그의 예민함에 준우는 한숨을 푹 내쉬었다. 대체 문제가 뭐야.

"너 요새 왜 이래. 욕구불만이야? 여자라도 품으면 좀 나아지려나?"

"허튼소리 하면 죽는다."

"그럼 대체 뭐가 문제야."

하늘이라도 불러야 하나. 그나마도 쟤를 컨트롤할 수 있는 게 연하늘인…… 잠깐. 연하늘?

준우는 짚이는 곳을 머릿속으로 더듬다 말고 혹시나 하는 눈으로 거칠게 머리를 쓸어 넘기고 있는 선우를 보았다.

확실히 완두콩이 여기로 찾아온 지도 꽤 됐고, 그러고 보니 예전에는 가끔 걸려 오던 전화도 단 한 통 없는 것 같았다. 누가 봐도 최소 썸이었던 두 사람 사이에 뭔가 문제가 생겼나? 준우는 기분이 엉망인 선우를 보며 은근슬쩍 말의 첫머리를 꺼내 놓았다.

"참, 며칠 전에 하늘이가 너 힘들어 보인다고 무슨 일 있냐고 묻더라."

답이 돌아오지 않았다. 계속해서 읊어 보라는 소리였다.

"근데 알잖아. 완두콩 눈치 엄청 빠른 거. 대충 뭔가 짐작하는 눈치더라고. 그저 네 일이라면 네 표정 하나로 다 알아요. 세심한 완두콩 같으니라고."

준우는 그렇게 말하며 느긋하게 벽에 등을 기대고 섰다.

"그래서 걱정하지 말라고 했어. 도선우 네가 지켜 줄 거라고."

아아, 그래서 피하셨구만.

선우는 그제야 모든 것을 알 것 같다는 표정을 했다.

대체 뭔 놈의 애가 피해 주는 걸 병적으로 싫어하는 건지.

"그래서."

"어?"

"그래서 그 얘길 지금 왜 하는 건데."

저 솔직하지 못한 새끼. 존나게 연하늘이 신경 쓰여요. 욕이 나올 만큼 보고 싶어요. 시발, 나 좀 어떻게 해 줘 봐요. 다 써져 있구만.

"그냥 그렇다고."

"나가."

"대체 완두콩은 저 성질 더러운 놈이 뭐가 좋다고. 차라리 날 좋아하지. 이 오빠가 다정하게 잘 대해 줄 텐데."

"당장 처나가!"

두 손을 들어 더는 심기를 건드리지 않겠다는 제스처를 해 보인 준우가 이제 나는 내 할 일을 다 마쳤으니 나가겠다는 듯 가벼운 걸음으로 사무실을 나가 버렸다.

선우는 담배 연기를 깊게 빨아들이며 감고 있었던 눈을 떴다. 머릿속에는 연하늘이 저에 대한 마음이 멀어져 피한 게 아니라는 결론 하나만이 명백하게 존재하고 있었다.

보고 있지 않아도, 그 목소리를 듣고 있지 않아도 그녀가 지금 어떤 모습일지 뻔했다. 지금 어떤 표정으로 어떤 목소리로 무엇을 하고 있을지.

왜 저 때문에 그 아이가 울고, 우울해하며, 기분이 저기압이어야 하는 것인지 아무리 생각을 해 봐도 결론은 제가 쓰레기라는 사실 하나뿐이었다.

하여간 남 기분 상하게 하는 데는 도가 텄다는 이준우의 말이 틀린 바가 없었다.

솔직해지면 뭐가 달라지는데, 그런다고 맑고 깨끗한 천성을 지
닌 연하늘을 내가 사는 이 구렁텅이로 끌어들일 수도 없는 노릇이
고, 더 깊숙이 얽혀 봤자 서로 좋은 꼴 못 보는 건 보지 않아도
뻔한데.

……그런데 왜 이렇게 신경이 쓰이냐고. 네가.

솔직? 그래 시발, 솔직하게 신경 쓰인다. 생각이 난다. 요즘 들
어 그 목소리 못 들으니 뭔가 허전한 것 같아 기분이 더럽다.

"……후."

쏟아져 나오는 한숨에 고개를 뒤로 젖히며 두 눈을 감았다.

✳

보슬비가 조금씩 떨어지더니 어느새 굵은 빗줄기가 되어 어두
운 밤을 뚫을 듯 내리고 있었다. 하늘은 마지막으로 테이블 정돈
을 모두 마치고 앞치마를 벗어 냈다.

오늘은 조금 일찍 집으로 들어갈 생각에 두 손을 쭉 펴 기지개
를 켰다. 비 오는 날은 아저씨가 조금 일찍 집으로 들어가라고 했
으니까. 가방에 이리저리 흩어져 있던 노트와 자료들을 챙겨 넣던
하늘은 딸랑 하며 종소리가 나 문쪽으로 고개를 들었다.

"……아저씨."

오랜만이었다. 그러니까, 정확하게 이렇게 단둘이서 마주한 것
은 열흘 만이었다.

하늘은 살짝 고개를 틀어 주위를 돌아보며 아영의 빈자리를 더

듣었다.

비에 젖어 살짝 흐트러진 남자의 셔츠에서 풍겨져 나오는 그의
향이 베이커리 안을 진동하고 있었다. 짙은 와인색 셔츠가 눈이
부시도록 잘 어울리는 남자는 비에 젖어 은근한 분위기를 내고 있
었다. 저도 모르게 그의 모습을 쳐다보고 있던 하늘이 고개를 돌
리며 조심스레 입을 열었다.

"오늘 아영이 알바 안 하는 날인데."

"알아."

"……네?"

"안다고."

선우는 여전히 눈을 맞추지 않고 피하는 하늘을 보며 말했다.

"아영이 보러 온 거 아냐."

오늘은.

당신을 주세요
— 요즘 왜 이렇게 네가 보고 싶지

8

차를 베이커리가 잘 보이는 곳에 주차하고 하늘의 모습을 가만
히 바라보고 있었다.

참 작기도 작다. 저 손으로 빵을 만들고 포장을 하고 가게 여기
저기를 닦는다고 많이도 바빠 보였다. 간혹 빵에 대해서 묻는 것
인지 뭔가를 물어보는 손님에게 잘도 방긋방긋 웃으며 설명해 주
는 것이 보였다.

'이건 딸기마들렌이고요, 이건 에클레어예요.'

그렇게 말하던 그 목소리가 듣지 않아도 귓가에 울리는 것 같
은 기분에 선우는 피식 웃음을 흘렸다.

한동안 제 머릿속을 잔뜩 헤집어 놓았던 얼굴이었다. 큰 눈망
울로 저를 올려다보고 있으면 할 말을 모조리 잊어버리게 되는.

말도 안 되는 모양새에 저를 빠뜨려 놓고 저렇게 웃고 있는 모습을 보자니 화가 솟았지만, 그보다 다시 마주한 얼굴에 이유도 알 수 없이 편안해지는 안도감이 더 컸다.

차창 밖으로는 비가 제법 많이도 떨어지고 있는데 집에 갈 생각은 없는 건지 계속해서 작은 테이블에 앉아 뭔가를 적는 것이 보였다. 이리저리 눈을 움직이며 펜을 꼼지락거리는 게 전에 보던 베이커리 일진가 뭔가 하는 그것인 듯했다.

턱을 괴었다가 고개를 갸웃거리고 다시 아하, 하며 노트에 뭔가를 적고 있는 모습에 선우는 저도 모르게 입술을 올려 옅게 웃었다. 아, 너무 아저씨처럼 웃었나. 안 그래도 열 살이 넘게 어린 애인을 두게 생겼는데 정신 빠진 놈 되면 안 되는데.

마지막 손님을 향해 꾸벅 고개를 숙인 하늘이 들고 있던 노트를 착착 챙겨서 가방 안으로 밀어 넣는 걸 보고 있던 선우가 천천히 차에서 내려 빗속을 걸었다. 문을 열고 들어가니 여실히 당혹한 얼굴이 보였다.

어쩐 일일까. 오늘은 아영이도 아르바이트 하는 날이 아니고, 딱히 데리러 올 만한 날이 아닌데. 여태껏 준우 아저씨가 오기도 했고.

라고 생각하고 있는 것을 모조리 읽은 선우는 조금은 피곤에 지친 눈으로 물기가 있는 머리를 살짝 털어 내고 천천히 안으로 들어섰다.

"오늘 아영이 알바 안 하는 날인데."

"알아."

"……네?"

"안다고."

선우는 여전히 제 눈을 맞추지 않고 피하는 하늘을 보며 말했다.

"아영이 보러 온 거 아냐."

오늘은.

"그럼 왜……."

"왜겠어."

느리게 눈이 깜빡이는 것이 보였다. 저를 올려다보는 까만 눈동자가 그 이유에 대해 생각을 하는 듯 잠깐 침묵을 하고 있었다. 어느새 제 앞까지 다가온 선우를 보며 살짝 발을 물리는 것이 보였다.

"아, 비 와서 저 데려다주려고……. 저 괜찮은데."

"비 오는 날은 무섭다며."

"네?"

"누가 들어올지도 몰라서 겁이 난다며."

선우가 하는 말이 무슨 뜻인지 천천히 곱씹던 하늘은 그제야 그가 뭘 말하고 있는 것인지 눈치챘다.

그에게 비 오는 날, 같이 밥을 먹자며 제가 했던 말이었다. 그 말을 그대로 상기시키듯 건넨 선우의 말에 하늘은 고개를 끄덕였다. 사실 집으로 혼자 돌아가기 조금 무서워 겁이 났던 건 맞으니까. 그런데 아저씨랑 이렇게 돌아가면 다시 제가 짐이 되는 걸 텐데.

가만히 생각에 빠진 하늘을 보며 선우는 하늘이 또 겁낼까 겉으로 드러내진 못했지만 속으로 혀를 차고 있었다. 뭔 놈의 생각이 저렇게 많아.

"이젠 밥 같이 먹잔 소리 안 해?"

까만 눈이 저를 올려다보는 것이 보였다.

"혼자 밥 먹는 거 싫다며."

"……네. 같이 밥 먹자고 해도 돼요?"

"챙겨 나와."

그렇게 말하며 선우는 다시 베이커리 문을 열고 밖으로 나갔다. 비가 오는데도 우산을 쓰지 않고 저벅저벅 걸어가는 선우를 보며 하늘은 재빨리 가게 문을 닫고 작은 우산을 펴 선우를 뒤따라갔다. 그리고 그의 큰 키에 맞춰 우산을 조금 높이 들었다.

선우는 제 옆으로 따라와 힘겹게 우산을 드는 모양을 보고선 작은 우산을 가볍게 낚아채 작은 머리 위로 씌워 주었다.

아, 감사합니다, 하는 착한 목소리가 곧 돌아왔다.

"그런데요, 아저씨. 오늘은 안 바빠요?"

어느덧 조금 풀어진 목소리를 하는 하늘의 조그마한 음성에 선우는 제 옆에서 종종걸음으로 따라오고 있는 하늘을 돌아보았다. 그제야 조금 마음이 풀린 것인지 본래 알고 있던 연하늘의 얼굴이 되어 가고 있었다.

선우는 왠지 그 모습에 마음이 놓여 작은 한숨을 쉬었다. 저 얼굴 우거지상 될까 조마조마하고 있는 저를 보자니 정말 딱 바보가 된 것 같았다.

"바빠."

"아……. 그런데 이렇게 와도 괜찮아요?"

"어."

선우는 그대로 차에 올라타 조수석에 앉은 하늘의 안전벨트를 착용시켜 주었다. 살짝 몸이 닿을 때마다 흠칫하는 것이 느껴졌다.

대뜸 볼에 뽀뽀를 할 땐 언제고 참 답지 않게 논다는 생각을 하며 선우는 안전벨트를 착용시켜 주기 위해 숙였던 허리를 다 일으켜 세우지 않고 그대로 고개를 돌려 하늘을 바라보았다. 눈앞으로 다가온 남자의 얼굴에 하늘이 큰 눈을 깜빡이는 것이 보였다. 놀랐다는 증거였다.

"이젠 뽀뽀 안 해?"

"……해도 돼요?"

"언제는 허락받고 하셨다고."

선우는 픽 웃으며 허리를 일으켜 세우고 부드럽게 핸들을 붙잡았다. 오늘도 어김없이 제 옆모습을 빤히 바라보는 시선이 느껴졌다. 이젠 모든 것이 익숙하다는 듯 선우는 상관 않고 운전을 했다.

하늘은 핸들을 붙잡고 있는 남자의 긴 손가락을 가만히 바라보았다. 세련되면서 심플한 반지가 끼워져 있는 긴 손가락이 남자답고도 섬세했다. 손잡고 싶은데…… 안 되겠지?

한참을 그렇게 손을 빤히 바라보다 이내 창밖으로 시선을 돌린 하늘은 창밖으로 스쳐 지나가는 건물에 조금 놀란 눈을 했다. 제 집으로 데려다주는 건 줄 알았는데.

하늘은 차에서 내려 조용히 선우의 집 앞으로 걸어가며 천천히 뒤를 따라오는 남자를 곁눈질했다. 어느새 제 앞에 놓인 도어록에 천천히 손을 들어 올리려던 하늘의 뒤로 남자의 향기가 달큰하게 다가왔다.

　품에 안긴 듯 등 뒤로 다가선 남자의 존재감에 하늘은 놀라 몸을 흠칫했다. 저를 품에 안을 것처럼 서 있는 남자가 무심한 표정으로 성의 없이 도어록 번호를 툭툭 누르는 것이 보였다.

　그의 따뜻한 숨결이 느껴져 정수리가 간지러웠다. 뺨이 발갛게 달아오르는 것 같아 혼자 머뭇대고 있던 하늘은 저를 힐끔 내려다보고는 피식 웃는 남자의 옅은 웃음소리에 꿈에서 깨어난 듯 눈을 크게 떴다. 그리고 열리는 문 안으로 조심스레 발을 옮겼다. 확 끼쳐 오는 선우의 향기에 하늘이 저도 모르게 슬쩍 눈을 접으며 웃었다.

　"뭐 먹고 싶은 건."

　"없어요. 저 배 안 고파요."

　"너 저녁 안 먹었지."

　"그게……."

　"내가 밥 거르지 말라고 했어, 안 했어."

　"그래도 속이 안 좋아서 잘 안 넘어가요."

　더 화내지 말라는 듯 하늘이 남자의 옷자락을 잡으려다 말고 아차 싶어 천천히 손을 내려놓았다. 그 모습을 가만히 지켜보고 있던 선우가 작은 한숨을 쉬며 천천히 주방으로 걸어가 하늘이 자주 먹던 우유를 꺼냈다. 그리고 그녀가 늘 먹던 온도에 맞춰 대충 전자레인지에 돌린 후 따뜻해진 우유가 담긴 머그컵을 하늘에게 건넸다.

　"이거라도 먹어. 굶지 말고."

　"네, 아저씨."

작은 손으로 머그컵을 쥐고 우유를 홀짝이던 하늘이 짧은 비명 같은 소리를 내며 눈썹을 구겼다. 어떡해, 하는 작은 목소리가 흘러나왔다.

선우는 침실로 들어가다 말고 긴 다리를 움직여 어쩔 줄 몰라 하는 하늘에게로 다가갔다. 우유를 쏟아 엉망이 된 팔을 들고 미안한 마음이 가득 담긴 눈동자로 저를 올려다보는 것이 보였다. 팔이 엉망이 된 것보다 선우가 건넨 우유를 쏟은 것이 미안한지 눈동자가 흔들리고 있었다.

선우는 말없이 하늘의 어깨를 감싸 욕실로 데려다주곤 제가 집에서 입던 옷을 찾아 침실로 들어갔다. 그러다가 다시금 욕실 안에서 터져 나오는 비명 소리에 고개를 번쩍 들었다.

대체 또 왜!

하늘이 입을 만한 옷을 찾다 말고 침실 밖으로 달려 나온 선우가 욕실 문밖에서 다급히 노크했다.

"연하늘. 왜 그래. 괜찮아?"

"네. 괜찮아요. 뜨거운 물이 튀어서……."

"들어간다."

선우는 욕실 문을 열고 들어가 엉거주춤 서 있는 하늘을 안아 들고 욕실 밖으로 나왔다. 카펫 위에 하늘을 앉힌 선우는 팔을 쥐고 있는 하늘의 손목을 가볍게 당겼다. 그리고 좀 더 자세히 확인하려는 순간 하늘이 몸을 움츠리며 당황하는 것이 보였다. 아직 저에게 다가오는 것을 망설이고 있는 기색이 역력했다.

"이리 와 봐. 보자."

"괜찮아요."

저를 빤히 바라보고 있는 하늘을 가만히 응시하고 있던 선우가 옅은 한숨을 쉬었다. 귀찮음이 묻은 한숨이 아니라 조금은 안타까움이 묻어난 그런 한숨이었다.

"봐야 할 거 아냐. 얼마나 다친 건지."

선우는 가볍게 하늘의 손목을 끌어당겨 와 조금은 벌겋게 달아오른 팔을 살폈다. 크게 데진 않은 듯했다. 이만하면 하루만 지나면 금방 가라앉을 것이라 판단한 선우가 손을 놓으려 했을 때, 두 근대는 심장 고동을 이기지 못해 눈을 살짝 찡그리고 있는 하늘을 알아차렸다. 지금 하늘에게 있어선 그와 자신이 지나칠 만큼 가깝게 맞닿아 있다는 사실을 뒤늦게 깨달았다.

"아……."

더 이상은 이렇게 붙어 있으면 안 된다고 생각한 것인지 선우에게 붙잡힌 손을 떼어 내려고 약한 힘을 주는 것이 느껴졌다. 빼낸 손목을 살짝 매만지며 천천히 눈을 들어 올린 하늘은 선우와 눈이 마주치자 눈동자를 이리저리 움직였다.

"연하늘."

"……네."

"짐 챙겨서 이 집으로 들어와."

"네?"

하늘은 난데없이 떨어진 그의 말에 저도 모르게 고개를 번쩍 들고 되물었다. 뭘 묻냐는 듯한 표정을 짓던 남자의 목소리가 다시 돌아왔다.

"이 집으로 이사 오라고."

"왜……."

"한 번 든 도둑, 두 번 못 들까."

"문 고쳤는데."

이게 대놓고 말을 해도 눈치를 못 까네. 그 빠릿한 눈치 다 얻다 갖다 팔아먹고는.

"그래도 무서워요. ……여기 있어도 돼요?"

역시 눈치 빠른 연하늘. 힐끔힐끔 눈치를 보면서 말을 바꾸는 게 이럴 땐 꼭 여우 같다.

"어."

"아, 안 되겠다."

"또, 왜!"

갑작스러운 선우의 큰 목소리에 다시 몸이 움찔하는 게 느껴졌다. 선우는 간신히 마음을 억누르고 나는 관대하니 이쯤은 웃어넘겨야 한다고 다짐하고 있었다. 다시 마음을 다잡고 가라앉은 목소리로 되물었다.

"왜."

"가까이 있으면 자꾸 제가 아저씨한테 다가갈지도 몰라요. 막 저번처럼 뽀뽀도 하고, 손도 잡고, 안기도 하고."

정말로 곤란한 건지, 그렇게 하게 될까 봐 속상한 건지 아까보다 조금 울적한 눈을 하고 있었다.

"그런 거라면 그냥 들어와."

"네?"

한참을 선우의 말의 의미를 곱씹는 듯 가만히 생각에 잠겨 있던 하늘이 그제야 뭔가 달라진 분위기를 감지한 듯 선우의 두 눈동자를 빤히 바라보았다.

여태 그의 시선을 피하기만 했던 하늘이 실로 오랜만에 마주한 시선을 피하지 않고 한참을 응시했다.

여전히 남자의 눈은 냉정하리만치 담담하고 알 수 없이 강렬했지만 이전과 다른 무언가가 자리하고 있었다. 그게 무엇인지는 알 수 없었지만 확실한 건 오랫동안 저를 빤히 바라보고 있는 이 눈동자 속에는 오로지 저 하나만이 존재하고 있다는 것이었다.

"그럼…… 뽀뽀해도 돼요?"

"……돼."

흔들리고 있는 연한 눈동자가 좀 더 커지는 것이 보였다.

"……정말요?"

"그래. 돼."

"그럼 안는 건……."

"입술은 되는데 안는 건 안 되겠어?"

꼭 이강석 같은 질문 하네. 그렇게 생각했지만 이 대사는 머릿속에서만 이루어졌다.

저도 오늘 같은 날 초 치는 말을 하면 안 된다는 것 정도는 알고 있었다.

"손……잡고 싶어요."

아까 운전하는 내내 제 손만 빤히 바라보고 있던 하늘을 눈치 채고 있었다. 어찌하나 싶어 가만히 두고 보고 있으니 이내 포기하고 차창 밖으로 고개를 돌렸던 아까 전이 떠올랐다.

손잡고 싶다는 그녀의 말에 긍정의 의미로 침묵하니 가만히 손을 들어 선우의 손을 붙잡는 것이 느껴졌다. 작은 손으로 큰 손을 꽉 움켜쥔 하늘이 눈을 움찔거리는 것을 보았다.

이건 또 뭔 반응인가 싶어 가만히 보고만 있으니 기다랗고 섬세한 남자의 손가락 사이에 깍지를 끼워 제 손을 겹쳐 잡는 것이 보였다. 손을 잡아도 그저 허락의 침묵만 보내고 있는 선우의 반응에 작은 몸이 움찔거리는가 싶더니 이내 남자의 품 안으로 와락 파고들었다.

대체 얠 어쩌면 좋아. 선우는 제 품 안으로 파고든 작은 몸을 가만히 내려다보며 깊은 숨을 내쉬었다. 뭘 어떻게 해야 할까 제법 고민한 끝에 선우는 하늘이 붙잡지 않은 반대쪽 손을 여린 등에 얹었다. 그의 손길에 다시 움찔하는 것이 느껴졌다.

"연하늘."

"네."

"너 누가 네 마음대로 피하고 숨으래. 어?"

"아저씨한테 피해가 되기 싫어서요."

그렇게 말하는 목소리가 조금 가라앉아 있었다. 제가 폐가 된다는 죄책감에 어지간히도 마음이 힘들었던 모양이다.

"너 짐 아냐. 귀찮지도 않고. 그러니까 기대도 돼. 넌 애가 돼서 뭐든 그렇게 혼자서 하려는 것 좀 버려. 그리고…… 뭐야, 너 울어?"

하늘은 선우의 가슴에 얼굴을 파묻은 채 고개를 저었다. 그렇지만 눈물의 촉촉함이 느껴지자 선우는 난감한 기색을 하며 살짝 고개를 숙여 제 품 안에 파묻혀 보이지 않는 얼굴을 보려 내려다보았다.

"안 울어요."

"그래. 넌 안 운다. 이 젖은 셔츠는 네가 빨아."

묘한 의미를 주는 남자의 말에 그제야 살짝 고개를 떼어 낸 하늘이 눈가가 빨갛게 물든 채 선우를 올려다보았다. 벌겋게 달은 올챙이 같은 눈꼬리가 천천히 감겼다가 들렸다. 연한 눈꼬리를 따라 눈물방울이 간신히 매달려 있는 것이 보였다.

"빨래는 제가 할게요. 저 다림질도 잘해요. 참, 요리도 제가 할래요."

"그래. 다 해라. 네가 다 해라."

"살림은 제가 할 테니까 아저씨는 신경 쓰지 마요."

"허, 참."

"아저씨이……."

그러더니 다시 너른 품 안으로 안겨 드는 하늘이 선우의 셔츠를 꽉 움켜잡았다. 선우는 못 말리겠다는 듯 픽 웃었다.

그나저나 침대는 새로 하나 더 들여야 하나? 여자들 그 뭐야, 화장대 그런 것도 하나 있어야 하고, 보니까 뭘 많이 적고 쓰고 하던데 책상도 하나 있어야겠고. 또.

"너 뭐 필요해."

"네?"

"필요한 게 있을 거 아냐."

"전 아저씨만 있으면 되는데……."

"내참."

선우는 기가 막힌 듯 너털웃음을 흘렸다. 코알라처럼 찰싹 달라붙어 있던 하늘이 선우의 품 안에서 고개를 떼어 내고 뭔가 제법 심각한 표정으로 남자를 올려다봤다.

그녀의 시선에 선우는 문득 뭔가가 불안해져 순간 눈을 꿈틀거렸다. 또 얘가 뭔 말을 하려고.

"아저씨."

"왜."

"뽀뽀해 주면 안 돼요?"

"뭐?"

눈동자가 지나치게 반짝거렸다. 해맑은 눈망울이 당혹스러울 만큼 담담하게 말하고 있었다.

그러니까 정확하게 말해, 하는 게 아니라 받고 싶다 뭐 그런 뜻이었다. 마음을 확인받고 싶은 듯 제 나름대로 머리를 굴린 것 같았다.

선우는 난감한 얼굴로 옅은 숨을 내쉬었다가 손으로 바닥을 짚으며 몸을 뒤로 살짝 기울였다. 덩달아 제 품 안에 있던 작은 몸이 기울어지는 게 느껴졌다.

"눈 감아."

"……."

"턱 들고."

"……아저씨."

"또 왜."

아무것도 아니라는 듯 고개를 저은 하늘이 이내 떨리는 눈꺼풀을 꼬옥 감는 게 보였다. 근데 이거 진짜 해도 되나. 꼭 죄를 짓고 있는 것 같은 묘한 기분이 들었다.

아직 어느 누구의 손길도 닿지 않아 뽀얗고 빨간 입술은 채 영글지 않은 앵두 같아 보였다. 이 착한 입술에 더 엄한 짓은 할 수 없어 가볍게 입을 맞췄다가 떼어 냈다.

가벼운 입맞춤이었다. 천천히 두 눈을 들어 올리는 하늘이 감출 수 없는 간지러움에 눈을 가물거리는 것이 보였다. 그러더니 음, 하고 뭔가 운을 떼기를 망설였다.

"옷…… 벗어요?"

"옷을 왜 벗어."

"친구들은 그런다던데. 키스한 다음엔 옷 벗고 그다음엔……."

"야, 야. 그만, 그만해."

저 순진한 입에서 대체 뭔 말이 나오는 거야.

그보다 방금 한 건 키스가 아니거든, 연하늘.

아 이걸 어떻게 키워.

난감하고도 복잡 미묘한 표정으로 하늘을 올려다보고 있던 선우는, 평소 만져 보고 싶었던 것인지 제 아담스애플을 가만히 건드려 보는 그 순진무구한 눈망울에 난색을 표하며 작은 손을 낚아채듯 잡았다. 저에겐 없는 것이 신기했던 모양이다.

"여긴 만지지 말자, 우리."

왜 그러는 것이냐는 질문이 가득 담긴 눈이 저를 올려다보고 있었다. 선우는 낮은 한숨을 쉬며 진심으로 곤란한 표정을 지었다. 이걸 설명하는 순간 착한 애 범하는 나쁜 놈이 될 것 같은 기분에 선우는 머릿속이 복잡했다.

이 아이는 자기가 걱정하는 것에 대해 전혀 의식을 하지 않고 있었다. 진즉 의식을 했었다면 이렇게 제 몸에 기대어 경계 없이 끌어안지도 않았겠지.

하늘은 그가 곤란할까 더 묻지 않고 고개를 끄덕였다. 눈물이 채 닦이지 않아 맺혀 있는 이슬을 달고 다시 생긋 웃었다. 그 옷

음을 보고 있던 선우가 직감했다. 앞으로 하늘에게 설명해 줄 수
없는 곤란함이 잔뜩 저를 찾아올 것이란 것을.

당신을 주세요
— 그렇지만 곁에서 떨어지지는 마

9

은석의 중요한 학술 세미나를 앞두고 덩달아 하늘도 바빠지고 있었다. 그사이 세미나가 다음 날로 다가왔다. 이것저것 중요한 자료들을 챙기며 교수연구실에 앉아 바쁜 시간을 보낸 지 반나절이 흐르고 있었다.

은석의 부탁으로 함께 강릉까지 세미나에 참석하게 된 터라 베이커리는 아영이에게 특별히 부탁을 한 참이었다. 그녀를 걱정하는 말에 언니까지 날 못 믿어요? 걱정 말아요, 하는 심히 씩씩한 목소리가 돌아왔다.

은석은 저를 위해 진지한 눈으로 하나하나 꼼꼼히 정리를 하는 하늘을 보며 흐뭇한 미소를 지었다.

봄을 앓았던 건지 그보다 더 중한 무언가에 열상을 입었던 건지 확실히 좋지 못했던 모습을 며칠 보이더니 이내 다시 본래의 연하늘로 돌아온 그녀는 평온한 얼굴을 하고 있었다.

아니 그보다 뭔가 봄꽃이 내려앉은 화사하고 청량한 얼굴이었다. 은석은 책상에 비스듬히 기대어 서 그런 하늘을 가만히 바라보고 있었다.

저에게 잘 어울리는 흰 티에 청바지를 입은 그 모습은 아무리 봐도 이 봄에 가장 잘 어울리는 존재였다. 귀를 타고 내려오는 머리칼을 살짝 귀 뒤로 넘기는 하얀 팔목이 참으로 고왔다.

나이보다 어려 보이는 얼굴 탓에 소녀와 여자의 경계에 서 있는 듯한 모습은 한참 어른인 저에게도 조심스럽게 다가왔다. 그래서 제 동료교수이자 친구인 최 교수의 부탁이 난감했다.

'은석아 부탁 좀 하자. 네 조교 하늘 씨, 나한테 한 번만 소개 좀 시켜 줘라. 어?'

미쳤냐는 반응이 가장 먼저였다. 그렇게 말한 이유를 저도 알 수 없었지만 하늘과 제 친구와의 소개팅은 아무리 생각해도 말이 되지 않는 만남이었다.

'하늘 씨 스물넷이라며. 성인이고, 대학생도 아니고 아무런 문제 될 거 없잖아. 근데 왜 그래?'

몰라. 설명할 수 없는데. 하여튼 소개시켜 주긴 좀 그래. 저렇게 청량하고 봄꽃같이 사랑스러운 하늘이랑 너랑은 아무리 생각해도 아냐. 그렇게 답했다. 그리고 최도영 교수는 그의 말에 피식 웃으며 다행이라는 듯 어깨를 으쓱했다.

'그럼 아무런 문제가 없단 소리네? 이번 세미나 때 하늘 씨도 같이 간다며? 네가 자리 좀 마련해 줘. 어? 부탁 좀 하자.'

귓가에서 들려오는 그 목소리에 은석은 한숨을 내쉬었다. 그래. 친구 놈의 말대로 소개를 시켜 줘도 별달리 걸릴 것은 없다. 하늘이는 성인이고 학생도 아니고, 다만 나이가 좀 어리다는 것뿐이지. 그런데 뭐가 이렇게 죄짓는 기분이 드는 건지.

"교수님."

"……."

"교수님?"

"……어? 어, 어. 하늘아."

멍하니 초점을 흐리고 생각에 잠겨 있던 은석이 저를 부르는 하늘의 목소리에 어색하게 웃었다. 그런 은석을 생긋 웃으며 바라보고 있던 하늘이 손에 들고 있던 제 가방을 어깨에 메며 이제 그만 약속한 점심을 먹으러 가자는 신호를 보냈다. 아아, 맞아. 하늘이 좋아하는 크림파스타 먹으러 가기로 했지.

은석은 뒤늦게야 고개를 끄덕이며 그녀를 뒤따라 연구실을 나왔다.

"도은석 교수."

하늘과 곧 먹을 파스타에 대해 간단하게 대화를 나누고 있던 은석은 저를 부르는 목소리에 계단을 내려가다 말고 뒤를 돌았다. 그리고 저를 부른 장본인을 확인한 은석은 저도 모르게 눈을 살짝 찌푸렸다. 제 친구이자 여기서 멀지 않은 연구실에 서식하는 최도영 교수였다.

"어, 최 교수."

"점심 먹으러 가는 길?"

능글능글하게 웃으며 묻는 그 목소리에 은석은 제 곁에 있는 하늘을 슬쩍 바라보며 가볍게 고개를 끄덕였다. 도영은 은석의 곁에 서 있는 하늘을 보더니 싱긋 웃으며 안녕? 하고 가볍지만 결코 가볍지 않은 웃음을 건넸다.

"우리 어제도 봤는데. 그치?"

"네. 안녕하세요, 교수님."

"너무 그렇게 딱딱하게 인사하면 섭섭한데."

도영의 의미심장한 웃음에 은석이 헛기침을 하며 슬쩍 하늘의 앞으로 다가섰다. 은석의 경계에도 아랑곳 않고 하늘을 향해 활짝 웃은 도영은 마침 잘됐다는 듯 천천히 다가왔다.

"나도 아직 점심 전인데, 셋이서 같이 먹을까? 어때, 은석아?"

"최 교수."

"듣자 하니 파스타 먹으러 가려는 거 같던데 나도 조인해도 되지, 하늘아?"

이건 명백한 권한 남용이다, 라고 생각했다. 하늘의 성격으로 저보다 어른이 이렇게 웃으며 제안해 온다면 예의에 어긋나지 않게 당연히 허락을 하겠지만, 거기다 도영이 교수의 신분으로 묘하게 거절을 할 수 있는 틈을 막아 버렸다는 생각이 들었다.

그렇지만 은석은 저를 봐 달라는 듯 툭 치고 지나가는 도영의 무언의 신호에 한숨을 쉬며 입을 다물었다. 공손하고 예의가 발라 최 교수가 뭘 제안하든 크게 거절하지 않을 하늘을 알면서도, 그

것이 남자로서가 아닌 그저 사람에 대한 예의를 갖추는 하늘의 진심을 알고 있기에 은석은 걱정 섞인 눈을 하면서도 가만히 뒤를 따라가기로 결정했다.

제법 야무지게 포크로 면을 돌돌 말아 입안으로 넣은 하늘은 맛이 마음에 드는지 눈을 접어 웃었다.

은석은 그런 하늘을 보며 가만히 제 앞에 놓인 피클을 밀어 주었다. 녀석, 맛있게도 먹네. 빨대로 콜라를 쪽쪽 빨아 마시며 마른 목을 축이던 하늘은 그 와중에도 저에게 건네준 피클에 대한 고마움을 전했다.

그리고 그런 하늘의 맞은편에 앉아 그런 그녀를 가만히 바라보던 도영이 엉성하게 면 사이로 찔러 넣은 포크를 내려놓고 두 팔꿈치를 테이블 위에 내려놓았다.

두 손을 맞잡아 깍지를 낀 채 하늘을 바라보던 도영이 다 식어버린 제 파스타를 한 번 내려다보았다. 하늘이 맛있게 먹는 파스타와 같은 종류의 파스타인데도 왜 저는 그다지 더 먹고 싶은 생각이 들지 않는 건지. 앞에 있는 이 아가씨 때문에 그런 건지 영 포크로 손이 가지 않았다.

"하늘이한테서는 늘 고소하고 달콤한 냄새가 나네?"

"아, 늘 빵 옆에 있으니까 그런가 봐요."

"내 파스타 더 먹을래?"

"아니요. 말씀은 감사하지만 배불러서요."

은석은 도영의 친절을 거절하는 하늘을 보며 싱긋 웃었다. 저렇게 공손히, 그것도 웃으며 거절을 하니 상대도 더는 권하지 못하고 아쉬운 눈을 하는 것이 보여 그게 은근히 재미있기도 하고, 도영이 어떤 리액션을 취할지 궁금하기도 했다.

어느새 관람모드로 두 사람을 지켜보고 있던 은석이 곁에 놓아두었던 제 음료를 가져와 빨대를 입에 물었다.

"하늘이는 그럼 베이커리도 운영하고, 도은석 교수 조교 일도 같이 하는 거야?"

"네."

"그럼 도 교수 도와주고 나면 바로 베이커리로 가는 거야?"

"네. 아르바이트생이 있어서 가끔 그냥 집으로 가기도 하지만 거의 그래요."

"거의 있단 말이지."

고개를 끄덕이며 곱씹듯 중얼거리던 도영이 다시 하늘을 향해 씨익 웃었다.

디저트로 커피라도 한 잔 마실래? 하고 묻는 그의 제안에 하늘이 다시 고개를 저으며 거절을 표했다. 역시 웃음이 더해졌다.

더없이 쉬워 보이는 저 얼굴에서 YES를 듣기가 생각보다 쉽지 않아 도영은 난감한 표정이 섞인 어색한 웃음을 지었다. 은석은 턱을 괴고 웃다 이내 빈 접시를 보며 그만 갈까? 하고 덧붙였다. 여전히 도영의 접시는 조금도 비워지지 못한 상태였다.

"베이커리까지 데려다줄까?"

"아니에요. 걸어가면 금방인걸요. 그럼, 오늘 감사했습니다, 교수님."

그렇게 인사를 마치고 뒤돌아서 걷는 그녀의 뒷모습을 가만히 바라보고 서 있던 은석과 도영이 동시에 묘한 표정을 지었다.

은석은 제 곁에 서 있는 도영을 힐끔 보며 이유 모를 통쾌함에 슬며시 입술이 올라가는 것을 간신히 참아 냈다.

알고 그러는 것 같진 않아 보이는데 영 틈을 주지 않는 하늘의 태도에 적잖게 당황한 눈치였다. 거절 같은 것은 절대 하지 않을 얼굴을 하고 본인의 제안을 단 하나도 수용하지 않았다는 사실에 뭔가 당혹감이 섞인 눈을 하고 있었다.

은석은 그런 도영을 보며 다시 한 번 싱긋 웃고선 차에 올라탔다. 내일 1박 세미나로 강릉까지 가야 하니 오늘은 조금 일찍 잠을 자 둬야겠다는 생각을 하며 차에 시동을 걸었다.

하늘이 베이커리에 도착하고 나서부터 쏟아붓던 비도 이제 끝물인 듯했지만 여전히 하늘은 주룩주룩 비를 뿜어내고 있었다. 봄치곤 조금 요란한 빗줄기에 하늘은 베이커리 문을 조금 일찍 닫고 서둘러 집으로 들어갔다.

안으로 들어옴과 동시에 집 안에 밴 선우의 향기를 맡으며 베이커리에서 가져온 쿠키 반죽을 오븐 안으로 밀어 넣어 타이머를 조정했다. 그리고 제 방으로 들어가 가볍게 옷을 갈아입고 다시 주방으로 들어온 하늘은 습관처럼 집 안의 불을 모두 켜고 블라인드를 내렸다.

저를 위해 선우가 사다 놓은 우유를 전자레인지에 데워 손에 쥔 채 가만히 오븐 앞에 앉아 구워져 가는 쿠키를 바라보고 있었다.

곰돌이 모양 쿠키가 점점 노랗게 익어 가는 모습을 빤히 바라보던 하늘이 우유를 한 모금 마시며 무릎을 세우고 그 위에 턱을 괴었다. 달콤한 냄새에 눈이 감겼다.

하늘은 몸을 뒤척이며 따뜻한 이불에 얼굴을 묻었다. 잠깐 이불? 내가 침대에 누웠던가? 분명 쿠키를 기다리며 우유를 마시고 있었던 거 같은데…….

잠에 취해 가물거리는 눈을 간신히 뜬 하늘이 손등으로 눈을 비비며 느릿느릿 거실로 나왔다. 그리고 소파에 앉아 서류들을 테이블 위에 올려 두고 누군가와 전화 통화를 하고 있는 선우가 보였다.

"그 정도쯤은 네가 알아서 해. 서류상 명시되어 있는 것이니 더 물어뜯진 못할 거다."

나지막이 말하는 묵직한 목소리는 별달리 강압적으로 힘을 준 것이 아님에도 남다른 무게감이 느껴졌다. 퇴근한 지 얼마 되지 않았는지 아직 셔츠 차림인 남자는 긴 손가락을 움직여 테이블 위에 놓인 서류들을 훑어 내렸다.

쿠키 냄새를 다 뒤덮은 남자의 짙은 향기에 하늘은 눈을 비비며 천천히 그에게로 다가가 무릎 사이로 파고들었다. 품 안에 안기듯 선우의 가슴팍에 얼굴을 묻은 하늘은 그의 향을 진정제 삼아 천천히 고른 숨을 내쉬었다.

선우는 제 품에 안겨 오는 여린 허리에 커다란 손을 얹어 보다 편한 자세로 하늘을 앉혔다. 제 가슴을 꼭 끌어안는 작은 손길에 선우는 품 안에서 바르작거리고 있는 하늘을 내려다보았다.

아직 잠이 어린 눈이 몇 번 감겼다 뜨이기를 반복하더니 이내 제법 말똥말똥해진 눈망울로 가만히 저를 올려다보았다.

길어지지 않은 통화가 끝이 나고 핸드폰을 테이블 위로 밀어 놓은 선우가 서류를 보며 저를 올려다보고 있는 하늘을 향해 나지막한 목소리로 말했다. 창밖으로 주룩주룩 내리는 비에 잠겨 있는 것 같기도 하고 조금은 피로에 젖은 듯도 한 그 목소리가 하늘의 귓가로 파고들었다.

  "왜 일어났어."

  "내일 세미나 가는데 아직 짐을 못 챙겼어요."

  "도은석 잘 따라다녀. 길 잃어버리지 말고."

  "저 애 아니에요. 그 정도는 잘해요."

  선우는 서류를 보려고 했지만 저를 빤히 올려다보는 두 눈동자에 결국 들고 있던 서류를 내려놓고 하늘을 내려다보았다. 담배를 태운 지 얼마 되지 않았는데 이렇게 가까이 있어도 되나 싶었다.

  영양가 없는 고민으로 잠깐의 시간을 보내고 있으니 촉촉한 입술이 제 입술로 다가와 쪽, 쪽 하고 입을 맞췄다. 입술에 묻어났다 떨어지는 향기가 피로한 저에게 나쁘지 않아 선우는 피식 웃음을 흘렸다.

  "이게 다야?"

  "네?"

  "실망인데 연하늘. 옷을 벗네, 마네 하더니."

  생각지도 못했던 선우의 말에 하늘은 그야말로 당혹한 얼굴이었다. 제가 좀 더 수련을 해서 아저씨와 더 진한 스킨십을 해야 하는데 하는 방법을 알지 못하니 그저 당혹스런 눈만 데굴데굴 굴릴 뿐이었다.

어쩔 줄 모르는 눈으로 잔뜩 머리를 굴리고 있는 하늘을 잘 알고 있는 선우는 피식 웃으며 앞에 놓인 물컵을 가져왔다.

"그런데요, 아저씨."

"왜."

"그럼 우리도 이제 섹스해요?"

푸흡.

선우는 목구멍으로 넘어가다 길을 잘못 들어선 물을 가까스로 삼켜 냈다. 어제는 옷을 벗냐고 묻더니 이젠 섹스를 하냐고? 대체 얜 어디서 뭘 주워듣고 온 거야.

이제 난감해진 것은 선우였다. 뭘 어디서부터 어떻게 설명을 해 줘야 하나 머릿속 깊은 곳이 아려 오기 시작했다. 후, 하고 낮은 한숨과 함께 입술에 묻은 물을 티슈로 닦아 냈다.

"안 해."

"왜요?"

"도둑놈도 모자라 내가 널 어떻게 울리겠어."

"울어요?"

"어."

"왜요?"

"아프거든."

하늘은 지난번 친구들 모임에서 제 친구 선혜가 했던 말이 떠올랐다.

'처음엔 아파서 미치는 줄 알았는데 나중엔 내가 막 멈추지 말라고 애원하게 되더라니까?'

아, 맞아. 그때 선혜가 처음 하면 엄청 아프다고 했었지.

그래도 기분 좋다고 했었는데.

"그래도 나중엔 내가 멈추지 말라고 애원하게 된다고 하던데."

순진한 얼굴로 아무렇지 않게 잘도 부끄러운 말을 하는 하늘을 보자니 선우는 헛웃음이 나올 것 같았다.

"하, 참. 누가 그래."

"친구가요. 그런데 그 친구 말고 다른 친구들도 그렇다고 했어요. 아, 간혹 그 뭐라고 하더라. 그게 안 맞아서 많이 아프다고 하긴 했지만 그래도 대부분은 좋다고 했어요."

갈수록 태산이구만.

"강석이 아저씨는 네 번 했다고 하던데, 우리도 네 번 해요?"

예전 회식 자리에서 가만히 놈들 대화를 듣더니 그걸 기억하고 있는 모양이었다.

으스대며 네 번은 한다고 떠벌리던 강석의 말을 기억하고 있었다는 것에 놀랐지만, 그보다 아무렇지 않은 얼굴로 저렇게 눈을 깜빡이고 있는 하늘을 보자니 이젠 헛웃음도 나오지 않을 지경이었다.

선우는 테이블에 팔을 얹어 이마를 짚고 저를 빤히 바라보고 있는 하늘을 바라보았다. 지나치게 눈망울이 말똥말똥했다.

"뭐 불가한 건 아니다만 네가 죽어날 텐데."

"아……."

뭘 알고 고개를 끄덕이는 건지 원.

"전 괜찮은데. 저 아파할까 봐 걱정 안 해도 돼요."

"아서라."

선우는 이마를 짚고 있던 긴 손가락을 떼어 내고 조금은 단호한 얼굴로 눈을 매섭게 떴다.

"너 또 저녁 걸렀지."

"……."

"너 식사 거르면 뽀뽀고 뭐고 없을 줄 알아."

"치. 다 알아요."

"뭘."

"아저씨도 저랑 뽀뽀하고 싶잖아요. 자기도 좋으면서."

"……허."

하늘은 그렇게 생긋 웃으며 밥 안 거를게요, 하고 선우가 원하는 대답을 돌려주었다. 하늘은 그렇게 선우의 품에서 내려와 가방을 챙기려는 것인지 제 방으로 들어갔다.

선우는 하늘의 뒷모습을 보다 말고 다시 머리를 짚었다. 아무래도 연하늘을 집 안으로 들인 게 잘한 짓만은 아닌 것 같았다.

선우는 눈을 감고 가만히 한숨을 내쉬었다. 어슴푸레한 빛이 내려앉은 완연한 새벽이었다. 제 방에서 바스락거리는 소리가 들려와 간신히 감고 있던 눈을 떴다.

소리가 날 이유가 없는 방 안에서 계속되는 소리에 결국 몸을 일으켜 세운 선우는 고개를 돌려 바닥을 내려다보았다. 제 침대 옆 바닥에 요를 깔고 몸을 웅크리고 있는 하늘이 보였다.

이젠 놀랍지도 않았다. 전적이 있으니 그만큼 놀랄 일도 줄었지만 이번엔 대체 왜 얘가 여기에 있나 하는 생각에 잠겨 있었다.

그러다가 주룩주룩 무섭게도 몰아치는 빗소리에 그제야 연하늘이 제 방을 버린 이유를 알아차렸다.

선우의 침대 위로 올라와 곁에 누울까 몇 번이나 고민에 잠겼을 것이 틀림없었다. 그러다가 결국 바닥에 요를 깔고 누운 모양이다.

선우는 두 눈을 감고 고개를 푹 숙이며 한숨을 쉬었다. 천천히 고개를 들어 올리고 침대에서 나와 작은 몸을 안아 들고 가볍게 제 침대 위로 눕혔다.

여자들은 잘 때도 원피스를 입고 자는 건가. 그렇게 길지 않은 원피스가 살짝 말려 올라가 길게 뻗은 새하얀 다리가 뒤척이는 것이 보였다.

하늘은 본능적으로 폭신폭신한 침대에 몸을 파묻었다. 그러면서 촉감이 기분 좋은 것인지 배시시 입술을 올려 웃었다.

하아, 다시 한숨이 밀려 나왔다. 잠결에 입술을 살짝 깨물었다 놓아 덕분에 입술이 부풀어 오른 것이 보였다. 제 입술에 쪽쪽 입을 맞춰 왔던 아까의 상황으로 자연스레 연결되었다.

분내가 날 줄 알았던 하늘의 입술은 생각보다 너무나 촉촉했고 보드라웠다. 어이없게도 또 그 청량함이 저를 자극해 왔다.

아직 어느 누구의 손길도 닿지 않아 순수하기 이를 데 없는 그 입술과 몸짓이 저와의 접촉으로 파르르 달아오를 때 알 수 없는 자극이 저를 덮쳐 왔던 것은 사실이었지만, 이렇게 자고 있는 애를 상대로 몸이 달아오른 적은 없었다.

"……후."

진짜 애를 확 잡아먹을 수도 없는 노릇이고, 당장에 옷을 벗겨

저 큰 눈에서 눈물을 흘려 내고 싶은 욕망이 솟구쳤다. 작은 손으로 젖은 자신의 온몸을 붙잡으며 그의 이름을 부르고, 저 순수한 얼굴로 감당할 수 없는 고통과 쾌락이 뒤섞여 헐떡이는 모습을 보고자 한다면 당장이라도 그렇게 할 수 있었지만 행동으로 옮길 수 없어 절로 미간이 확 찌푸려졌다.

결국 침대에서 일어서 테라스로 나온 선우가 담배를 입에 물었다.

미치겠네. 몽정하는 애새끼도 아니고.

그는 성욕을 쉽게 이끌어 낼 수 있는 몸이 아니었다. 여체에 쉽게 동하지도 않았고, 쉽게 몸이 달아오르지도 않았다. 차가운 성정만큼이나 몸도 그에 비례했다.

아무리 섹시하고 다 벗다시피 한 여자의 몸을 봐도 쉽사리 흥이 오른 적이 없었다. 쉽게 오르지 않았고, 쉽게 가셨다. 그런데 지금 너무나도 쉽게 저의 몸을 뜨겁게 만든 장본인이 제 침대에서 편안한 얼굴로 웃으며 자고 있다는 사실에 기가 막혔다.

시발, 절로 욕이 나왔다. 진짜 확 덮쳐야 하나. 울든가 말든가 사정 봐주지 않고 안아야 하나.

정신 차려라. 미친놈아.

다시금 제 스스로 마음을 다잡으며 선우는 깊게 담배를 빨아들였다. 뜨거워진 몸을 식히는 것은 한참이었다.

✳

하늘은 천천히 침대에서 일어나 다 뜨지 못한 눈으로 주위를 살폈다. 제 방이 아닌 것이야 제 발로 방을 나왔으니 당연한 것이지만 왜 선우의 침대에서 자고 있는지 상황파악을 하는 것은 한참 걸렸다.

선우의 부재에 결국 침대에서 나와 주위를 살핀 하늘이 주방 테이블에 앉아 어제 못다 본 서류를 읽고 있는 선우를 발견했다. 가까이 다가가 진지한 눈을 하고 있는 그의 앞에 앉았다.

"좋은 아침이에요, 아저씨. 잘 잤어요?"

"잘 잤겠어, 너 같으면."

"왜요?"

결국 서류에서 눈을 들어 올린 선우는 더 말할 것 없다는 듯 한숨을 쉬었다. 그러다가 곁에 내려놓은 커피를 마셨다.

"갔다가 내일 몇 시쯤에 오는데."

"내일 점심만 먹고 바로 출발할 거 같아요."

"도은석 곁에서……,"

"걱정 마세요. 교수님 손 꼭 잡고 안 놓을게요."

"뭐?"

하늘은 생긋 웃으며 선우가 마시고 있던 커피를 한 모금 삼켰다.

네가 도은석 손을 왜 잡아.

"누가 그러래? 놓치지 말고 잘 따라다니라고."

"네. 그럴게요. 이따 저녁쯤에 전화할게요."

하늘은 그렇게 웃으며 앉아 있던 의자에서 내려가 욕실로 들어갔다.

하아, 이젠 절로 한숨이 나왔다.

사실 따분하게 이를 데 없는 것이 세미나였다. 교수가 아닌 하늘에겐 배로 그럴 것이었다. 그럼에도 하늘은 딴청 피우지 않고 가만히 발표를 듣고 있었다. 필요한 게 있는 것인지 간간이 필기를 하기도 했다. 도영은 그런 하늘을 가만히 바라보며 입술을 올려 웃었다.

참 요즘 애들이랑은 달리 설명할 수 없는 순수함이 있다. 습관인 듯 깨물었다 놓았다를 반복하는 빨간 입술이 단번에 눈에 들어왔다.

감히 아직 누구도 그녀에게 손을 뻗진 못했을 것이란 생각이 본능처럼 파고들었다. 아직 어느 누구와도 깊은 교제를 해 본 적 없겠지? 설명할 순 없었지만 그녀의 모습에서 미루어 보아 그러한 짐작은 어렵지 않았다.

세미나가 끝나고 나와 다른 교수님들과 자연스레 대화를 주고받으며 어울리는 하늘을 가만히 바라보고 있던 도영이 슬쩍 그런 하늘의 곁으로 가까이 다가갔다. 향긋한 섬유유연제 향이 느껴졌다.

"하늘아, 아직 비 안 그쳤는데 우산 같이 쓸까?"

"괜찮아요. 저 우산 있어요."

"그래? 참 아까 뭘 쓰고 있던데 뭐 쓴 거야?"

"그냥 간단한 필기예요. 보여 드릴까요?"

"그럴래?"

도영은 저에게로 내미는 노트를 받으며 고맙다는 듯 웃었다. 노트를 내미는 손을 가만히 바라보고 있던 도영이 저도 저를 못

말리겠다는 듯 웃었다. 당장 잡고 싶은 손이지만 기다려야지. 천천히 단계를 밟아 나가야지. 놀라면 어쩌려고. 그렇게 마음속에 잡아 놓은 단계에 따라 욕심을 내리눌렀다.

"하늘아. 은석이랑 셋이 같이 저녁 먹자."

"아, 잠시만요."

하늘은 제게 미소 짓는 도영에게 양해를 구한 후 핸드폰을 쥐고 밖으로 나갔다. 아직 비가 내리고 있는 밤하늘을 올려다보며 선우가 보내 온 문자 메시지를 다시 읽어 보았다.

[저녁 거르지 말고 챙겨 먹어. 비 무섭다고 밤에 도은석 찾아가지 말고.]

이리도 무뚝뚝한 남자의 메시지가 왜 저에겐 다정하게만 들리는 것인지 알지 못할 일이었다.

선우는 일을 보다 말고 울리는 진동에 책상 위 아무렇게나 던져 놓은 핸드폰을 찾아 손을 더듬었다. 여전히 두 눈은 책상 위 잔뜩 펼쳐 놓은 종이에 박은 채였다.

그런데 늘 그랬던 것처럼 통화 버튼을 누르려던 선우는 미간을 찌푸렸다. 쉽게 전화를 받지 못하고 손을 머뭇거리자 옆에 있던 강석이 껄껄 웃는 소리가 들려왔다.

"형님. 전화 못 받으십니까? 영상통화입니다."

"······나도 알아."

"옆에 있는 초록색 버튼 눌러 보십시오. 그리고 거기 달려 있는 카메라를 형님 얼굴이 보이게 조준해서 드시면 됩니다."

"나도 안다고. 누굴 진짜 영상통화도 모르는 쌍팔년도 영감으로 아나."

선우의 으르렁거리는 목소리에 강석이 입을 다물었을 때, 울려 대던 진동이 잠잠해졌다. 그러더니 다시 전화가 걸려 왔다. 이번 엔 영상통화가 아니었다. 핸드폰을 귀로 가져가자마자 연한 목소리가 흘러나왔다.

— 아저씨. 왜 안 받았어요. 얼굴 보여 줘야죠.

해맑은 목소리가 웃는가 싶더니 이내 하고 싶었던 말을 꺼내 놓기 시작했다.

— 이제 오늘 일정은 다 마쳤어요. 내일 간단한 일정만 마치면 올라갈 것 같아요.

"저녁은."

— 이제 먹으려고요.

뭔가를 망설이는가 싶더니 주춤하는 듯 살짝 숨소리가 잦아드는 것이 느껴졌다.

— 아저씨. 저 안 보고 싶어요? 저 아저씨 많이 보고 싶은데. 그냥 세미나 오지 말 걸 그랬어요. 밤에도 막 비가 와서 무서우면 어떡하죠? 아저씨도 없는데…….

"……있다고 생각해. 잘 때도 내가 있다고 생각해. 뭐, 없는 사람인데 있다고 생각한다고 그런 느낌이 들겠냐만은."

— 그러면 되겠다.

다시 옅게 웃는 소리가 들려왔다. 부드러운 목소리였다.

"너 무섭다고 도은석 찾아가면 죽는다."

― 네. 아저씨.

"잠옷 뭐 가져갔어."

― 어제 입었던 그 원피스요.

젠장.

"……후. 지금 뭐 입고 있어."

― 지금요? 지금은 청바지랑 티셔츠요. 그런데 왜 그래요, 아저씨?

"그거 입고 자."

― 잠옷 있는데……. 아마 저랑 같이 방 쓰는 언니도 그럴걸요? 괜찮아요.

"밤에 누가 찾아와도 문 열어 주지 말고."

― 네. 그럴게요, 아저씨. 집에 들어가서 커피 마시지 말고 자야 해요. 보고 싶어요.

보고 싶다는 목소리가 한참 동안이나 수화기 사이를 맴돌고 있었다. 저를 빤히 쳐다보고 있는 강석의 눈동자에 선우는 한숨을 내쉬었다. 끊긴 전화를 내려놓고 저를 뚫을 기세로 보고 있는 강석을 매섭게 쳐다봤다.

"뭘 봐."

"아닙니다, 형님. ……그런데, 형님. 혹시 하늘 씨랑……."

"나가."

"예. 형님."

그렇게 입을 뗀 지 1초 만에 쫓겨나듯 사무실을 나가는 강석을 못마땅한 눈으로 바라보고 있던 선우는 비가 내리고 있는 창밖을 바라보며 담배를 꺼내 물었다. 오늘 아침 잦아드나 했더니 오후로 들어서자 다시 거센 비가 몰아치기 시작하고 있었다.

저녁 식사를 한 후 교수들과 함께 온 조교들은 삼삼오오 모여 수다를 떨고 있었다. 이미 바닥이 나 버린 커피를 사이에 두고 막 흥이 오른 교수 하나가 저를 향해 쏟아져 나오는 리액션에 열을 올리고 있었다.

은석은 제 곁에 앉아 활짝 웃고 있는 하늘을 보며 혹시 몰라 제 겉옷을 벗어 주었다. 보니까 감기도 쉽게 걸리던데, 그렇지 않아도 오지 않아도 될 세미나 저를 따라 여기까지 왔는데 감기까지 걸리게 할 순 없다는 생각이 들었다.

"저 괜찮아요, 교수님."

"괜찮아. 난 더워서 그래. 혹시 피곤하면 먼저 올라가서 쉬어."

"네. 감사합니다."

그리고 그 모습을 가만히 보고 있던 최도영 교수가 아쉬움에 탄성을 흘렸다. 옷을 먼저 벗어 줘야 했던 거였는데. 아까부터 하늘에게 말을 걸고 있긴 한데 그에 반해 영 돌아오는 소득이 없어 도영은 좀 시무룩하던 참이었다.

그런데 전화가 온 것인지 쥐고 있던 핸드폰을 보며 오늘 한 번도 보지 못했던 그녀가 짓는 예쁜 미소를 보았다. 그 모습에 도영은 저도 모르게 눈을 느리게 감았다 떴다. 그리고 핸드폰을 쥔 채 밖으로 나가는 하늘을 멍하니 바라보고 있었다.

하늘은 핸드폰을 귀에 대며 은석이 준 외투에 팔을 넣었다. 듣고 싶었던 목소리가 핸드폰을 타고 제 귀로 들어왔다.

— 어디야.

"밖으로 나왔어요. 아저씨, 집에 들어갔어요?"

— 벤치 있는 곳으로 나와.

"벤치요? 벤치면 무슨……."

가만히 선우의 말을 곱씹듯 되새기던 하늘이 눈을 크게 떴다. 혹시…….

"혹시 지금 이 근처예요? 이 근처 벤치 말하는 거예요?"

— 그럼 서울 벤치 말하는 거겠어?

선우의 목소리에 하늘이 아까보다 좀 더 다급한 걸음으로 계단을 내려가 건물을 나갔다. 벤치를 말하는 거라면 제가 머물고 있는 이 숙소 앞 주차장 벤치를 말하는 것이 틀림이 없었다.

하늘은 제게로 헤드라이트를 반짝이는 곳을 돌아보았다. 그리고 낯익은 선우의 스포츠카를 발견했다. 조수석으로 폴짝 올라타자마자 확 끼쳐 오는 선우의 향기에 마음이 봄꽃이 피듯 몽글거렸다.

일을 막 마치고 온 것인지 소매를 반듯하게 접어 올린 남자의 셔츠가 눈에 들어왔다. 제가 어젯밤 다려 놓고 잤던 그 셔츠였다.

"시간 없으니까 빨리 안겨."

무심한 남자의 목소리는 강인했지만 어쩐지 자꾸만 다정하게 들려왔다. 선우의 목소리에 하늘은 손을 뻗어 어정쩡히 그의 품에 안겼다.

편치 못한 자세에 결국 옅은 한숨을 내쉬는가 싶더니 선우는 손으로 여린 허리를 붙잡아 올려 하늘을 제 무릎에 앉혔다.

틈 없이 밀착되어진 그와의 접촉에 하늘은 어쩔 줄 몰라 손을 뻗어 선우의 가슴에 제 몸을 파묻듯 안겼다.

선우는 그녀의 몸집보다 훨씬 큰 낯선 남자의 옷을 입고 있는 하늘을 보며 미간을 찌푸렸다. 이건 또 누구한테서 얻어 입은 거야. 단번에 그녀의 몸 위를 감싸고 있는 외투를 벗겨 낸 선우가 은석의 외투를 조수석으로 던지듯 내려놓았다. 그런 선우를 가만히 바라보고 있던 하늘이 느릿하게 눈을 깜빡였다.

"왜…… 왔어요? 아까 내가 보고 싶다고 그래서요?"

쌔근쌔근 숨을 내쉬며 선우의 체향을 맡고 있던 하늘이 그의 손을 가만히 붙잡았다. 맞잡은 손에 깍지를 끼우고 천천히 선우를 올려다보았다.

"고마우면 뭐라도 해 봐."

그의 말에 어찌할까 고민을 하는 듯 눈을 굴리던 하늘이 촉촉한 제 입술로 선우의 입술에 쪽, 쪽 하고 입을 맞추었다. 그게 또 간지러운지, 아니면 선우의 얼굴을 보는 게 부끄러운 건지 다시 남자의 품 안으로 얼굴을 숨겼다.

그 모습에 기가 차는 듯 선우는 옅게 웃었다. 섹스하자고 한 입은 이 입이 아니었나.

"연하늘, 나 봐."

남자의 강압적이고 힘이 있는 말에 천천히 고개를 든 하늘이 품에 안겨 있던 제 몸을 떼어 내고 선우를 마주 보았다.

"키스할 거니까 눈 감아."

에둘러 말하는 법 같은 건 어디 갖다 팔아먹었는지 너무나도 직설적인 남자의 말에 하늘이 조금 주춤하는 듯하더니 이내 천천히 눈을 감았다. 눈꺼풀이 파르르 떨리는 것이 보였다. 그것만으로는 진정이 되지 않는지 작은 손으로 제 셔츠를 꽉 움켜잡는 것이 느껴졌다.

선우는 손을 뻗어 보드라운 목덜미를 감싸듯 잡고 미세하게 떨고 있는 그 작은 입술로 제 입술을 가져갔다.

베이비키스와 같은 입맞춤을 하는 듯 천천히 입술을 맞대고 있던 선우가 움찔거리는 하늘의 움직임에 맞춰 뜨겁고 축축해 이미 열기가 차오른 제 혀로 붉은 입술을 핥아 냈다.

놀라는 것이 여실히 느껴졌다. 그리고 동시에 벌어지는 입술을 타고 이미 뜨거워 질척이는 타액을 머금은 혀를 깊숙이 밀어 넣었다. 흠칫 몸을 떠는 몸짓이 영락없이 처음 성욕을 자극당한 아이 같았다.

질척이며 깊숙이 밀고 들어와 뜨겁게 저를 감싸는 남자의 강렬함에 하늘은 절로 숨을 헐떡였다. 그렇지만 그 헐떡임마저 남자의 입속으로 들어가 신음과 같은 소리가 입 밖으로 새어 나왔다.

처음 겪어 보는 남자와의 접촉에 저도 모르게 몸을 떼어 내려 얼굴을 비틀었다.

어딜. 선우는 그녀의 목덜미를 감싸고 있던 손을 옮겨 저에게서 멀어지려는 뒷덜미를 붙잡아 더욱 바짝 끌어당겼다. 틈 없이 맞물리는 입술 사이로 입안 가득 담은 열이 쏟아져 나오지 못해 하늘은 더욱 야릇한 자극을 견뎌 내고 있었다. 절로 그의 셔츠를 붙잡은 손에 힘이 들어갔다.

"으응."

제가 흘려 낸 야릇한 신음에 스스로도 놀란 듯 어깨가 튀는 것이 느껴졌다. 이미 몇 번이나 타액을 주고받아 서로의 체향이 서로에게 스며들었을 때, 선우는 하늘의 타액으로 범벅이 된 제 혀를 그녀의 입안에서 빼내었다.

여실히 놀란 눈동자가 저를 쳐다보고 있었다. 제가 생각했던 것과는 너무도 다른 키스라는 것에 놀라 어쩔 줄 몰라 하는 눈동자가 확연했다.

"이걸로 놀라면 어떡해. 섹스하자며."

"아……."

저와 더 눈을 맞추지 못해 다시 그의 품 안으로 파고드는 하늘을 가만히 바라보던 선우가 피식 웃음을 흘렸다. 품 안에 안겨 있는 작은 몸의 온도가 유난히 높았다.

선우의 품 안에서 아까의 여운으로 불규칙적인 숨을 내쉬던 하늘을 재촉하듯 핸드폰 진동이 울리기 시작했다. 한참이나 안겨 있던 하늘은 그제야 천천히 품 안에서 머리를 들어 올렸다.

당신을 주세요
— 처음, 첫 사랑 그리고 첫 키스

10

자꾸만 입술이 뜨거워져서 견딜 수가 없었다. 차가운 우유를 사 와 숙소 안 카페에 앉은 하늘이 아까 진한 키스로 열상을 입은 입술을 만지작거렸다.

입안까지 다 얼얼해진 진한 키스였다. 남자의 욕망과 같은 혀가 제 혀를 잡아먹을 듯 핥으며 집어삼켰다. 아까의 키스가 자꾸만 떠올라 하늘은 저도 모르게 입술이 뜨거워지는 것을 느꼈다. 차가운 이슬이 흐르는 우유갑을 입술에 가져다 댄 하늘은 아직 봄비가 내리는 창밖을 보고 있었다.

키스라는 게 이런 거구나. 아저씨와 내가 한······.

다시 입술 끝이 배시시 꼬여 괜히 헛기침이 나올 것 같았다.

"하늘아."

고요한 적막을 깨는 목소리에 하늘은 우유를 쥔 손에 힘을 주다 말고 고개를 들었다. 도영이 웃음기 맺힌 얼굴로 다가오고 있었다. 하늘은 살짝 자리에서 일어서 인사를 할 생각으로 엉거주춤 허리를 일으켜 세웠다. 그 모습을 보고 있던 도영이 그냥 자리에 앉아 있으라는 손동작을 해보였다.

도영은 하늘의 맞은편 의자에 앉으며 제가 가져온 김이 모락모락 나는 커피 한 잔을 내밀었다. 그리고 남자는 곧 하늘의 손에 들린 우유를 발견하고 미처 생각하지 못했다는 듯 뒷머리를 긁었다.

"감사히 잘 마시겠습니다."

"어? 아, 그래."

그런 자신이 불편할까 먼저 잘 마시겠다고 인사를 해 주는 하늘에게 고마움을 느끼고 있었다. 배려가 상당히 몸에 밴 듯한 하늘은 제가 쥐고 있던 우유를 테이블에 내려 두고 도영이 준 커피를 한 모금 가득 마셨다.

사실 커피는 그다지 좋아하지 않았지만, 선우가 가끔 진하게 내리는 커피를 마시는 것을 좋아한다는 사실을 알고 난 후 저도 커피에 흥미를 갖기 시작했다.

비가 내리는 창가에 앉아 커피를 마시는 하늘을 가만히 바라보고 있던 도영이 조용히 입술을 올려 웃었다. 이 분위기에 이토록 잘 어울린다는 것을 그녀는 알고 있을까.

"하늘아. 혹시 비 좋아해?"

"아니요. ……음, 네. 좋아해요."

답이 이상했다. 아니라고 했다가 1초도 안 되는 시간에 돌아서서 완전히 반대가 되는 답으로 바꾸다니.

사실 비는 제가 제일 싫어하는 어둠을 동반했고, 으슬으슬한 분위기를 몰고 와 비 오는 날을 굉장히 싫어했다. 외로움을 극대화시키는 장치가 비라고 생각하고 있는 하늘에게 있어 비 오는 날은 피할 수 있다면 피하고 싶은 날이었다.

그렇지만 이렇게 비를 무서워하고 싫어하는 저를 아는 선우가 보내는 그 걱정 섞인 눈빛은 좋았다. 그건 저만 알아차릴 수 있는 그의 세심함이라고 생각했다.

천둥이 칠 때면 눈망울 그득 두려움을 내보이는 하늘을 걱정스런 눈으로 바라보는 남자의 눈이 보기 드물게 안타까운 빛을 담곤 했다. 잔인하리만치 담담하고 강인한 남자의 눈에서 감정이라는 것을 찾아볼 수 있는 몇 안 되는 시간 중 하나였다.

하늘은 선우의 생각으로 배시시 웃으며 다시 창가를 바라보았다. 아저씨는 도착했으려나. 그리고 그런 하늘을 바라보고 있던 도영이 쉽게 말을 건네기가 힘든 듯 제법 오랫동안 하늘을 바라만 보고 있었다.

그러다가 두 손을 맞잡고 있는 그녀의 손을 내려다보았다. 오밀조밀하고 작고 하얀 손은 그로 하여금 잡고 싶은 욕망이 들게 했다. 저 손으로 제 손을 잡아 준다면 더없이 좋을 것 같다는 다소 불순한 생각까지 덮쳐 왔다.

"손 추워?"

"아, 괜찮아요."

"어디 보자. 추워 보여."

하늘에게로 손을 뻗어 작은 손을 살짝 겹치듯 잡은 도영은 움찔거리는 하늘의 손이 느껴져 괜히 목이 탔다. 뜨겁도록 제 목을 꽉 채우는 알 수 없는 갈증에 도영이 눈을 들어 작은 손의 주인을 응시했다.

저를 쳐다보는 말간 눈동자가 물음표를 그리고 있는 것이 보였다. 춥지도 않다는 손을 잡은 남자의 친절을 알지 못하겠다는 그 시선에 도영은 잡은 손을 놓으며 어색하게 웃었다.

"여기, 커피 쥐고 있어. 손 차가워져."

그런데, 손안으로 억지로 쥐여 주다시피 한 커피를 하늘이 제대로 잡기도 전에 도영이 손을 놔 버렸다. 순간 기울어진 커피 잔에서 커피가 쏟아지며 거무튀튀한 액체를 흩뿌렸다. 깜짝 놀란 하늘이 손을 떼어 냈지만 이미 손 위로 잔뜩 쏟아진 커피에 빨갛게 달아오른 손이 뜨거웠다.

"아얏!"

도영은 순간 짧은 비명과 같은 하늘의 외침에 고개를 퍼뜩 들었다. 당황한 빛이 역력한 얼굴로 곁에 아무렇게나 놓인 티슈를 가져와 하늘의 손을 닦아 냈다.

열이 오른 손에 마른 티슈 조각 따위가 도움이 될 리가 없었다. 어찌할 바를 몰라 눈만 굴리고 있는 하늘의 손을 덥석 잡은 도영이 그대로 하늘을 이끌고 화장실로 향했다.

"교, 교수님."

"어서 씻어 내자. 찬물로 씻으면 괜찮을 거야."

손에 힘을 주어 도영에게 잡힌 손을 힘겹게 빼낸 하늘이 제 작은 손을 붙잡고 걸음을 멈추어 섰다.

생각지 못한 그녀의 행동에 놀란 눈으로 도영이 황급한 걸음을 멈추고 뒤돌았다. 눈물이 그렁그렁 맺힌 고운 눈매가 아래로 휘었다. 그렇지 않아도 열상을 입은 손을 남자가 꽉 쥐어 잡는 바람에 견디기 힘들 만큼 따가워졌다.

"하늘아."

아프고 쓰라렸지만 도움을 구하는 말이 입 밖으로 튀어나오지 않았다. 그저 입을 꾹 다물고 고개를 저은 하늘이 아픈 제 손을 더 건드리지 말아 달라는 눈을 했다.

올챙이처럼 길게 뻗은 올망졸망한 눈꼬리에 발갛게 열이 오른 것이 보였다. 도영은 더 다가가지 못하고 그저 멍하니 서 있었다. 어찌해야 할지 모르겠다는 눈이 더는 저를 건드리지 말아 달라고 애원하고 있었다.

도영은 숨이 턱 막혔다. 짧은 시간 서로를 마주 보고 있었다. 그리고 힘겹게 서 있던 하늘의 고개를 돌린 것은 은석의 부름이었다.

"하늘아. 왜 그래? 어디 아파?"

은석은 황망함이 가득해 땅에 짓밟힌 낙엽처럼 서 있는 도영과 그런 도영을 보며 서 있는 하늘을 번갈아 보았다. 그리고 하늘이 붙잡고 서 있는 그녀의 작은 손을 내려다보았다. 붉어져 있는 손이 영락없이 고통을 호소하고 있었다. 은석은 하늘의 팔을 감싸듯 붙잡고 그대로 화장실을 찾아 뛰었다.

사실 응급실까진 가지 않아도 됐었는데, 하늘은 괜히 은석에게 신세를 진 것 같아 미안함이 가득한 눈으로 그를 보았다.

은석은 약을 바르고 붕대로 살짝 감아 놓은 하늘의 손을 보며 작게 한숨을 쉬었다. 그나마 열상을 크게 입지 않은 게 다행이었다.

며칠만 지나면 금방 가라앉을 거라는 병원 측의 진단에 가장 안도한 것은 도영이었지만, 어쩐지 하늘에게 가장 미안한 것은 은석이었다.

결국 저 때문에 벌어진 일이었다. 제가 괜히 하늘에게 세미나를 함께 가자고 해서. 서울로 돌아오는 차 안에서도 연신 은석의 두 눈이 하늘을 힐끔거렸다.

"저 괜찮아요, 교수님."

"며칠 연구실 나오지 말고 쉬어."

"아니에요. 왼손을 다쳐서 괜찮아요. 어차피 베이커리도 나가야 하는걸요."

"베이커리도 아영이한테 맡기고."

"그 정도는 아니에요. 괜찮아요. 정말이에요."

아픔은 어느 정도 가셨지만 은석과 도영의 지나친 과보호가 저를 좌불안석으로 만들었다. 결국 오늘 하기로 되어 있었던 수업 준비를 마저 마치기를 원하는 하늘 때문에 그녀를 데리고 연구실로 돌아온 은석은 영 불안한 눈을 했다.

불편하지도 않은지 손을 꼼지락거리며 제가 주문했던 PPT 자료를 완벽하게 만든 하늘은 제게 주어진 임무를 다 완수했다는 것에 마음이 놓이는지 한결 편한 얼굴을 했다. 그 와중에 만들어 내는 웃음이 또 맑은 수채화같이 투명해 은석은 저도 더는 어찌할 바를 모르겠다는 듯 웃었다.

"커피 한 잔 마실까?"

"네."

은석은 가볍게 원두를 내리며 머그컵을 쥐다 말고 열리는 문소리에 고개를 돌렸다. 그리고 들어오는 남자의 얼굴에 순간 눈이 커졌다.

"형."

남다른 존재감을 과시하는 남자의 무게는 강의실 복도를 지나가는 이들의 이목을 집중시켰다. 그게 귀찮은지 미간을 살짝 구긴 채 연구실 문을 닫고 안으로 들어온 그는 반짝이는 은장시계가 채워진 제 손목을 살짝 만졌다 내려놓았다.

은석은 너무나 오랜만에 제 학교로 찾아온 선우의 방문에 더없이 반가운 듯 활짝 입술을 올려 웃었다. 새하얀 이가 드러났다.

"어쩐 일이야? 바쁘다고 한 번을 안 오더니."

"바빠."

"이리 와서 앉아. 안 그래도 커피 마시려던 참이었는데."

"커피는 됐고."

저를 가만히 바라보고 있는 하늘에게로 시선을 돌린 남자의 두 눈이 단번에 일그러졌다. 날렵한 남자의 시선이 여린 팔을 감싸고 있는 붕대로 떨어졌다. 하늘은 그의 날카로운 눈동자에 살짝 제 팔을 뒤로 감췄지만 짐승 같은 남자의 눈동자에서 벗어나기란 애초에 불가능한 일이었다.

성큼성큼 다가와 붕대가 감긴 손의 팔을 낚아채듯 들어 올린 남자가 저를 안절부절못하며 올려다보는 여린 두 눈을 매섭게 쳐다봤다. 그리고 상황을 설명하려 은석이 입을 떼려 할 때 다시 연구실 문이 벌컥 열렸다.

"도 교수. 하늘아!"

연구실 안에 있던 두 사람의 시선이 문을 열고 들어오는 도영에게로 향했다. 도영에게로 눈을 돌린 것은 하늘과 은석이었다. 선우의 차가운 눈동자는 여전히 하늘의 손에 감긴 붕대로 향해 있었다.

저를 질책하려는 것인지, 왜 말을 하지 않았느냐고 묻고 싶은 것인지 무서울 만큼 내리꽂는 남자의 강렬한 두 눈에 하늘은 그를 올려다볼 수가 없어 남자의 시선을 피했다.

낯선 남자를 발견한 도영이 더욱 가까이 와서야 선우의 눈이 도영에게로 향했다.

도영은 저도 모르게 눈을 크게 떴다. 하늘의 팔을 붙잡고 있던 선우의 손이 떨어졌다. 그리고 하늘의 손을 바라보던 그의 시야가 커다란 몸에 의해 가려졌다.

도영은 마치 본능처럼 하늘의 앞을 막아선 선우를 위아래로 훑었다. 설명할 수 없는 위압감에 저도 모르게 노골적으로 남자를 스캔하듯 쳐다보았다.

고루하고 조금은 따분한 스타일인 흰 셔츠에 정장 바지를 입은 건 도영 자신이나 앞에 선 이 남자나 마찬가진데, 전혀 다른 느낌을 가진 남자는 저도 모르게 위아래를 힐끔거리게 만들었다.

헐렁거리는 셔츠가 내려다보이는 자신의 모양새와는 달리 단단한 상체를 감싸 남다른 핏을 내고 있는 남자의 흰 셔츠에 도영은 저도 모르게 침을 꿀꺽 삼켰다. 아무렇게나 쓸어 넘긴 제 헤어스타일과는 달리 제대로 만져진 남자의 헤어는 괜히 시선을 두기가 힘들었다.

제가 그렇게 따분한 스타일이었나. 괜히 자신의 옷을 슬쩍 내려다본 도영은 헛기침을 하며 선우의 뒤에서 저를 바라보고 있는 하늘에게로 시선을 돌렸다. 그리고 붕대를 감싸고 있는 그녀의 손을 내려다보았다. 그러다가 다시 남자에게로 눈을 들어 올렸다. 그래도 인사는 해야 할 것 같아서.

"누구……."

"아, 우리 형. 인사해."

은석은 조심스레 묻는 도영의 질문에 그제야 잊고 있었다는 듯 입을 떼어 냈다.

"형. 여기는 내 동료 최도영 교수."

도영은 왠지 은석의 형이라 소개하는 남자에게 인사를 하기가 어려워 살짝 고개만 숙였다 들었다.

선우는 저에게 인사를 하는 도영에게서 고개를 돌려 제 뒤에 서 있는 하늘을 보았다. 도영을 보며 살짝 눈인사를 하는 눈꼬리가 보였다. 눈이 휘어지며 남자의 존재에 대해 반가움을 표하고 있었다.

"근데 하늘아, 손은 괜찮아?"

"네. 저 이제 괜찮아요."

"혹시 좀 진정이 되는 데 도움이 될까 싶어서 허브티 가져왔어. 미안해서 어쩌지."

"괜찮은데……. 감사합니다."

"그래, 그래."

도영은 히죽 웃다 말고 저를 뚫어져라 쳐다보는 남자를 힐끔 올려다보았다. 저보다 한 뼘은 훌쩍 큰 듯한 남자는 첫인상처럼 성격이 그다지 부드럽지 않아 보였다.

괜히 뒷덜미를 긁은 도영이 은석을 바라보았다. 난감한 표정으로 우두커니 서 있는 은석은 어색한 미소를 지었다. 제 형 성격은 저도 감당 못 하니 저를 쳐다보지 말라는 일종의 나 몰라라 표정이었다.

선우는 쥐고 있던 파일 하나를 은석의 책상 위로 툭 던지듯 내려놓았다. 그제야 연구실 안에 있던 사람들은 그가 손에 뭔가를 쥐고 있었다는 사실을 깨달았다. 남자의 위용에 그의 손에 무엇이 들렸는지 알아차리지 못한 게 분명했다. 선우가 바쁜 시간을 내 연구실로 온 이유인 듯 보였다.

"아, 내가 또 바꿔서 들고 왔어? 미안해, 형. 괜한 걸음 하게 했네."

"됐으니까 간수나 잘해."

선우는 긴 다리를 움직여 연구실 문으로 걸어가 단번에 입구를 열었다. 그리고 낮지만 묵직한 목소리를 했다. 도영과 은석이 저도 모르게 허리를 곧추세웠다.

"뭐 해. 나오지 않고."

하늘은 저를 부르는 목소리에 그제야 정신을 차리고 앞에 놓아두었던 가방을 챙겨 들었다. 도영은 종종걸음으로 선우의 뒤를 따라가는 하늘을 멍하니 보고 서 있었다.

학생들의 시선이 죄다 제게로 못 박히는 게 싫은 건지, 귀찮은 건지 선우는 노골적으로 인상을 썼다. 하늘은 그의 뒤를 말없이 따라가다 붕대를 감지 않은 손을 들어 세련된 반지가 끼워진 남자의 손을 잡았다.

돌아오는 남자의 눈동자는 여전히 곱지 못했다. 그렇지만 하늘이 잡은 손을 놓지는 않았다. 저도 제가 뭘 잘못한 건지는 알고 있는지 더 화를 돋우지 않고 그저 가만히 선우의 곁을 따르기만 하던 하늘이 조심스레 입을 열었다.

"아저씨. 있죠. 손 다친 건 커피를 쏟아서 그런 거예요. 병원 갔었는데 며칠만 지나면 금방 낫는다고 그랬어요."

선우는 말이 없었다. 그저 걷기만 하는 남자의 침묵에 조금은 다급해진 하늘이 잡고 있는 남자의 손을 더욱 세게 움켜잡았다.

"말 안 해서 화났어요? 전 아저씨 걱정할까 봐……."

어느새 파킹되어 있는 차 앞에 멈춰 선 선우는 제 손을 잡고 있는 하늘의 손을 놓고 차에 타라는 암묵의 눈빛을 보냈다. 하늘은 남자의 무서운 시선에 움찔거리며 천천히 조수석으로 올라탔다.

여전히 선우는 무거운 기운을 가득 드리우고 있었다. 원래 운전 스타일이 거친 편이었지만 오늘따라 더욱 부드럽지 못한 운전에 하늘은 제 곁에 앉은 선우를 바라보았다.

"화났어요?"

선우는 거칠게 차를 돌려 좌회전을 하며 입술을 열었다. 화가 눌린 목소리였다.

"누가 쏟은 거야."

왜 당연히 제가 쏟지 않았다고 생각하는 건지 묻고 싶었지만 그럴 수 없었다. 하늘은 어지러운 눈으로 쉽사리 입을 열지 못하고 우물쭈물했다. 그러다가 작은 입술을 겨우 달싹였다.

"제 실수예요. 제가 컵을 제대로 못 쥐어서."

"거짓말이면 그땐 두 번 없어."

"저, 정말이에요. 제가 좀 더 조심성 있게 컵을 잡았어야 하는
건데."

믿어 달라는 듯 선우의 손목을 덥석 잡아 왔다. 선우는 그제야
한숨을 내쉬며 구겼던 미간을 살짝 풀었다. 아직 남자의 주위로
잔뜩 드리워져 있는 무거운 기운이 하늘을 짓이겨 왔지만 하늘
은 털어 내려는 듯 고개를 저으며 더욱 선우의 손목을 꽉 붙잡았
다.

"얼마나 다친 거야."

"아……. 많이 다치진 않았어요. 며칠만 지나면 나을 것 같아
요. 지금도 안 아픈걸요."

선우는 베이커리에 도착해 차를 주차시키며 저를 바라보고 있
는 눈동자를 쳐다보았다.

정말 한시도 눈을 못 팔겠다는 듯 옅게 한숨을 흘려 내자, 정말
저는 괜찮다는 듯 발간 뺨을 움직여 웃는 것이 보였다. 더 화를
낼 수 없어 찌푸렸던 인상을 풀자 하늘이 몸을 꼼지락거리며 저
게 안겨 오려는 것이 보였다.

선우는 한 손으로도 붙잡을 수 있을 것 같은 얄팍한 허리를 끌
어안아 제 앞으로 앉혔다. 그러자 하늘은 더 화를 내지 말라는 듯
제 입술에 촉촉한 입술을 붙여 왔다. 그러다가 남자의 목덜미에
쪽, 쪽, 쪼옥. 하고 귀여운 짓을 해 왔다.

허참. 어찌하면 그가 더는 화를 내지 못하는지 이젠 너무나도
잘 알고 있는 하늘은 그대로 선우의 손을 붙잡았다. 남자의 목덜
미에서 듬뿍 묻어 나오는 스킨 향에 하늘은 한참 동안 그의 목덜
미에 입술을 묻고 있었다.

뭘 알고나 이러는 것인지 점점 남자를 자극해 오는 그 동작에 선우는 하늘을 제게서 떼어 내었다.

"더 걱정 안 시키려면 제때제때 말해. 알았어?"

"네."

그러면서 하늘은 다시 생긋 웃었다. 이제 더는 화를 내지 말라는 뜻이었다.

도영은 딸랑, 하는 소리를 내는 베이커리 문을 열고 들어갔다. 아까 은석의 형이라는 남자가 데리고 가는 바람에 얼마 못 본 것이 아쉬워 일부러 찾아온 것이었다.

말없이 빵을 정리하고 있던 하늘이 뒤를 돌아보았다. 저를 향해 안녕? 하늘아, 하고 웃는 최 교수의 모습에 하늘은 숙이고 있던 허리를 들었다.

하늘은 최도영 교수를 향해 반듯하게 고개를 숙여 예의를 표했다. 어, 그럴 거 없다, 라며 편히 있으라 말한 도영은 쟁반과 집게를 들고 빵이 가지런히 정렬되어 있는 선반으로 가 이것저것 빵을 담아냈다.

그러면서 시선은 하늘에게로 힐끔힐끔 향했다. 오늘은 아르바이트생도 오지 않는 날인지 혼자 뭔가를 정리하고 있는 것처럼 보이는 하늘은 펜을 쥐고 고개를 갸웃거렸다. 그러다가 빨간 입술을 달싹거리며 간간이 혀로 입술을 핥아 냈다.

도영은 의미 없이 집게를 움직여 빵을 쟁반 위에 담아내며 무언가에 열중인 하늘을 샅샅이 눈으로 담아냈다. 제법 나아진 것인지 붕대가 감긴 손도 자유롭게 움직이는 것이 보였다. 귀를 타고 흘러내리는 연한 갈색 머리칼을 귀 뒤로 넘기는 동작이 천천히 눈 안으로 들어왔다.

흰 손목으로 자연스레 눈이 갔다. 그러다가 그녀의 하얗다 못 해 투명한 목덜미가 눈에 들어왔다. 저 목덜미에선 어떤 향이 날 까 감히 상상해 보는 것도 나쁘지 않았다.

그렇게 한참을 그녀에게 시선을 주고 있던 도영은 고개를 들어 저를 올려다보는 그 눈동자에 화들짝 놀라 빵이 가득 담긴 쟁반을 들고 하늘에게로 다가갔다.

"하늘이 손은 이제 괜찮아?"

"네. 참, 주신 허브티 잘 마셨어요."

"그래. 다행이다. 걱정 많이 했거든. 괜히 나 때문에. 내가 커 피를 너한테 쥐여 주기만 했어도."

도영은 제가 무심코 건넨 말에 평온하던 그녀의 낯빛이 달라졌 다는 것을 알아차렸다. 그리고 그녀의 시선이 어딘가로 힐끔 향했 다가 돌아오는 것이 보였다.

"아니에요. 제 실수인걸요. 제가 똑바로 컵을 쥐지 않아서 그런 거예요."

"그게 어떻게 네 잘못이야. 하늘인 너무 착해서 탈이야. 남 탓 도 할 줄 알아야지."

그렇게 제 잘못으로 돌리지 말라는 도영의 말에 하늘의 눈동자 가 아까보다 좀 더 무겁게 가라앉아 있다는 것을 깨달았다. 왜 그 러지? 의아한 눈으로 하늘이 곁눈질을 한 곳으로 눈을 돌린 남자 는 저도 모르게 안면 근육이 딱딱하게 굳었다.

아까 그 남자였다. 강인한 수컷의 향을 있는 대로 머금어 제 근육세포를 바짝 긴장시켰던 남자가 손님 테이블에 앉아 팔짱을 낀 채 의자에 몸을 묻고 이쪽을 바라보고 있었다.

도영은 저를 향하고 있는 남자의 시선에 엉거주춤 고개를 숙여 인사를 했다. 이번에도 그는 제 인사를 받지 않았다.

도영은 다시 하늘에게로 고개를 돌렸다. 뭔가 좋지 않아 보이는 그녀의 안색이 괜한 걱정을 불러일으켰다.

"왜 그래? 괜찮아? 어디 아파? 손 좀 보자."

하늘의 손을 붙잡으려 다가간 도영이 몸을 뒤로 물리는 작은 몸짓에 조금은 당혹한 얼굴로 그녀를 바라보았다. 처음이었다. 그녀가 이렇게 노골적으로 거절 의사를 표현한 것은.

하늘은 포장한 봉투를 그에게 내밀며 더 아무런 말도 하지 말고 그냥 가 달라는 듯 그녀답지 않게 눈을 깜빡였다.

도영은 그제야 뭔가 낌새가 이상하다는 것을 알아차렸다. 분위기가 이상했다. 꼭 제가 연인들 사이에 끼어든 것 같은 개운하지 못한 기분이 들었다. 분명 하늘은 애인이 없을 텐데. 가만, 그러고 보니 그녀가 자신의 입으로 애인이 없다는 말을 한 적이 있던가?

생각해 보면 처음부터 지금까지 모조리 제 짐작뿐이었다. 그녀가 단 한 번도 남자의 손길에 닿지 않았다는 것도, 단 한 번도 남자와 교제를 해 본 적이 없다는 것도.

도영은 저를 무섭도록 주시하고 있는 남자의 기운에 마른침을 삼켰다. 다시 뒤돌아 남자와 마주할 용기가 나지 않았다.

왜 이렇게 제 스스로가 한심스러운지. 고개를 돌려 하늘이와 무슨 관계냐고 물어봐야 하는데 그러지 못해 가슴이 타들어 갔다.

은석이가 지금 하늘이에게는 애인이 없다고 했는데. 그럼 동생도 모르게 만나고 있는 건가.

"그럼 안녕히 가세요."

어서 가 달라는 그녀의 마지막 종지부였다. 꼭 쫓겨난 것 같았다. 도영은 떨어지지 않는 발걸음을 옮겨 가까스로 베이커리를 나왔다. 몇 걸음 걷던 그는 걸음을 멈추고 다시 베이커리를 돌아봤다.

키스였다. 진하고 야한. 이전과 달랐다. 소유욕이 잔뜩 묻어나 짐짓 야수 같은 움직임이었다. 뜨겁고 날렵한 혀가 아무런 말도 하지 못하도록 작은 입안을 꽉 채웠다. 뭉개듯 작은 혀를 짓누른 질척한 혀가 틈을 주지 않고 그녀를 빨아 당겼다.

어떻게 호흡을 따라가야 할지 몰라 헐떡이며 숨을 가까스로 삼켜 냈지만 선우는 사정 봐주지 않고 더욱 끈적한 제 혀를 밀어 넣었다.

히읏, 저도 모르게 신음이 나왔지만 남자는 연한 뒷덜미를 더욱 꽉 움켜쥐었다. 남자의 속도를 따라가지 못해 입안에서 가득 맴돌고 있던 타액이 틈 없이 맞물린 입술 사이를 비집고 흘러내렸다.

끅끅대는 신음과 같은 외침에도 선우는 여리고 흰 목덜미를 쓸어내리며 뒷목을 붙잡아 더욱 턱을 들게 했다. 좁은 차 안에서 남자의 난폭함에 가까운 키스를 받아 내던 하늘이 더는 참아 내기 힘든 여린 신음을 결국 쏟아 냈다.

"후으⋯⋯."

간신히 입술이 떨어졌다. 남자의 뜨거움과 강인함을 감당하지
못했던 여린 눈가는 여지없이 눈물방울을 매달고 있었다.

"아저씨이⋯⋯."

"다물어."

하늘은 손등으로 눈가에 맺힌 눈물을 닦고 화가 나 차갑게 식
은 남자를 올려다보았다. 거짓말한 거 아니에요. 끝까지 그렇게
말하는 그 목소리가 결국 남자를 이토록 화나게 만들었다는 것을
잘 알고 있었다. 그럼에도 하늘은 고집을 꺾지 않았다.

그의 단단한 허벅다리 위에 앉아 그의 다리에 닿은 엉덩이가
이상하리만치 뜨거워 허리를 들썩였다. 하늘은 남자가 제게 쥐여
준 제 원피스 자락을 꾹 움켜쥐고 다시 눈을 힘겹게 감았다 떴
다.

늘 차갑던 그의 손가락이 더없이 뜨거웠다. 열에 달아오른 것
이 아니라 무언가에 화가 나 달궈진 듯한, 얼얼할 정도로 뜨거운
손이 매끄러운 허벅지 안을 진득하게 문질렀다. 결코 부드럽지 않
은 움직임이었다. 맹렬한 기운이 오른 손끝이 아플 만큼 강인하게
여린 살결을 매만졌다.

낯선 자극을 견뎌 내고 있는 예민한 피부가 확연히 느껴질 만
큼 움찔거렸다. 튀어 오르듯 저를 덮쳐 오는 야릇하고 야한 자극
에 어찌할 바를 모르고 입술을 꾹꾹 깨물었다. 깨문 입술 사이에
서 저도 모르게 신음 섞인 목소리가 새어 나왔다.

"아, 흐으⋯⋯."

설명할 수 없는 이 낯선 자극을 어떻게 감당해야 할지 몰라 달아오른 허벅지를 비틀었다. 성적인 의도가 가득 담긴 그 접촉에 당황한 하늘은 제가 가득 움켜쥔 원피스를 놓고 싶었지만 그러지 못하고 힘겹게 붙잡고 있었다. 선우가 제게 쥐여 준 것이기에 놓지 못하는 게 분명했다.

아직 붕대를 감아 놓아 누군가와 접촉을 하면 화끈거리는 손이 그에게 닿을까 움찔거렸다. 그것을 보고 있던 선우가 낮은 목소리를 했다.

"손 올려."

차가운 숨결이 묻어나는 남자의 음성에 눈물이 아롱진 눈가가 바들 떨리는가 싶더니 숨을 힘겹게 삼켜 냈다. 저도 아저씨와 이렇게 진한 스킨십을 하는 게 좋은데, 제가 평소 원했던 것이었는데 무서운 기운을 하고 있는 선우의 눈이 저를 떨리게 만들었다.

안기고 싶어 절로 손이 그에게로 뻗치려 꿈틀거렸지만 하늘은 가까스로 선우의 품 안으로 안기는 것을 참아 냈다. 그의 몸을 만지지 못하도록 한 남자의 벌에 위배된다는 것을 알면서도 자꾸만 그를 붙잡으려는 손이 파들거렸다.

어찌할 바를 모르는 자극에 파득이고 있는 그녀의 작은 엉덩이를 당겨 더욱 몸을 붙였다. 허공에 떠 있는 하늘의 발끝이 오므라들었다.

"안아…… 줘요."

좁은 차 안에서 붙잡을 곳이라고는 선우뿐인데 그를 붙잡지 못하도록 내린 남자의 벌에 갈 곳을 잃은 손이 버둥거렸다.

제 보드라운 허벅지를 거칠게 문지르던 남자가 다시 입술을 붙여 왔다. 다른 한 손으론 가녀린 허리를 끌어당겼다. 말려 올라간 원피스로 인해 남자의 진득한 살결과 접촉하고 있는 허리가 비정상적이리만큼 홧홧한 그의 손길로 잘게 떨렸다.

하늘은 뜨거운 남자의 입술에 제 입술을 열어 주며 손을 부들거렸다. 붙잡고 싶은데, 안기고 싶은데. 왜 그를 만지지 못하도록 하는 것인지 원망 섞인 숨이 헐떡거렸다.

결국 눈가 가득 고여 있던 눈물방울이 뚝뚝 떨어져 내렸다. 선우는 진득하니 겹치고 있던 입술을 떼어 내고 하늘을 바라봤다.

그를 붙잡고 싶지만 그럴 수 없어 오갈 곳 없는 손을 움츠리고 있었다. 제가 거칠게 쥐여 준 원피스는 여전히 작은 손안에 구겨진 채였다. 소리 없이 눈물을 삼키고 있는 눈가가 잔뜩 눈물을 참아 내어 열상을 입은 듯 달아오른 것이 보였다. 후, 한숨이 절로 나왔다.

결국 그렇게 참아 왔던 이성을 허무하게 잃었다. 그 고루하기 짝이 없는 교수의 눈 안 가득 연하늘이 담겼다. 훑어 내리는 그 눈길이 불쾌하기 짝이 없었다.

불순하다 못해 성욕을 담은 그 눈길로 하늘을 쓸어내렸고, 연하늘은 그런 그 남자를 감싸 주기 위해 끝까지 남자의 실수를 제 잘못이라고만 말하고 있는 모양새가 딱 저를 미치게 만들어 놓기 충분했다.

악의 없는 진심이, 의도 없는 그 선량함이 저를 완전히 뒤틀어놓았다. 선우는 붙잡고 있던 허벅지에서 손을 거두어 내고 입술을 깨물고 있는 하늘을 보았다. 조금 누그러진 목소리가 흘러나왔다.

"이리 와."

저를 만져도 좋다는 허락의 목소리에 단번에 남자의 품 안으로 와락 안겨 는 하늘이 얼굴을 파묻었다. 선우는 터져 나오는 한숨을 내쉬며 손을 들어 올려 여린 등을 안았다.

"잘못했지."

고개를 끄덕였다. 뭘 알고나 끄덕이는 것인지 연신 고개를 끄덕이면서도 얼굴을 떼어 내지 않는 게 아직 품 안에 안겨 있고 싶다는 뜻이었다. 선우는 들어 올려진 하늘의 원피스를 내려 주며 제가 꽉 움켜잡아 벌겋게 달은 허벅지를 쓸어 주었다. 그의 손길에 움찔하는 것이 느껴졌다.

"아저씨."

"왜."

"화내지 마요."

하아, 선우는 고개를 들어 올려 아려 오는 눈을 감으며 이마에 손을 얹었다. 너한테 화가 나긴 했지만 따지고 보면 네 잘못이 아닌데.

"안아 주세요."

눈물이 잔뜩 고인 채 저를 원하는 하늘의 얼굴을 보자니 이성에 갇혀 잠재워져 있던 죄책감이 밀물처럼 급격하게 밀려왔다. 이깟 말도 안 되는 질투 때문에 애를 상대로 이게 무슨 짓인지. 미친놈아. 그게 그렇게 화가 났냐.

"어디 보자."

선우는 제가 거칠게 잡아 애무하듯 만졌던 하늘의 허벅지를 붙잡아 원피스 자락을 다시 들어 올렸다. 제 심술로 벌겋게 되어 버린 연한 피부가 보였다. 선우는 두 눈을 질게 감았다 들어 올렸다.

후우. 후회가 열렬히 묻어난 한숨을 내쉬며 죄책감에 잠긴 눈으로 유약한 하늘의 허벅지를 내려다보고 있던 선우는 제 목덜미로 와 닿는 손길에 고개를 들어 올렸다. 눈물로 눈가가 발갛게 익었으면서 저를 위로라도 하는 듯 남자의 목덜미를 감싸고 있었다.

아직 물기에 젖어 촉촉한 눈망울이 저를 더욱 죄책감에 밀어 넣는다는 사실을 모르는 순수한 눈은 저를 봐 주길 원하는 듯했다. 작은 품으로 남자를 끌어안기라도 하듯 그를 안은 하늘이 조금은 헐떡이듯 가르릉거리는 숨을 뱉어 내며 선우의 목을 끌어안았다.

"아저씨. 혹시요…… 제가 교수님 편들어서 그런 거예요?"

그걸 이제야 알았다니.

하늘이 저만큼이나 착한 표현으로 묻고 있었지만, 결론은 이 남자는 결코 하늘이 감당하지 못할 사나운 질투를 하고 있다는 것이었다. 속으로 흘려보내고 있는 말들을 다 꺼내면 하늘이 충격으로 기절할지도 모르니 그저 생애 최고의 인내를 하며 삼킬 뿐이었다.

집으로 돌아와 하늘이 챙겨 먹던 따뜻한 우유를 건네고, 그녀를 위해 온기 있는 물을 욕조에 받고 나온 선우가 무의식중에 손을 뻗어 하늘의 손목을 잡았을 때 놀라 흠칫하는 것이 여실히 느껴졌다.

아까 제 무자비함을 받아 내던 몸이었다. 놀라는 것이 당연했다. 우유를 마셔 촉촉해진 하늘의 붉은 입술이 저도 제 반응에 놀라 당황한 것인지 무어라 웅얼거렸다.

"연하늘. 아까는……."

"사과하지 말아요. 연인들끼리 키스하고…… 만지는 거…… 그러는 거 당연한 거잖아요."

제 연한 허벅지 속살이 감춰진 자리의 원피스 자락을 살짝 움켜쥔 하늘은 답지 않게 눈꼬리를 아래로 내려뜨렸다. 선우가 후회를 하고 있다는 사실을 눈치챈 작은 머리통이 힘겹게 남자를 올려다보았다. 아까의 행위에 대한 미안함을 표하려는 남자의 모습에 조금은 가라앉은 눈이었다. 사과하지 않았으면 좋겠는데.

선우는 한 손을 제 허리춤에 얹고 난감한 기색이 가득한 얼굴로 옅게 한숨을 내쉬었다.

"씻고 나와. 약 발라 줄 테니까."

감긴 붕대를 가리키는 선우의 눈짓에 하늘이 고개를 끄덕였다. 욕실로 들어가던 걸음을 주춤하는가 싶더니 반쯤 욕실로 향했던 몸을 돌려 나와 까치발을 들어 선우의 입술에 쪽 하고 입을 맞췄다.

"……."

다시 욕실로 들어가며 문을 닫는 하늘을 바라보고 있던 선우가 헛웃음을 흘렸다.

이젠 이 서툴다 못해 어린애 장난 같은 입맞춤도 좋아 죽을 것 같냐? 도선우.

선우는 지끈거리는 머리를 붙잡던 손으로 거칠게 머리칼을 쓸어 올렸다.

✳

은석은 술 한잔 하기를 원하는 도영의 제안에 어려울 것 없다는 듯 고개를 끄덕였다. 오랜만에 허심탄회하게 깊은 대화를 주고받을 것 같은 예감에 은석은 제 형에게 전화를 걸어 두었다.

어느 누구의 간섭도 받지 않고, 어느 누구도 자신들의 말을 감히 귀담아듣지 못하는 공간이었다. 그 공간의 소유주에게 전화를 걸어 둔 은석이 조금은 지친 몸으로 연구실을 나오는 도영을 바라봤다. 어깨가 늘어져 있었다.

"조금만 참아라. 너 울어도 아무도 모르는 곳으로 데려가 줄게."

"내가 그 정도로 우울해 보이냐?"

"어. 당장 울 것 같아 보여."

도영은 힘없이 웃으며 고개를 끄덕였다.

제가 이렇게 하늘을 좋아했었나? 사실 처음엔 조금 가벼운 마음이었다. 천천히 다가가고, 대시를 해야지. 그리고 좀 더 사이가 깊어지면 손도 잡고, 자연스레 베이커리를 오가며 가까운 사이가 되어 가야지.

야무진 계획을 세울 때까지만 해도 감정의 깊이가 바다 정도는 아니고 그냥 호수 정도쯤 된다고 생각했다.

그런데 그저께 하늘의 베이커리에서 마주친 묘하다 못해 기분 나쁜 이 감각은 바다를 가르고도 남을 만한 것이었다.

"어디로 가는 건데."

"있어. 좋은 곳."

그렇게 말하며 은석은 차에 시동을 걸었다.

준우는 못 믿겠다는 눈을 하고 있었다. 도선우의 무릎에 여자가 앉아 있다. 그것도 그가 가장 싫어한다는 남자의 품 안으로 파고드는 짓을 하고 있다.

딸기에 생크림을 듬뿍 묻혀 작은 입으로 앙 하고 베어 무는 입술이 오물거렸다. 생크림이 묻은 입술로 도선우의 입술에 입을 맞추었다. 쪽, 쪽. 소리가 제법 쫀득하게 달라붙었다. 그럼에도 남자는 별다른 상관 않고 제 앞에 놓인 서류를 보고 있었다.

저게 가능하단 말인가. 깔끔하기가 제가 알기론 세상에서 둘째가라면 서러운 놈이. 옷에 구김 갈까 누가 제 옷을 건드리는 것도 질색을 하던 놈이 그 모든 것을 허락하고 있다. 그 사실은 실로 엄청난 것이었다. 적어도 준우에겐 그랬다.

"아저씨. 일하는데 제가 방해하는 거예요?"

"어."

단호한 남자의 말에 딸기가 묻어 딸기 향이 향긋한 입술이 살짝 다물렸다 열렸다.

"제가 아저씨한테 안겨 있는 거 싫어요?"

"……싫겠냐. 너 같으면."

결국 돌아오는 남자의 누그러진 목소리에 하늘은 눈을 접어 웃었다.

말없이 그 광경을 지켜보고 있던 준우가 기함을 했다. 강석은 입을 벌리고 선우의 품 안에 안겨 있는 하늘을 바라봤다. 세상이 개벽이라도 할 예정인가. 제 사장님을 허락 없이 이리저리 만지고도 살아남은 사람이 눈앞에 있다니.

제 품에 안겨 있는 하늘의 몸이 기울어지지 않도록 단단한 손으로 허리를 끌어안은 채 남자는 허리를 숙여 멀리 놓인 서류를 끌어왔다.

펜이 들린 그의 손가락 사이엔 불이 붙지 않은 담배가 꽂혀 있었다. 그리고 그는 멋없이 떨어 대는 핸드폰을 가져와 성의 없이 귀로 가져갔다.

— 형. 우리 여기 앞인데, 출입허락 좀.

은석이었다.

당신을 주세요
— 싫지 않아. 그러니 나 아닌 다른 남자 품엔 안기지 마

11

　은석은 고급스런 빛을 내며 알 수 없는 위압감을 풍기는 클럽 입구 앞에서 침을 꿀꺽 삼켰다. 형이라는 황금티켓으로 아무나 들어올 수 없다는 이곳에 몇 번 온 적이 있었지만 역시 올 때마다 온몸의 신경세포가 바짝 긴장되는 느낌은 여전했다.

　입구를 지키고 있는 지배인이 친절하게 저를 내려다보고 있었지만 이곳 출입을 허가받지 못한 고객이라면 당장이라도 돌변할 것이란 것을 잘 알고 있었다.

　은석은 마른침을 삼키며 괜히 주위를 둘러보았다. 그리고 그런 은석의 곁에 서서 더욱 긴장의 땀을 흘리고 있는 도영이 은석의 옆구리를 쿡쿡 찌르며 소곤거렸다.

　"야. 너 미쳤어? 클럽D? 우리가 여길 어떻게 들어가. 여기 회원제야. 아무나 회원이 될 수 있는 곳도 아니고. 아무리 내가 샌님이라도 그건 안다."

은석은 들어오기 직전 선우에게 전화를 걸어 두었던 것을 철갑 방패 삼아 당당하게 지배인에게 번호를 말해 주었다. 목소리가 떨렸다.

"8……2341."

그리고 그런 은석을 빤히 바라보고 있던 지배인은 이내 입술을 올려 싱긋 웃으며 안으로 들어와도 좋다는 허락의 제스처를 취했다. 은석은 당당하게 받아 낸 허락에 괜히 어깨를 펴고 의기양양한 걸음을 했다. 그래도 쪼그라드는 심장은 어쩔 수 없는 듯 본능처럼 주위를 두리번거리며 경계태세를 취했다.

도영은 입이 쩍 벌어졌다. 건너건너, 너머너머로 이곳을 전해 듣기나 했지 발을 디뎌 보리라고 꿈에도 생각지 못했기 때문이었다.

이런 곳에 올 거였으면 진작 말이라도 해 주지. 이 고리타분하기 짝이 없는 옷이라도 좀 바꿔 입고 올 텐데. 괜히 제 옷을 힐끔 내려다본 도영이 어느새 저 안으로 걸어 들어가고 있는 은석을 따라 황급히 촌스런 구두를 움직였다.

클럽 내부는 미로처럼 얽혀 겉으로 드러난 것만큼이나 은밀하고 화려했다. 인테리어에 대해선 문외한인 제가 봐도 비싸 보이는 샹들리에가 늘어진 천장이 시선을 사로잡았다.

"헉!"

샹들리에에 정신이 팔려 발을 헛디딘 도영이 앞으로 헛발질을 했을 때야 지배인이 그를 돌아보았다. 여전히 가면을 쓰고 있는 듯한 친절한 마스크가 도영을 향했지만 도영은 침을 꿀꺽 삼켰다. 별일 없음을 확인한 그가 다시 정면을 향해 걷기 시작했다.

룸 도어를 열어 준 지배인은 그럼 좋은 시간 보내라며 둘을 남기고 사라졌다. 그리고 그가 사라짐과 동시에 긴장하고 있던 맥이 턱 하고 풀렸다. 도영은 룸 내부를 살펴보며 넋이 나간 표정으로 잠깐의 시간을 보내다 이내 도영을 홱 하고 쏘아봤다.

"야. 이런 곳에 올 거였음 미리 말이라도 해 주든가."

"말했으면 뭐, 더 나아질 수나 있었겠어?"

"그건 그렇지만. 야, 그래도 이 옷은 아니잖아. 무슨 세미나 가는 것도 아니고."

도영은 소파에 털썩 앉으며 괜히 주위를 둘러보았다. 아무리 제가 재미없기 짝이 없는 남자여도 이런 곳에 오면서 이런 구닥다리 옷을 입고 오다니. 스스로가 한심한 듯 한숨을 쉬며 이어 차례로 놓이는 술을 말없이 바라보고 있었다.

세상에 이게 다 얼마짜리야. 어디서 귓등으로나 한 번 들어 본 고급술들이 차례차례 테이블 위로 오르고 있었다. 도영은 저도 모르게 술을 내려놓는 지배인을 보며 손을 황급히 내저었다. 그 움직임이 필사적이었다.

"아, 아닙니다. 저희는 이것 말고 다, 다른 거 시킬게요."

도영이 말한 다른 것이 싸구려 맥주를 말하는 것을 짐작하기란 어렵지 않았다. 은석은 그런 도영이 심히 부끄럽다는 표정을 지으며 어색한 미소로 지배인을 올려다보았다.

"저희는 많이 안 마시니까 두 병이면 됩니다."

지배인은 지나칠 정도로 침착한 표정으로 그의 트레이드마크 같아 보이는, 무서움에 가까운 친절한 입술을 올려 웃었다.

"그럼."

그리고 다시 고개를 숙여 룸을 나가는 지배인을 바라보고 있던 도영이 영혼을 내려놓은 듯 어깨를 털썩 주저앉혔다. 눈앞에 놓인 이 감당하지 못할 술을 넋을 잃은 듯 바라보고 있던 도영이 은석을 천천히 돌아보았다. 당장에 달려가 목을 짤짤 흔들며 이 사태를 어떻게 수습할 거냐고 묻고 싶은 표정이었다.

　"야. 우리같이 학생들 돈 받아먹고 사는 월급쟁이가 무슨 여유로 이런 술을 마셔. 어? 너 진짜 여기서 1년은 꼬박 썩고 싶어서 그래? 우리 이 술값 다 내려면 여기서 1년은 일해야 해."

　"걱정 마. 너보고 내란 말 안 해."

　"야. 너 오늘 뭐 잘못 먹었냐? 너는 돈이 어디 있다고. 지금이라도 이 술 그냥 반납하고 나가자. 우리한테 맞는 곳 가자."

　"걱정하지 말래도. 장담하는데 이 술 다 마시면 네 고민이 어느 정도는 상쇄된다에 내가 많은 걸 걸 수 있어."

　"……우리가 이곳에서 살아서 못 나간다에 내 전부를 건다."

　은석은 그런 도영을 보며 웃음을 흘렸다. 그리고 눈앞에 놓인 술을 가져와 입구를 열었다. 그와 동시에 도영의 얼굴이 잔뜩 일그러지는 게 보였다.

　은석은 술을 따라 도영의 앞으로 내밀며 이어 제 술잔에도 가득 따랐다. 저도 사실 익숙한 곳은 아니라 긴장이 되긴 했지만 그래도 못난 모습을 보이고 싶지 않아 아무렇지도 않은 척 술을 단번에 목구멍으로 넘겨 삼켰다.

　"털어놔 봐. 네가 죽상인 이유."

　"털어놓을 수나 있겠냐. 이런 어마어마한 곳에서."

　"걱정 마. 내부에 CCTV는 없어. 아, 있을라나? 전화해서 물어

볼까."

은석의 중얼거림에 도영의 안색이 흙빛으로 검게 물들어 갔다. 그러다 은석이 다시 에이, 있어도 뭐 어때, 하며 태평한 목소리로 다시 고민을 털어놔 보라고 종용했다.

도영은 완전히 엉망이 된 얼굴로 한숨을 푹 내쉬었다. 그래, 이미 술 뚜껑은 열렸고, 이미 이곳에 앉았고, 판도라의 상자를 연속으로 몇 개나 열었는데 제 고민쯤이야.

"하늘이."

"하늘이?"

"하늘이 때문에 아무것도 못 하겠다."

"연하늘? 내 조교?"

"그럼 내 주위에 하늘이가 그 하늘이 말고 더 있냐?"

도영의 풀 죽은 목소리에 그제야 은석은 알 것 같다는 표정을 지었다. 답지 않게 사랑에 아파하고 있었다니. 생각보다 더 깊은 감정이 그를 파헤치고 있다는 것에 사실 은석은 좀 놀라는 중이었다.

도영은 아까보다 좀 더 파리해진 안색으로 앞에 놓인 술을 삼켰다. 그러다 번뜩 뜨인 눈으로 제가 마신 술을 내려다보는 것이 보였다. 입술 주위에 묻은 술을 날름 핥았다. 그제야 도영은 은석이 이 술을 다 마시면 어느 정도 고민이 상쇄될 것이라 했던 말뜻을 알아차렸다. 술은 잘 알지도 못하고, 잘 마시지도 않지만 상당히 깊이 있고 눈이 뜨일 만한 맛이었다.

"왜 고민인데. 차근차근 단계를 밟아 나가 보겠다며."

"그러려고 하긴 하는데. 뭔가 좀 이상해."

"뭐가?"

"하늘이 애인 있는 거 같아."

"엥?"

역시 그 반응일 줄 알았다는 듯 도영이 그제야 겨우 소파에 등을 기댔다.

"너희 형 말인데."

"우리 형?"

"그래. 너희 형이랑 하늘이 아무 사이도 아냐?"

은석은 도영의 난데없는 말에 술을 마시다 말고 켈룩거렸다. 본인이 교수 신분이라 욕을 할 수 없어 참 유감이라는 생각을 했다. 에라이, 뭔 놈아. 그걸 말이라고, 라고 말하고 있는 것이 은석의 얼굴 위로 떠올랐다. 도영은 그렇지? 아무 사이도 아니지? 라며 소파에 기대고 있던 등을 팔딱 들어 일으켰다.

"근데 두 사람 분위기가 이상하단 말이지. 꼭 두 사람 사이에 있으면 내가 불청객이 된 것 같기도 하고."

"우리 형이 원래 그래. 나도 형이랑 있으면 긴장되거든. 또 뭐 심기를 건드리진 않을까."

은석의 말에 도영은 다시 한 번 도선우를 떠올렸다. 누구라도 기죽일 것 같은 외모와 그 외모에 뒤지지 않는 옷차림도. 요란하고 화려하게 옷을 입는 스타일은 결단코 아니었지만 세련되고, 우아한 패션스타일에 거기다 아름다움에 가까운 몸이라 어떤 천 조각을 입혀 놓아도 눈길이 가는 게 당연했다.

그와 조우한 것은 단 두 번뿐이었는데 이토록 강렬하게 머릿속에 새겨져 있는 것만 봐도 그가 어떤 인물이라는 것을 파악하는 것은 어렵지 않았다.

눈만 느리게 감았다 뜨기를 반복하며 멍청히 술만 마시고 있는 도영을 바라보던 은석이 정말로 그답지 않게 장난기가 확 치밀어 올라 입술을 위로 올렸다.

"만나게 해 줄까? 우리 형?"

"뭐?"

"여기서 멀지 않은 곳에 있어."

"……."

"궁금하면 직접 물어봐. 그거 말곤 별다른 방법 없잖아."

"……어?"

"잠깐만 기다려 봐."

주머니에 있는 핸드폰을 찾아 뒤적이는 은석의 손길에 도영의 눈이 번쩍 뜨였다.

"야! 이 자식아!"

꼭 학창시절 선생님께 불려 교무실에 끌려온 학생들 꼴이 딱 이 짝인가 싶었다. 자연스레 무릎이 모아졌다. 두 손이 그 무릎 위로 가지런히 안착되었다.

도영은 두 눈을 또르르 굴려 어색하게 웃고 있는 은석을 힐끔 보았다. 쓸데없이 나를 부른 거면 그대로 참수라는 표정으로 서 있는 남자는 불이 붙지 않은 담배를 손가락에 끼운 채 능숙하게 팔짱을 꼈다. 당장 읊으라는 뜻이었다.

"그게…… 형……."

"네가 부르면 개새끼마냥 쪼르르 달려올 만큼 내가 한가해 보여?"

"그게 아니라……. 아, 여기 있는 최 교수가 형 보고 싶대서."

내가 언제! 두 눈을 부릅뜨고 은석을 부라린 도영이 저를 내려다보고 있는 선우에게로 시선을 돌리다 말고 흠칫했다. 네까짓 게 나를 오가게 해? 라는 표정이었다.

"용건이 있는 쪽이 찾아와야지. 매너 없게."

도영은 무어라 말을 해야 할지 할 말을 잃고 가만히 선우를 올려다보았다. 화를 낼 줄 알았는데 도영의 예측과 달리 선우가 한쪽 입술을 슬쩍 올리며 뭔가 노골적으로 귀엽다는 듯 피식 웃는 것이 보였다.

"그래서 할 말이란 게?"

"아…… 저…….."

이것들이 단체로 말더듬이가 됐나 왜 이렇게 말을 더듬어. 선우는 곧장 튀어나오지 않고 머뭇거리는 도영의 말에 다시 미간을 구겼다.

"안녕하세요. 전 도은석 교수 친구 최도영 교수입니다."

아, 이게 아닌데. 통성명이나 하고 있다니. 도영의 자책과 같은 빛이 얼굴에 어리기도 전에 선우가 헛웃음과 같은 웃음이 걸린 표정으로 그를 내려다봤다. 내가 지금 너랑 이름이나 주고받을 만큼 한가해 보여? 딱 그 표정이었다.

"아, 다름이 아니라 호, 혹시 실례가 안 된다면 한 가지만 여쭤봐도 되겠습니까?"

"실례일 거 같은데."

"네……. 네?"

"그렇게 내 주위를 흘깃흘깃 훔쳐봐 가며 간신히 말을 하고 있는 꼬락서니로 봐서는 사생활에 관련된 질문 같은데 실례가 아니면 뭡니까."

"아⋯⋯."

정곡을 찔린 도영은 침을 꿀꺽 삼켰다. 제가 너무 침을 크게 삼켰나, 침이 목울대를 타고 넘어가는 소리가 너무 적나라하게 들린 것은 아닌지 괜히 제 목을 매만졌다.

"그게⋯⋯."

머저리들. 남자의 눈은 그렇게 말하고 있는 게 분명했다.

이 좋은 술 마셔 가며 고작 한다는 게 남자 불러내는 거밖에 없냐는 눈이었다.

남자는 시계를 내려다보며 노골적으로 인상을 찌푸렸다.

"최도영 교수. 내가 당신 말 기다려 줄 시간이 없어서. 더 하고 싶은 말이 있으면 편지를 써 부치든가, 도은석 통해 전하든가 알아서 하고, 도은석 너는 다시 한 번 이딴 쓸데없는 일로 불러내면 죽는다."

"응. 형. 미안."

그렇게 남자는 차가운 스킨 향만을 남긴 채 나가 버렸다. 도영은 온몸에 힘이 풀려 미끄러지듯 등을 소파에 기대었다. 은석은 알코올이 날아가고 있는 술을 가만히 보며 멋없이 히죽 웃었다. 그러다가 제 뒷덜미를 벅벅 긁었다.

"뭐, 형 말 틀린 건 없으니까."

도영은 고개를 푹 숙이며 온몸을 땅으로 꺼뜨리고 싶다는 듯 어깨를 옹송그렸다.

내가 이렇게 못난 남자가 아닌데……

도영은 룸 밖을 나와 어디가 어딘지 모를 만큼 꼬여 있는 클럽 내부를 천천히 돌아다니며 발을 움직였다. 여기가 대체 어디야. 화장실 간다고 밖으로 나왔는데, 대체 어디가 어딘지 알 수 없이 엉켜 있는 내부 구조 때문에 도무지 현재의 위치를 짐작하기 어려웠다.

주위를 두리번거리던 도영은 눈앞에 나타났다 사라진 익숙한 형체에 눈을 크게 떴다. 그러다가 다시 눈을 비비며 앞을 보았다.

뭐지, 하늘이를 본 것 같았는데. 아니지, 그럴 리 없지. 걔가 어떻게 여기 있어. 말도 안 되지. 나도 삼십사 년 만에 처음으로 여길 와 봤는데. 아, 최도영 이 못나 빠진 놈 이제 헛것도 보는구나.

"손님."

도영은 자책하다 말고 저를 부르는 목소리에 슬그머니 뒤를 돌았다. 아까 그 침착한 미소를 짓고 있던 지배인이었다. 도영은 주위를 슬쩍 본 후에야 지배인이 부른 것이 제가 맞다는 사실을 알아차렸다.

"함부로 돌아다니시면 안 됩니다."

"아…… 그게, 화장실……."

"이쪽으로 오십시오."

앞서가는 지배인을 따라 걸음을 옮기며 도영은 다시 한 번 뒤를 돌아보았다. 분명 하늘이가 맞았는데. 정말 잘못 본 건가.

은석과 도영은 취하지 않기 위해 마음을 다잡고 간신히 술 두

병을 남김없이 핥듯 마신 후에야 클럽을 나왔다. '언제 이런 술 또 마셔 보겠어'가 가장 큰 이유였고, 저도 이 독한 술 두 병쯤은 그냥 마실 수 있다는 이상한 오기가 두 번째 이유였다. 괜히 도선 우 그 남자에게 지는 느낌이 들어 스스로가 못나 보였기 때문이라고는 죽어도 말 못 하지만.

은석과 도영은 대리운전을 기다리며 말없이 서로에게 기대어 술기운이 잔뜩 묻어난 숨을 내쉬고 있었다. 은석은 푸흐흐 웃으며 술 섞인 웃음을 뱉어 냈다. 곁에 있던 도영이 왜 웃냐는 듯 은석을 돌아봤다.

"우리 이러고 있으니까 진짜 아저씨들 같다. 술 취해서 대리운전 기다리고 있지, 둘 다 여자는 없지."

"근데 너희 형 진짜 너보다 한 살 많은 거 맞아?"

"한 살. 어. 한 살. 왜 또."

"야, 우린 아저씨도 이런 아저씨가 없는데 너희 형은……아니다."

은석은 그제야 아까부터 도영의 기분이 더 좋지 않아 보였던 이유를 알아차렸다. 괜히 측은한 마음이 들어 안타까운 표정으로 도영을 응시했다.

"우리 형이랑 스스로를 비교하지 마. 네가 못난 게 아니고 그냥 우리 형이 좀 유별난 거야."

"나도 아는데, 막상 좋아하는 여자가 생기니까 견제돼서 그러지. 여자들은 저런 스타일 좋아하잖아."

"말은 바로 해. 여자들이 우리 같은 스타일을 쳐다보기나 하냐?"

"이게 진짜. 병 줬다가 약 줬다가."

"그냥. 날 때부터 다른 사람이라는 거야. 우리랑 형은."

그러니까 서로 비교하려고 해 봤자 합의점이 없지.

은석은 그렇게 말하며 다시 푸흐흐 웃었다. 말려 올라간 도영의 검은 양말이 보였다.

도영은 은석을 죽일까 살릴까 도끼눈을 뜨다 말고 고개를 들어 올렸다. 선우가 보였다. 다시 술김에 잘못 본 건가 싶어 눈을 비볐다. 이번에는 그가 확실했다. 저는 감히 상상도 할 수 없는, 국내에 몇 없는 블랙 스포츠카 앞에 등을 돌린 채 서 있었다. 그리고 그의 품 안엔 누군가가 확실히 있었다. 보이지 않았지만 여자가 확실했다.

아무리 본능이 무딘 초식동물, 발톱이 빠진 짐승이라도 궁지에 몰리면 그 어떤 맹수보다 촉이 날카로워지는 법이었다. 보이진 않지만 남자의 품 안에 있는 여자를 확인해야겠다는 생각이 도영을 맹렬히 뒤흔들었다. 술에 취해 흔들거리는 몸을 간신히 일으켜 세웠다.

"어, 대리운전 왔다."

은석은 휘청거리는 도영의 팔을 잡아당겼다.

"자, 잠깐만."

"네가 보는 건 헛것이야. 그러니까 그냥 얌전히 집에 가자. 피곤하다, 도영아."

은석은 도영을 차 안으로 구겨 넣고는 차에 올라타자마자 검은 구두를 벗으려 발버둥을 쳤다. 그 발길질에 창문으로 바짝 달라붙은 도영의 허리가 퍽 하고 차였다.

＊

　하늘은 테이블에 앉아 가만히 제 베이커리 일지에 빵을 그려 넣다 말고 천천히 고개를 올려 말없이 일을 하고 있는 선우를 바라봤다.

　집으로 돌아온 후 아까부터 계속 뜨거운 커피만 마시는 게 피곤을 쫓으려 그러는 것 같지는 않은데⋯⋯. 어디가 불편한지 섬세한 손길이 불거진 목젖을 만지다 이내 우아하게 커피 잔을 쥐는 것이 보였다.

　하늘은 제가 마시고 있던 자몽 주스를 내려 두고 가만히 남자에게로 다가갔다. 아까부터 영 편치 못해 보이는 남자는 미간을 구긴 채 종이를 보고 있었다.

　"아저씨."

　"왜."

　"목 따가워요?"

　"어."

　"아⋯⋯. 감기 기운 있어요?"

　하늘은 선우의 품 안으로 파고들어 그와 시선을 마주한 후 남자의 이마에 손을 얹었다. 열이 나는 것 같진 않은데 감기 기운이 있어 목이 따가운 듯했다. 어떡하지. 귤껍질차를 끓여야 하나. 꿀물, 아, 아니면 생강차.

　이것저것 떠올리며 물끄러미 남자를 올려다보고 있던 하늘이 손을 벌려 제 품 가득 남자를 껴안았다. 몸이라도 따뜻하게 만들어 줘야지. 아닌데……. 아저씨는 감기몸살이 아니니까 몸에 한기가 나는 것도 아니잖아.

그러다가 남자를 끌어안은 채 그를 올려다보았다. 까만 눈동자가 뭔가를 모의라도 하는 듯 생각에 잠겨 있는 것이 보였다. 선우는 피곤한 눈으로 그런 하늘을 내려다보며 미리 선을 긋듯 못을 박았다.

"말아라. 뭘 하려는진 모르겠지만."

흐음. 빤히 남자를 올려다보던 하늘이 제 작은 손으로 그의 목을 움켜잡고 천천히 입술을 가져와 그의 목울대에 살짝 입을 맞추고 이내 커피가 묻어 온기가 도는 남자의 입술에 입을 맞춰 한참을 가만히 맞대고만 있었다. 이게 뭐 하는 짓인가 싶어 말없이 하늘을 보고만 있던 선우가 가녀린 어깨를 붙잡아 입술을 떼어 냈다.

"뭐 하는 거야."

"원래 감기는 옮기면 낫는대요."

그렇게 말하며 하늘은 진지한 눈을 했다. 정말 선우의 감기 기운을 들고 가기라도 할 요량인지 그 의지가 군건하기까지 해 보였다. 선우는 들고 있던 펜을 내려놓고 피식 웃으며 하늘을 보았다. 참 지루하지가 않다. 이 눈을 보고 있자면.

"가지고 가 보든가."

어디 네가 할 수 있으면 해 봐, 라는 남자의 목소리에 하늘은 허연 목덜미를 움직여 침을 삼켜 냈다. 그리고 천천히 남자의 입술에 입을 맞추며 가만히 숨을 내쉬는 듯하더니 이내 작은 혀를 내어 남자의 입술을 할짝 핥았다. 그에게 배운 기억을 더듬기라도 하듯 행동이 굼떴다.

그럼에도 선우가 열어 주지 않고 가만히 입술을 닫고만 있으니 당혹함이 섞인 몸짓으로 좀 더 선우의 옷자락을 움켜쥐었다. 다시 피식 웃는 남자의 입꼬리가 느껴졌다. 하늘은 붙였던 입술을 떼어 내고 어찌할 바를 모르겠다는 눈으로 그를 올려다봤다.

"열어 주세요."

남자의 목소리가 그렇게 말하고 있었다. 그렇게 따라 하라는 건가?

저도 부끄러운지 말하기를 멈칫하는 게 보였다. 살짝 눈을 내려 감고 입술을 웅얼거렸다.

"……주세요."

선우는 들리지 않는 연한 목소리에 여전히 철옹성처럼 입술을 굳게 닫은 채 가만히 바라보기만 하고 있었다. 아직 채 달궈지지 못했다는 표정으로 방관하고 있는 남자는 너무나도 여유로운 표정이었다.

천천히 한 손으로 바닥을 짚어 여유롭게 몸을 뒤로 기울인 남자는 다시 작은 입술이 열릴 때까지 느긋하게 보고만 있었다.

"열어…… 주세요."

웅얼거리던 입술이 닫혔다. 눈꺼풀이 파들 떨리는 것이 보였다. 부끄러운 건지 선우와 맞추고 있던 시선이 어그러지는 것이 보였다.

허락의 의미인 듯 허리를 끌어안는 그의 손길에 다시 손을 뻗어 남자의 어깨를 움켜쥔 하늘이 입술을 가져갔다. 아까보다 좀 더 떨고 있었다. 굳게 닫혀 있던 남자의 입술이 열렸다. 가만히 입술 안쪽만을 쪽쪽 건드리고 있던 하늘이 허리를 흠칫하고 떨었다. 막상 입술은 열었건만 어찌 그에게서 감기 기운을 가져와야 할지 생각을 하고 있는 것이 분명했다.

"혀."

던져진 남자의 말에 입술만 쪽쪽 빨고 있던 하늘이 천천히 제 작은 혀를 남자의 입안으로 밀어 넣었다. 제가 리드하는 키스임에도 자극적인 감각에 파들파들 떠는 것은 그녀였다.

남자의 손이 니트 티 안으로 밀고 들어와 얇은 허리를 매만졌다. 애무하듯 문지르며 좀 더 흥이 오르게 달궈 보라는 남자의 몸짓에 하늘이 엉덩이를 들썩였다.

"하으, 음."

제대로 된 키스는 아직 시작도 않았는데 벌써 허벅지 안쪽이 경련하듯 비틀렸다. 제 몸의 변화에 당황 가득한 손길로 남자의 어깨며 가슴을 더듬어 움켜잡았다. 땀이 배어 흘러내리는 손길이 갈 곳 없이 방황하고 있었다.

여전히 수동적인 자세로 지켜보고만 있던 선우는 제 혀를 사탕처럼 핥으며 쪽쪽 건드리는 간지러운 움직임에 좀 더 움직이라는 뜻으로 허리를 만지던 손을 올려 생각보다 상당히 풍만한 젖가슴을 담고 있는 브래지어를 살짝 건드렸다.

"아흐읏."

결국 남자의 몸을 움켜쥐고 있던 손이 견디다 못해 떨어졌다. 저도 모르게 떨어진 입술이 차분하지 못한 움직임으로 남자의 목 덜미로 박혔다. 흐으……. 신음 섞인 숨을 불규칙적으로 내쉬며 허우적거렸다.

그의 스킨 향이 잔뜩 섞인 희미한 담배 냄새를 들이마시기라도 하듯 거친 숨을 할딱거리며 남자의 목덜미에 머리를 부비적거렸다.

"이래서 섹스는 하겠어?"

아직 모든 자극이 생경하기만 한 몸은 자극당한 몸의 열을 내리는 방법을 알지 못해 남자의 몸을 잡아 뜯기만 하고 있었다.

쯧, 혀를 찬 선우가 품 안의 하늘을 카펫 위에 누였다. 연약한 두 다리 사이에 자리 잡은 남자의 몸에 허벅지 안이 팔딱이는 것 같아 하늘은 제 입술을 꾹 깨물었다. 눈앞이 다 빨개지는 기분이었다.

"가지고 간다며. 감기."

아, 맞다. 그래서 시작된 키스였다. 그것마저 모조리 잊고 있었다.

하늘은 손을 올려 손등으로 눈을 비비고 고개를 끄덕였다. 아직 제 임무를 잊지 않았단 뜻이었다.

"제대로 해."

고개를 끄덕이며 눈앞까지 다가온 남자의 입술을 다시 붙잡듯 맞대었다. 아까보다 몇 배는 높아진 것 같은 온도의 입술이었다. 제대로 하라고 하는데 뭘 어떻게 더 해야 할지 몰라 제 작은 혀로 남자의 혀를 이리저리 건들기만 했다. 허벅지 안으로 바짝 닿아 있는 남자의 몸이 신경 쓰여 자꾸만 허리가 비틀렸다.

"아으응, 아, 아저씨."

다시 입술이 떨어졌다. 이슬이 고인 눈꼬리가 흔들리고 있었다. 더 어찌해야 할지 모르겠다는 듯 침착하지 못하고 눈가를 떨고 있는 게 보였다.

어쩌다가 키스나 가르치고 있게 된 건지. 흥분으로 밀어붙여진 몸을 어찌할 바 모르고 눈가에 눈물이 가득 고인 채 바들바들 떨고 있는 하늘을 보자니 선우는 문득 더 심한 짓을 하고 싶어졌다. 이 작은 몸을 감싸고 있는 옷을 모조리 벗긴 채 키스하게 한다든가.

"넣어 달라고 말해야지."

혀를 넣어 달라고 조르는 모습을 보고 싶은지 선우는 아까보단 좀 더 여유롭지 못한 눈으로 울지 않으려 연한 눈꼬리에 힘을 주고 있는 하늘을 내려다봤다. 그건 정말로 부끄러운지 말하기를 주저하며 손등으로 눈을 쓸었다가 내리는 게 보였다.

순수한 두 눈이 건전하지 못한 욕망에 사로잡혀 어그러지고 있는 것을 보자니 아래가 묵직해지는 기분이었다. 입술이 달싹였지만 목소리가 나오지 않는 듯 눈을 느리게 감았다 뜨는 것이 보였다.

"아가. 그건 말하기 싫어?"

참, 어디에 숨었다가 이 요사스러운 게 나타났을까. 말하지 않고 애태우는 모양새가 딱 남자를 미치게 하는 꼴을 아는 게 분명했다. 선우는 젖은 머리를 쓸어 넘겨 주며 답을 종용했다. 입술이 머뭇거렸다.

선우는 말간 눈으로 저를 올려다보며 입술을 달싹거리는 하늘을 느긋하게 기다렸다. 사실 몸이 느긋하진 않았지만 좀 더 느긋하게 기다리는 모습을 보여야 할 것 같아서.

"아저씨이……."

"왜."

답지 않게 부끄럼이라니. 옷을 벗냐는 둥 섹스하자는 둥, 이미 말로는 갈 데까지 다 가 놓고, 막상 멍석을 깔아 주니 부끄러워 입술도 제대로 떨어지지 않는 모양이었다.

제가 말하는 섹스의 전 단계가 이렇게나 자극적이고 관능적인 것인지 모르고 있었던 것이겠지. 저도 모르게 덜덜 떨고 있는 허벅지를 남자의 허리 위로 올려놓은 하늘이 흡, 하고 숨을 들이마셨다. 그러고는 눈가 가득 눈물을 그렁그렁 단 채 선우의 두 눈을 지그시 응시했다. 그냥 이대로 달아오른 제 몸을 어떻게 해 달라고 채근하는 것이 분명했다.

선우는 이쯤에서 물러나기로 했다. 곤란한 눈으로 눈물을 글썽이는 걸 더 보고 있자니 애 울릴 것 같아.

선우는 우물거리는 작은 입술을 열고 이미 상당한 열기를 머금고 있는 제 혀를 밀어 넣었다. 움직임이 느릿했다. 부러 나를 더 느껴 보라는 남자의 의도가 명백한 움직임이었다.

애를 태우는 듯 느긋하게 혀를 감아올리던 움직임이 거칠어진 것은 순간이었다. 집어삼킬 듯 작은 혀를 빨아들이는 남자는 잘근잘근 혀를 말아 올렸다가 감아 내고 제 체향을 무서울 만큼 거세게 밀어 넣었다.

제가 서툴게 했던 키스와는 너무도 다른 키스에 하늘은 남자의 목을 꽉 끌어안았다. 타액이 섞이며 혀가 질척이는 음란한 소리가 귓가로 파고들어 절로 눈이 질끈 감겼다. 입술 사이로 절로 들뜬 신음 섞인 목소리가 흘러나왔다.

몇 번이나 겹쳐진 뜨거운 키스였다. 남자의 단단한 허리 위에 올려진 두 다리가 힘이 풀려 몇 번이나 미끄러졌다. 그럴 때마다 여린 두 다리를 다시 허리 위로 올린 건 선우의 뜨거운 손이었다.

선우는 하늘의 타액이 듬뿍 묻어난 혀로 어느새 턱 끝에 매달린 쾌감에 겨워 흘러나온 눈물을 핥았다. 흠칫하며 고양이 같은 신음을 토하는 하늘이 선우의 옷자락을 있는 힘껏 움켜쥐었다.

"아흐으. 아저씨이."

지나칠 만큼 뜨거운 온기를 품은 남자의 입술이 연한 목덜미로가 단번에 박혔다. 부러 좀 더 애를 태우고 싶어 혀로 흰 목덜미를 핥아 쓸어 내며 가볍게 힘을 주어 빨아 냈다. 목덜미를 지분거리는 입술엔 큰 힘이 들어가 있지 않았다. 좀 더 거센 자극을 원하는 몸이 본능적으로 꿈틀거렸다.

"아옹……. 아, 아."

건드려진 목덜미에서 전해지는 감각에 선우의 어깨에 머리를 풀썩 얹어 놓은 하늘이 째근째근 힘에 겨운 숨을 내쉬었다. 그러면서도 남자의 옷자락을 꾹 움켜쥔 손을 놓지 않았다.

자극당한 성욕을 애써 제어하려는 아이처럼 남자의 품에 안겨 몸을 바르작거렸다. 아래가 뜨거운지 버둥대는 와중에도 가는 손가락으로 스커트 자락이 더 허벅지를 타고 올라가지 못하게 꾹 누르는 것이 보였다.

단번에 저 얇은 손가락을 떼어 내고 스커트를 다시 밀어 올리는 것이야 눈을 깜빡이는 것보다 더 쉽겠지만 그러면 저 큰 눈이 또 놀라 눈물을 그렁그렁 고여 낼지도 모르니 그저 친절히 보고 있기만 하기로 했다.

선우는 제 스스로의 다짐에 헛웃음이 나왔다. 내가 이렇게 바

려심과 더불어 친절히도 이타심을 행하는 남자였다니.

진짜 이러다 감기라도 옮으면 어떡한다. 아직도 숨을 몰아쉬고 있는 하늘을 내려다보고 있던 선우가 뒤늦게야 걱정을 하기 시작했다. 제 품에 안겨 있는 작은 몸은 아직 내리지 못한 열기로 잔뜩 뜨거워져 있는데 더불어 감기 바이러스가 잠식한 것은 아닌지 괜히 걱정이 되었다.

선우가 제 가슴에 머리를 부비적거리며 눈을 가물거리는 하늘을 안아 올려 침대에 눕히기 위해 몸을 일으켜 세우려 했을 때였다.

초인종 소리가 울렸다. 단순히 얌전한 방문을 원하는 소리가 아니었다. 문을 열지 않으면 죽여 버리겠다는 듯 미친 듯이 초인종 버튼을 누르는 소리가 들렸다.

깜짝 놀라 남자의 품 안에서 몸을 떼어 낸 하늘은 힐끔 벽시계를 확인하며 인터폰 화면으로 다가갔다. 이 시간에 올 사람이 없는데. 화면 안으로 얼굴을 둥둥 띄운 건 이 집 꼴통 막내 윤아영이었다.

상당히 이 상황이 익숙한 듯, 안 봐도 누군지 안다는 얼굴로 미간을 확 구긴 선우는 벌써부터 지끈거려 오는 관자놀이를 꾹꾹 눌렀다. 아까 마신 커피 속 카페인 효과는 이미 바닥이 난 듯 전혀 머릿속이 개운해지지 않았다.

하늘은 화면 속 얼굴을 확인하자마자 현관으로 달려가 문을 열었다. 그리고 동시에 시끄러운 입을 단 머리통이 문 안으로 쑥 하고 들어와 가방을 털썩 던지듯 발로 차 내려놓았다. 가방을 던져 놓은 아영은 문을 열어 준 사람이 왜 하늘인지에 대해 가만히 생각하는 듯하더니 이내 뭘 떠올린 건지 얼굴이 시뻘겋게 달아올랐다. 루돌프 사슴 코가 따로 없다.

"어, 언니가 여기 왜……."

"아, 그게 우리 집에 도둑이 든 이후로 아저씨가 걱정된다고 이 집으로 들어오라고 했어."

하늘의 말이 채 끝나기도 전에 아영은 선우를 홱 노려보았다. 순진하고 착한 하늘이 언니를 건드린 것도 모자라 이렇게 살림까지 차리다니. 당장이라도 달려들 기세로 황소마냥 씩씩대던 아영이 하늘의 몸 이곳저곳을 살폈다. 저보다 힘센 도선우 목을 짤짤 흔들 순 없으니 약한 하늘이 언니 몸 검사라도 하려는 것인 듯해 보였다.

"언니. 괜찮아요? 저 짐승이 밤낮으로 해요? 어떡해."

"그게 무슨 말이야?"

"이렇게 순수한 하늘이 언니를……."

씨근덕거리며 하늘의 몸 이곳저곳을 곁눈질하는 아영을 바라보고 있던 선우는 몰려오는 두통을 견디며 더없이 차분하게 말했다. 상당히 인내를 하고 있다는 뜻이었다.

"이 시간에 왜 온 거야."

"친구랑 놀다가 차가 끊겨서. 택시비도 없거든."

이 시간까지 놀았다는 아영의 말에 선우의 눈썹이 절로 꿈틀거렸다. 아영은 대범하게 말하면서도 그런 선우가 위협적인지 슬금한 걸음 뒤로 물러섰다. 그리고 입고 있던 겉옷을 훌렁 벗어 거실 한복판에 아무렇게나 던져 두며 주위를 어슬렁거렸다.

"나도 여기서 자기 싫은데 하룻밤만 자는 거야."

주방으로 가 하늘이 마시던 자몽주스를 꿀꺽꿀꺽 마시며 거칠게 제 손등으로 입술을 문질러 닦았다.

"하늘이 언니, 오늘 나랑 같이 자요. 우리 재밌는 얘기도 많이 하고."

그럴까? 하고 생긋 웃으며 침대를 정리하려 제 방으로 들어가려던 하늘의 손목이 탁 하고 잡혔다. 제법 세게 쥐어 잡힌 손목에 천천히 위를 올려다본 하늘이 선우와 눈을 마주했다.

"내 방으로 가."

남자의 말에 아영은 입안으로 마구잡이로 욱여넣던 식빵을 툭 하고 떨어뜨렸다. 선우는 상관 않고 손목을 그러쥔 손에서 힘을 빼 제 방으로 들어가라는 듯 하늘을 놓아주었다. 멍청히 식빵을 떨어뜨린 아영이 순간 얼굴을 확 구겼다. 고민을 하는 듯 서성이는가 싶더니 이내 하늘은 별다른 반항 없이 선우의 방 안으로 나긋이 들어갔다.

"하늘이 언니를 왜 네 방으로 데리고 들어가? 어? 나랑 같이 잘 건데!"

"조용히 잠이나 자고 가. 더 헤집어 놓지 말고."

"왜 언니 데리고 가냐니까! 뭐야. 또 언니 건드릴 거야? 너 야한 짓 하려고 그러지?!"

아영이 여기저기 허물처럼 벗어 놓은 옷을 주워 대충 소파 위로 올린 선우는 대답을 재촉하는 아영을 보며 장난 섞인 눈으로 매우 느긋하게 웃었다.

"여기저기 건드려야지. 야한 짓도 좀 하고."

그의 장난 섞인 여유로운 언어에 아영의 얼굴이 홍당무처럼 익었다. 또 제가 잘하는 욕으로 부끄럽지 않은 척 핏대를 세워야 하는 건지, 모르는 척 입을 다물어야 하는지 고민을 하는 듯한 얼굴을 하고 있었다.

아닌 척, 부끄럽지 않은 척 남의 성생활을 입 밖으로 마구 꺼내 놓아도 아직 어른들의 세계가 부끄럽기만 한 스무 살이었다. 하여 간 귀엽긴.

등 뒤에서 느껴지는 남자의 존재에 하늘은 눈을 꾹 눌러 감았다. 아까 그와 나눈 키스로 아직 입안이 뜨거운 느낌이었다.

제 등 뒤에 있는 남자가 차분히 숨을 내쉬고 있어 괜히 목덜미가 간지러웠다. 한방에서 자 본 적은 있어도 이렇게 한 침대에 누워 같이 잠을 청하는 것은 처음이었다.

심장 고동 소리가 쿵쿵하고 울리는 것이 싫어 하늘은 제 손을 더듬어 가슴, 심장이 있을 만한 부근을 꾹 하고 눌렀다. 그리고 두 눈을 질끈 감았다.

좀 더 등 뒤로 바짝 다가와 한결 가까워진 숨소리에 하늘이 깜짝 놀라 눈을 떴다. 몸이 절로 움찔거렸다. 희미하게 웃는 남자의 숨소리가 귀를 간질였다. 하늘은 좀 더 남자에게서 멀어지려 침대 끝으로 바스락거리며 멀어졌다.

아까 전 남자와 한 진한 키스로 인해, 한번 달궈진 몸은 쉽게 그 열기가 가시지 않는다는 것을 몸소 깨달은 바 있기 때문이었다. 침대 끝에 다다라 남자에게서 등을 돌린 채 가쁜 숨을 내쉬고 있던 하늘이 순간 제 허리를 감싸는 손길에 화들짝 놀라 몸이 튀었다. 남자는 가볍게 여린 몸을 끌어당겼다.

"침대 밑으로 떨어지고 싶어?"

왜 자꾸 남자의 목소리가 다정하게 느껴지는 건지 이유를 찾지 못하겠다는 듯 하늘은 고개를 저었다. 여전히 남자에게 등을 보인 채 제 손으로 입을 꾹 틀어막았다. 다시 질끈 눈을 감았다.

아무렇게나 손을 둔 것 같은데 남자의 손이 자꾸 제 허벅지로 닿아 와 온몸이 잔뜩 예민해졌다. 몸을 웅크리고 있는 하늘의 뒤로 조금은 가라앉은 듯한 남자의 음성이 흘러나왔다. 이번에도 그 음성이 다정하게 들려왔다.

"연하늘."

"……네에."

"나 봐."

저를 보길 원하는 남자의 말에 하늘은 머뭇거리면서도 천천히 돌아누웠다. 저를 내려다보고 있는 남자의 강인한 눈이 보였다. 작은 몸이 움찔거리며 남자와 시선을 맞추었다. 올망졸망한 눈이 왜 불렀냐는 듯 남자를 올려다보고 있었다.

"아까 하던 거 마저 이어 할까?"

아까 하던 거라면…….

"뭐 어떤……."

"뭐긴 뭐야. 섹스하고 싶다며."

놀란 게 여실한 눈이 크게 두어 번 깜빡였다. 그러다가 저도 모르게 눈이 닫힌 문 쪽으로 향했다. 당혹한 듯했지만 쉽게 답을 하지 못하는 하늘이 입술을 달싹였다.

"……아영이 있는데요?"

정말로 고민을 하는 건지 큰 눈이 이리저리 어그러지는 것이 보였다. 거절을 표하는 건 연하늘답지가 않고 그렇다고 고개를 끄덕이자니 밖엔 버젓이 윤아영이 제 방에서 자고 있을 터였다. 그걸 보고 있던 선우가 피식 웃으며 허리를 좀 더 끌어당겨 작은 몸을 제 앞으로 당겨왔다.

"스릴 있고 좋지, 뭐."

다시 고민을 하는 눈동자가 이리저리 갈피를 잡지 못하고 움직였다. 선우는 그 모습에 웃음을 참으며 모른 척 무심한 목소리를 했다.

"싫으면 말고."

제 말이라면 거절을 하지 못하는 하늘의 연한 마음을 이용해 장난을 치는 제가 순간 악마 같다는 생각이 들었다.

'싫으면'이라는 그의 표현에 어쩔 줄 몰라 하는 눈동자가 보였다. 손이 선우의 옷자락을 잡아 쥐었다. 저도 싫지는 않다는 뜻이었다. 그렇다고 허락의 표현도 나오지 않았다. 선우는 꾹 깨물고 있는 하늘의 입술을 쓸어 더 깨물지 못하도록 벌려 놓으며 옅게 웃었다.

"농담이다. 뭘 또 고민을 하고 그래."

"아……."

그제야 편안한 안색을 하는 하늘이 뺨을 움직여 작게 웃었다. 그걸 보고 있던 선우가 웃던 입꼬리를 내리고 얌전히 저를 보고 있는 하늘의 눈을 응시했다. 참 맑다. 눈동자도. 뭘 농담을 해도 죄책감 들게.

농담이라는 남자의 말에 가만히 고개를 끄덕이는 게 보였다. 선우는 다시 입술을 올려 옅게 웃었다. 참 제 마음 표현은 솔직하다. 말귀 알아먹는 것도 빠르고.

"소리 참을 수나 있겠어?"

낯선 자극을 견디지 못하는 몸이 많이도 민감한 것 같던데. 저
나름대론 참아 보려 입술을 꾹꾹 깨물어도 여과 없이 야릇한 소리
가 새어 나와 고개를 푸들푸들 젓던 아까의 모습이 떠올랐다.

"남한테 들려줄 순 없잖아. 연하늘 야한 목소리."

나만 들어야지.

노골적인 선우의 말에 더 말하지 말라는 듯 팔짝 뛴 하늘이 눈
을 살짝 흐리며 고개를 젓는 것이 보였다.

픽 웃은 선우가 이내 저를 올려다보고 있는 허리를 끌어안고
눈을 감았다. 이제 그만 자겠다는 뜻이었다. 하늘은 제 허리 위에
올려진 남자의 단단한 손길에 이러지도 저러지도 못하는 눈을 데
굴데굴 굴리다 이내 선우의 품 안으로 와락 파고들어 눈을 질끈
감았다. 그리고 남자의 품 안에서 뜨거운 숨을 내쉴 때 선우가 제
품에 안긴 어깨를 떼어 냈다.

"너무 붙진 말고. 불청객이고 뭐고 당장 엎고 싶진 않으니까."

의미 모를 말을 하는 선우를 보며 고개를 갸웃하던 하늘이 몰
려오는 잠에 서서히 눈을 가물거렸다. 그리고 이내 잠이 든 듯 쌔
근쌔근 고른 숨을 내쉬었다. 그 모습을 보고 있던 선우가 작은 한
숨을 내쉬었다. 결국 이 밤도 쉽사리 잠들지 못하는 것은 저 하나
였다.

※

아영은 선우의 방 앞에서 문을 열지 못하고 기웃대고 있었다. 아침인데 아직까지 안 일어나고 뭐 하는 거야, 두 사람. 설마 아직 알몸으로 한 몸이 되어 있는 건가.

문에 바짝 붙은 채 귀를 대고 있던 아영은 갑자기 활짝 열리는 문에 몸이 순식간에 앞으로 기울었다. 그리고 그런 아영의 어깨를 간단히 잡아챈 선우가 한심하다는 듯 내려다보고 있었다.

"도청은 나쁜 짓이라고 도덕시간에 안 가르쳐 주든?"

"어린애 취급하지 마."

"어린이는 얌전히 아침 먹고 학교나 가."

"우이씨."

아영이 성질을 부리기도 전에 선우의 방을 나오는 하늘을 보며 입이 쩍 벌어졌다. 아슬아슬하게 목선이 푹 파인 니트 티를 입고 가만히 선우의 뒤로 다가가 등을 끌어안은 채 얼굴을 파묻는 것이 보였다.

"아저씨. 좋은 아침이요."

"어린이 놀라겠다."

선우의 비웃음 섞인 목소리에 아영이 도끼눈을 뜨고 남자를 노려봤다.

"나도 알 건 다 알아!"

"아, 발랑 까진 어린이."

결국 개발 새발 욕을 하며 얼굴이 삽시간에 붉어진 아영을 뒤로하고 느긋하게 식탁에 앉은 두 사람은 간단한 아침으로 차 한 잔과 토스트를 준비했다.

하늘의 입술에 붙은 빵 부스러기를 혀를 차면서도 떼어 주는 도선우의 난생처음 보는 친절함에 아영은 들고 있던 포크를 탁자 위로 탁 하고 거칠게 내려놓았다.

"이 집 다신 안 와!"

"갈 때 네 옷은 챙겨 가."

선우의 느긋한 목소리에 아영이 눈썹을 확 구겼다.

✴

그쳤다 싶더니 다시 봄비가 내리기 시작했다. 연구실에 앉아 어두컴컴해지는 밤하늘을 가만히 보고 있던 하늘이 가방을 들다 말고 발을 움직이기를 주저했다.

비가 오는 하늘을 삽시간에 어둠이 집어삼켰다. 맑은 날 같았으면 아직 환했을 하늘이 비를 흩뿌려 안개 속처럼 어두웠다.

연구실을 나오기 위해 곁에 놓아두었던 우산을 든 하늘이 은석에게 인사를 했을 때, 기다렸다는 듯 연구실 문이 열렸다. 어쩐지 조금 낯선 모양을 한 도영이 빼꼼히 얼굴을 드러냈다.

은석은 미묘한 웃음이 섞인 표정으로 입술을 씰룩댔다. 어디서 요즘 잘나간다는 스타일의 옷을 주워들고 왔는지 베이지색 면바지에 체크무늬 빨간 셔츠를 입고 카디건을 접어 어깨에 두른 모양새가 누가 봐도 오늘은 작정하고 입고 온 사람이었다.

"안녕. 하늘아."

"안녕하세요, 교수님. 그런데 오늘……."

"아. 나도 평소에 자주 이러고 다녀. 학교 올 때는 이렇게 못 입으니까."

도영은 스스로 말해 놓고도 민망한지 어색하게 입술을 올려 웃었다. 그리고 진실을 알고 있는 은석은 웃음을 참으려 양 볼을 미친 듯이 씰룩대고 있었다. 웃으면 죽는다는 표정으로 은석을 힐끔거린 도영이 만면에 미소를 띠우며 안으로 걸어 들어왔다. 면바지에 맞춰 입은 까만 구두가 어색한지 걸음걸이가 어정쩡했다.

"하늘이 베이커리 갈 거지? 같이 가자. 태워 줄게. 나도 오늘은 빵이 먹고 싶어서 그렇지 않아도 베이커리 가려고 했었거든."

그래, 같이 가면 되겠다, 하며 싱긋 웃는 은석의 미소에 하늘은 그럼 신세를 지겠다는 듯 공손히 도영에게 인사를 건넸다.

도영은 베이커리에 도착할 때까지 말없이 창밖을 보고 있는 하늘을 힐끔거렸다. 오늘은 모가 되든 도가 되든 뭐가 어찌 되든 마음을 전해야겠다는 생각에 가슴이 미친 듯이 널뛰었다.

괜히 헛기침을 하고 목이 꽉 막히는 기분에 몇 번이나 침을 삼킨 도영이 봄비를 보며 차분한 웃음을 짓는 하늘의 모습에 여태껏 애써 진정시켜 놓았던 마음이 다시 원래대로 되돌아갔다는 것을 깨달았다. 제발 진정해라, 최도영. 이러다가 고백이고 뭐고 말도 하기 전에 쇼크사 하겠다.

스스로 몇 번이나 마음을 다잡은 도영은 하늘이 문을 열기 전에 먼저 베이커리 문을 열어 주었다. 작은 몸이 열린 문 사이로 쏟아져 나오는 고소한 향기를 가르며 들어갔다.

하늘을 기다리고 있었는지 지루한 시간을 보내고 있던 아영이 앞치마를 벗으며 그럼 먼저 들어가 보겠다고 살가운 인사를 하는 것이 보였다. 빨리 가 줘서 고맙다는 인사를 삼킨 도영이 주문한 커피와 함께 빵이 담긴 쟁반을 테이블 위로 올려 두고 가만히 책을 꺼냈다.

독서를 가장해 그녀와 이렇게 가까이 있을 수 있다는 생각에 괜히 웃음이 나왔다. 향긋한 커피 향에 고소한 빵이 가득한 베이커리, 그 그림에 너무나도 완벽한 그녀의 존재는 도영을 더없이 행복하게 만들었다.

저를 너무 손님 취급하며 제 할 일만 열심히 하는 하늘이 한 번씩 돌아봐 주면 정말 더 바랄 것도 없이 좋겠지만 일단은 그것까진 바라지 않기로 한 도영이 천천히 김이 오르는 커피를 한 모금 마시며 목울대를 움직였다.

"하늘아. 여기 커피 한 잔 더 주겠어?"

"아, 네."

말없이 무언갈 적고 있던 하늘이 도영의 요청에 커피 한 잔을 금방 내려 가까이로 다가왔다. 그리고 커피를 내려놓는 얇은 손목을 그러쥔 도영이 생긋 웃으며 제 앞자리를 톡톡 가리켰다.

"너 마시라고."

"아…… 전 괜찮은데."

"나 혼자 이렇게 맛있는 커피를 마시고 있으니까 미안하잖아."

"하지만 전 일하는 중이고, 교수님은 손님이시니까요."

"아, 그런가? 그래도 한 잔 마시고 해. 응?"

벌써 몇 번이나 부탁하듯 말하는 그 목소리에 더는 거절하지 못해 하는 수 없이 은석에게서 받아 온 연구 자료를 가져와 도영의 맞은편에 앉은 하늘이 말없이 연필을 움직였다.

봄비가 떨어지는 고요한 소리에 눈을 감고 지그시 커피 향을 음미하던 도영이 천천히 눈을 떠 맞은편에 앉은 하늘을 바라봤다.

내려앉은 속눈썹이 참 길기도 하다. 하얀 목덜미 위로 절로 시선이 갔다.

살랑거리는 머리칼이 귀를 타고 내려와 그녀의 시선을 방해하는 것이 보였다. 도영은 저도 모르게 손을 들어 연한 머리칼을 쓸어 주었다. 그의 난데없는 행동에 놀란 것은 하늘뿐만이 아니었다. 도영은 저도 모르게 나온 제 행동에 당혹스러움이 잔뜩 묻은 얼굴을 했다.

"아, 그게……."

입을 굳게 다물고 있다 이내 진지한 눈을 한 도영이 숨을 후욱 내쉬며 고개를 끄덕였다. 뭔가 큰 결심이 선 듯해 보였다. 여전히 그의 행동을 알지 못하겠다는 눈으로 바라본 하늘이 그녀답지 않게 경계 섞인 눈을 했다. 그 모습을 보고 있던 도영이 쓴웃음을 지으며 나지막이 입을 열었다. 그래도 오늘은 고백을 해야겠다.

"하늘아. 사실은 있지."

가만히 그의 말을 듣고 있던 하늘이 천천히 눈을 깜빡였다. 하고 싶은 말이 있으면 하란 뜻인 듯했다.

"참, 어른이 되어도 고백이 떨리긴 마찬가지다."

도영은 깊은 고뇌가 담긴 숨을 연거푸 내쉬며 이내 입을 열었다.

"하늘아 네가 여자로 보여. 물론, 너도 날 남자로 보면 좋겠지만 그렇지 않아도 난 네가 좋아."

"……교수님."

"그렇게 부르지 마. 내가 네 교수인 것도 아니잖아. 그런 호칭으로 부르면 너무 선을 긋는 거 같아서."

어찌할 바를 모르겠다는 눈으로 한참이나 도영을 바라보고 있던 하늘이 다시 그를 불렀다.

"교수님."

그녀의 입에서 교수가 아닌 다른 호칭을 듣는 건 아직 무리인 건가. 도영은 씁쓸함이 잔뜩 묻어난 표정으로 말해 보라는 듯 옅게 웃었다.

"죄송해요, 교수님. 전 좋아하는 사람이 있어요."

이번에 눈앞이 암흑이 된 것은 도영이었다. 숨이 턱 하고 막혔다. 눈앞이 캄캄해 아무것도 보이지 않아 도영은 겨우 손을 더듬어 쓴 커피를 삼켰다.

이명이 들리는 것처럼 귀가 멍멍해져 도영은 한참 동안 정신을 가누느라 애를 먹었다. 그녀 앞에서 한숨을 쉬면 안 되는데 한숨이 밀려나와 도영은 제 가슴을 손으로 꾹 눌렀다.

"혹시 그 사람이 도은석 교수 형……이야?"

제 사랑을 말하는 남자의 목소리에 하늘의 어깨가 움찔하며 튀는 것이 보였다. 도영은 천천히 고개를 주억거리며 눈을 떨어뜨렸다.

역시 제가 잘못 본 게 아니었다. 그리고 자신의 감이 맞는다면 그 남자 또한 하늘과 다를 바 없는 감정인 것이 틀림없었다. 어떻게 말을 할까, 좀 더 나를 봐 달라고 매달릴까, 아니면 잘 알겠노라고 그저 고개만 끄덕일까, 그냥 여기서 물러나겠다고 포기를 선언할까. 답을 내리지 못한 물음만이 머릿속을 엉망으로 헤집어 놓았다.

"교수님이 저에게 친절히 대해 주셔서 너무 감사하게 생각하고 있어요. 하지만 제게는 그 사람뿐이에요."

자신이 어떠한 답을 내릴 필요도 없었다. 이미 답을 내려 준 하늘이 미안함 가득한 눈으로 자신을 바라보고 있었다. 그리고 천천히 고개를 숙여 죄송함을 표하는 것이 보였다.

오늘 특별히 신경 써서 제 조카 옷을 빼앗아 입고 온 제가 한심스럽게 느껴졌다. 그 남자에게 조금이라도 지지 않으려고 평소에는 한 번 입어 보지도 않았던 스타일의 옷을 입고 온 제가 멍청하게 느껴졌다.

하늘은 고요한 공간 속에 홀로 움직이고 있는 시계를 올려다보더니 천천히 자리에서 일어섰다. 가게 문을 닫아야 할 시간인 듯 뒷정리를 하러 가는 듯한 모습에 도영은 자리를 박차고 일어났다. 저는 이렇게 가슴이 답답해 미치겠는데 너무나도 평온한 그녀의 모습에 눈앞이 완전히 뒤틀리는 기분이었다.

나긋이 걸어가는 그녀의 손목을 콱 움켜쥐었을 때였다. 도영은 제 머리 위로 툭 하고 떨어진 무언가에 눈을 찌푸리며 고개를 올려다보았다. 들고 있던 파일철을 도영의 머리 위로 내리치듯 떨어뜨린 선우가 밤하늘만큼이나 어두운 눈으로 서 있었다.

"뭐 하는 짓거리야."

남자의 등장에 저도 모르게 하늘의 손목을 놓은 도영이 심각한 표정으로 눈을 찌푸렸다. 그렇지만 무어라 화를 낼 수도 없었다. 엄연히 두 사람 사이의 불청객은 저였다. 이렇게 우스운 옷을 입고 나타난 것도 저였고, 베이커리로 찾아온 것도 저였고, 싫다는 사람 잡아챈 것도 저였다. 연인 사이에 끼어든 것은 저였다. 도영은 그대로 몸을 틀어 베이커리를 나왔다.

남자가 그녀를 향해 커피를 마시라고 손목을 잡았고, 그녀의 머리를 쓸어 올려 주고, 어쩔 줄 모르겠다는 얼굴로 고백을 하고, 남자가 하늘의 몸에 손을 대기까지 모조리 지켜보고 있던 선우는 순서도 외울 지경까지 아까의 상황을 곱씹고 있었다.

무서운 기색으로 집까지 돌아오는 내내 한마디 말이 없는 선우를 보며 하늘은 제 두 손을 맞잡은 채 눈만 내리깔고 있었다. 제 잘못이 아님에도 선우를 화나게 만든 것이 저라는 사실은 변한 게 없었다.

집으로 돌아와 늘 하던 대로 옷을 갈아입자마자 불을 켜고 블라인드를 내린 하늘이 무서운 기세로 화가 난 선우를 힐끔 돌아보았다. 타이를 끌어 내려 소파 위로 던지듯 내려놓은 선우가 소파에 털썩 앉는 것이 보였다. 하늘은 저에게 아무런 말도 않는 남자에게로 다가갔다.

"아저씨."

답이 없었다. 목 끝까지 채워져 있던 단추 몇 개를 성의 없이 풀어 헤친 남자는 자비 같은 건 담지도 않은 눈으로 하늘을 올려다봤다. 평소 같았으면 변명이라도 해 보라 채근이라도 했을 텐데 그러지도 않는 남자는 할 말이 있으면 해 보라는 듯 그저 하늘을 바라만 보고 있을 뿐이었다.

하늘은 뭐라 말을 꺼내야 할까 생각하는 듯 침묵하다 이내 무겁게 열리는 남자의 입술에 고개를 들었다.

"그 새…… 그 자식이 뭐 했는지 하나도 빠짐없이 차례대로 읊어."

이미 알고 있었다. 처음 커피를 마시라 손목을 잡을 때부터, 화가 나 그 뭉툭한 손으로 그녀를 낚아채기까지.

그렇지만 선우는 제 입으로 스스로 죄를 고하게 하며 소파에 등을 기대었다.

"교수님이 저에게 좋아한다 고백……."

"그 전에."

"아."

그 전에 뭘 했지. 기억을 더듬는 듯 생각에 잠겨 있느라 한참 동안 시간을 흘려보내는 하늘이 못마땅한지 선우가 다시 눈가를 일그러뜨리는 것이 보였다. 하늘은 몸을 움찔거리며 입술을 꾹 깨물었다.

"커피 마시라고……."

"그게 다야?"

"그럼 어떤……."

남자가 화가 난 포인트에 대해서 무지할 만큼 모르는 게 분명했다. 선우는 제 눈앞에 드러난 하얗고 뽀얀 허벅지를 끌어당겨 왔다. 끌어당겨진 몸에 무게중심을 잡지 못해 남자의 어깨를 그러쥔 하늘이 차가운 남자의 시선에 몸을 흠칫했다.

그는 어쩔 줄 몰라 하는 눈을 보며 차갑게 식은 손가락을 그녀의 허벅지 사이로 찔러 넣었다. 그의 손길에 여실히 몸을 떠는 것이 느껴졌다. 선우는 화가 그대로 묻어난 손으로 입고 있는 하늘의 잠옷 원피스를 말아 올리고 그녀의 몸 중 살이 오른 몇 안 되는 곳인 엉덩이를 감싸 쥐며 그대로 제 무릎 위로 내려앉혔다.

하늘은 다급히 남자의 옷자락을 움켜잡았다. 전처럼 그의 몸어 손을 대지 말라는 벌이라도 내릴까 다급히 그러쥐는 것 같아 보였다.

여전히 뜨겁지 못한 남자의 몸은 한기가 느껴질 만큼 차가웠다. 아직 화가 난 남자의 얼굴이 무서울 만큼 어지러웠다. 엉덩이를 만지던 손을 올려 여린 허리를 감싸 쥔 선우가 낮게 으르렁거렸다.

"계속 말해."

숨을 헙 하고 삼키며 선우의 어깻죽지를 꽉 붙잡은 하늘이 제 허리를 지분거리는 남자의 행동에 입술을 들썩거렸다.

"커, 커피 마시라고 하셨고, 또, 또, 좋아한다고, 그게 다인 것…… 아흐읏."

얇은 허리를 문지르던 남자의 손이 브래지어를 밀어 올리고 어느 여체의 것보다 훨씬 그득하게 손에 들어오는 젖가슴을 움켜잡았다. 부드럽지 않은 손길로 손안 가득 흘러넘치는 가슴을 주물렀다.

흐윽, 절로 흘러나오는 신음에 하늘이 헐떡이며 숨을 삼키는 것이 보였다. 여전히 남자는 조금의 따뜻한 기운도 담지 않는 눈으로 하늘을 내려다보고 있었다.

선우의 몸에 머리를 기대어 누이려던 하늘이 그런 저를 저지시키는 남자의 행동에 발끝을 잔뜩 오므라뜨렸다. 하늘의 육감적인 몸을 가리고 있는 천 조각이 거추장스러운지 단번에 밀어 올려 잠옷 원피스를 벗긴 선우가 제 긴 손가락을 그녀의 작은 입안으로 밀어 넣어 타액을 묻혀 냈다. 그리고 타액이 묻은 손끝으로 좀 더 진득하게 유두를 문질렀다.

"하응, 아아!"

자극당한 색정을 부인이라도 하는 듯 고개를 도리도리 젓던 하늘이 다시 남자의 품 안으로 고개를 묻으려 했지만 선우는 다시 한 번 그런 그녀를 저지시켰다. 곧 원망 가득한 눈길이 돌아왔다.

"네 손목을 만지고, 네 머리칼을 쓸어 넘기고, 내가 잘못 보기라도 한 건가? 어?"

하늘은 숨을 헐떡이며 제 손등으로 입을 꾹 틀어막았다. 그래 봤자 별 소용없다는 듯 남자는 그녀의 두 다리를 갈라냈다. 여전히 가슴을 지분거리고 있는 남자의 손길에 조금도 감각이 익숙해질 틈도 없이 허벅지 안쪽을 문질러 오는 자극적인 감각에 하늘은 정신을 놓을 것처럼 까무룩댔다.

애써 입을 틀어막았던 손이 허둥대며 남자를 붙잡았다. 남자는 아랑곳 않고 은밀한 곳을 감춰 놓은 팬티 입구를 슬쩍 건드리듯 쓸어내렸다.

"아흐으. 아으……."

허리를 잘게 떨며 제 품 안으로 파고들고 싶어 눈물을 그렁그렁 흘려 내는 작은 몸이 가눌 길 없이 휘청거리고 있었다. 하늘은 여전히 저를 안아 주지 않고 차가운 눈으로 저를 관망하듯 내려다보고 있는 남자를 올려다보며 고개를 저었다. 따뜻한 눈을 하고 있지 않은 남자가 무서운 거였다.

"싫다고 말했어요. 흑."

하늘은 선우가 저 멀리 던져 놓은 제 원피스를 끌어당기려고 몸을 숙였지만 남자는 더 멀리 옷을 치워 낼 뿐이었다. 아득한 눈으로 남자를 올려다보았다.

제가 원한 거였는데. 아저씨와 사랑을 나누는 건 제가 원하는 거였는데. 이렇게 무서운 눈으로 하는 사랑은 겁이 났다. 그래도 거부할 수 없이 남자가 좋아 결국 하늘은 그의 너른 품 안으로 파고들었다.

"난 아니라고 했어요. 그래서 교수님이 화가 난 거예요. 제가 좋아하는 사람이 있다고 해서."

남자의 품 안에서 머리를 부비며 가슴을 와락 끌어안았다.

"아직 화 안 풀렸어요?"

정말이지 더 화를 낼 수도, 더 미워할 수도 없게 만드는 이 눈동자가 그를 더욱 미치게 만들었다. 선우는 깊은 한숨을 내쉬며 곁으로 던져 두었던 하늘의 원피스를 가져와 다시 여린 몸 위를 감싸 주었다. 말려 올라간 브래지어를 내려 주는 손길에도 몸이 파르르 떨렸다.

선우는 저를 올려다보는 까만 눈을 보며 조금은 누그러진 목소리를 했다. 그래도 여전히 가시지 않은 그 그림자의 무게에 하늘은 목덜미가 처연하게 꺾였다.

"네 방으로 가서 자."

머뭇거리며 남자의 말대로 제 방으로 들어가는 하늘을 가만히 보고 있던 선우는 깊은 무게로 내려앉을 듯한 목을 숙이고 짙은 한숨을 푹 내쉬었다.

질투심에 눈이 멀어 바들바들 떨고 있는 아이를 안을 뻔했다. 여러 번 몸을 섞어 왔던 사이도 아니고 이렇게 이성을 잃은 채 그녀에게 처음을 안겨 줄 순 없었다. 결국 못난 어른인 제가 또 못난 모습을 보인 꼴이었다.

선우는 지끈거리는 관자놀이를 누르며 소파에 머리를 기대었다. 그리고 이마에 손을 얹은 채 눈을 감았다. 오늘도 숙면은 글렀다.

❋

눈을 비비며 힘겹게 잠에 짓눌려 있던 머리를 일으켜 올렸을 때, 하늘은 아저씨가 사라졌다는 것을 발견했다. 일찍이 출근을 한 듯해 보였다. 보통은 오후쯤이나 되어야 나가는 남자가 오늘은 일찌감치 집을 비웠다.

어제 일 때문인 걸까? 마음이 어지러워 하늘은 우유를 먹는 둥 마는 둥 작은 손으로 우유갑만 꾹 눌러 잡고 있었다.

제가 좀 더 마음 표현을 확실히 했어야 했는데. 교수님껜 죄송하지만 좀 더 확실하게 거절 의사를 표현했어야 했는데. 날 만지지 말라고, 당신이 만지는 건 싫다고. 나를 만질 수 있는 건 내 아저씨뿐이라고.

식탁에 턱을 얹고 후, 한숨을 쉬었다. 오늘은 연구실을 가는 날도 아니니 하루 종일 베이커리에 있어야 하는데. 이상하게 베이커리도 가기 싫다.

아저씨가 보고 싶다.

선우는 눈에 들어오지도 않는 일들을 저 멀리 던져 버리고 눈을 꾹 눌러 감았다. 곁에 서 있던 강석이 화들짝 놀라 바닥으로 떨어진 서류들을 서둘러 주워 다시 책상 위로 올려놓았다.

준우는 커피를 마시다 말고 인상을 찡그렸다. 오랜만에 보는 도선우 저기압 전선에 그 밑에 있는 잔챙이들만 다 죽어나게 생겼다는 것을 감지했다. 강석을 향해 나가 보라고 턱짓을 한 준우는 마시고 있던 커피를 테이블 위로 내려놓고 미간을 잔뜩 찌푸리고 있는 선우에게로 다가갔다.

"한동안 맑게 갰다 싶더니 또 왜. 우리 완두콩이랑 뭐가 잘 안 돼?"

준우는 저를 향해 무서운 눈을 치켜뜨는 남자의 시선에 그제야 제 말 속에 단어 하나가 잘못 박혔다는 것을 알아채고 말을 정정했다.

"우리 완두콩 아니라 네 완두콩."

준우는 생긋 웃으며 제 턱 언저리를 문질렀다. 그러다가 다시 벽에 등을 기대고 팔짱을 끼며 느긋하게 웃었다.

"금욕 중? 그래서 그런 거야?"

이런 쪽으론 촉이 이상하리만치 뛰어난 이준우는 아직 두 사람이 몸의 대화를 한 번도 한 적이 없다는 사실을 단번에 알아차린 듯했다. 말없이 인상만 쓰고 있는 그를 보던 준우가 입술을 올려 기소를 머금으며 정말로 재미있다는 듯 행복하기까지 한 표정을 했다.

"도선우가 여자를 위해 참 많이도 참는구나."

신기해 마지않아 제 입술을 깨물었다 놓은 준우는 결국 하하, 소리 내어 웃었다.

"쫓겨나고 싶지 않으면 다물어라."

"뭐가 문제야. 두 사람 서로 원하고 있잖아. 완두콩이 진짜 미성년도 아니고."

"그런 거 아니니까 그냥 좀 다물어."

그런 게 아니라고? 준우는 다시 생각에 잠긴 듯 잠깐의 시간 동안 선우가 원하는 대로 입을 다물었다. 그러다가 혹시나 하는 마음에 다시 운을 뗐다.

"완두콩 주위에 남자라도?"

단번에 얼굴이 일그러지는 도선우의 반응에 준우는 고개를 끄덕였다. 그 문제였구만.

"어떤 남자? 괜찮은 남잔가 보네? 도선우가 긴장할 정도인 거 보니."

"야. 나가."

"아, 그건 아닌가? 그럼 그 남자가 완두콩한테 엄한 짓이라도 했어?"

"야 이 새끼야. 안 나가?"

"그랬구나. 가서 손목이라도 분질러야지. 도선우답지 않게 여기서 뭐 하고 있어."

그러게 말이다. 시발. 내가 여기서 뭐 하고 있는 건지.

아, 내가 그 샌님 뒤처리까지 해야 하다니.

준우는 머릿속이 복잡한 선우를 보며 특유의 미소를 지은 뒤 다시 강석을 불러들였다.

더 이상 이강석을 족치진 않을 게 분명해 보였다.

선우는 저를 보며 눈을 떼지 못하는 여대생을 이제는 이골이

났다는 듯 거들떠도 보지 않고 도은석이 머무는 연구실을 향해 걸었다. 주구장창 도은석 연구실을 드나드는 모양이니 그 근처에 서식하고 있는 게 분명했다.

선우가 긴 다리를 휘적휘적 움직여 은석의 연구실에 다다랐을 때였다. 제 연구실인 듯한 곳에서 문을 닫고 밖으로 나온 도영과 눈이 마주쳤다. 어제 일 이후로 저도 생각이 많았던 모양인지 단번에 보아도 수척해진 얼굴이었다.

후. 내가 저 샌님이랑 무슨 말을 섞으려고 온 건지. 선우는 남자의 수척해진 모습에 절로 한숨이 나왔다. 놀랄 줄 알았던 도영은 선우의 방문을 예상이라도 한 듯 제 연구실 문을 살짝 열어 보였다. 안으로 들어가서 얘기할래요? 라는 뜻인 것 같았다.

그냥 밖으로 나가서 벤치에 앉자고 말을 하려다 말고 저를 빤히 바라보고 있는 여대생들의 시선에 더 고민 않고 도영의 연구실 안으로 들어갔다.

도영은 긴 다리를 접어 의자에 앉는 선우를 보며 인스턴트 커피를 만지작거렸다. 그 모습을 보고 있던 선우가 낮은 목소리를 했다.

"됐으니 그냥 앉아요."

됐으니까 어서 끝내고 더는 보지 맙시다, 라고 말하는 듯한 남자의 음성에 인스턴트 커피를 내려놓고 회전의자를 끌어와 당겨 앉은 도영이 살짝 눈을 내리깔았다. 어제 제 잘못이 있으니 남자와 눈을 맞추지 못하는 것이 당연했다.

선우는 그런 도영을 보며 흡연욕구가 치밀어 올랐다. 대학건물 내 흡연은 불법일 테니 참기야 하겠지만 이 건물을 나가자마자 할 제 행동이 담배를 태우는 것이란 건 어렵지 않게 짐작할 수 있었다.

"어제는 죄송했습니다. 그러려고 그랬던 건 아닌데."

"모든 잘못이 그러려고 그랬던 건 아니죠."

"······네."

도영은 순순히 고개를 끄덕였다. 이보다 더 못난 남자가 되는 것이라도 막기 위한 선택인 듯해 보였다.

"연하늘 몸에 손대지 맙시다. 선생."

"······네. 저 그리고, 은석이 형님."

도영은 천천히 내리깔았던 눈을 들어 올리며 선우와 눈을 맞추었다. 강인한 남성의 눈이 저를 바라보고 있는 것이 보여 괜히 어깨가 움츠러들었다.

"하늘이는 은석이 형님뿐이라고 분명히 말했습니다. 자기가 좋아하는 사람은 당신뿐이라고요."

"······."

"그래도 알고 계시는 게 좋을 것 같아서."

도영이 그렇게 말하며 다시 한 번 고개를 숙였다. 선우는 엉망으로 쓸어 넘겨진 남자의 정수리를 보고 있다 이내 자리에서 일어나 조금 빠른 걸음으로 건물을 나왔다. 그리고 담배를 입술 사이로 밀어 넣어 서둘러 불을 붙이고 연기를 깊이 빨아들였다.

불이 꺼져 있을 거라 생각했던 것과는 달리 아직 거실에 불이 환히 켜져 있었다. 선우는 지금 시간을 알면서도 혹시 제가 잘못본 건가 싶어 다시 한 번 벽에 걸린 시계를 올려다봤다.

PM 11:45

자정이 되기 몇 분 전인데 불이 켜져 있을 이유가 없었다. 저녁 잠이 많은 하늘이 깨어 있진 않을 터였다.

선우는 제 목을 조이고 있는 단추를 풀어내고 혹시나 싶어 주방으로 눈을 돌렸다. 커피를 마셨던 건지 커피가 거의 다 비워진 잔이 놓여 있었다. 그리고 의자에 앉아 벽에 머리를 기대어 눈을 감고 있는 하늘이 보였다.

커피를 연거푸 마신 걸로 보이는데 저를 기다리려 잠을 쫓은 노력이 역력했다.

선우는 가까이 다가가 가벼운 몸을 단번에 안아 올렸다. 그리고 천천히 눈을 뜬 하늘이 저를 올려다보는 것을 내려다보았다. 작은 손이 내려 달라는 듯 어깨를 두어 번 두드렸다.

하는 수 없이 내려놓으니 손등으로 잠이 어린 두 눈을 비볐다. 그리고 남자의 셔츠 자락을 꽉 잡았다. 언제나처럼 품 안으로 안겨 올 거라고 생각한 것과 달리 하늘은 가만히 남자를 붙잡고 있을 뿐이었다.

"아저씨."

오늘은 분위기가 좀 이상했다. 나른하게 감았다 뜨는 눈 안의 눈동자가 조금 촉촉하게 젖어 있었다. 눈물이 아니라 설명할 수 없는 무언가에.

"나도…… 나도 여자예요."

이건 또 무슨 말인지.

"누가 너 여자 아니래?"

"그냥 여자 아니고 도선우 여자요."

숨이 멎었다.

"다른 남자가 저 건드리지 못하게 해 주세요."

"……."

"나, 도선우 여자로 만들어 주세요."

선우는 순간 가슴이 확 무언가에 치밀어 올라 뜨거워지는 것을 느꼈다.

그야말로 섬광과 같은.

박살이 났다.

꽉 차오르다 터져 공간을 빈틈없이 메운 여린 목소리가,

나의 여자이기를 원하는 그 눈빛이,

이성을, 심장을 박살 냈다.

당신을 주세요

— 내게 당신을 주세요. 당신 모든 것을요

12

이미 입안에서 다 담아내지 못해 새어 나오는 진득한 타액으로 입술이 번들거렸다. 으음, 절로 뜨거운 목소리가 흘러나왔다.

오늘따라 상당히 여성스러운 쉬폰 원피스를 입은 탓에 원피스가 살과 맞닿는 촉감이 더욱 야릇한 감각으로 피부로 파고들었다.

선우는 키스를 하며 여린 몸을 안아 올렸다. 그리고 이미 오래 전부터 제 것이었던 도톰한 엉덩이를 쓸었다. 파르르 몸을 떠는 것이 느껴졌지만 상관 않고 팬티 안으로 손을 집어넣어 보드라운 엉덩이를 쓰다듬었다.

"아웅, 아, 아저씨."

저를 만지는 손길에 키스를 하고 있던 입술이 절로 떨어지며 하늘이 남자의 어깨를 더듬거리며 움켜잡았다. 입술을 타고 쫀득하게 늘어지던 타액이 툭 하고 아래로 떨어졌다.

작은 몸을 침대 위로 누인 선우는 답답한지 제 목을 채우고 있던 단추를 좀 더 풀어냈다. 그리고 다시 입을 맞추었다. 작은 혀를 가득 감싸고 핥아 얼얼해질 때까지 혀를 비볐다. 타액이 섞이는 질척한 소리가 공간을 메웠지만 벗어날 수도 피할 수도 없어 눈을 질끈 감을 뿐이었다.

남자는 혀에 잔뜩 달라붙은 끈적한 타액을 그대로 하늘의 목덜미로 가져가 세차게 문질렀다. 파득거리는 목덜미를 혀로 문지를 때마다 여실히 파들파들 떠는 것이 느껴졌지만 남자는 상관 않고 제 흔적을 남겼다.

이를 세워 박고, 잔뜩 핥아 낸 목덜미에 만개한 열꽃이 더없이 만족스러웠다. 선명한 자국을 남기며 목덜미며 쇄골을 빨아 낸 남자가 제 입술 가득 묻은 타액을 혀로 핥았다. 그 모습을 보고 있던 하늘이 눈앞이 빨개지는 기분에 손등으로 눈을 비볐다.

선우는 원피스 자락을 하늘의 손에 쥐이며 땀에 축축하게 젖은 작은 손을 들어 올렸다. 덕분에 원피스가 들어 올려져 하얗게 뻗은 다리가 단번에 눈에 들어왔다.

부끄러운지 연신 눈을 질끈 감았다 뜨는 모습에 선우는 피식 웃음을 흘렸다. 이렇게도 부끄러워하면서 안 한단 소리는 죽어도 하지 않는 게 연하늘답다 싶었다.

허벅지 안쪽을 혀로 건드려 쪽쪽 빨아 내며 이리저리 튕기듯 떨고 있는 가느다란 허리를 고정시켜 잡은 그는 계속해서 원피스를 내리려고 손을 파들거리는 하늘을 보며 낮은 목소리를 했다.

"올려야지."

어딘가 젖어 가라앉은 듯한 목소리였다. 그럼에도 어딘가 모르게 부드러웠다.

어느새 눈가가 벌게진 하늘이 힘겹게 원피스를 쥔 손을 들어 올렸다. 그리고 허벅지 잔뜩 제 흔적을 남겨 놓은 남자가 원피스를 완전히 위로 끌어 올려 더는 감출 수 없도록 의지를 꺾어 놓았다.

제 옷자락을 쥐고 있던 하늘이 오갈 데 없는 손을 꼬물거리는 것이 보였다. 선우는 손가락 끝으로 젖가슴을 가득 담아내고 있는 브래지어를 툭 하고 건드렸다.

"네가 풀어."

부러 수치심을 주려는 것 같아 보이기까지 하는 남자의 자극적인 주문에 연한 두 눈이 어그러지는 것이 보였다. 그러면서도 하늘은 입술을 꾹 깨문 채 두 손을 등 뒤로 돌려 후크를 풀어내려 손을 움직였다.

두 손을 꼼지락거리며 움직이는 하늘의 다리를 벌려 낸 남자가 빨간 혀로 허벅지를 눌러 찍으며 얇은 팬티를 끌어 내렸다. 두 손으로 후크를 움켜쥔 하늘이 놀라 허리가 휘청하고 휘었다. 그리고 동시에 브래지어가 풀려 갇혀 있던 가슴이 모습을 드러냈다.

한 번에 다 그러쥐지 못할 만큼 그득한 가슴을 다시 툭 하고 건드리자 예쁘게도 출렁였다. 선우는 부끄러워 두 볼이 달아오른 하늘의 눈을 보며 땀에 젖은 머리를 쓸어 주었다. 그리고 손가락을 말아 이마를 툭 건드리며 피식 웃는 남자의 웃음에 하늘이 부끄러움에 젖어 촉촉해진 두 눈을 깜빡였다.

"……잘생겼어요. 아저씨."

"그 직설적인 표현 왜 안 나오나 했네."

남자의 옅은 웃음소리에 하늘은 뺨을 움직여 따라 웃었다.

"네가 지금 웃을 때야? 좀 있으면 눈물로 범벅이 될 텐데."

선우의 말에 다시 진지한 눈을 하는 하늘을 보며 선우는 감당 못 하겠다는 듯 웃으며 이마에 이마를 맞대었다. 겹쳐지는 두 눈이 서로 마주 보기를 한참이었다.

이 까만 눈동자에 하루에도 수십 번 절정으로 내몰린다. 환희든 기우든 뭐든 적당히가 없었다. 보고 싶은 마음이 미친 듯이 정신을 헤집어 놓고, 엄한 거에 홀려 어디 새지는 않을까 제 속을 까맣게 태우던 눈이다. 보아도 보아도 갈증을 일으키는 존재다. 순수한 얼굴로 저의 사지를 묶어 놓는, 괘씸하지만 눈을 뗄 수 없는 사랑스러운 존재.

선우는 마치 손끝으로 키스하듯 하늘의 목덜미를 쓸어내렸다. 그리고 천천히 맞닿아 있던 이마를 들어 올렸다. 여전히 두 눈은 서로에게 못 박은 상태였다.

선우는 뻗은 하늘의 두 다리를 끌어와 고쳐 잡으며 더욱 벌렸다. 순간 벌어지는 다리를 오므리려 놀란 눈으로 다리에 힘을 준 하늘이 다시 한계까지 올라간 제 원피스를 끌어 내렸다. 누구에게도 보인 적 없는 은밀한 곳을 보였다는 생각에 눈물이 고였다.

"그럼 쉬울 줄 알았어?"

"아저씨……."

"괜찮으니 올려."

"……."

"여기까지 왔으면 날 좀 더 믿어 주지 그래."

눈앞에 있는 이 남자는 언제나 제 작은 심장을 녹여내는 주인이었다. 말도 없이 제 마음속으로 들어와서 온통 사랑으로 난도질을 해 놓고 무심하게 안아 주던 남자. 그래도 좋았다. 언제나 저를 향하는 그 눈빛만큼은 늘 진심이었다. 표현이 서툴다고 진심이 서툰 건 아니다. 진심은 그저 너를 사랑하고 있노라는 눈빛 하나면 족하다.

하늘은 그가 주는 사랑을 느끼며 주르륵 타고 내리는 눈물을 닦지 못하고 원피스를 붙잡은 두 손을 들어 올렸다. 덜덜 떨리는 손가락을 간신히 구부렸다. 남자는 긴 손가락을 여린 입안으로 밀어 넣어 듬뿍 타액을 묻혀 냈다. 그리고 그녀의 은밀한 입구 안으로 천천히 밀어 넣었다.

"아…… 아읏."

생경한 자극에 온몸이 꿈틀거렸다. 절로 두 손이 남자의 팔을 움켜잡았다.

아랑곳 않고 힘없는 하늘의 두 손을 한 손으로 올려 잡은 남자는 부드럽지 못하게 안으로 박아 놓은 손가락을 움직였다. 누구도 받아 본 적 없는 이 좁은 내부를 넓히려 움직이는 손놀림이 야했다.

"으응, 아, 아!"

목이 뒤로 넘어가며 까무룩거리는 두 눈동자가 흩어질 대로 흩어져 있었다. 땀에 젖어 머리칼이 엉망이 된 하늘이 고개를 저었다. 눈물이 맺힌 눈가가 달아오른 것이 보였다.

이미 숨을 제대로 내쉬지 못해 호흡이 불규칙적인 하늘이 헉헉대며 선우를 올려다보았다. 눈가 가득 눈물이 고였다. 부끄러운 느낌에 그에게로 향해 있던 시선이 이리저리 흩어졌다.

"나 봐."

"후으, 으."

"내 눈, 피하지 마."

남자의 목소리에 힘겹게 그에게로 다시 눈을 맞춘 하늘이 헐떡였다. 입 밖으로 간신히 흘러나오는 숨마저도 열에 짓이겨져 있었다.

이미 여러 번의 키스로 번들번들해진 그녀의 입술을 핥으며 다시 깊숙이 키스했다. 달다, 하고 생각했다. 네 몸 중에선 달지 않은 곳이 없구나. 생각만으로 추측하던 범주 내엔 없던 달콤함이었다.

이미 누구의 것인지 모를 액들이 뒤섞여 있는 입안의 꿀들이 입술을 가득 적실 만큼 흘러내렸다. 선우는 달궈 놓은 그녀의 아래에서 제 손가락을 빼내 질척하게 액이 묻어 나온 손가락으로 이미 유두가 빳빳하게 선 가슴을 가득 쥐었다. 숨길 수 없는 자극에 맞대고 있는 혀가 움찔했다. 선우는 두 다리를 더욱 벌려 내 제 몸을 끼웠다.

경험은 없었지만 지금 이 상황이 결합 직전이라는 것을 본능적으로 아는 하늘이 숨을 흡, 하고 들이마시는 게 느껴졌다. 저도 모르는 사이 몸을 비틀었다.

경련하듯 그에게서 빠져나가려 몸을 뒤트는 것을 보며 남자가 제 바지 버클을 풀어냈다. 반쯤 욕망이 오른 제 것을 꺼낸 남자는 눈물에 젖어 두려움에 떠는 까만 눈을 보며 젖은 머리칼을 쓸어 올려 주었다.

"아직 시작도 안 했는데 이렇게 울면 어떡해."

다감한 목소리를 했지만 곧 제 것을 품을 그녀 생각에 손끝에

서까지 맥박이 뛰기 시작했다. 전초전일 뿐인데도 묵직한 아래는 사정감을 유발했다. 눈동자가 이리저리 갈 길을 찾지 못하고 일그러진 하늘이 두려움에 덜덜 떨고 있는 것이 보였다.

입구에서 맴돌던 남자가 좁은 내부 안으로 천천히 가르고 들어왔다. 절로 경련을 하듯 목덜미가 뒤로 젖혀지는 몸을 끌어왔다. 덜덜 떨고 있는 연약한 다리를 더욱 벌려 내 깊숙이 제 것을 박은 남자가 손을 뻗어 하늘의 등줄기를 문질렀다. 넘어갈 듯한 신음이 뒤따랐다.

"아, 아! 하으……!"

제법 한참 동안 등줄기를 문지르며 여린 몸을 달래는 데 정성을 쏟았다. 그제야 겨우 눈을 떠 드러난 새까만 두 눈동자에 어린 두려움이 몇 번이나 깜빡였다. 순수한 눈동자에 퇴폐적인 그림자가 섞여 저를 올려다보았다.

결국 선우는 등을 안아 올려 떨고 있는 몸을 끌어안아 주었다. 갑자기 자세가 바뀌어 솟은 불덩이를 깊숙이 집어삼키게 된 하늘이 끅끅거리며 선우의 어깨며 등을 있는 대로 끌어안았다.

그대로 남자의 단단한 기둥을 타고 탁한 액이 흘러내렸다. 이미 그를 품은 내부는 반쯤 절정을 맛본 상태였다. 그런데 이제야 시작이라니. 절로 아랫배가 저릿했다.

하늘은 제 안에서 커져 가는 압박감에 자꾸만 놓으려는 정신을 가까스로 붙잡았다. 눈을 질끈 내리감았다.

"내 눈, 보라고 했어."

강인한 그 목소리에 경련이 일 것 같았다. 하늘은 가까스로 눈을 올려 떠 남자와 마주했다. 저만큼이나 젖은 남자의 눈동자가 열렬한 열망에 사로잡혀 있었다. 작은 몸을 안아 주던 남자가 다시 침대 위로 하늘을 눕혔다. 이미 사정을 하듯 아래를 가득 적신 그녀의 내부를 더 맛보고 싶은 허리가 여유를 잃으며 움직임을 시작했다.

"아! 응! 아아앗!"

이미 눈물로 완전히 뒤덮인 눈은 앞이 보이지 않는지 깜빡이는 것도 힘들어 보였다. 자지러지며 울다시피 하는 그녀는 그의 움직임에 맞춰 흔들리고 있었다.

남자는 그녀가 예민하게 반응했던 허벅지 안을 느릿하게 문지르며 더욱 빠르게 허리를 움직였다. 갑갑한지 혀로 제 입술을 핥는 남자의 선정적인 움직임에 순간 하늘의 허벅지 안쪽이 경련이 일듯 뒤틀렸다.

"으응! 흐읏, 아!"

눈물범벅인 두 눈이 겁에 질려 바르르 떨고 있었다. 제 입술을 얼마나 깨물었던 건지 작은 입술이 터져 피가 흘러내리는 것이 보였다. 선우는 또 하늘이 이미 상처가 난 입술을 깨물까 봐 손가락으로 피가 나는 입술을 벌려 내 입안으로 밀어 넣었다.

그리고 거세게 아래를 움직였다. 한층 거칠어진 움직임이었다. 입안에 담긴 선우의 손가락을 피하려고 고개를 젓고 혀를 이리저리 움직여도 결국엔 그의 긴 손가락을 핥고 빨 수밖에 없었다.

남자가 아릿한 곳을 찔러 올 때마다 간혹 그의 손가락을 이로 깨물었지만 그 와중에도 선우의 손가락을 물기라도 할까 조심스러운 움직임이었다.

사실 그녀는 제 것을 받아 내기에 지나치게 좁았다. 모순적이게도 그래서 좋았다. 저를 꽉꽉 물고 있는 아래가 적나라하게 느껴져 더욱 아래가 단단해지는 기분이었다. 제 밑에서 성욕을 자극당한 채 고통과 쾌락으로 잔뜩 어그러진 순수한 눈망울이 더욱 저를 부추겼다.

낯선 자극에 도리질 치는 얼굴에는 두려움이 그득했다. 그러면서도 제 남자가 떠나갈까 셔츠를 붙잡는 손길이 절실했다. 눈물이 여울져 헐떡이는 그 잔인할 만큼 깨끗한 눈이 저로 인해 탁해져 가는 것은 보는 것만으로도 절정으로 이를 것 같았다.

한계까지 밀어붙여진 가녀린 몸은 속도를 따라가지 못해 엇박을 탔다. 작고 여린 손이 제 온몸을 잡고 늘어졌다.

저 때문에 정신 못 차리고 울고 있는 그 모습이 돌아 버릴 만큼 예뻐서 더욱 저 눈에서 눈물을 흘려 내고 싶다는 생각이 북받쳤다.

빠르게 허리를 움직이다 이내 허리짓을 느리게 했을 때 하늘은 저도 모르게 엉덩이를 들썩였다. 마주하는 눈동자가 습했다. 선우는 작은 몸을 안아 올린 후 아래가 더욱 꽉 맞물리도록 그녀를 끌어안았다.

볼 것도 없이 그녀의 입에서 고통과 쾌락이 뒤섞인 교성이 터져 나왔다. 절로 벌어지는 입가로 타액이 흘러내렸지만 닦지 못한 채 턱만 덜덜 떨 뿐이었다. 단단한 아래를 조여 오는 느낌에 퓨즈가 끊길 것 같았다.

한계까지 밀고 들어온 불덩이에 하늘은 저도 모르게 엉덩이를 들썩였다. 빨리 흔들어 달라는 것인지, 꺼내 달라는 것인지 의도가 불분명했지만 뭐가 어찌 됐든 그녀가 절실함에 몸부림치고 있다는 것은 확실했다.

선우는 아까보다 월등히 느린 움직임으로 허리를 돌리며 애를 태웠다. 저를 올려다보고 있는 눈동자가 애절했다. 다급한 손길로 남자의 툭 불거진 날개뼈를 더듬었다. 이미 달궈질 대로 달궈진 제 몸을 좀 어떻게 해 달라는 몸짓이었다.

그녀의 절실함을 보면서도 남자는 깊숙이 밀어 넣었다가 천천히 뿌리를 빼내며 더욱 몸을 달아오르게 만들었다. 어찌할 바를 모르고 계속되는 느릿한 자극에 간신히 힘을 주고 있는 허리가 무너져 내릴 듯 휘청거렸다. 한계였다. 이제 그만 자극당하고 싶다고 몸이 울부짖고 있었다.

그것을 허용할 남자가 아니었다. 벌써 정점의 문턱에 도달해 있는 그녀의 절정에 제동을 건 채 더욱 강하게 허벅지 안쪽을 꽉 붙잡았다. 연한 피부 위에 손자국이 도장 새겨지듯 새겨졌다. 저도 모르게 허리에 힘을 준 하늘이 고개를 푸들대며 저었다. 더 못 버티겠다는 듯 온몸을 달달 떠는 그녀의 허리를 고쳐 잡고 남자는 제 욕망을 다시 거칠게 밀어 넣었다.

"아으응! 흐읏! 아아!"

이미 아래를 가득 채우고도 더 담을 곳 없는 탁한 액이 시트로 뚝뚝 흘러내렸다. 비릿하지만 더없이 달콤한 냄새가 풍겼다. 제대로 안쪽을 건드려 대는 남자의 움직임에 하늘은 두 손으로 시트를 잡아 뜯듯 비틀었다.

"아……저씨. 아아!"

뒤로 꺾이듯 젖혀진 가느다란 목선을 타고 땀이 흘러내렸다. 동시에 남자의 턱 끝에 매달려 있던 땀방울이 그녀의 가슴골 사이로 떨어졌다. 하늘의 골반을 틀어잡은 남자의 젖은 머리칼이 흔들리고 있었다.

"있죠. 나요, 나……!"

채 말을 잇지 못하고 신음을 흘려 낸 하늘이 손을 뻗어 남자의 품 안을 원했다. 그녀가 하려는 말이 무엇인지 선우는 쉽게 짐작했다. 등 밑에 손을 넣어 그녀를 안아 일으킨 선우가 작은 몸을 끌어안았다. 함께 절정에 이르기를 종용한 남자로 인해 동시에 서로를 끌어안았다.

"글쎄. 내가 널 더 사랑하는 것 같은데."

지금으로 봐선.

선우는 정신을 놓은 듯 축 늘어진 몸을 끌어안고 이마에 입을 맞추었다.

가물거리는 눈을 뜨지 못해 몇 번이나 눈을 비볐다. 손가락을 움직일 힘이 남아 있지 않아 힘없이 나풀대고 있는 제 손을 간신히 들어 시트를 그러쥐었다.

그러다 어느새 시트가 깔끔하게 갈려 있다는 것을 깨달았다. 제 액이며 남자의 정액, 피가 한데 섞여 엉망이 된 시트를 선우가 갈아 놓은 것이 틀림없었다. 환기도 시켜 두었는지 비릿한 냄새는 나지 않았다. 오히려 시트에서 올라오는 향긋한 냄새에 하늘은 시트에 고개를 파묻었다.

제 다리 사이며, 온몸을 선우가 따뜻한 수건으로 꼼꼼히 닦아 놓은 것도 알 수 있었다. 배실 웃음이 나 괜히 머리를 시트에 비볐다. 한참을 그렇게 다시 눈을 감고 있던 하늘이 천천히 몸을 들어 올렸다. 무언가에 두드려 맞은 듯 아파 오는 온몸에 눈이 일그러졌다.

거실로 나온 하늘은 저와는 달리 흐트러짐 없는 모양새로 테이블 앞에 앉아 일에 열중하고 있는 선우를 발견했다. 뭐가 마음에 들지 않는지 간간이 미간을 구긴 남자가 걸려 오는 전화를 받으며 다소 건전하지 못한 말을 흘려보내고 있었다. 그러다가 다시 종이를 넘기며 펜으로 뭔가를 쓰기를 반복하고 있었다.

선우는 갑자기 등 뒤에서 제 목을 안아 오는 온기에 종이에 글자를 쓰다 말고 펜을 올려 들었다.

"아저씨."

이제 좀 살 만한지 나긋한 동작으로 뺨에 머리를 부벼 왔다. 그러면서 몸을 돌려 손으로 은근슬쩍 남자의 가슴을 매만졌다.

"뭐, 모닝섹스 하자고?"

어젯밤, 그렇게 야한 소리를 목이 쉬어라 질러 놓고 다시 부끄러워진 하늘이 남자의 쇄골에 얼굴을 묻고 고개를 저었다. 그거 말구요, 하는 목소리가 묘하게 갈라져 있었다. 픽 웃는 남자의 희미한 웃음에 다시 목덜미가 간지러워지는 기분이었다.

"몸은."

"괜찮아요. 좀 아프긴 하지만……."

"이리 와 봐."

선우는 제 무릎을 툭툭 두드렸다. 품에 안기라는 남자의 말에 느리게 그의 가슴팍 안으로 들어간 하늘이 언제나처럼 선우를 올려다봤다. 그리고 그 순간 어젯밤 저를 가지며 땀에 젖은 채 거친 숨을 내쉬었던 그 모습이 떠올라 얼굴이 확 달아오르는 기분이었다. 하늘은 시선을 피해 고개를 늘어뜨렸다.

뭘 이제 와서 부끄러워하는지. 피식 웃는 남자의 웃음소리에 하늘이 다시 고개를 들고 시선을 맞추었다. 그러다가 선우의 입술에 제 입술을 쪽 하고 맞춘 하늘이 남자의 가슴을 끌어안았다. 선우는 가만히 제게 안겨 오는 그녀의 허리를 만져 주며 뭉친 근육들을 풀어 주었다.

"네 번 하자며. 이래서 할 수나 있겠어?"

하늘은 선우의 낮은 목소리를 자장가 삼아 듣고 있다 말고 눈을 올려 떴다. 다시 두려움 섞인 맑은 눈망울이 흔들리는 것이 보였다.

고민을 담은 눈으로 제법 한참을 머뭇거리는가 싶더니 이내 까만 눈동자를 깜빡이며 천천히 고개를 끄덕였다. 그를 위해 벌써 결정을 내린 듯해 보였다. 나참, 기가 차는 듯 헛웃음을 흘리며 선우가 부드럽게 허리를 만지던 손을 올려 좀 더 뭉쳐 있는 등허리를 문질렀다.

"아으음."

제 남자 하나만을 담은 몸은 금방 그가 주는 손길을 기억해 냈다. 그냥 마사지를 해 주는 것일 뿐인데도 이상하게 아래가 아릿해지는 기분에 하늘이 몸을 비틀었다.

"이, 이제 괜찮아요."

"괜찮긴 뭐가 괜찮아."

하여간 이렇게 약해서 얻다 쓰겠어. 혀를 차는 남자의 목소리에 하늘이 다시 얌전히 제 허리를 내어 주며 남자의 품에 기대듯 안겨 있었다.

*

  세 남매와 하늘이 밥을 함께 먹은 후 다시 나란히 한 테이블에 앉아 식사를 하게 된 것은 거의 세 달 만의 일이었다. 거기다가 이번엔 준우까지 추가되었다. 선우에게 있어 지금은 세상에서 가장 귀찮고, 짜증나는 상황인 것은 의심할 여지가 없었다.

  오랜만에 선우가 아영을 집에 데려다주고 하늘까지 픽업해 가려 베이커리에 들렀을 때, 빵을 사 먹으러 온 것인지 다른 의도가 있어 온 것인지 베이커리에 눌어붙어 있던 준우와 마주쳤다.

  거기에다가 오랜만에 베이커리에 들러 떡하니 버티고 있는 은석과도 부딪혔다. 있는 대로 인상을 구긴 선우가 다시 베이커리를 나오려 했을 때 은석은 재빠르게 제 형을 낚아채듯 붙잡았다.

  '오랜만에 형이 한턱 쏴.'

  라고 말하는 그 면상을 갈기지 못한 것을 선우는 지독하게도 후회하는 중이었다. 준우는 흥미롭게 돌아가는 상황에 그저 방관만 하고 있다 이내 제가 잘 가는 레스토랑을 추천하기에 이르렀다. 삼박자가 딱딱 맞아떨어지는 좆 같은 상황에 선우는 결국 욕을 했다.

  그런 선우를 말린 것은 하늘이었다. 그를 말릴 만한 사람이 주위에 한 사람이라도 생겼다는 사실에 준우는 새삼 또 놀라고 있었다. 제가 얌전히 땅속에 묻힐 때까지는 나타나지 않을 줄 알았는데. 그저 이 모든 상황이 웃겨 웃음이 나왔다.

"이렇게 아영이에다가 준우 형까지 다섯이서 같이 밥 먹는 건 완전 처음이다. 그치? 그쵸, 준우 형?"

"저 더러운 성격 때문에 같이 먹을래야 먹을 수도 없었지."

그 특유의 미소로 싱긋 웃어 보인 준우는 치즈 조각을 우아하게 입안으로 넣으며 곁에서 인상을 찌푸리고 있는 선우를 슬쩍 쳐다봤다.

둥근 타원형 테이블에 앉아 식사 중이던 다섯 사람은 제각각 다른 모양새로 음식을 집어 먹었다.

게걸스럽게 스테이크를 입안으로 밀어 넣느라 입가 가득 고기즙이 묻은 것도 상관 않고 음식을 삼키고 있는 아영과 고기를 먹으며 눈치 없게 히죽이고 있는 은석과 세련되고 고급스런 반지가 차곡차곡 끼워져 있는 손을 움직여 느긋하게 스테이크를 음미하는 준우, 그런 준우의 맞은편에 앉아 남 얘기 듣느라 음식엔 손도 대지 않는 하늘까지. 아주 귀찮기 딱 좋은 상황이었다. 선우는 입맛이 가셔 앞에 놓인 음식은 거들떠도 보지 않은 채 물만 삼켰다.

준우는 그런 선우를 아랑곳 않고 여유롭게 식사를 즐기고 있었다. 입가심으로 가볍게 와인 한 잔을 마시다 말고 제 앞에 앉아 입술을 올려 웃고 있는 하늘을 바라봤다.

어디가 불편한지 연약한 손가락으로 연신 목덜미를 매만지는 손길이 어딘가 모르게 느릿했다. 물을 삼켜 내는 입술은 한참 동안 터져 있었던 것인지 부풀어 찢겨져 있는 것이 보였다. 고기를 자르느라 목덜미를 휘는 그 몸짓이 나긋했지만 어딘가 달라져 있었다. 날카로운 남자의 시선이 그런 하늘에게로 닿았다.

"하늘아. 어디 불편해?"

"네? 아뇨. 괜찮아요."

그러면서도 또 한 번 제 목덜미를 만지작거렸다. 흐응, 뭔가가 있는데.

남자의 세심한 눈이 허여멀건 목덜미를 가만히 응시하다 살짝 입술을 올려 웃었다.

그러다 제 포켓에서 손수건을 꺼낸 준우는 아영의 말에 웃느라 정신이 없는 하늘의 목덜미에 제 손수건을 둘러 주며 싱긋 웃었다. 옷 안에 감춰져 있던 도선우의 진한 흔적들이 그녀가 몸을 숙일 때 살짝씩 드러나고 있었다. 보기는 좋은데 남들과 공유하긴 좀 그래서.

"목이 좀 허전할 거 같아서. 스카프라도 두르고 다녀. 알았지?"

"아, 네에. 감사합니다."

저를 잡아 죽일 듯 노려보고 있는 도선우를 향해 입술을 올려 보인 준우가 다시 여유로운 몸짓으로 자리에 앉았다. 준우가 둘러 준 손수건을 살짝 매만지던 하늘이 고개를 들었을 때 은석이 그 선한 웃음을 지으며 운을 뗐다.

"근데 하늘아. 실례가 안 되면 하나 물어봐도 될까? 최도영 교수님에 관한 건데 말이야."

고기를 씹어 먹느라 턱을 분주하게 돌리던 아영이 식탁으로 처박았던 고개를 들어 은석을 응시했다. 그의 입에서 나온 '최도영'이라는 이름에 각자 제가 하고 있던 일들을 멈추었다. 그 이름은 그러기에 충분한 이들의 관심사였다.

"최 교수님이 너 좋아하는 거 너도 알지? 네 마음은 어때? 너한테 고백은 한 것 같은데 요새 영 시무룩해 보여서. 사실 처음 최 교수가 너를 소개시켜 달라고 했을 때 내가 먼저 너에게 말을 했었어야 했는데."

은석의 눈치 없는 돌직구에 준우는 세상에서 가장 재미있다는 표정으로 팔짱을 꼈다. 어느새 스테이크도 제 맛을 잃은 지 오래였다. 스테이크보다 더 맛있는 상황이 지금 눈앞에서 펼쳐지고 있었다. 슬쩍 도선우를 보니 이미 목덜미가 빳빳하게 선 것이 보였다. 제 형이면서 저렇게 형 분위기를 못 읽을까.

"이건 뭔 개잡소리야. 애인이 눈앞에 있는데 뭘 누굴 어떻게 생각해. 작은오빠 정신 나갔어?"

"……어? 무슨 말이야 그게?"

아영은 눈을 구기며 저 나름대로 상황파악을 하는 듯 생각을 하더니 이내 장난스럽게 입술을 씨익 올렸다.

"너 모르는구나?"

"뭘? 뭐가?"

은석은 갑자기 저 빼고 모두가 다 알고 있는 것 같은 이 이상한 박탈감 가득한 분위기에 눈을 굴리며 누구라도 대답을 해 주길 원하는 듯 두리번거렸다. 은석의 미련한 눈동자가 말해 달라는 듯 준우를 향했지만 준우는 그저 웃음만 띤 채 와인을 홀짝일 뿐이었다.

아영은 혀를 쯧쯧 차며 오렌지주스를 벌컥벌컥 들이켰다.

"눈치는 갖다가 엿 바꿔 먹었어?"

"……어?"

눈이 멍청하게 끔뻑이고 있었다.

"아, 그래 가지고 학생들은 어떻게 가르치냐? 학생들이 오빠더러 바보라 안 해? 하긴 뒤에서 바보라고 놀려도 놀리는지 모르고 웃고나 다니겠지."

여러 번의 언질에도 여전히 알아채지 못하는 은석은 제발 가르쳐 달라는 눈을 했다.

"도은석."

"어. 형."

그를 부른 선우의 일그러진 눈이 무서울 만큼 강하게 내리꽂히고 있었다.

"너 한 번만 더 이딴 헛짓거리 하면 진짜 죽는다."

"뭐……가?"

곁에서 웃음을 참고 있던 준우가 이내 끅끅대며 숨넘어가는 웃음을 터뜨렸다. 아, 이 집안 식구들은 진짜 보고 있으면 시간 가는 줄 모르겠다. 맹랑한 건지 싸가지가 없는 건지 아주 발랑 까진 윤아영과 멍청할 만큼 착하고 딱 그만큼 눈치 없는 도은석, 천상천하 유아독존 도선우까지. 아주 완벽한 삼합이 따로 없다. 거기다가 이들보다 존재감이 더하면 더했지 절대 덜하지는 않는 연하늘까지.

"다물어."

선우의 한 마디에 준우는 겨우겨우 웃음을 눌러 참으며 입술을 닫았다. 그래도 쉽게 웃음이 가시지 않아 헉헉대며 곁에 놓인 물을 마셨다. 결국엔 입으로 꺼내야 말을 알아들을 것 같아 준우는 특별히 친절을 베풀었다.

"아이고, 인간아. 연하늘 애인이 네 형이라고."

"아……."

멍청히 고개를 끄덕이던 은석이 다시 고개를 번쩍 들었다. 봉사가 눈을 처음 떠 세상을 보는 듯 눈이 번쩍 뜨였다.

"뭐?!"

"병신."

아영은 얼음을 바드득 씹으며 혀를 찼다.

병신도 이런 상병신이 없지. 그래. 내가 병신이지.

은석은 모가지를 툭 바닥으로 떨어뜨렸다.

오늘은 사무실로 가 봐야 한다는 선우의 말에 하늘은 아쉬움 가득한 눈으로 남자를 올려다봤다. 그러다가 이제 습관처럼 너무도 익숙하게 제 아저씨 입술에 제 입술을 쪽쪽 하고 붙였다.

그러고는 까치발을 들어 세련된 스킨과 옅은 담배 냄새, 체향이 섞여 만들어 내고 있는 남자의 은근한 향기가 묻어 있는 목덜미에 제 입술을 갖다 대었다. 남자에게 배운 그대로 혀를 내어 살짝 핥아 내 다시 입을 맞추고 고개를 떼어 낸 하늘이 생긋 웃으며 아쉬움을 달랬다.

차에 기대어 팔짱을 끼고 그저 희미한 미소를 띤 채 그 모습을 바라보고 있는 준우와는 달리 뭐 씹은 표정으로 두 사람을 보고 섰던 아영이 펄쩍 뛰었다.

"아! 빨리 안 가고 뭐 해! 두 사람은 호텔을 가든가 모텔을 가든가 방을 잡아서 해!"

은석은 파리해진 얼굴로 입만 다물고 있을 뿐이었다. 입이 열 개가 아니라 온몸에 입만 달려 있대도 할 말이 없으니 그저 고개만 숙이고 있을 뿐이었다. 축 처진 목덜미에 힘이 없었다.

하늘은 나긋하게 은석과 준우의 차로 다가와 고민을 하는 듯 고개를 갸웃거렸다. 완두콩이 어떤 선택을 할지 기대가 된다는 표정으로 하늘을 지켜보고 있던 준우가 입술을 말아 올렸다. 그녀의 의미 없는 선택 하나가 많은 남자들의 집중력을 건드려 대고 있다.

그러고 보면 연하늘도 참 도선우 못지않은 영향력을 가졌구나 싶어 준우는 싱긋 웃다 말고 제 차로 다가와 조수석 손잡이를 살짝 잡으며 타도 되냐고 묻는 순수한 눈망울에 눈을 살짝 감았다 뜨며 허락의 표정을 했다.

조심스럽게 출발한 차 안에서 멍하니 앞을 보고 있던 하늘은 제 목덜미를 감싸고 있는 손수건을 더듬다 이내 천천히 풀어내 말없이 준우에게로 내밀었다. 그러다가 운전 중인 남자를 보며 가만히 손을 내밀어 기어를 잡고 있는 남자의 손목에 손수건을 매 주었다.

"손수건 감사했습니다."

"하늘아."

저를 부르는 목소리에 눈을 말똥말똥 뜨는 것이 보였다. 준우는 손수건이 매인 제 손목을 들어 긴 손가락을 곱게 펴 제 목덜미 언저리를 톡톡 짚었다.

그가 하는 말이 무엇인지 생각을 하는 듯 가만히 바라만 보고 있던 하늘이 거울을 꺼내 제 목덜미를 살폈다. 그러다가 옷 안에 감춰져 여차하면 보일 것 같은 붉은 흔적들에 얼굴이 화르륵 달아올랐다.

"아……."

준우의 옅은 웃음소리가 들려와 더욱 얼굴이 달아오르는 것 같았다. 비웃음이 아니었다. 그런 제가 귀엽다는 듯 웃는 웃음소리였다.

"부끄러워?"

"준우 아저씨이……."

"뭐가 부끄러워. 선우랑 너 사랑하는 사인 거 내가 몰라?"

저 말고는 아무도 보지 못한 거 같아 그게 다행이라면 다행이라는 생각이 들었다.

하여간 저 예쁜 걸 보고도 손을 안 뻗쳤으면 도선우 아래에 문제가 있는 게 분명하지.

"선우 집은 보안 철저하니까 걱정할 거 없어. 들어가서 푹 쉬어."

"네."

"다음에 또 보자."

뺨에 굿나잇 뽀뽀 해 달라고 하면 도선우한테 처맞겠지?

"어서 들어가, 예쁜아."

저를 향해 인사를 하는 하늘을 보며 준우가 다시 생긋 웃었다.

❉

선우는 복도를 걸으며 제 손목에 채워진 시계를 살짝 매만져 시간을 확인했다. 그리고 저를 향해 인사하는 지배인을 지나쳐 VIP룸으로 걸어갔다.

선우를 보며 고개를 숙인 가드가 천천히 룸 도어를 열어 주었다. 선우는 긴 다리를 움직여 안으로 들어섰다. 시꺼먼 정장을 입고 소파에 앉아 있는 남자가 어어, 하며 손을 들었다.

"도 사장."

오랜만이야. 왜 이렇게 얼굴 보기가 힘들어, 하며 능글능글 웃는 남자는 자연스레 담배를 꺼내 물었다. 그러다가 제가 데려온 여자 엉덩이를 착 하고 손으로 쳐올렸다. 아잉! 하고 신음하는 여자의 옷은 이미 반쯤 벗겨져 있는 상태였다. 이번엔 그 레이싱걸이 아니었다. 강 회장의 새로운 애인인 듯싶어 보였다.

"도 사장이랑 오랜만에 나누고 싶은 얘기도 있고 해서."

선우는 긴 다리를 접으며 소파에 앉아 남자가 건네는 담배를 잇새에 물었다.

강 회장은 소파에 등을 기대며 이곳에서 가장 비싸다는 술을 두 병 더 시켰다. 선우가 보는 앞에서 술을 주문했다.

내가 이만큼 재력을 가졌으니 나를 함부로 대하지 말라는 경고는 아니었다. 남자는 날 때부터 돈이 많았다. 한 병에 수백 하는 술을 아무렇지도 않게 시키는 습관은 마치 제 몸에 달라붙어 있는 피부 같은 것이었다.

선우는 담배를 깊이 빨아들인 뒤 연기를 후 하고 뿜어냈다. 연기 사이로 강 회장의 시뻘건 두 눈이 보였다.

"도 사장. 내 밑으로 들어오는 게 어때. 내가 이쪽 바닥 사업을 크게 한번 해 보려고 하는데 도 사장을 정식으로 이사 자리에 앉힐 거야. 우리 손 한번 잡아 보자고."

강 회장은 그렇게 말하며 뱀 같은 혀를 움직여 술을 핥았다. 그는 끈덕지게 선우를 원해 왔다. 거물은 거물을 알아보는 법이었다. 자칫 저보다 더 강하게 클 수도 있다는 위협이 강 회장을 치고 들어왔지만, 그만큼 도선우의 덕을 크게 볼 수 있겠다는 생각이 들었다. 돈이 될 수도 있겠다, 그거였다. 제가 크게 벌이려는 밤 사업에 도선우를 앉히면 큰돈이 될 것이라는 건 명확한 일이었다.

"클럽D 소유주, D인지 C인지 그놈 얼굴 한 번 본 적 있어? 없잖아. 제 얼굴 한 번 안 비치는 그런 놈 밑에서 뭐하러 일을 해. 이 바닥 지분을 그놈이 거의 다 가지고 있다고. 우리도 클럽D만큼 크게 클 수 있어. 클럽D만큼 바나 클럽 사업 확장하고 클래스를 키울 수 있다고. 그러기 위해 도 사장이 필요해. 얼굴도 모르는 놈 밑에서 월급사장 그만하고 우리 밑으로 들어 와."

지랄을 하세요.

이래서 밝히지 않은 거였다. 워낙에 귀찮은 거 싫어하고 불려 가는 거 싫어하고 남 이목 싫어하니 자신을 드러내지 않기 위해 조용히 월급사장 자리에 앉아나 있자 싶어서 시작된 가면이었다.

그런데 점점 제 사업의 클래스가 누구도 넘볼 수 없을 만큼의 빛을 내니 이젠 감춰진 클럽D 소유주가 누군지 알고 싶어 하는 관심이 극에 달하고 있었다. 본래 감추면 감출수록 그 비밀의 크기는 커지는 법이니.

"얼굴을 몰라서 이 짓 하는 겁니다."

"뭐?"

"귀찮게 불려 갈 일 없고, 밑 닦을 일도 없으니까요."

"……도 사장."

"헛걸음하게 해 드려 죄송합니다. 그럼 즐겁게 놀다 가십시오."

자리에서 일어선 선우는 예의를 갖춰 고개를 숙이고 이내 룸을 나왔다. 그런 그의 뒷모습을 보고 있던 강 회장이 제 턱을 쓰다듬었다. 털이 수북한 손등이 다시금 여자의 치마 속으로 들어갔다.

도선우, 도선우.

"거물은 거물이야."

강 회장은 이름 세 글자를 조용히 중얼거렸다.

✳

제대로 된 데이트 한번 해 보겠다고, 처음으로 건전한 번화가로 나왔는데 모든 게 다 엉망이 되었다. 기분이 급격하게 식었다. 우울했다. 아저씨가 너 하고 싶은 거 하자고 저에게 말해 주었을 때 이틀 전날 밤부터 무엇을 할까 고민을 했었다. 그런데 그게 다 글러 먹었다.

"많이 아파?"

몸을 배배 꼬았다. 창피해 눈물이 왈칵 나올 것 같아 남자와 맞잡고 있는 손에서 땀이 배어 나왔다. 무심한 듯 그렇지만 제법 다정하게 묻는 그 물음에 하늘이 눈가 가득 눈물을 매달고 느릿하게 고개를 저었다. 많이 아프진 않아요. 하고 기어들어 가는 목소리로 덧붙였다.

"뭘 그렇게 찾아."

커다란 눈동자로 온 거리를 두리번거렸다. 이쯤 차가 주차되어 있는 건 아는데 어서 빨리 차 안으로 들어가 숨고 싶어서.

기어이 찾아낸 선우의 차에 그제야 조금 안도의 낯빛으로 바뀌는 얼굴을 보고 있던 선우가 나참, 하고 옅은 웃음을 흘렸다.

아, 그녀를 만나고 너무 웃음이 헤퍼지고 있다. 이건 위험하다. 간이고 쓸개고 이 작은 아이에게 다 내주는 거야 이미 오래전부터 해 왔던 짓거리니 이젠 내성이 생겼다지만 그래도 웃음은 아니었다.

태생이 웃지 않는 남자다. 그런 남자가 늘어나고 있는 게 주름이 아니라 웃음이라니. 이건 심히 위험한 정세다. 그렇지만 이미 그런 것들을 재고 따지기엔 잡은 이 손의 주인을 제 가슴 가득 빽빽하게 담은 차였다.

"어서 가요. 어서……."

마치 놀이동산에서 풍선을 사 달라는 아이처럼 남자의 손을 잡아당겼다. 느릿하게 걷는 남자의 걸음이 그만큼이나 묵직했다.

한 달에 한 번 저 혼자 일을 치르는 것도 아닌데, 뭐가 그렇게 부끄러운지 원. 그렇게 말했을 때 하늘은 펄쩍 뛰었다. 부끄럽다는 뜻이었다.

대체 연하늘에게 있어 부끄러움의 기준이 뭔지 선우는 도통 알 수가 없었다. 섹스라는 단어엔 부끄러움도 없는 그녀가 생리통이라는 단어에는 펄쩍 뛸 만큼 부끄러워하고 있었다.

"팔 떨어진다."

고지가 코앞인데, 차가 이제 바로 코앞인데 무심할 만큼 여유로운 남자의 걸음에 그 손을 끌어당기는 하늘은 애가 탔다.

"있어 봐. 만져 줄 테니까."

얼굴이 달아오른 하늘이 옅은 웃음이 섞인 남자의 목소리에 잡고 있던 손을 놓고 작게 주먹을 말아 남자의 가슴팍을 퍽 하고 쳤다. 힘조차 들지 않은 그 주먹에 선우는 다시 웃음이 나왔다.

"아저씨 나빠요."

볼을 부풀리면서도 부끄러움을 느끼는 눈은 반쯤 내리감겨 있었다. 그러면서도 다시 제 손을 꽉 잡아 온다. 슬그머니 눈을 올려 제 시선을 맞추는 그 눈망울이 사랑스러움을 가득 담고 있었다.

큰일이다. 본래가 사랑스러움을 타고 태어난 아이지만 갈수록 애교가 늘고 있는 연하늘을 보자니 정말 어찌 감당해야 할까 막막하면서도 또 그게 예뻐 가슴이 먹먹해졌다. 제가 더 나쁜 건 알고나 있는지. 갈수록 사람 혼을 빼고, 시도 때도 없이 굳게 닫혀 있는 마음을 흔들어 대고.

"도 사장."

좋지 못한 목소리였다. 마치 지문 감정을 하듯 목소리 하나로 머릿속 데이터베이스가 빠르게 주인을 찾아내고 있었다. 뇌 속 회로를 몇 번 거치지 않고 주인을 찾아낸 선우의 얼굴에서 웃음기가 가셨다. 뒤를 돌았다. 강 회장이 히죽 웃고 있었다.

"들어가 있어."

등 뒤에 있는 차를 힐끔거린 하늘이 선우를 올려다보았다. 무섭도록 날이 선 눈동자. 처음 그를 보았을 때 언뜻 스쳤던 인상이었다. 하늘은 저도 모르게 긴장으로 눈을 깜빡였다.

"어서!"

총성과 같은 소리에 어깨가 화들짝 튄 하늘이 허겁지겁 차 안으로 들어갔다. 선팅이 된 차 안으로 제 그림자를 감췄다. 그리고 숨을 죽였다. 가만히 그것을 보고 있던 강 회장이 묘한 웃음을 지었다. 아직 그 벌건 눈동자는 차 안으로 제 몸을 감춘 연약한 그림자를 향해 있었다.

"뭘 그렇게 감추고 그래. 섭섭하게. 소개 한번 시켜 달라니까 엄청 빼더니. 저 여자분이신가?"

"사적인 영역입니다, 강 회장님."

"우리가 사적인 영역까지 공유하는 사인 줄 알았는데. 내 사생활만 공유하는 거였군. 정말 서운하려고 그래."

그러면서도 남자는 힐끗 차를 곁눈질했다. 곧 한번 들를 테니 그때 봐, 하며 어깨를 툭 하고 치는 남자의 손이 가볍게 떨어져 나갔다.

잊을 뻔했다. 팔자에도 없는 연애를 하느라, 분에 넘치는 사랑에 싸여 있느라 주제를 잊을 뻔했다.

제게는 지켜야 할 것들을 위협하는 요소가 있다는 것을.

당신을 주세요

— 잡아, 내 손. 그리고 무슨 일이 있어도 놓지 마

13

하늘은 제 친구들의 말을 귀 기울여 듣고 있었다. 이전엔 전혀 무슨 말인지 짐작조차 하지 못했던 말들이 마치 영어에 귀가 트인 한국인처럼 쏙쏙 귓가로 파고들었다.

"못 느끼는 건 네 남친 물건 사이즈도 사이즈지만 테크닉이 부족해서 그래."

"아, 못 느낀다고 말을 할 수도 없어. 미치겠네."

얼음을 바드득 씹어 먹은 제 친구 하나가 머리를 잔뜩 헝클였다.

"못 느껴?"

천천히 눈을 깜빡이며 묻는 그 순진무구함에 하늘의 친구 하나가 고개를 끄덕이며 한숨을 내쉬었다.

"어. 하늘이 넌 무슨 말인지 말해도 모를 거야. 분명 물건이 들어오고 있긴 한데 아무런 감흥이 없는 거지."

"······왜?"

미칠 것처럼 몸이 뒤틀리고 눈물이 절로 쏟아질 만큼 아래가 뜨거운 거 아닌가?

"우리도 그 이유를 알면 참 좋겠다, 야."

"그러면서도 좋냐고 꼭 물어요. 안 좋다고 말을 할 수도 없고. 그냥 성의 없이 좋다고 답해 주면 진짜 좋은 줄 알고 난리. 어휴."

"남자들은 왜 꼭 좋은지 확인을 받으려고 하는 거지? 그 말이 그렇게 듣고 싶나?"

"나도 기술이나 좀 연마하련다. 언제까지 걔가 테크닉을 쌓아 올 때까지 기다릴 수도 없는 노릇이고."

기술······. 기술. 하늘은 고개를 끄덕이며 다시 되물었다.

"기술은 어떻게 연마하는 건데?"

"우리 하늘이 뒤늦게 눈뜬 거야? 관심이 많네? 언니들이 가르쳐 줄까?"

그렇게 깔깔 웃으면서도 친구들은 진지하게 강의를 하기 시작했다. 하늘의 눈이 진지했다.

"그리고 이렇게 허벅지 안쪽을 스치듯이 만져."

"허벅지 안?"

"허벅지 안에서 거기 사이. 이렇게 만지면 남자들은 아주 미치거든."

그러면서 손으로 제 허벅지 안을 쓰는 시늉을 하는 친구를 보며 하늘이 고개를 끄덕였다.

그렇구나. 하늘은 물끄러미 제 허벅지를 내려다보았다.

아침에 욕실에서 본 허벅지에 남자가 짙게 남겨 놓은 흔적들이 아직 채 옅어지지 않아 빼곡히 자리 잡고 있었던 것을 떠올렸다.

"근데 네가 배워서 뭐하게. 으이구. 넌 일단 첫 키스부터 하고 와."

제 친구의 말은 들리지도 않는지 가만히 아래에 눈길을 주던 하늘이 생긋 웃었다.

아저씨 기쁘게 해 줘야지.

집으로 들어와 제 아파트에서 가져온 식빵 모양 조명을 켜고 간단하게 옷을 갈아입은 하늘이 구워 뒀던 쿠키를 베어 먹으며 널어 놓은 빨래를 차곡차곡 개었다.

선우의 셔츠를 옷걸이에 걸다 말고 코를 가져다 댔다. 폐부 깊숙이 스며드는 것 같은 선우의 향에 절로 웃음이 걸렸다. 그러다가 마지막 남은 옷을 모두 정리했을 때 현관문이 열리는 소리가 들렸다. 아저씨였다.

익숙한 걸음으로 집 안으로 들어온 남자는 동시에 목을 조이고 있는 셔츠 단추를 풀며 들고 있던 파일 하나를 테이블 위로 툭 하고 던지듯 내려놓았다.

"다녀오셨어요?"

"저녁은."

"쿠키 먹었어요."

"쿠키로 저녁이 돼? 너 내가 식사 거르면 뽀뽀고 뭐고 없다 그랬지."

검사하듯 확인을 받아 내는 남자의 목소리가 깊게 가라앉아 있었다.

저로 인해 기분이 좋지 못한 남자의 분위기가 더없이 무거웠지만 저를 향한 걱정 섞인 그 눈에 어쩐지 웃음이 나올 것 같았다.

그렇지만 여기서 웃으면 정말로 아저씨가 화내겠지. 웃지 말아야지, 간지러워도 참아야지, 라고 생각하며 마음을 다잡은 하늘은 뒤늦게야 제 손이 선우의 뺨을 어루만지고 있다는 것을 깨달았다.

본래 남자가 지닌 차갑고 무서운 기운과는 달리 더없이 따스하고 상냥한 공기가 그녀의 주위에 달라붙어 있었다.

저도 모르게 선우의 뺨을 만지고 있다는 걸 깨달은 하늘은 화들짝 놀라 손을 떼었다.

저도 제 행동에 놀란 듯 주춤한 하늘이 그의 뺨을 매만졌던 손에 힘을 주고 당혹한 표정을 했다.

지금 일어난 이 상황이 뭔 상황인지 되뇌는 남자의 미간이 좁아져 있었다. 그림처럼 완벽한 비율로 자리 잡고 있는 그의 잘생긴 두 눈이 어이가 없다는 듯 살짝 일그러져 있었다.

하, 하고 들리는 낮은 목소리에 하늘이 저도 모르게 어깨를 움츠했다.

"이건 뭔 뜻이야? 어?"

헛웃음인지 웃음인지 출처가 불분명한 웃음을 띠고 있긴 한데, 여전히 눈썹은 일그러져 있는 조화롭지 못한 남자의 표정에 하늘은 저도 모르게 걸음을 뒤로 물렸다. 그리고 탁, 하고 그러잡힌 손목을 내려다보다 다시 고개를 들어 저를 붙잡은 남자를 올려다보았다.

"미치게 하네. 진짜."

중얼거리듯 내뱉는 그 목소리가 묘하게 관능적이어서 하늘은 저도 모르게 눈을 깜빡이며 선우를 응시했다. 곧 저에게로 온전히 떨어지는 눈빛에 하늘은 습관처럼 아랫입술을 깨물었다. 입술이 빨갛게 달아올랐다 천천히 가라앉았다.

"귀엽긴 한데, 이런 앙탈은 감당할 수 있을 때 부리는 거야. 알겠어?"

"감당할 수 있는데……."

"뭐?"

"감당할 수 있어요."

무슨 뜻인지조차 알지 못하고 나오는 대로 내뱉었다. 그게 뭔지는 모르겠지만 도선우가 저에게 주는 거라면 뭐든 다 감당할 수 있을 거 같아서.

감당할 수 있다는 문장이 주는 묘한 어감과는 달리 막 알에서 깨어난 병아리 같은 눈망울을 하고 있는 여자의 순수함이 남자를 2차 충격에 빠뜨렸다. 어찌해야 할지 난감함과 곤혹스러움이 섞인 강한 눈동자는 곧 순수한 작은 얼굴을 감정하듯 꼼꼼히 훑었다.

"어른은 자기 말에 책임을 질 줄 알아야 해. 알아?"

"네. 근데 그건 왜……."

역시 뭔지도 모르고 대책 없이 감당하겠다고 입부터 벌린 게 분명했다.

선우는 단정하게 채워진 커프스 버튼을 풀어내며 말했다.

"씻고 나와."

눈을 깜빡이며 남자를 올려다보는 눈동자가 지나치게 맑았다. 저 눈에서 눈물을 흘려 내리려고 하는 남자의 의도를 알지 못하는 게 분명해 이걸 설명을 해야 하나 말아야 하나, 헛웃음을 흘리며 잠깐의 고민에 빠졌다.

그런 그를 가만히 올려다보고 있던 하늘이 그제야 눈치를 챈 건지 살짝 벌어진 제 입술을 닫았다. 그리고 가만히 남자의 등에 이마를 붙이고 그를 끌어안은 채 짧은 숨을 내쉬었다.

그러다가 쪽 하고 남자의 등 위, 섬세한 근육을 따라 붙어 있는 셔츠 위로 입술을 맞췄다 떼어 냈다.

다시 등에 이마를 맞대고 눈을 감은 하늘이 고개를 끄덕였다. 씻고 나올게요, 하는 작은 목소리가 남자의 등줄기를 타고 올랐다.

※

"흐으, 응, 아아! 아저씨이⋯⋯."

길게 울었다. 하늘은 울음이 긴 듯했다. 울음도 길었고 눈물도 잦았다. 눈꼬리를 타고 주륵 흘러내리는 눈물이 발갛게 달아오른 복숭아 같은 뺨을 적셨다. 빠르게 흔들리는 몸에 달뜬 신음이 흘러나왔다.

남자에 의해 붙잡힌 허리가 델 만큼 뜨거웠다. 엎드린 채 헐떡이고 있는 여린 여체가 쉴 새 없이 흔들렸다.

이번에도 저 혼자 벗겨진 채였다. 꼼꼼히 옷을 입고 있는 남자의 셔츠가 흐트러지긴 했지만 꼭 고고한 남자만큼이나 옷자락이 단정했다.

"허리."

강인한 목소리에 바들바들 떨리는 허리를 간신히 올려 세운 하늘이 발가락을 한껏 움츠렸다. 무릎을 굽히고 고양이 같은 자세를 하고 고양이처럼 길게 울고 있는 모양새가 더없이 만족스러웠다.

선우는 손가락으로 등줄기를 따라 짙게 쓸어 냈다. 허벅지를 파들파들 떠는 몸이 다시 무너져 내릴 듯 휘청거렸다.

그녀의 따뜻한 내부 깊숙이 박고 있던 것을 꺼내자 단단한 끝을 따라 끈끈한 액이 실처럼 늘어져 나왔다. 남자는 파들대고 있는 골반을 꾹 눌렀다.

더 들어 올리라는 그 주문에 힘겹게 엉덩이를 올려 세운 하늘이 더는 못 견디겠다는 듯 고개를 푸들푸들 저었다. 가녀린 목이다 쉴 만큼 자지러지게 우는 목소리가 더 남자를 자극했다.

뚝뚝 액을 흘려 내고 있는 입구를 천천히 쓸어내려 또 다른 쾌감을 이끌어 내는 그의 행동에 결국 허벅지가 무너져 내려 주저앉은 하늘이 이미 눈물로 범벅이 된 제 눈을 비볐다. 눈물방울이 어울져 앞이 보이지 않아 답답한지 몇 번이나 손등으로 눈을 쓸어내는 게 보였다.

선우는 작은 몸을 단번에 뒤집으며 커다란 손으로 진득하게 들어 나온 눈물을 쓸어 주었다. 눈을 깜빡이며 간신히 저를 올려다보는 까만 눈이 보였다.

하늘은 땀이 배 미끈거리는 손으로 선우의 셔츠 단추를 꾹 붙잡았다. 그러다가 말없이, 천천히 남자의 단추를 풀어냈다.

그제야 선우는 제가 옷을 입고 있다는 사실을 알아차렸다. 애한테 미쳐서 제가 옷을 입고 있는지 벗고 있는지도 망각하다니. 참.

헛웃음을 흘리며 남자는 제 젖은 머리칼을 쓸어 올렸다. 어디까지 벗기나 싶어 가만히 바라보고 있으니 단추를 다 풀어내 셔츠를 마저 벗기느라 낑낑대고 있는 게 보였다. 결국 가볍게 셔츠를 벗어 침대 밑으로 던지듯 내려놓은 선우는 작은 몸을 들고 일으켜 제 허벅지에 앉혔다.

하늘은 정신이 없어 앞도 제대로 보이지 않는 와중에도 제 친구의 말을 잊지 않고 있었다. 가만히 손을 내려 남자의 허벅지 안을 서툴게 문질렀다.

나름대로 열심히 손을 움직이던 하늘이 이내 고개를 갸웃했다. 전혀 반응이 없는 선우가 그저 말없이 내려다보고 있는 것이 보였다.

아, 이게 아닌가? 다시 한 번 땀에 젖은 손으로 남자의 더욱 깊숙한 허벅지 안을 쓸었을 때였다. 남자의 손이 젖어 이미 번들거리는 그녀의 은밀한 내부로 파고들었다.

놀란 손길로 다급히 남자의 어깨를 붙잡았다. 손가락을 움직여 빠르게 아래를 적시던 남자가 눈물이 맺힌 하늘의 턱을 혀로 핥아냈다.

"아, 아아! 후으……."

기다란 손가락이 빠져나가 허전함을 느끼기도 전에 단단하게 선 남자의 뜨거움이 안으로 쑤셔 넣듯 들어왔다. 그답지 않은 다급한 움직임이었다.

하늘의 골반을 붙잡아 내려앉힌 선우는 한껏 휘며 뒤로 넘어가려는 허리를 단단히 붙잡았다.

휘청거리는 여린 몸은 엉엉 울고 있었다. 커다래 집어삼키기조차 버거운 남자의 것이 좁디좁은 내부로 거침없이 파고들었다. 견디기 힘들어 절로 입술이 벌어졌다.

"숨 쉬어."

끅끅대는 하늘의 목을 감싸 안고 등줄기를 쓸어내리는 남자의 손길이 차분하지 못했다.

비명조차 지르지 못하고 숨을 할딱이고 있던 하늘이 아이처럼 남자의 온몸을 그러쥐었다. 작은 손이 갈 곳을 잃어 한참이나 버둥거렸다.

이 모든 자극을 받아들이기엔 서툴기만 한 몸이 조금도 적응을 하지 못해 바들거렸다. 익숙한 몸이었다면 조금이라도 남자를 받아들이기 편한 자세를 잡았을 텐데, 하늘은 그저 제게 부딪혀 오는 고통을 동반한 쾌감을 조금도 줄이지 못하고 온몸으로 맞고 있었다.

느리게 시작되는 남자의 움직임에 절로 허리를 꿈틀거렸다. 간질이듯 강한 자극은 주지 않고 애만 태우는 남자의 행동에 저도 모르게 허리를 엉망으로 움직이며 선우의 목덜미에 입술을 박아 넣었다. 목을 가눌 곳이 필요했다.

차츰 빠르게 허리를 쳐올리는 남자의 움직임에 하늘이 정신을 놓고 교성을 질렀다. 그럴 때마다 선우의 목덜미에 묻어 놓은 입술에서 뜨거운 혀가 나와 남자의 목덜미를 축축이 적셨다.

"아아! 으응, 으웃……!"

하늘은 정신이 나갈 것처럼 소리를 지르며 남자를 꽉 끌어안았다.

아저씨. 아저씨. 그렇게 몇 번이나 불렀다. 그럴 때마다 단단한 손이 저를 꽉 끌어안는 것이 느껴졌다. 꼭 사랑한다고 말하는 것 같아 다시 눈물이 쏟아져 나왔다.

하늘은 힘겹게 고개를 들어 남자의 입술에 입을 맞췄다. 가볍게 맞추는 입술이 덜덜 떨고 있었다. 선우는 입술을 벌려 저를 원해 오는 입술을 단번에 집어삼켰다.

❈

베이커리 안이 시끌벅적했다. 다시 다섯 사람이 모여 있었다. 윤아영은 알바에 매여 있는 몸이니 그렇다 치고, 도은석은 이 근처에서 일을 하는 놈이니 그렇다 쳐도, 이준우는 대체 왜 베이커리를 들락거리는지 이유를 찾을 수 없었다.

선우가 눈을 가늘게 뜨며 강한 기운으로 짓누르니 준우가 모른 척 생긋 웃는 게 보였다. 원래 한량인 놈이지만 참 어지간히도 할 짓이 없다 싶었다. 바쁜 저 때문에 윤아영과 더불어 연하늘 기사 노릇까지 꽤 오랫동안 했으니 베이커리 사람들과 꽤 친해진 모양이었다.

"아영아."

제 이름을 지그시 부르는 하늘의 목소리에 아영이 대걸레를 한

손에 붙잡은 채 짝다리를 짚고서 죽상을 썼다. 저를 바라보는 눈
동자들이 죽을 맛인 듯해 보였다.

"하, 진짜……."

내가 이 짓까지 해야 해? 라고 말하는 눈이 고뇌와 번뇌로 바
람에 흩날리는 갈대처럼 어지럽게 흔들리는 것이 보였다.

"뭐야. 할 말 있으면 빨리 읊어."

선우의 모가 난 말에 아영은 인상을 팍 쓴 채 정말로 힘겹게
입술을 떼어 냈다.

"선우…… 오빠. 큰오빠. 오빠. 오빠! 시발!"

"뒤에 건 빼야지."

당혹한 목소리로 작게 다그치는 하늘의 목소리에 아영이 거친
숨을 몰아쉬었다. 뭘 했다고 숨을 몰아쉬는지 아주 힘겨운 호흡이
었다.

큰마음을 먹은 것인지 쥐고 있던 대걸레를 몇 번이나 움켜잡기
를 반복했다.

"후…… 선우 오빠."

은석의 입이 쩍 벌어졌다. 세상에 우리 아영이 사람 됐구나! 하
는 목소리가 눈빛 하나로 들리는 듯했다. 준우는 그 모습에 웃음
을 터트리며 기다란 손가락으로 제 이마를 짚었다. 아, 세상에서
제일 재미있는 도선우와 그의 식구들.

하늘이 그런 아영을 보며 손뼉을 짝짝 치는 시늉을 해 보였다.
훌륭하게 해내었다는 그녀의 칭찬과 같은 제스처에 아영은 급격
히 피곤한 눈으로 선우를 살폈다.

감격할 거라고는 생각도 하지 않았지만 그래도 미동은 할 줄

알았는데 무신경한 얼굴로 긴 다리를 꼰 채 팔짱을 끼고 있는 모양새에 절로 미간 사이가 좁아졌다.

"용돈 떨어졌냐?"

"이…… 기껏 잘해 주니까."

"평소 하던 대로 해. 안 하던 짓 하지 말고."

아저씨! 고운 말 한 번을 듣기 힘든 남자의 어투에 결국 하늘이 그를 다그치듯 불렀다.

선우는 딱 귀찮다는 표정으로 피우지도 못하고 손가락 사이에 끼워 놓은 담배를 까딱였다. 그 무심한 남자의 모습에 결국 아영이 벌겋게 달아오른 귀를 하고선 들고 있던 대걸레를 바닥으로 던지듯 내려놓았다.

"아, 몰라. 나 안 해. 안 해!"

"넌 문제가 뭐야 대체."

남자의 예의 그 무표정함에 아영의 얼굴이 벌겋게 달아올랐다. 당장이라도 욕이 입 밖으로 튀어나올 태세였다. 그 모습을 지켜보던 준우가 혀를 끌끌 찼다. 네가 문제다. 네가.

부글부글 끓어오르는 얼굴을 겨우 삭히는 아영을 보며 하늘이 한숨을 쉬었다. 가만히 그런 두 사람을 보고 있던 준우가 화제를 돌리려는 듯 말을 꺼냈다.

"그나저나 이제 하늘이 과외하려면 바빠지겠네?"

"전 괜찮아요."

"난 허락한 적 없어."

준우의 웃음에 하늘이 웃음으로 답했고, 다정한 대화는 선우의 단호한 칼날에 단번에 잘려 나갔다. 빈틈없는 남자의 답에 눈썹이 아래로 처져 다시 늘어진 올챙이 꼬리를 한 눈가가 소리 없이 승낙을 원하고 있었다.

"아저씨…… 허락해 주면 안 돼요?"

"허락해 주면 넌 뭘 해 줄 건데."

"아…….."

전혀 예상치도 못했던 남자의 말에 하늘은 저도 모르게 눈동자를 도르륵 굴렸다. 선우에게 요구되는 사항은 금전적인 것이든 정신적인 것이든 협상과 거래를 기본으로 한다는 것을 모르지 않았다.

그는 사업을 하는 사람이고, 잘은 알지 못하지만 이 남자는 대단히도 그 방면에서 우월한 능력을 지닌 사람이라는 것은 알고 있었다.

거래를 요구하는 남자의 눈은 일을 할 때만큼이나 냉정하고도 날카로웠다. 그러면서도 적당히 봐줄 용의가 있다는 여지는 남겨 두었다. 알게 모르게 올라간 섬세한 입꼬리가 그것을 짐작케 했다.

"최선을 다해서 아저씨들 가르쳐 드릴게요. 제가 정말 있는 힘껏."

하늘의 베이커리에 수강생들을 모집한다는 공고를 붙여 놨는데 고작 다섯 명 정도를 수강 인원으로 받았더니 전원이 선우의 클럽에서 득시글거리는 사내 새끼들이었다.

정확하겐 사내들이 등록을 하기 전 선우에게 허락을 요구했지만 들어 볼 것도 없이 남자의 입에서 거절이 흘러나왔다는 게 문제였다.

"행간을 못 읽어?"

"네?"

"나에게 뭘 해 줄 거냐고."

'나에게' 라고 주체를 분명히 말하는 남자의 목소리가 한 글자한 글자를 씹어뱉듯 흘러나왔다.

"제가 뭘 해 드리면……."

준우는 느긋하게 커피를 마시다 말고 고민에 잠긴 하늘을 응시했다.

저 작은 입에서 뭘 제시해 올까 궁금해졌다. 웬만한 건 도선우성에 차지도 않을 텐데. 이미 가진 건 다 가진 남자이니.

따지고 보면 더 이상 하늘이 그에게 줄 것도 없어 보였다. 이미제 마음은 다 줬고, 그렇다고 도선우가 이 작은 가게 땅문서나 받자고 시작한 협상도 아닐 테고, 여러모로 흥미가 가는 협상 장면이 아닐 수 없었다.

"네 번……."

작게 중얼거리는 목소리는 혼잣말이 분명했다.

"뭐?"

그럼에도 그것을 놓치지 않고 들은 선우가 제가 헛들었나 싶어되물었고, 남자의 무겁고 사정 봐주지 않는 낮은 음성에 어깨가튄 하늘이 고개를 저었다.

"아, 아니에요. 아무것도."

헛웃음이 나와 끼고 있던 팔짱을 푼 남자가 어디 한번 더 제시해 보라는 듯 느긋하게 등을 의자에 기대었다.

"필요할 때마다 안아 드릴까요?"

참 저다운 귀여운 발상이다. 실망시키지 않는 깜찍한 멘트에 준우가 소리 내어 웃었다.

괜히 두 사람의 대화를 듣고 있던 은석의 뺨이 벌겋게 달아올랐다. 험험 헛기침을 하며 앞에 놓은 아이스커피를 빠르게 집어 들어 마셨다.

아영은 이를 갈며 은석이 마시다 내려놓은 아이스커피를 그대로 뺏어 내듯 들고 얼음을 바드득 씹었다.

"판을 좀 키워 봐. 구미가 당기게."

남자를 만족시킬 만한 것이 무언지 여전히 고민을 하느라 머릿속이 바쁘게 돌아가고 있는 하늘을 보며 선우는 잇새에 담배를 끼워 물었다.

"넌 아직 모르나 본데."

"……"

"네가 생각하는 것보다 많아. 그것도 상당히."

"……"

"네가 내게 줄 수 있는 것."

눈을 깜빡였다. 눈동자 위를 유영하는 눈물 층을 타고 선우의 두 눈이 빠르게 스며들었다. 무엇을 원하고, 기대하는 것인지 짐작조차 가지 않는다는 얼굴로 마주 잡은 제 두 손을 꼼지락댔다.

남자는 긴 다리를 여유롭게 움직여 가게 문을 열고 나갔다. 하늘은 가게 밖에서 담배에 불을 붙이며 유리문을 등지고 선 남자를 바라봤다.

셔츠 위로 굴곡진 남자의 날개뼈가 도드라졌다. 남자의 작은 움직임을 따라 그림처럼 들썩이는 셔츠 위 날개뼈를 한참이나 바라보고 있었다.

*

"강 회장 요즘 컨택이 잦다?"

"알아."

"너 탐내는 거 너무 티 낸다."

"알아."

"너 경계하는 것도."

"……."

"남자 대 남자로."

"……."

"그것도 아는 모양이네."

하긴 나보다 눈치 빠른 몇 안 되는 사람인 도선우가 그걸 모를 리가.

"예전에 강 회장 애인이 널 한번 눈독 들인 적 있지 않아?"

"……."

있단 소리고.

"선 넘은 거야?"

"……."

이건 아니란 소리고.

"네가 그 여자한테 마음이 있었던 건 아니지?"

"야."

이건 당연히 아니고.

표정과 눈빛만으로 도선우의 마음을 읽어 낸 준우가 생각에 잠긴 듯 한참 무언가를 더듬는 듯했다.

"하여간 강 회장이 여러모로 너한테 관심이 많아. 근데 이게 묘하게 기분이 더럽단 말이야."

"네가 더럽겠어, 내가 더럽겠어."

"그 자격지심이라는 게 문제야. 멀쩡한 사람도 나사 돌게 만든다니까."

준우는 버릇처럼 손끝으로 제 입술을 더듬으며 눈썹을 일그러뜨렸다.

"그렇지 않아도 너한테 남자로서 열등감이 상당한 남자야. 널 동경하면서 동시에 시기한달까."

"동경은 개뿔."

"다 알면서 모른 척하지 마."

이미 눈치라면 서로 도가 트도록 빠르다는 것을 잘 알고 있으니 뭘 더 숨길 것도 없었다. 더욱이 둘만 있으니 그것을 모른 척할 필요도 없었다.

"이 실장님."

그때 문을 들고 들어온 남자가 저를 부르는 소리에 준우는 기대었던 등을 일으켜 세워 사무실을 나서려다 말고 저만큼이나 기분이 좋지 않아 보이는 선우를 보며 그답지 않게 옅은 한숨을 내쉬었다.

"뭔가를 뺏으려는 놈에게 상식이란 거 기대하지 마."

"……."

"상식의 선에서 생각하지 말란 소리야."

그리고 나가 버린 준우의 빈자리를 가만히 보고 있던 선우가 한숨을 쉬었다.

✳

"대체 어디서 뭘 하는 거야."

연락이 되지 않았다. 베이커리 문 닫을 시간이 한참이나 지났는데, 평소 같았으면 이제 집으로 간다느니, 도착했다느니 안부 문자가 하나라도 왔을 텐데 어떠한 연락도 없는 핸드폰을 내려다보며 선우는 들고 있던 서류들을 신경질적으로 던지듯 내려놓았다.

다시 한 번 전화를 걸었지만 핸드폰은 꺼져 있다는 소리만 반복되고 있었다. 애들이라도 붙였어야 했는데 너무 방심했나. 허리에 손을 짚으며 거칠게 머리칼을 쓸어 올린 선우가 입술을 잘근 씹었다.

'상식의 선에서 생각하지 말란 소리야.'

준우의 말이 늘어진 테이프처럼 재생되었다. 상식적인 일을 하고 있지 않은 건 저도 마찬가지면서 뭐 어떤 게 상식의 범주인지 가늠하는 것조차 스트레스였다.

그러다가 순간 혹시나 하는 생각이 머릿속을 스쳤다. 그리고 동시에 이성적인 사고가 끊어졌다.

"……젠장!"

선우는 그대로 사무실 밖으로 뛰쳐나갔다.

혼자 살던 아파트에서 챙기지 못했던 짐을 간단히 챙겨 나와 담은 상자를 안은 채 말없이 길을 걷던 하늘이 장난감처럼 주머니 안에서 달그락거리는 핸드폰을 꺼내 들었다.

전원 버튼을 꾹 눌렀지만 이번에도 빛이 들어오지 않았다. 낮에 아영이한테 충전기라도 잠시 빌려 쓰는 거였는데. 무용지물이 되어 버린 핸드폰을 다시 주머니 안으로 넣고 가던 길을 재촉했다.

하늘은 고개를 들어 거리에 새겨진 간판들을 둘러보았다. 형형색색 조악한 빛을 반짝이며 불특정 다수를 유혹하고 있는 싸구려 간판이 눈에 들어왔다.

이미 많은 사람들이 취한 상태거나, 옆구리에 하나씩 여자들을 낀 남자들이 거리를 돌아다니고 있었다.

이전엔 이 거리를 아무렇지도 않게 그냥 지나다니곤 했었다. 그 누구도 이런 저를 걱정 어린 시선으로 보는 사람이 없었다. 주점에 빵을 배달해도, 습관처럼 이 거리를 지나다녀도 누구 하나 제지하는 사람 같은 건 존재하지 않았다.

그것이 익숙했다. 아빠가 돌아가시고 나서부턴 쭉 혼자였으니 누군가가 저를 제지하지 않는 건 익숙한 일이었다.

그런데 이 거리에서 선우를 만나고, 그에게 간섭 어린 말을 들었다. 이런 곳은 너 같은 애가 올 데가 아니라는 남자의 말은 저에게 있어 처음으로 듣는 제지의 목소리였다.

그래서 이상하게 기분이 뭉클했다. 꼭 저를 걱정해 주는 것만 같아서, 알지도 못하는 남자를 붙잡을 뻔했었다.

지난 기억들을 되뇌며 혼자 길을 걷던 하늘이 살풋 웃었다. 맨들맨들한 뺨을 따라 볼우물이 작게 패였다. 그러다가 탁 하고 잡히는 손에 하늘의 몸이 그대로 뒤로 돌려졌다. 품 안에 들고 있던 상자가 그대로 바닥으로 나뒹굴었다.

"아저씨……?"

하아, 하. 숨을 거칠게 내쉬는 남자의 옷매무새가 흐트러져 있었다. 그답지 않았다. 어떠한 일이 있어도 흐트러짐 없는 남자의 차림새가 누군가에게 쫓긴 사람처럼 흐트러져 있었다.

"여기 어떻게……."

"핸드폰은 왜 꺼 놨어."

무섭도록 가라앉은 남자의 목소리에 길을 가던 사람들이 힐끔 그를 돌아보았다.

하늘은 그에게 잡힌 손목이 아파 빼내려 손을 비틀었다. 그렇지만 더 거세게 잡아 쥐는 남자의 힘에 하늘이 고개를 올려 선우를 보았다.

"아, 그게 배터리가……."

"왜 사람을 미치게 만들어."

"아저씨……?"

그러고 보니 남자가 입은 셔츠가 땀에 젖은 듯 축축했다. 쓸어 넘기는 머리칼도 남자의 날카로운 콧날에도 물기가 맺혀 있었다. 혹시…….

"저…… 찾은 거예요? 이 거리를 다 돌면서?"

여전히 남자의 숨이 거칠었다. 얼마나 이 거리를 헤집고 다닌 것인지 가늠조차 하지 못할 만큼 남자는 흐트러져 있었다.

"이 시간까지 연락 한 번 없으면 걱정을 해, 안 해."

"죄송해요. 저는 아저씨가 이렇게까지 걱정하는지 모르고."

"이게 진짜 사람 죽이려고."

그제야 겨우 붙잡았던 손목을 놓아주었다. 하늘은 제 생각보다 커다란 남자의 마음에 조바심이 나 확인을 받듯 조심스레 물었다.

"저 없으면 아저씨 죽어요?"

"······하, 참."

선우는 젖은 손으로 다시 한 번 머리칼을 쓸어 넘겼다. 그리고 그의 잘생긴 미간이 구겨졌다.

"뭐, 사람 미치게 만들어 놓고 내빼려고?"

"······아저씨."

"어디 도망이라도 가려고?"

시발, 하고 작게 터져 나오는 남자의 육두문자가 무섭지 않은 건 처음이었다.

하늘은 난생처음 보는 선우의 흐트러진 모습에 어쩐지 자꾸만 확인받고 싶은 마음이 솟구쳤다.

"제가 다른 남자 만나서 도망이라도 가면요?"

단번에 구겨진 눈썹이 남자가 어느 정도로 화가 난 것인지 짐작게 하고 있었다. 그런데도 어딘가 모르게 이글거리는 그 눈동자가 저를 집어삼킬 듯 타오르는 그 눈빛에 자꾸 가슴이 뜨거워졌다.

"도망가기만 해 봐."

숨이 막혔다. 남자의 뜨거움에.

"다 죽을 줄 알아. 그 새끼도 너도."

"……!"

당신을 주세요

— 당신과 처음 만났던 그 거리, 그 밤 그리고…… 고백

14

심장에 박히도록 강렬하게 새겨진 그 목소리에 하늘은 저도 모르게 몸을 떨었다. 옭아매듯 저를 휘감은 그 강하고도 짙은 눈빛에 하늘은 초식동물처럼 가는 목덜미를 땅으로 떨어뜨렸다. 그리고 눈을 감았다. 감당하기엔 너무도 벅찰 만큼 강렬해서 더는 남자의 눈을 마주할 수 없었다.

그 뜻을 부정적인 의미로 알아들은 남자는 일그러뜨린 두 눈을 차갑게 뜨며 가녀린 팔목을 붙잡아 당겼다. 남자 쪽으로 몸이 쏠리며 자동적으로 고개가 들린 하늘이 감고 있던 눈을 떠 선우를 올려다보았다.

아아, 강한 남자의 눈동자. 뼛속까지 나를 정복할 나의 남자.

"이 정도도 감당하지 못할 거면서 시작하자고 한 건가?"

"전…… 전 아저씨가 아니면 안 되는 거 알잖아요."

결국 나를 잡아먹을 나의 정복자. 그럼에도 난…….

"그 말 명심해."

당신을 사랑해요.

하늘은 쏟아지는 뜨거운 물을 온몸으로 맞으며 천천히 부스 벽에 머리를 기대었다. 거세게 쏟아진 남자의 욕망과 사랑을 받아낸 몸은 손 하나 까딱할 힘조차 남아 있지 않았다.

간신히 부스를 짚고 서 바디워시를 샤워볼에 문지른 하늘은 남자가 온몸에 남겨 놓은 그의 흔적들을 쓸어내리며 천천히 거품을 묻혔다.

마치 육식동물이 제 영역표시를 하듯 온몸 빼곡히 남겨 놓은 남자의 흔적을 손끝으로 스치는 것만 해도 욱신욱신 피부가 앓았다.

이대로 제자리에 주저앉아 쓰러진대도 이상할 게 없는 몸 상태였지만 하늘은 정신을 놓지 않고 서 있었다. 허벅지 사이로 흘러내리는 미끈한 액들이 물과 섞여 희석되어져 갔다. 뜨거운 기운에 잠식당한 몸의 열이 사방에 기운을 뻗치고 있었다.

뜨거운 물을 잠그고 천천히 부스를 나온 하늘이 샤워가운을 걸치고 젖은 머리를 말릴 새도 없이 밖으로 나왔다. 오늘 늦게 일이 있다고 했는데 아저씨는 나간 건가? 괜히 조바심이 나 샤워가운을 꽉 조일 새도 없이 거실로 나와 그를 찾았다. 나간 건가…….
나간 건가 보다.

남자의 부재에 쓸데없이 외로워져 맥이 풀리는 기분에 하늘은 뚝뚝 머리카락에서 흘러내린 물로 젖은 발아래를 쳐다봤다. 그리고 외로움에 젖은 어깨를 끌어안으며 다시 몸을 돌렸을 때 숨이 멎는 줄 알았다.

"……아저씨."

남자가 가지 않고 있었다. 주방 테이블 의자에 앉아 긴 다리를 꼰 채 단 하나의 시선이 흘러나가는 것도 용납할 수 없다는 듯 오롯이 하늘에게로 눈을 못 박은 채 앉아 있었다.

그 올이 풀리지 않은 단단한 매듭 같은 눈동자에 하늘은 눈꺼풀을 파르르 떨었다. 그 순간 여태껏 꾹 힘을 주고 있던 다리에 힘이 풀려 스르륵 자리에 주저앉았다. 동시에 아직 남아 있던 점액질이 허벅지를 타고 주르륵 흘러내렸다.

자리에서 일어나 긴 다리로 몇 걸음 만에 하늘에게 도달한 남자가 가볍게 여린 허리를 끌어안아 올렸다.

"왜 가지 않았어요?"

"갔으면 좋겠어? 그러면 그렇게 하고."

"아니요. 가지 마세요. 가지 말아요."

하늘의 허락에 남자는 단번에 손을 뻗어 여린 목덜미를 끌어안고 입을 맞추었다. 아직 채 열기가 가시지 않은 몸에 짧은 키스는 더없는 기폭제였다. 엉성하게 걸치고 있던 샤워가운이 바닥으로 떨어졌다. 다시 남자의 단단한 손끝에 여린 허리가 틈도 없이 끌어안겼다.

"다시 안을 거다."

"……아저씨."

"정신 놓지 않게 뭐든 해. 어깨를 물든, 손을 물든."

남자는 농담을 하지 않는다. 그러니까 지금 이 눈으로, 이 매력적인 입술로 저를 안을 것이라 말하는 것은 더 의심할 여지가 없는 진실이다.

"네가 누구에게 안겨 우는지 제대로 자각해."

소유욕을 드러내는 그의 목소리를 듣는 것만으로 아래가 뜨거워졌다.

그리고 남자는 채워 놓은 바지 버클을 풀었다. 지익, 하고 내려가는 그 소리에 하늘은 떨리는 손으로 선우의 목덜미를 붙잡았다.

✻

사무실에 앉아 강석을 제외한 수하들을 모조리 물린 선우는 라이터를 쥐고 한참 동안 은장 라이터 덮개를 열었다 닫았다를 반복했다. 의미 없이 이어지는 행동에 곁에 있던 강석이 슬쩍 걸음을 뒤로 물렸다.

날카로운 눈으로 집중하고 있는 남자의 눈동자에 목덜미를 움찔거렸다. 뭔가 유쾌하지 않은 생각을 하고 있는 것이 분명했다.

선우는 저를 독점하기 위해 물밑작업을 하기 시작했다는 강 회장의 움직임을 제 수하에게 전해 듣고 이걸 어찌해야 하나 짧은 생각에 잠겨 있다 이내 제 미간을 문지르며 눈을 일그러뜨렸다.

강정석, 강정석. 이 새끼를 어찌한다.

힘이 없는 손이 몇 번이나 종이를 헛쥐어 바닥으로 떨어뜨렸다. 하늘은 고개를 숙여 제가 떨어뜨린 종이를 주워 다시 정리를 한 뒤 타자를 쳤다.

그 모습을 보고 있던 은석이 인쇄물을 뽑다 말고 가까이 다가

섰다. '하늘아.' 하고 부르는 목소리에 천천히 고개를 들어 저를 바라보는 눈동자가 무언가에 잠겨 어른거리고 있었다.

잠기운은 아닌 것 같은데 어딘가 노곤해 보이는 기색에 은석은 괜찮으냐고 물으려 어깨를 붙잡다 말고 다시 붙잡았던 손을 떼어 냈다. 그녀를 봄과 동시에 제 형이 떠올라서 쉽사리 터치를 할 수가 없었다.

"괜찮아?"

"네. 전 괜찮아요."

"베이커리로 데려다주고 싶은데 오늘은 나도 선약이 있어서. 혼자 갈 수 있지?"

"그럼요. 바로 코앞인걸요."

느릿한 그녀의 손가락이 천천히 종이를 주워 올리고, 가방을 챙겨 드는 걸 지켜보았다. 손수건을 맨 목을 연신 만지작거리며 연구실을 나서는 하늘을 바라보다 이내 은석은 고개를 돌려 나갈 준비를 시작했다. 아직 실연의 구렁텅이에서 벗어나지 못하고 있는 제 불쌍한 친구 최 교수와의 약속 시간이 거의 다 되어 가고 있었다.

아영은 앞치마를 두르고 대걸레를 한 손에 쥔 채 꽤 한참 동안 머리를 쥐어뜯으며 노트북 앞에 매여 있었다. 부모님 혹은 형제자매와 가장 즐거웠던 시간을 보낸 순간을 써 내라는 어이가 없어도 한참 없는 과제에 한참 동안이나 이를 갈고 있었다.

"즐거웠던? 부모님이나 형제자매? 지랄. 개밥에 쌈 싸 먹고 있네. 내가 그런 게 어디 있어?"

"아영아."

"차라리 부모 형제 없는 천애의 고아라고 할래요. 난 즐거웠던 뭐 그랬던 거 없어요."

하늘은 케이크를 정돈하다 말고 진심으로 괴로운지 엉망으로 눈을 구기는 아영을 보며 가까이로 다가섰다.

그녀의 온기가 스며든 따스한 손끝이 아영의 어깨로 와 닿았다. 자신과 반대되는 따스함을 지닌 존재에 아영은 마치 N극과 마주한 N극처럼 발걸음을 뒤로 물렸다. 위험한 순백의 천사 앞에서 제 때 묻은 시커먼 속이 거울 비추듯 비춰지는 게 두려운 모양이었다.

"정말 즐거웠던 시간이 없어? 단 한 순간도?"

"네. 정말 단 한 순간도요."

"그럴 리 없을 텐데."

"그걸 언니가 어떻게 알아요?"

"……그래. 난 몰라. 난 부모님도 형제자매도 없으니까."

"아…… 언니……."

아영은 저도 모르게 흠칫하며 입술을 깨물었다. 제 아무 생각 없는 말에 혹여 생채기라도 났을까 아영은 난감한 표정이었다. 이러려고 그랬던 건 아니었는데.

"괜찮아. 난 그냥 아영이 네가 부러워서 그런 거야. 널 아껴 주는 엄마도 계시고, 이렇게 매일 널 걱정하는 두 오빠들도 있고. 그게 부러워서."

"……."

"넌 갑자기 나타난 반은 피가 다른 두 오빠들의 존재가 거북하

다고 했지만, 글쎄. 난 좀 달리 보이는데. 어느 날 갑자기 가족이
생겼다는 건, 물론 네 말대로 기쁜 일만은 아닐 수 있겠지만 그래
도 너와 함께해 줄 사람이 생겼다는 거잖아."

"……."

"정말 즐거웠던 적이 단 한 순간도 없어?"

"……다시 한 번 생각해 볼게요."

"그래."

웃는 하늘의 모습에 아영은 제가 쥐고 있던 펜과 대걸레를 바
닥으로 팽개치듯 내버리고 하늘을 와락 끌어안았다. 여지없이 딸
려오는 작은 몸을 제 품 안에 힘주어 끌어안은 아영이 혼잣말을
하듯 중얼거렸다.

"정말 큰오빠한테는 언니가 아까워요. 도선, 아니 오빠한테 언
니 주기 싫어요. 차라리 은석 오빠는 어때요, 언니? 지금이라도
늦지 않았어요."

"저기 아영아, 일단 이 손 좀……."

"큰오빠는 완전무결한 사람이 아니에요. 언니를 가질 자격이
없다구요."

"저…… 숨이……."

아영은 제 품 안에 안긴 하늘을 이리저리 흔들며 연거푸 푸념
섞인 말들을 늘어놓았다. 아무리 생각해도 큰오빠는 아니라며 엉
엉 우는 시늉을 해 보이던 아영이 하늘이 숨 막혀 헐떡이는 소리
를 하자 그제야 조심스레 놓아주었다.

얼굴이 붉어진 하늘을 보며 아영은 제가 마시던 물을 그녀에게
내밀었다. 그런데 어째 오늘은…….

"언니 감기 기운 있어요?"

"응? 아니. 왜?"

"이 날씨에 그 옷은 좀 오버 아니에요? 안 더워요? 온몸을 칭칭 감아 놨네. 그 손수건은 또 뭐예요?"

"아, 이거, 괜찮아."

뒤로 발을 물리며 흠칫하자 아영은 더 이상은 네 패션에 관심 없다는 듯 뒤돌아섰다. 그리고 망할 놈의 과제를 다시 한 번 붙잡으며 머리를 쥐어뜯었다.

하늘은 아영이 건네준 물을 마시며 딸랑, 하고 종을 울리는 문 쪽으로 고개를 돌렸다. 그리고 반사적으로 따스한 인사를 건넸다. '어서 오세요.' 하는 연한 목소리가 문을 열고 들어온 남자에게로 흘러들어 갔다.

"빵 좀 사려고 하는데."

하늘은 기억을 더듬었다. 분명 어디선가 본 적이 있는 남자, 그래. 선우더러 도 사장이라고 부르며 친근감을 표현했던 남자.

"주인 아가씬가 봐?"

"아, 네."

"가게가 생각보다 크네. 빵도 종류가 꽤 되고."

마치 시세를 감정하듯 베이커리 안을 둘러보는 남자는 누가 보아도 빵에는 별 관심이 없어 보였다. 아영은 탐탁지 않은 남자의 행동에 눈썹을 구기며 입술을 잘근 씹었다. 저놈의 영감탱이 손님만 아니었어도 확, 하는 표정이 얼굴에 다 드러나 남자는 재미있다는 듯 히죽 웃었다.

"뭐가 맛있으려나."

남자는 빵이 담긴 쟁반을 더듬으며 눈을 들어 하늘을 응시했다. 하늘은 절로 몸을 움츠리며 살짝 몸을 뒤로 물렸다. 남자는 이 빵, 저 빵을 대충 담아 계산대에 올려놓으면서도 눈을 돌리지 않았다. 고개를 살짝 비틀며 집요하게 바라보는 남자의 시선에 하늘이 괜히 제 뺨을 더듬으며 빵을 담은 봉투를 내밀었다.

"곧 또 봐. 아가씨."

하고 문을 열고 나가는 모양새에 하늘이 저도 모르게 눈썹을 찡그렸다. 그녀답지 않은 표정에 아영이 덩달아 추임새를 넣듯 짜증 섞인 소리를 덧붙였다.

"뭐야. 저 영감탱이. 언제 봤다고 존내 친한 척이네. 언니 신경 쓰지 마요. 하여간 저런 미친놈은 어딜 가나 꼭 있어. 확 귓방망이를……. 그래, 만만한 게 가게 직원이지. 아, 생각할수록 열 받네."

그래, 아영이 말대로 저런 손님들이야 적지 않은 편이었다. 대놓고 저를 응시하거나, 은근슬쩍 작업 멘트를 흘리는 손님들이야 없는 건 아니니 기분이 좀 상해도 그저 넘겨야지 어쩔 수 없었다. 아영이 말대로 물건을 판매하는 사람은 언제나 을의 입장이니까.

그래도 오늘은 저 남자가 가게에 왔었다 선우에게 말할 참이었다. 기분이 나빠도 아저씨와 연관된 사람이니 화를 내며 기분 나빠하기에 앞서 그에게 말을 하는 게 더 먼저라고 여겼다.

하늘은 가게를 정돈하고 거리로 나왔다. 단체메시지 방에는 이번 베이커리 강좌에 수강 신청한 다섯 명과 하늘이 나눈 대화들이

항명을 위해 한뜻으로 모여 있었다.

[형님도 너무하십니다. 이번에는 저희도 꼭 하늘 씨 강좌 수강하고 싶습니다.]

[오늘은 우리 여섯이서 뭉쳐서 꼭 형님께 다시 말해 봅시다, 하늘 씨.]

[네. 저 지금 가는 길이에요. 아저씨는 계세요?]

[예. 형님께서는 지금 물 흐리는 개새끼들 조지고 계십니다.]

선우가 없었기에 필터링도 없었다. 험한 말들을 고스란히 문자로 찍어 내는 남자들의 언어를 보며 하늘이 난감한 표정을 했다. 그녀의 표정이 흐트러진 건, 조지고 있다는 선우의 현재 상태에 대한 보고에 의한 것이 더 컸다. 많이 다치면 안 되는데, 아저씨.

이내 핸드폰을 주머니 안으로 집어넣은 하늘이 이젠 익숙한 거리를 지나쳐 선우의 은신처가 있는 곳으로 걸음을 옮겼다. 그리고 거의 그가 있는 곳이 눈에 보일 때쯤이었다.

하늘은 제 앞을 막아선 남자를 올려다보았다.

"아까 우리 베이커리에서 봤지?"

"아, 안녕하세요."

하늘은 살짝 걸음을 뒤로 물리며 인사를 했다. 그리고 그녀가 뒤로 물린 걸음만큼 강 회장이 한 발자국 가까이로 다가섰다. 본능적으로 주위를 살폈다. 손님들을 집어삼킨 가게들은 문이 닫혀 있었고 길거리를 지나다니는 사람이 드문드문했다. 그리고 힐끔 남자의 뒤로 선우가 있을 곳을 짚었다.

"뭘 그렇게 봐?"

"예? 아, 아무것도……. 그럼 전 가던 길이 있어서."

위험을 감지한 몸이 자동적으로 위험요소로부터 옆으로 물러났다. 그리고 저를 피하는 작은 초식동물의 여린 목덜미를 움켜쥐듯 강 회장은 작은 손목을 확 움켜쥐고 단번에 잡아끌었다.

반항을 시도하는 연한 몸을 구겨 넣듯 차 안으로 밀어 넣은 남자는 운전석에 올라타 있는 제 수하를 향해 나가 보라는 눈짓을 했다.

남자의 은밀한 눈짓에 곧장 차에서 내린 남자의 그림자가 더 볼 수 없는 곳으로 멀어졌다. 하늘은 제 손목을 우악스럽게 움켜잡은 남자로부터 멀어지려 있는 힘껏 힘을 주었다.

"왜, 왜 이러세요. 이거 놔요……!"

알고 있었다. 제가 쉽게 건드릴 수 있는 상대가 아니다. 한낱 월급사장의 여자라고 여기고 있었지만, 단순히 그렇게 생각할 것만은 아니라는 것은 강 회장 자신도 잘 알았다.

머리만 드러낸 채 몸통, 꼬리까지 다 숨기고 있는 도선우는 분명 가벼이 여길 수 있는 인물이 아니었다. 헌데 이 남자는 더 이상 사업적으로 저에게 손을 내밀어 줄 것 같지 않고, 오히려 제 곁에 달라붙어 있던 애인들만 모조리 뺏겼다. 그가 의도적으로 빼앗지 않았다는 게 더 심기를 뒤틀리게 만들었다.

여자들은 그와 마주하기만 하면 내내 시선을 저에게서 도선우에게로 옮겨 두었다. 얼마 전 애지중지하던 제 애인이 기어이 저에게서 벗어나 그에게 접근을 했다. 여태 암묵적으로 눈감아 오던 일이 폭발한 것은 그때부터였다.

내내 도선우를 주시해 왔었다. 도대체 이 남자가 가지고 있는 것이 무엇인지. 그리고 그를 보아 온 내내 단 한 번도 여자를 곁에 두지 않던 도선우 곁에 누군가가 생겼다는 사실을 알게 되었다.

이 계집애를 가지고 도선우와 협상을 할까. 제 밑으로 들어오라고 거래라도 할까. 그렇게 마음을 먹으며 입술을 비틀자마자 강회장은 저에게서 벗어나려는 여자의 몸짓에 애달은 침이 넘어갔다.

어깨를 꽉 움켜쥔 뒤 유리쪽으로 작은 몸을 밀어붙였다. 눈을 일그러뜨리며 작게 신음하는 몸이 유난히 가녀렸다. 그 연약함에 강 회장은 침을 꿀꺽 삼켰다. 반항하는 몸짓이 더 몸을 달구게 했다.

"도 사장 여자라고, 네가? 얼마나 맛있길래, 그 대단한 도선우가 죽고 못 사는지 한번 보자. 응? 도 사장이 왜 좋아. 그걸 잘해? 그건 나도 잘해."

"이러지 마세요. 제발……!"

뱀 같은 남자의 혀가 입맛을 다셨다. 그리고 덜덜 떨고 있는 하늘의 귓가로 다가와 귓불을 깨물듯 속삭였다.

"도 사장이 빼 간 내 여자가 몇 명인지나 알아? 그 자식만 보면 눈이 뒤집혀서 미친년들이 정신을 못 차리지. 어? 너도 그래? 너도 그러냐고!"

강 회장은 뭉툭한 손끝으로 여린 목을 감싸고 있는 손수건을 확 던지듯 걷어 냈다. 그리고 목덜미 안으로 드러나는 울긋불긋한 남자의 흔적에 거친 숨을 헐떡였다. 이미 남자의 손을 타 육욕을 알고 있는 몸이라는 생각에 아래가 빳빳하게 섰다.

창문에 달라붙어 도망가려 발버둥을 치는 여린 몸을 무자비하게 끌어와 좌석에 몸을 눕히고 손으로 다리를 잡아 고정시킨 남자가 스커트를 확 들추었다. 도선우가 남겨 놓은 상흔들이 더는 그 누구도 넘보지 못하도록 소유를 과시하고 있었다.

더는 남길 곳도 없어 보이는 남자의 은밀한 열꽃들이 온몸을 뒤덮고 있었다. 순진한 얼굴로 잔뜩 남자의 흔적을 달고 있는 몸을 보자니 가지고 싶은 마음이 이성을 잃은 채 사내를 들쑤셨다.

하늘은 붙잡힌 발목으로 남자를 차올리며 미친 듯이 잠긴 문고리를 잡아당겼지만 작은 몸은 다시 남자에 의해 끌려갔다.

키스를 시도하는 남자의 입술이 얼굴로 닿아 올 때마다 하늘은 작은 얼굴을 비틀며 기어이 얼굴을 가려 남자에게서 도망쳤다. 눈물이 차올라 대롱대롱 눈가에 고인 눈물이 뺨을 타고 적셔 내렸다.

"아저씨. 흑. 아저씨."

바로 눈앞에 그의 은신처가 있는데, 그가 나올 것만 같은데. 제 다리를 스멀스멀 타고 올라오는 손길에 정신이 번쩍 든 하늘이 손바닥으로 강 회장의 뺨을 가격했다. 쫙, 하는 가볍지 않은 소리와 함께 고개가 돌아간 강 회장이 껄껄 웃었다.

"그래, 그래. 네 남자가 도 사장이라 이 말이지. 넌 제법 앙탈도 부릴 줄 아는구나. 있어 봐. 곧 그놈은 잊게 만들어 줄 테니까."

다시 남자가 키스를 시도하려 했을 때였다. 쾅 하고 차체가 육

중한 소리를 내며 흔들렸다. 고개를 들어 차창 밖을 보았을 때, 한 번도 보지 못했던 수컷의 강인한 기운을 뿜어내는 남자가 서 있었다. 선우였다.

하늘은 그의 모습에 겪어 보지 못했던 강한 안도로 온몸이 내려앉았다. 강 회장의 당혹한 낯빛을 한 얼굴을 밀어내고 다급히 문고리 잠금을 풀어내려 손을 움직였다. 몇 번이나 헛돌았지만 이내 잠금을 풀며 문을 여는 순간 강인한 손길이 연약한 허리를 휘감아 안았다.

작은 몸을 바닥에 내려놓은 선우는 곁에 선 준우를 향해 하늘을 데려가라는 눈짓을 하곤 닫히려는 문을 발로 열어젖혀 엉금엉금 기어 운전석으로 가려는 강 회장을 끌어 내렸다. 강자 앞에 힘을 잃은 육식동물의 몸이 바닥으로 나뒹굴었다.

"너, 내가 몇 번 경고했지."

"도 사장……."

"여자 상대로 자랑할 만한 게 좆질밖에 없어? 어?"

"도 사장 지금 말이……."

"그것도 시발, 내 여자를 상대로."

더 입을 떼기도 어려운 남자의 무서운 기운에 강 회장의 어깨가 들썩거렸다.

"도 사장."

"그만 불러. 간신히 참고 있는 거니까."

"……."

"성추행, 강간미수. 죄목도 좋네."

후, 하고 한숨이 터져 나온 선우는 차마 제 입으로 말하기도 열이 뻗치는지 숨을 고르다 다시 입을 열었다.

"방송사, 신문사, 잡지사 너한테 관심 있는 새끼들 다 불러 놓고 다이다이 뜨든가, 이대로 처맞고 누구 하나 뒤지기 전엔 서로 더 볼일 없든가."

남자의 위치만 아니었으면 여기서 끝내지 않았을 텐데, 어쭙잖은 중소기업이지만 한창 상승세를 그리고 있는 이 남자의 위치도 고려 대상에서 제외할 순 없었다. 절로 안면이 꿈틀거렸다.

"강석아. 기자들 불러라."

선우의 가라앉은 목소리에 반쯤 무릎을 구부린 강 회장이 선우의 손목을 탁 붙잡았다.

무섭도록 시린 남자의 눈동자에 강 회장이 침을 삼키며 고개를 끄덕였다. 눈을 부릅뜨는 강 회장의 유난히 큰 검은자가 구역질을 동반했다. 선우는 그의 손을 쳐 내며 잡혔던 제 손목을 노골적으로 매만졌다.

"후자, 후자 할게. 그럼 되지?"

"근데 넌 왜 자꾸 반말이야. 내가 만만해?"

"아, 아닙니다, 도 사장. 이러지 말고 우리……."

"뭐 해, 강석아. 후자 하시겠단다."

그리고 선우는 머리채가 휘어잡히는 강 회장을 뒤로하고 준우와 하늘이 사라진 사무실로 향했다.

결국 저 때문에 평생을 이런 일 같은 건 당하지 않을 여리고 예쁜 아이가 험한 꼴을 봤다. 아무리 부정하고 현실을 외면하려고 해 봐도 자신 때문에 얽힌 일임은 변함이 없었다. 결국 그녀와의 연애를 시작하기 전 제가 염려했던 일이 벌어졌고, 저는 그것을 잘 지켜 내지 못한 못난 남자다.

원망의 눈으로 보면 어떡하지. 아니 착해 빠져서 자신을 용서
해 준다고 하면 그땐 또 어떻게 해야 하는 거지.

내 곁만 아니라면 네가 이렇게 울지 않을 텐데.

당신을 주세요
— 눈을 감으면 모든 게 아득해지는 밤

15

　문밖에서 들리는 적나라한 폭력의 소리에 하늘이 버둥거렸다.
이거 놔주세요! 하는 목소리에도 강석은 하늘을 제지시켰다.

　"내가, 잘, 지켜보라고, 했어, 안 했어."

　음절이 끊어질 때마다 폭력의 소리가 들려왔다. 그때마다 윽,
하는 남자의 미세한 신음이 얇은 문을 타고 들려왔다.

　저 때문에 애먼 사람 하나가 맞고 있다는 생각에 하늘은 필사
적으로 온몸을 버둥거렸다. 그리고 더는 막지 못해 강석이 살짝
힘을 풀었을 때 하늘은 문을 열고 달려가 선우의 앞을 가로막았
다.

　이미 노기가 하늘 끝까지 치솟은 남자는 눈짓 하나까지도 위협
적이었다. 하늘은 다시 손을 올리는 선우의 팔을 붙잡으며 고개를
도리도리 저었다.

　"제 잘못이에요. 제 탓이에요. 그러니까 제발……!"

제 잘못이 아님에도 무조건 제 탓이라 말하며 고개를 젓는 모습을 보자 더 화가 차올라 선우는 눈을 일그러뜨렸다.

"저리 가 있어."

"아저씨, 때리지 마세요. 차라리 제가 벌 받을게요."

"너 정말……."

눈물마저 그렁그렁 매단 채 고개를 젓는 필사적인 움직임에 선우는 들어 올렸던 손을 내리고 제 앞을 막아선 여린 팔을 확 끌어당겼다. 그의 무지막지한 힘에 너무나도 쉽게 몸이 딸려 간 하늘은 눈을 볼썽사납게 깜빡이며 남자를 올려다보았다.

선우의 손짓에 그의 앞에서 고개를 숙이고 있던 남자가 뒷걸음치듯 물러났다.

거칠기 짝이 없는 눈동자를 한 남자의 손이 들어 올려졌다. 그 순간 하늘은 저도 모르게 눈을 질끈 감았다. 그러나 곧 뺨으로 내려앉은 따뜻한 온기에 천천히 감았던 눈을 올려 떴다. 제 볼을 어루만지듯 감싸고 있는 남자의 눈이 아프게 일그러져 있었다.

"맞았어?"

"아니요. 안 맞았어요."

"너 그 말……."

"정말이에요. 거짓말 아니에요. 그 남자가 저한테 손 하나 까딱……."

아, 이건 거짓이다. 손 하나 까딱하지 않은 건 아니니.

그 찰나의 난감함을 꿰뚫은 남자의 미간이 단박에 구겨졌다. 내 이 개새끼를 당장, 하고 욕설을 내뱉는 남자의 얼굴이 정말 당장이라도 달려가 죽여 버릴 듯 험악해졌다. 하늘은 다시 선우를 꽉 끌어안았다.

"저한테 아무 짓도 안 했어요. 키스도 하려고 했는데 제가 피했고, 또, 또······."

키스라는 단어에 다시 남자의 몸이 단단해졌다는 것이 느껴졌다. 하늘은 입을 벌리는 족족 선우의 화를 돋우게 한다는 사실에 얼굴이 창백해졌다. 그리고 곧장 남자의 두 손이 허리로 내려와 단단히 감싼 것을 느끼고 저도 모르게 몸에 힘을 주었다.

고개를 들어 저를 내려다보고 있는 남자를 보았다. 형용할 수 없는, 무어라 설명을 할 수 없는 기운이 들러붙어 있는 남자의 얼굴이 보였다. 화가 난 얼굴이 아니었다. 소용돌이가 휘몰아치는 알 수 없는 기운에 짓눌린 남자의 두 눈동자가 아프게 일그러져 있었다.

여린 허리를 꽉 끌어안은 손이 더 단단해지고 있었다. 캄캄한 복도, 아무도 없는 조용한 공간에 두 사람의 거친 숨소리가 간헐적으로 메워지고 있었다.

선우는 제 강한 힘에 바들바들 떨고 있는 작은 몸을 끌어안고 흰 목덜미에 얼굴을 묻었다. 그제야 긴장이 풀린 것인지 힘을 주고 있던 작은 몸이 한층 부드러워진 것이 느껴졌다.

"연하늘."

"네. 아저씨."

"하늘아."

"네."

선우는 한 손으로만 감고 있던 손을 풀어 두 손으로 하늘을 끌어안았다. 단번에 끌어안긴 몸이 더없이 가볍고, 부드러웠다. 제가 쓰는 섬유유연제 향이 그녀에게서 풍겼다.

"앞으로 이런 일 없을 거야."

"……."

"아니, 장담 못 해."

"……아저씨."

"내 시간을 온종일 너만 지키는 데에만 쓰면 좋겠지만 고작 내가 할 수 있는 건 사람 시켜서 너를 감시하는 일밖엔 없어."

"……."

"아니, 필요하면 이 일도 관두고 너만 지키고 있을게."

숨소리가 다시 거칠어졌다. 옅어진 줄만 알았던 숨소리가 다시금 거칠어진 건 찰나와 같은 순간이었다.

"그냥 다 때려치우고 너 하나만 보면서 살까?"

허락을 구하는 소리가 아니었다. 정말로 그렇게 하려는 듯, 남자는 스스로에게 묻고 있었다. 그의 말이 한번 입에 담아 보는 입발린 소리가 아닌 것도 알고 있다. 남자는 거짓말 같은 건 하지 않는다. 지키지 않을 약속 같은 거, 확언 같은 건 절대로 하지 않는다.

"연하늘, 내가 어떡할까. 말해 봐. 네가 원하는 대로 다 할 테니."

답이 없었다. 품 안에 안겨 있는 가녀린 몸은 그저 남자를 꽉 끌어안을 뿐, 아무런 답이 없었다. 조바심이 나기 시작했다. 애가 탔다. 목이 바싹바싹 타 갈증이 일었다.

그녀의 목덜미에 묻어 놓은 입술이 말라 손끝까지 버석하게 식어 버린 기분에 선우는 짙은 한숨을 쉬었다. 그의 작은 몸짓 하나에 하늘의 신경세포가 움직이는 듯 바르작거리는 게 느껴졌다.

"이번 주 휴일에 데이트해요."

"그래. 그러자."

선우는 말라 버린 손끝으로 작은 몸을 끌어안으며 몇 번이나 그러자고 답했다.

하늘은 그저 남자가 원하는 대로 가만히 안겨 쌔근쌔근 숨을 쉬고 있었다. 남자의 달큰한 향에 취한 듯 조용히 눈을 감았다.

집으로 돌아오는 내내 저를 살피는 선우의 눈짓에 하늘은 가물거리는 눈을 하면서도 잠들 수 없었다. 어디가 불편한지 계속해서 살피는 남자의 세심한 시선이 몸 곳곳으로 와 닿았다. 전 괜찮아요, 라고 말하는 그 목소리에도 선우는 쉽사리 마음이 놓이지 않는 듯해 보였다.

집으로 돌아와 습관처럼 블라인드를 내리고 따뜻한 우유를 머그컵에 따른 하늘은 옷을 채 갈아입지도 못하고 제 등 뒤로 와 허리를 끌어안는 선우의 손을 붙잡았다. 커다란 손이 오늘따라 유난히 메말라 있었다.

"아저씨."

"그래."

"사랑해요."

"알아."

"아저씨는요?"

"어떤 대답이 듣고 싶어. 원하는 대로 다 해 줄게."

"아저씨 진심이요. 진심이 듣고 싶어요."

다시 고요해졌다. 숨소리가 잦아들었다.

"감당 못 할 텐데."

"아저씨. 저 감당할 수 있는 거 알잖아요."

등 뒤에서 끌어안는 강인한 힘에 절로 몸이 바짝 조여졌다. 향기로운 그녀의 향, 보드라운 촉감, 그 누구라도 사랑할 수밖에 없는 예쁜 그녀의 미소, 그에겐 없는 그녀의 온기.

하루에도 수십 번, 수백 번 머릿속에선 이 몸을 끌어안고 입을 맞춘다. 품에서 벗어날까 조바심이 나 가슴이 벅차오른다. 워낙에 멋대가리 없는 놈이라 이 마음을 표현할 방법이 떠오르지 않는다.

"하늘아. 연하늘."

"네."

"기억하지. 나에게 주기로 한 거."

남자의 말에 하늘은 눈을 깜빡이며 그가 하고자 하는 말을 더 들었다. 지난날, 클럽 식구들을 베이커리 수강생으로 받아들이는 것에 대해 남자가 제안한 것이 있다는 것을 떠올렸다.

하늘은 고개를 끄덕였다. 아직 아저씨한테 줄 거 생각하지 못했는데. 이미 제 모든 것을 다 가진 남자라, 더 이상 무엇을 줘야 할지 생각지 못했는데.

"내 옆에서 네가 울지 않을 거란 확답은 못 해. 평범하지 않은 내 일이 평범한 네 일상에서 평생을 이고 가야 할 파장이 될지도 모르지. 날 원망할지도 몰라."

귓가에 와 닿는 남자의 목소리가 따스하지만 아릿하게 느껴져 몸을 떨었다.

"내가 너에게 줄 수 있는 거라곤 고작 마음밖에 없어. 이런 내가 네 성에 차지 않을지 모르지."

속삭이는 목소리가 낮았다. 몸이 떨릴 만큼 강인했다.

"그래도 내 곁에 있어."

그렇지만 부드러웠다.

"날 선택해."

눈물 나게도.

"날 사랑해."

따스했다.

뺨으로 와 닿는 그 온기에 하늘은 눈물이 어린 눈을 지그시 내리감았다.

답하지 않는 그녀의 침묵에 선우는 좀 더 힘을 주어 허리를 끌어안았다. 한 줌도 되지 않는 이 여린 몸이 너무나 사랑스러워 밤새도록 끌어안고 싶은 마음이 솟구쳤다.

예쁘다. 네가 정말 예뻐서 널 바라보고 있는 내가, 내가 아닌 것 같다. 널 담고 있는 내 눈이 정말 내 눈인지 의심하게 된다.

"그럼 아저씨들 수강등록 된 거죠?"

하늘의 말랑말랑한 목소리에 선우는 옅은 웃음을 흘렸다. 답은 이미 정해진 것이라는 그녀의 대답에 선우는 웃어 버렸다. 살랑거리는 그 목소리에 코끝이 가려웠다.

"무조건 다섯 발자국 이상 떨어져서 해. 눈은 마주치지 말고."

"그렇게 해서 어떻게 가르쳐요."

"그럼 가르치는 내내 내 생각 해. 50번 이상."

"아저씨는요?"

"난 무조건 네 두 배."

좋아요. 계약 성립이요, 라고 말하는 그 목소리에 선우는 온몸이 아스라지도록 그녀를 꽉 안았다.

선우는 침대에 비스듬히 누워 눈을 감고 쌔근쌔근 숨을 쉬고 있는 하늘을 바라보고 있었다.

감은 눈꺼풀이 파르르 떨리며 작은 입술이 살짝 벌어졌다 닫혔다. 오물거리는 입술과 씰룩거리는 뺨이 예뻐 손을 뻗어 천천히 쓰다듬었다. 느껴지는 온기에 잠결에도 몸을 뒤척이며 베개에 얼굴을 묻는다.

어디 가둬 놓고 싶다. 아무도 모르는 곳에 가둬서 나만 바라보게 하고 싶다. 바보 같은 생각이지만 절실했다. 아이라도 가질까. 네가 도망가지 못하게, 평생 내 곁에만 있게 우리 아이라도 낳을까. 그럼 날 원망하다가도 아이를 생각해서 다시 곁에 있어 줄 텐데. 연하늘, 넌 모르지. 내가 얼마나 널 생각하는지. 얼마나 널 원하는지.

선우는 천천히 하늘의 이마에 입을 맞추었다. 따뜻한 몸이 잠결에 남자에게 안기었다. 선우는 등을 토닥이며 다시 한 번 이마에 입을 맞추었다. 그리고 천천히 이마를 타고 내려와 코, 입술에 진득하게 입을 맞추며 사랑을 고했다.

❄

손을 잡고 번화가를 걸었다. 소소했고, 너무나 일상적이고 평범한 데이트였지만 그래서 좋았다. 남들에겐 평범이라는 것이 결코 평범하지 않은 선우에게 지극히 평범한 데이트는 그야말로 특별한 시간이었다.

다른 연인들처럼 손을 꼭 잡고 걷고, 음료도 하나씩 쥐고 나눠 먹고, 바람결에 달라붙은 머리카락까지도 떼어 주는 평범하고, 평범한 데이트. 그렇지만 두 사람에겐 너무도 특별한 데이트.

"아저씨. 나 뭐 하나 물어봐도 돼요?"

"뭔데."

"아저씨는 나 언제부터 좋아했어요?"

아, 방심했다. 어려운 질문이다. 하긴, 그녀가 어디 평범한 질문을 한 적이 있었나.

늘 허를 찌르는 말들로 저를 곤란하게 했던 그녀가 아니었던가.

"그때."

"……."

"다른 여자 만나지 말라고 등 뒤에서 날 안았을 때."

"아……."

"다른 여자 만나지 말라고 하는데 대답할 뻔했다."

"……."

"알았으니 다른 여자 안 만나는 대신 다시 한 번 안아 보자고."

선우의 말에 하늘의 뺨이 움직이며 보조개를 만들어 냈다. 그 모습을 보고 있던 선우가 헛웃음을 흘렸다. 예뻐 죽겠네, 진짜.

"있죠. 아저씨."

"왜."

"예전에요. 어렸을 적에 엄마가 했던 말이 생각이 나요. 사실 가물가물하긴 한데, 어렴풋이요."

"……."

"진정으로 사랑하는 사람을 만나면 그때서야 여자가 되는 거라고 그랬어요."

"……."

"엄마의 말이 맞다면 저 이제 정말 여자가 된 거예요."

"도선우 여자라며."

"네. 도선우 여자예요."

바람을 타고 웃음이 넘실거렸다. 맞잡은 손에 짧게 반동이 일었다. 마주 잡은 손을 까딱이며 길을 걷던 하늘이 순간 가던 길을 멈추고 잡은 손을 놓았다.

떨어져 나가는 손에 선우의 걸음이 멈추었다. 그리고 유리창에 달라붙어 꼬물거리는 생명체들을 바라보는 하늘을 쳐다봤다.

어른 손바닥만 한 강아지들이 꼬물거리며 유리 상자 안을 헤매고 있었다. 저들끼리 몸을 비비며 핥고 깨무는 모양새가 예쁜지 한참이나 그것들을 바라보며 하늘이 웃었다.

선우는 저도 모르게 인상을 찌푸렸다. 평소 길을 가다 개 한 마리에 멈춰 서서 입을 벌리는 사람들을 제일 이해하지 못하는 남자였다.

작은 털 뭉치들이 꼬물거리며 살아 있음을 알린다. 내가 살아 있노라는 그 몸짓에 하늘이 햇살처럼 웃는다. 생명체들을 바라보는 눈이 너무나 곱다. 세상에서 가장 예쁘게 눈을 휜다. 여자는 작은 생명체를 바라보며 웃고, 남자는 그런 여자를 보며 웃는다. 그 눈에는 사랑이 가득 깃들어 있다.

"안녕."

웃으며 인사를 하는 목소리가 어느 때보다 부드럽다. 폭신폭신 구름 위를 걷는 토끼 같다.

그렇게 한참을 눈을 떼지 못하고 보더니 이내 천천히 유리벽에서 떨어져 다시 남자의 손을 잡았다. 아쉬운지 몇 번 뒤돌아보는 눈동자에 아쉬움이 서려 있었다.

"키우고 싶어?"

"아니에요. 아저씨 귀찮잖아요."

"어. 귀찮아."

"거봐요. 전 괜찮아요."

미련을 떨치며 남자의 손을 꽉 잡는 손가락이 야무졌다.

"예전에 아빠 돌아가시고 강아지를 키워 볼까 했었는데, 강아지도 저처럼 외로워질까 봐 그냥 말았어요. 내가 외로워서 키우는데 강아지마저 같이 외로워지면 어떡하나 해서."

그러면서 오늘 저녁은 뭘 먹을까요? 하고 묻는 눈동자가 바람에 흩날리는 꽃잎 같았다. 진하고도 향기롭다.

저녁거리를 사 오지 않길 잘했다는 생각부터 들었다. 집 앞에 진을 치고 있는 세 명의 몸뚱이를 보자니 선우는 다시 화가 치밀어 올랐다.

대체 왜 온 거냐고 으르렁거려도 준우의 가벼운 목소리만 돌아왔다. 깜짝 방문 몰라? 하는 능글맞은 목소리에 선우는 저도 모르게 주먹을 쥐었다.

끌려온 듯한 은석과 아영이 준우의 옆에 서 있었다. 은석은 손 안 가득 쥔 먹을거리를 들어 보였고, 아영은 뒷덜미를 벅벅 긁으며 짝다리를 짚고 서 있었다.

"와, 하늘이가 들어왔다고 집 분위기부터가 다르네?"

준우는 차 키를 테이블 위로 내려놓으며 새삼스럽다는 듯 집 안을 살폈다. 그녀의 존재를 알리고 있는 물건들이 곳곳에 있었다.

이전에는 없었던 주방용품들이 빼곡히 주방을 채우고 있었고, 냉장고 안도 가득 채워져 있었다. 밥솥도 없었던 기억이 나는데, 밥솥 안엔 밥이 가득이었다. 정말 사람 냄새 나는구나. 도선우에게서 사람 냄새라니.

"잠깐만요. 저녁은 금방 차릴게요."

"아냐, 아냐. 그럴 줄 알고 우리가 저녁으로 대충 먹을 거 사 왔어. 아영아 뭐해. 음식 올려."

왜 그걸 나에게 시키냐는 듯 도끼눈을 뜬 아영이 저를 바라보고 있는 하늘을 보더니 말없이 음식을 봉투에서 꺼내기 시작했다.

음식의 반절이 비워졌을 즈음 아영은 소파에 누워 잠들어 있었다. 은석은 주스를 마시다 말고 저를 찾는 전화에 웅크려 있던 몸을 펴고 핸드폰을 꺼냈다. 그리고 테라스로 엉거주춤 걸음을 옮겼다.

말없이 과일을 먹던 준우가 포크를 내려놓고 잠들어 있는 아영에게 담요를 덮어 주며 흐트러진 머리칼을 정돈해 주는 하늘을 바라봤다. 그리고 선우를 응시했다.

"도선우."

"왜."

"내가 너 봐 온 평생 동안 처음 봐. 너 그런 얼굴."

"무슨 말이야."

"네 웃는 얼굴 봤던 기억이 까마득했거든. 워낙에 안 웃잖아, 너. 너 한 번 웃기려면 내가 쌩쇼를 했어야 했는데 말이야."

"……."

"근데 하늘이 만나고부터 네 얼굴에 온기가 돌아. 이제야 사람 같다고 할까."

"무슨 말이 하고 싶은 거야."

"그러니까 행복해 보인다고, 너."

그렇게 말하며 준우가 생긋 웃었다. 이준우가 언제 헛다리 짚은 적이 있었던가.

답 않고 그저 침묵했더니 이내 긍정의 의미를 알아들은 준우가 고개를 끄덕끄덕했다.

"이제 가면도 벗었고, 도선우가 제 애인을 위해서 그 위대하고 대단한 클럽D 소유주라는 걸 다 밝혔으니 잔챙이들은 안 꼬이겠네. 아아, 또 나만 피곤하게 됐잖아."

준우는 싫은 소리를 하면서도 웃고 있었다. 턱을 괴고 옅게 웃으며 아영의 곁에 앉아 말없이 등을 토닥여 주는 하늘을 바라봤다. 저 아이 때문에 모든 걸 다 내려놓는 도선우를 보자니 정말이지 제가 다 행복했다. 그녀를 지키기 위해 이제 도선우가 정말 세상 밖으로 나오는구나 싶어서.

"정말 예쁘다. 하늘이……."

"……."

"랑 너. 그렇게 노려보지 마."

준우는 청포도 하나를 입에 물며 느긋하게 웃었다. 하여간 재미있다니까.

"앞으로 어떻게 할 거야?"

"넌 말을 할 때 주어를 좀 붙여."

"두 사람 앞으로 어떻게 할 거냐고. 내가 궁금한 게 그것밖에 더 있어?"

"남 사생활이 재밌지. 어?"

"그럼. 원래 남 일이 더 재밌는 법이잖아. 거기다 은밀한 사생활이면 더?"

"놈팽이 같은 새……."

"욕하지 마. 하늘이 다 들어."

그래, 너랑 말 섞은 내가 병신이지, 라는 눈으로 이내 입을 닫은 선우가 말없이 와인을 들이켰다. 그리고 와인글라스를 만지작거리며 생각에 잠겼다. 별생각 없이 나불거리는 듯해도 이준우는 생각 없이 말을 하지 않는다. 또 그에게 과제를 던졌다.

'앞으로 어떻게 할 거야?'

앞으로. 우리에게 앞으로라는 미래가 있다.

수많은 선택지가 있고, 답은 정해져 있지 않다.

그 답을 너와 내가 함께 정하면 안 될까?

그렇게 너에게 감히 물어도 되는 것일까?

그녀의 마음이 제 것인 줄 알면서도 조바심이 난다.

사인을 한 서류들이 책상 한구석에 쌓여 갔다. 강석은 가만히 그의 곁을 지키고 서 있다 이내 자리에서 일어서는 선우를 따라 같이 엉덩이를 들썩거렸다.

"아, 들어가시겠습니까? 형님, 아니 사, 사장님."

"평소대로 해라. 불편하다."

"아, 네. 형님."

침을 꿀꺽 삼킨 강석이 손을 떨었다.

이 남자가 진정한 실세다. 한낱 월급사장 따위가 아니다. 감춰진 몸통이 드러났고, 그 크기는 생각보다 어마어마했다.

함부로 할 수 없는 남자의 기운이 더욱 거세게 느껴졌다. 걷어두었던 소매를 단정히 내리고 커프스 버튼을 잠근 남자가 긴 다리를 움직여 사무실을 빠져나갔다. 그리고 강석이 그를 뒤따랐다.

고개를 숙이는 직원들 뒤로 클럽을 빠져나온 선우가 차에 올라탔고 강석이 고개를 숙이며 그를 배웅했다. 이로써 그를 향한 존경심이 한층 더 높아졌다. 강석이 목덜미를 긁으며 히죽 웃었다.

✳

이제 여름이 다가오는 거리는 밤이 한창인데도 사람들로 북적였다. 가게 문을 닫으려 몸을 이리저리 움직이던 여자가 가만히 유리창 너머로 가게 안을 바라보고 있는 남자를 발견했다.

얼마나 보고 있었던 걸까? 미동도 않고 유리창 너머로 안을 보고 있는 눈동자가 진지했다. 강아지를 보고 있는 그 눈동자가 고급 명품을 고르는 것만큼이나 진중했다. 한참 만에야 문을 열고 들어오는 남자를 보며 여자가 자리에서 일어섰다.

"어서 오세요."

"강아지 한 마리를 사려고 하는데."

"아, 특별히 생각하시는 종이 있으세요?"

"그런 건 없고, 와이프 될 사람이 강아지를 좋아합니다."

"아, 예비 신부님께 선물하시려는 거구나."

세상에, 아내를 위해 강아지를 안겨 주는 남자라니. 그것도 저리 잘생긴 남자가.

남자와 눈이 마주친 여자는 입꼬리를 올리며 제 입술을 지그시 깨물었다.

봄의 끝자락에 맞은 손님이 이토록 아름다운 사람이라니.

"어떤 성격의 강아지를 원하세요? 음, 강아지도 사람처럼 성격이 다 다르거든요."

"나중에 태어날 아이랑 같이 놀게 해 주고 싶은데."

"그럼 활발하고 온순한 강아지는 어떠세요?"

긍정을 의미하는 듯한 남자의 침묵에 여자는 천천히 작은 강아지 한 마리를 품 안에 안아 올렸다. 선우는 초면이 아니라는 듯 살짝 고개를 꺾었다. 흰 솜뭉치 같은 이 녀석은 하늘이 유심히 보며 좋아했던 그 강아지였다.

"초보가 키우기에도 좋아요. 애교도 많고 활발하고 온순하고, 사교성도 높아서 조금만 가르치면 금방 알아들을 거예요."

여자의 설명에 선우가 피식 웃었다.

연하늘. 너네. 너 닮았네.

"아, 그럼 말티즈 분양받으시겠어요?"

남자가 옅게 웃는 모습에 뺨이 붉어진 여자가 꼼지락거리는 흰 강아지를 살짝 내려다봤다. 주인을 알아보는 건지 하품을 하던 강아지가 눈을 말똥거리며 남자를 응시했다.

남자는 바지 주머니에 꽂아 넣었던 손을 빼며 답했다. 그 목소리는 작은 가게 안을 꽉 채우고도 남을 만큼 낮고도 강인했다.

"주세요."

강아지를 품에 안고 가게 문을 나서는 남자를 바라보고 있던 여자가 유리문에 기대어 한참 동안 그 뒷모습을 바라보고 있었다. 저 남자가 강아지를 안겨 줄 여자는 어떤 사람일까. 괜히 궁금해졌다. 그러다가 다시 돌아서는 남자의 모습에 화들짝 놀란 여자가 기대었던 몸을 일으켰다.

"여기 꽃집이 어디 있습니까."

가만히 빨래를 개고 있던 하늘이 도어록이 해지되는 소리에 자리에서 일어났다. 봄바람이 열어 놓은 창문을 타고 넘실대며 들어왔다. 금방 집 안 가득히 남자의 향기가 채워졌다.

하늘은 선우의 짙은 향을 맡으며 그에게로 다가갔다. 남자와 잘 어울리는 푸른색 셔츠가 눈이 부시도록 빛이 났다. 괜히 그 모습이 보기 좋아 싱긋 웃던 하늘이 저에게로 서툴게 내밀어지는 꽃다발을 보며 멈칫했다.

"아, 저…… 주는 거예요?"

남자의 손에 들린 하얀 백합 한 아름이 꽃잎을 드러내고 있었다. 감동 어린 눈망울이 피어난 꽃잎으로 한참 동안 내려앉아 있었다.

그녀를 닮은 꽃을 내민 선우는 말없이 하늘을 바라보고 있었다. 여자들은 꽃을 좋아한다던데 그 말이 거짓이 아닌 모양이었다. 이토록 감동한 눈을 본 적이 없는데, 하늘은 눈물을 흘릴 것처럼 품에 안겨진 꽃을 보았다.

아랫입술을 살짝 깨물며 향을 맡던 하늘의 시선이 곧 남자의 품 안으로 닿았다. 꿈틀거리며 몸을 웅크리고 있는 하얀 생명체가 고개를 빼꼼 내밀었다.

어찌 안겨 줘야 할지 몰라 가만히 강아지를 품 안에 안고 있던 선우가 저에게서 강아지를 데려가는 하늘을 그저 말없이 바라만 보았다.

"더는 외로울 일 없으니 키워도 돼."

강아지마저 같이 외로워질까 키우지 않았다는 제 말을 기억하고 있었다. 그냥 흘리듯 꺼낸 말을 그가 기억해 주고 있었다. 왈칵 눈물이 쏟아질 것 같아 입술을 꾹 깨물었다. 품 안에서 꼼지락거리는 강아지가 간지러웠다.

"나중에 태어날 우리 아이와 놀면 강아지도 외로울 일 없어."

흐트러지는 머리칼을 따라 눈동자가 물기로 넘실거렸다. 온기 깃든 남자의 음성이 꿀처럼 온몸을 타고 내렸다.

남자의 입에서 나온 우리 아이라는 말에 하늘은 눈동자를 깜빡이며 입술을 다물었다 벌렸다. 빨간 입술에서 금방이라도 향긋한 과일 향이 쏟아질 것 같았다.

선우는 그 작은 입술에 제 입을 맞추었다. 그리고 천천히 입술을 떼어 내며 예쁜 두 눈과 마주했다.

내 사랑, 내 여자, 내 전부.

"하늘아."

나의 모든 것.

"사랑한다."

당신을 주세요

— 너를 내게 줘. 나와 결혼해 줘

에필로그

자료를 정리하며 종이들을 그러모으는 하얀 손등이 반짝였다. 은석은 두 손을 가지런히 무릎 위에 모으고 그녀의 약지 위에서 빛을 내고 있는 반지를 보고 있었다.

굳이 머리를 굴리지 않아도 누가 선물을 한 것인지에 대해선 충분히 짐작할 수 있었다. 깔끔하지만 심하게 고급스러워 보이는 것이 영락없이 제 형의 취향이었다.

머리칼을 쓸어 넘길 때마다 하얀 손등과 잘 어울리는 반지가 반짝거렸다. 하늘은 제가 정리한 자료들을 가지런히 책상 위로 얹어 두며 천천히 자리에서 일어났다. 은석은 그녀의 움직임에 의자에서 일어나 가까이로 다가섰다.

"오늘이 마지막이네. 아쉬워서 어떡해."

"교수님 뵈러 자주 올게요."

"그래. 나도 베이커리 자주 들를게."

마주한 두 눈이 동시에 휘었다. 하늘은 반듯하게 고개를 숙이고 연구실을 나왔다. 그리고 머리 위를 비추는 강렬한 해를 올려다봤다.

　다시 여름이 시작되고 있었다.

　잘 구워진 빵을 포장하다 말고 크게 숨을 삼켰다. 하늘은 무거운 눈을 내리감으며 다시 한 번 크게 심호흡을 했다.

　늘 맡아 오던 고소한 밀가루 냄새가 역해 눈가의 연한 살결이 일그러졌다. 두통까지 호소하고 싶은 역함이었다. 오전에 은석과 함께 먹은 칼국수에 문제가 있었던 건지 꼭 나무판자를 타고 바다 한가운데에 떠 있는 것처럼 속이 넘실거렸다.

　오후 내내 표정이 좋지 못한 그녀를 지켜보던 덕환이 앞치마를 벗다 말고 걱정스런 눈을 했다. 그녀답지 않았다. 제 몸이 아파도 보는 사람 걱정시킬까 늘 억지로라도 웃었던 그녀였다. 그런데 그런 하늘이 제 몸에 찾아온 이상증세를 감추지 못하고 고통을 호소하고 있었다.

　"아, 기사님. 그럼 들어가세요."

　"정말 병원 안 가 봐도 괜찮겠어요?"

　"아까 낮에 먹은 점심이 잘못되었나 봐요. 전 괜찮아요."

　한사코 괜찮다며 어서 들어가 보라 재촉하는 그녀의 미소에 하는 수 없이 덕환이 베이커리 문을 열었다. 하늘은 가게를 나가는 덕환을 보며 곁에 놓아둔 핸드폰을 잡아 들었다. 신호음이 몇 번 가지 않고 상대가 전화를 받았다. 익숙한 목소리가 수화기를 타고 넘어왔다.

— 네. 언니.

"오늘은 안 나와도 돼, 아영아. 언니도 오늘은 일찍 들어가려고."

— 아, 그래요? 알았어요. 근데 언니 목소리가 왜 그래요? 어디 아파요?

"그냥 속이 좀 안 좋아서."

— 괜찮아요? 많이 안 좋아요?

"조금만 쉬면 괜찮아질 것 같아. 집에 조심해서 들어가. 알았지?"

그러겠다는 순순한 목소리에 하늘은 전화를 끊고선 가게를 간단히 정리하고 곧장 집으로 향했다.

하늘은 저를 뜨겁게 붙잡던 손을 놓고 몸을 떼어 내는 선우의 단단한 팔을 꽉 붙잡았다.

"그만……두지 마요."

그가 집으로 들어오자마자 품에 안겼다. 그리고 입을 맞추며 그대로 침실로 와 반듯한 남자의 셔츠를 벗기며 동시에 제 옷을 벗었다.

그녀답지 않게 침착하지 못했다. 무엇이 그리 급한지 덜덜 떨고 있는 손으로 제 옷을 벗고 다시 선우의 입술에 입을 맞추었다.

평소보다 더 자신을 원하는 그녀의 손짓에 선우는 느긋함을 잃고 남은 제 옷을 뜯어내듯 벗었다.

그리고 다시 결합을 위해 그녀의 몸 곳곳을 달래며 가녀린 쇄

골에 입술을 묻었을 때였다. 하늘이 인상을 굳히며 제 입술을 꽉 깨물었다.

하늘은 고개를 돌려 눈을 질끈 감으며 갑작스레 치고 올라오는 울렁거림을 숨겼지만, 갑작스런 그녀의 이상행동을 단번에 알아차린 선우는 쇄골에 묻었던 입술을 떼어 내고 그녀를 내려다보았다. 간격을 좁힌 남자의 눈썹이 일그러졌다.

"너 왜 그래."

"아니……에요."

"아니긴 뭐가 아니야."

여전히 입술을 꽉 깨물고 있으면서 아무것도 아니라며 고개를 젓는다.

"입술 깨물지 마."

간신히 입술을 벌려 나약한 숨을 토해 내는 그녀의 모습에 선우가 완전히 몸을 일으켜 세우려 했다. 그런 남자의 팔을 움켜잡으며 다시 하늘이 고개를 도리도리 저었다. 멈추지 말란 소리였다. 멈추지 말라며 입매까지 힘을 준 주제에 눈꺼풀 위로는 이슬이 맺혀 있었다.

"너 왜 그래. 어디 아파?"

"그냥 속이 좀 안 좋아요."

"저녁은."

"……."

"걸렀어?"

"……."

여전히 눈을 내리감고 입을 꾹 다문 그녀는 답이 없었다. 선우는 한숨을 내쉬며 머리카락을 쓸어 올렸다. 그리고 두 팔로 얼굴을 가리고 자신으로부터 시야를 차단한 하늘을 내려다보며 선우는 완전히 몸을 일으켜 세웠다.

침대 밑에 떨어져 있는 셔츠에 다시 팔을 넣어 단숨에 몸을 감싸며 선우는 여전히 팔로 두 눈을 가리고 있는 하늘에게로 다가갔다. 그리고 그녀와 침대 사이에 손을 집어넣어 하늘의 등을 일으켜 올렸다.

순식간에 선우와 마주 보게 된 하늘의 두 눈이 조금 내려앉아 있었다. 저도 기분이 좋지 못하다는 뜻이었다.

"내일부턴 정말 거르지 않고 챙겨 먹을게요. 그래도 오늘은 정말 못 먹겠어요. 속이 너무……."

"억지로 먹으란 소리가 아냐. 식사가 싫으면 너 좋아하는 우유라도 먹으란 말이다."

"……화난 거 아니죠?"

"……그런 거 아냐. 이리 와."

오늘은 정말로 그녀답지 않게 기분이 무겁게 내려앉은 어깨를 감싸 주려 손을 뻗었을 때였다. 하늘이 제 입을 틀어막고 침실을 달려 나가 화장실로 직행했다.

✵

준우는 커피를 마시며 동시에 하늘이 테이블 위로 내려놓는 빵을 한 입 베어 물었다.

그가 베이커리에서 간단히 점심을 해결하는 것도 이젠 낯선 풍경이 아니었다. 긴 다리를 꼬고선 우아하게 브런치를 먹던 준우는 영 안색이 좋지 않은 하늘을 보며 천천히 커피를 삼켰다.

아파도 어디 아프다 잘 드러내지 않는 하늘이 정말로 창백한 얼굴을 하고 있었다. 한눈에 보기에도 상태가 좋지 않아 보였다. 평소 같았으면 그 부드러운 웃음을 지으며 맛있게 드세요, 준우 아저씨, 라고 한마디 했을 텐데 그런 말조차 덧붙이는 것이 힘겨 운지 그녀의 입술이 꾹 다물려 있었다.

준우는 뜨거운 김이 오르는 커피를 마시며 걱정스런 목소리를 냈다.

"하늘이 어디 아파?"

"아, 속이 안 좋아서. 이따 내과 가 보려구요."

준우는 손을 뻗어 하늘의 이마를 매만지며 흠, 하고 낮은 소리 를 중얼거렸다.

"열도 나는데? 정말 속이 안 좋은 거 맞아?"

"네."

"그러고 보니 더 말랐어, 하늘이. 안색도 너무 창백하고."

"며칠 전부터 계속 토해 내서 그런가 봐요. 밥도 잘 못 먹겠어 요. 냄새가 너무 역해서."

준우는 마치 제게 고해성사를 하듯 제 몸 상태에 대해 털어놓 는 하늘을 보며 사뭇 진지한 표정을 지었다. 뭔가를 감정이라도 하듯 하늘을 유심히 바라보던 준우가 한쪽 눈썹을 올리며 매만지 고 있던 머그잔을 내려놓았다.

"넘겨짚는 걸지도 모르겠지만 내과가 아니라 산부인과에 가 보 는 게 어떨까?"

"네. ……네?"

저도 모르게 당혹스런 목소리로 되물은 하늘이 저를 보며 생긋 웃는 준우의 조언에 입을 벌렸다.

준우는 제게 인사하는 지배인을 지나쳐 선우의 사무실을 찾았다. 하늘을 산부인과에 내려 주고 그길로 곧장 클럽으로 돌아온 준우는 서류 더미에 파묻혀 눈을 들 생각을 않는 선우를 보며 저도 모르게 입술을 올려 웃었다.

"또 뭐 때문에 혼자 쪼개."

"아냐."

"아니긴 뭐가 아냐. 뭐 때문에 그래."

"정말 아냐. 참, 선우야 오늘은 일찍 집에 들어가."

전혀 예상치 못한 준우의 말에 그제야 선우가 고개를 들었다. 마주친 얼굴은 뭐가 그렇게 즐거운 건지 연신 생글거리고 있다.

"왜."

"아니, 너 요새 일하느라 바빴잖아. 오늘은 일찍 들어가서 쉬어."

"안 그래도 일찍 들어갈 참이다."

"그래?"

"하늘이가 몸이 안 좋아서."

"아이고. 더 서둘러 들어가 봐야겠네."

"어."

잊고 있었는데 다시 생각이 난 듯 선우는 들고 있던 파일들을 데스크 위로 내려놓았다. 그리고 찡그리고 있던 미간을 누르며 펜

뚜껑을 닫고 자리에서 일어섰다.

준우는 사무실을 나가는 선우를 보며 그제야 남자를 뒤따라 나왔다.

선우는 비밀번호를 눌러 현관문을 열고 안으로 들어가자마자 문 앞에 앉아 있는 하늘을 발견하곤 걸음을 뒤로 물렸다.

"놀랐잖아. 기다렸어?"

"네. 아저씨."

"속은 좀 괜찮아졌어? 이리 와 봐. 보자."

"아저씨."

"왜."

"나 뭐 하나만 물어봐도 돼요?"

선우는 거실로 걸어 들어가는 제 뒤를 따라붙으며 저답지 않게 조심스레 고개를 내미는 하늘을 돌아보았다. 목 끝까지 채워진 단추를 풀고 타이를 느슨히 풀어낸 선우가 말해 보라는 듯 턱짓을 했다.

"친구가요 임신을 했어요."

"그런데."

"그런데 걔는 아직 결혼도 하기 전이거든요. 아, 물론 청혼은 받았어요."

"계속해."

"친구가 남자친구에게 임신 사실을 털어놓아도 될까요?"

하늘은 조심스레 물으며 슬쩍 시선을 발아래로 돌렸다. 선우는 목 끝에 매달려 있는 타이를 잡아 빼내곤 무심하게 손목에 붙어 있는 시계를 풀어냈다.

"청혼받았다며."

"네."

"그럼 결혼하겠단 거잖아. 뭐가 문제야."

"아. 다행이다."

지나칠 정도로 안도의 한숨을 내쉬며 뺨을 움직여 입가를 올린 하늘이 아랫입술까지 살짝 깨물어 가며 웃었다. 그녀의 미소에 선우는 피식 웃다 말고 다시 눈썹을 구겼다.

"말 돌리지 말고 대답해. 속 어때."

"괜찮아졌어요. 아니, 안 괜찮아도 괜찮아요."

이건 또 무슨 말이야. 선우는 아까부터 이상한 말을 해 대는 하늘을 보며 허리춤에 손을 얹고선 삐딱이 섰다.

"아저씨 나요."

"어."

"이제 밥도 꼭꼭 챙겨 먹고, 속 안 좋아도 힘낼게요."

"그래. 좋긴 한데……."

갑자기 분위기가 미묘하게 바뀌었다는 걸 눈치챈 선우가 제 입술로 쪽 하고 달라붙는 향기로운 감촉에 슬쩍 그녀의 안색을 살폈다.

유난히 기운차 보인다. 행복해 보이고 뭔지 모르겠지만 유난히 향기롭다.

"우리 아이를 위해서요."

"……."

"사실 아저씨가 결혼도 하기 전에 아이부터 가진 걸 알면 뭐라고 할까 좀 걱정했거든요. 근데 괜찮다고 해 주셔서 다행이에요."

"……."

"아저씨?"

하늘은 표정 변화 없이 저를 가만히 내려다보고 있는 선우를 올려다보며 귀를 쫑긋거렸다. 침묵이 계속되자 큰 눈이 다시 눈치를 살피기 시작하며 남자를 힐끔거렸다. 그러다가 닫고 있던 입술이 벌어졌다.

"아, 그게 사실은 친구 얘기가 아니라 제 얘기……."

놀랄 경황도 없었다. 하늘은 완전히 남자에게 끌어안겨져 채 뒷말을 잇지 못했다.

선우는 그녀를 끌어안으며 손에 어정쩡하게 붙잡고 있던 타이를 던지듯 내려놓고 완전해진 손으로 하늘의 머리를 끌어안아 당겼다.

❋

선우는 강석이 저에게 건네준 메모장이 들린 손을 내려다보며 다시 고개를 들어 다닥다닥 붙은 주택가를 훑었다.

날이 더웠지만 흐트러짐 하나 없이 셔츠 단추를 채워 입은 남자는 저를 닮은 반듯한 걸음으로 성큼성큼 메모장 안에 쓰인 주소지를 향해 걸었다.

손에 들린 파일 하나를 내려다보던 남자는 긴 손가락을 들어 올려 초인종을 눌렀다. 오랜 기다림 없이 곧장 신원을 확인하는 목소리와 함께 문이 열렸다.

문밖으로 튀어나온 얼굴은 저를 찾아온 사람을 확인하곤 한동안 말이 없었다. 그러다가 옅은 미소를 지어 웃으며 문을 열고 안으로 들어올 것을 권했다.

　선우는 조용히 안으로 들어가 신발을 벗고 막 커피를 내린 참인지 향기로운 커피가 놓여 있는 테이블로 가 앉았다.

　선우가 찾아온 여인, 하늘의 생모 연아는 금세 새 커피를 남자 앞으로 내놓으며 얌전히 선우의 맞은편 의자에 앉았다. 그리고 그녀는 옅은 미소를 지으며 입을 열었다.

　"찾아뵙고 인사를 드리고 싶었지만, 계시는 곳을 몰라 그러질 못했어요. 죄송합니다. 그리고 도와주셔서 감사합니다."

　"아닙니다."

　선우는 저를 향해 웃는 연아를 보며 들고 온 파일을 그녀에게로 내밀었다.

　"하늘이 앨범입니다."

　"……."

　"아, 돌려주지 않으셔도 되니……."

　"감사합니다."

　"……."

　"정말 감사합니다."

　연아는 파르르 떨리는 손으로 조심스레 남자가 건넨 앨범을 넘겼다.

　환하게 웃고 있는 제 딸의 모습에 연아는 결국 눈물을 보이며 고개를 떨어뜨렸다. 앨범 속에 든 하늘의 얼굴을 더듬는 손끝이 다리해졌다.

"허락을 받고 싶어서 찾아왔습니다."

선우의 말에 연아는 눈물을 그렁그렁 매단 눈으로 남자를 응시했다.

"따님과 결혼하고 싶습니다. 제가 어머님껜 못된 놈입니다. 따님과 결혼을 하기도 전에 아이를 가졌습니다."

결국 연아는 터져 나오는 울음을 감추지 못해 손바닥으로 얼굴을 가린 채 눈물 섞인 숨을 삼켰다.

"전 허락할 자격이 없어요. 그 아이가 허락을 했다면, 그러면 된 거예요."

"행복하게 만들어 주겠습니다."

하늘에게도 채 하지 못한 약속이었다.

"아이 낳으면 다시 찾아뵙겠습니다."

"와 줘서 고마워요. 이렇게 와 줘서 정말 고마워요."

선우는 흔들림 없는 눈으로 다시 한 번 약속했다.

그녀를 행복하게 만들어 주겠다고.

선우는 집으로 돌아오자마자 졸음을 이겨 내지 못하고 소파에 기대어 자고 있는 하늘을 발견했다.

그녀를 단숨에 안아 들고 침대에 눕혀 준 선우가 손을 들어 하얀 이마에 붙은 머리칼을 쓸어 주었다. 남자의 손길에 잠이 깬 건지 반쯤 뜬 눈이 가물거렸다. 그럼에도 놓치지 않고 선우를 바라보고 있었다.

"아저씨. 있죠. 사……."

"사랑한다."

이젠 먼저 말해 줄게. 네가 말하지 않아도 내가 먼저 너에게 말할게.

당신을 주세요

— 사랑한다고. 그러니 평생 내 곁에 있어 달라고

외전.
퍼즐조각

다시 잠에서 깼다. 온전치 못한 일상의 연속이었다. 귀를 꽉 눌러 막으며 선우는 잠에서 깨어났다. 봄이가 미치도록 울어 대는 소리를 이렇게 눌러 참고 있는 것은 어찌 보면 선우에겐 기적과 같은 일이었다.

선우는 침대에서 일어나 빽빽 울어 대는 봄에게로 다가갔다. 후, 하고 나온 제 한숨 소리도 귓가에 들리지 않았다. 울음을 그칠 줄 모르고 엄마, 아빠를 찾아 대는 통에 결국 선우는 봄을 안고 거실로 나왔다.

태어났을 때 제 엄마를 쏙 빼닮은 공주님이라고 옆집 개까지 나와 축하를 해 주던 게 바로 두 달 전 일이었다. 그때까지만 하도 선우와 하늘은 웃을 수 있었다. 아이가 이렇게 울음이 많다는 것을 모르던 그 시절에는.

선우는 아이를 토닥이며 무거운 머리를 소파에 기대었다. 잠달아난 지 오래였다. 제대로 피로를 풀지 못한 채 계속된 선잠에 머리가 울렸다. 그래도 아이가 울음을 그치고 다시 눈을 감자 선우는 행복마저 밀려왔다. 이렇게 사소한 것에서 행복을 맛볼 줄이야.

무엇보다 하늘이 깨지 않고 자고 있다는 사실이 가장 다행이었다.

이제 베이커리는 완전히 아르바이트생에게 맡긴 채 하늘은 봄을 보는 일에만 몰두했다.

하루가 다르게 시들어 가는 그녀의 얼굴을 보며 마음이 아팠지만 그래도 하늘이 세상모르게 웃을 때가 있었다.

봄이 쌔근쌔근 자고 있는 모습을 볼 땐 세상에서 가장 행복한 미소를 지었다. 그리고 선우는 그런 하늘을 보며 행복을 느꼈다.

아직 봄이보다는 하늘이 우선인 저와는 달리 그녀에게는 우선 순위가 다소 바뀐 것 같은 의심까지 들게 만들어 심기가 좋지 못했다. 그래도 제 아이를 두고 질투를 할 순 없는 노릇이다.

"이렇게 아침까지 자자. 어?"

선우는 어느새 다시 잠이 든 봄을 폭신한 이불 위로 눕히며 한숨을 푹 쉬었다.

예쁘다. 예뻐 죽겠긴 한데, 그만큼 죽을 맛이었다. 웬만한 체력을 자랑하는 저도 제대로 잠을 자지 못하는 일상이 반복되니 몸이 고장난 것처럼 삐걱대기 시작했다.

※

"애 아빠 되더니 너도 별수 없나 보다."

그리고 이준우가 저를 놀려 대기 시작했다. 봄이 태어나고부터는 준우가 저를 놀리는 것에도 초연해졌다.

좀 더 정확히 말하자면 상대를 하기도 귀찮아졌다. 선우는 말없이 이만 나가라는 손짓을 하며 데스크 앞으로 의자를 당겨 앉았다.

"많이 피곤해?"

"너랑 상대하기도 귀찮으니까 그냥 가."

"내가 가서 좀 봐 줘? 하룻밤만 내가 봐 줄까?"

"넌 그 말을 곧 후회하게 될 거다."

"그래. 이참에 하늘이랑 너 데이트도 하고 좀 해."

봄을 하루 돌봐 준다는 말에 코웃음을 쳤지만 데이트라는 단어에 선우의 눈썹이 꿈틀거렸다.

그것을 눈치채지 못할 리가 없는 준우는 고개를 끄덕이며 두 손을 모아 비비며 자리에서 일어섰다.

"내일 하루 종일. 콜?"

"내 원망 하지나 마라."

"우리 봄이 삼촌 또 보겠네."

준우는 뭐가 그렇게 즐거운지 하하, 웃으며 사무실을 나섰다.

주방에서 저녁을 한참 준비하던 하늘이 찌개를 한 숟갈 떠 간을 보고는 눈길을 거실로 힐끔 돌렸다.

봄을 곁에 누이고 업무를 보고 있는 선우의 눈이 진지했다. 펜으로 종이 위에 글을 슥삭슥삭 쓰는 모습이 중요한 업무인 듯 보였다.

그러다가 아이가 칭얼거리면 어김없이 커다란 손이 아이에게로 내려앉았다. 아빠의 손길에 다시금 조용해진 아이가 눈을 말똥말똥 떴다.

얼마 가지 않아 다시 칭얼거리기 시작하는 봄의 목소리에 선우가 결국 쥐고 있던 펜을 내려놓고 아이에게로 시선을 돌렸다. 인상을 쓰고 있으면서도 짜증내지 않고 아이를 안아 든 선우가 봄을 토닥이며 다시 눈을 종이로 옮겨 두었다.

몇 분 가지 않았다. 선우의 두 눈이 봄에게로 돌려졌다. 아이는 울지 않았지만 손끝에서 느껴지는 온기에 선우는 저도 모르게 아이를 보았다. 맑다 못해 투명한 눈동자가 꼭 하늘을 닮았다.

"도봄."

선우는 저를 빤히 올려다보는 그 눈동자에 슬며시 입술을 올려 웃었다. 저도 모르게 올라가는 입꼬리를 알아차리지도 못하고 선우는 다시 한 번 아이를 불렀다.

"도봄. 어라. 대답 안 해? 아버지가 부르면 대답을 해야지."

아직 울음기가 걷히지 않아 눈물방울이 매달린 눈으로 아이가 방긋방긋 웃는다. 내참. 웃는 얼굴을 보자니 그간 저를 괴롭혔던 전적이 다 잊힐 정도로 예쁘다.

"웃긴."

손가락으로 아이의 맨들맨들한 뺨을 쓸자 하늘을 닮은 눈꼬리가 곱게 휘었다.

하늘은 두 사람을 보며 말없이 미소 짓고 있다 이내 어디선가 나는 타는 냄새에 화들짝 놀라 가스레인지 불을 끄러 달려갔다.

밥을 먹는 내내 거실에 누워 있는 봄에게로 시선을 두며 밥을 먹는 둥 마는 둥 하는 하늘을 보던 선우가 작은 한숨을 쉬었다. 남자의 한숨에 그제야 하늘의 시선이 밥상으로 돌아왔다.

"내일은 준우가 봄이 좀 봐 주기로 했어."

"정말요? 안 그래도 되는데."

"안 그래도 되긴 뭐가 안 그래도 돼."

하늘은 대답을 하는 와중에도 혹시 아이에게 무슨 일이라도 생길까 흘깃 시선을 옆으로 두었다.

"내일은 저녁도 제대로 먹고 좀 쉬자."

"맡겨도 되겠죠?"

"내가 알기론 준우가 우리보다 애를 더 잘 봐."

하늘은 고개를 끄덕이며 선우가 숟가락 위로 올려 준 콩나물을 입안으로 집어넣었다.

"그럼 우리 내일 데이트해요."

"그러지 않아도 그럴 거야."

"네."

대답을 하며 잊지 않았다는 듯 그녀가 웃음을 흘렸다. 선우는 가만히 그녀의 웃음을 바라보고 있다 이내 픽 웃었다. 저는 어쩔 수 없나 보다. 봄이보다 하늘의 미소가 더 예뻐 보이는 걸 보면.

✳

준우의 배려로 편안한 시간이었지만 저녁을 많이 먹진 못했다. 그간 제대로 된 식사 시간을 지키지 못해서 그런 것인지 괜히 편안한 자리가 어색했다.

그 모습이 안쓰러워 몇 번이고 그녀의 접시 위로 고기를 썰어 올려 주었지만 하늘은 몇 점 먹지 않고 포크를 내려놓았다. 그것보다 바깥공기가 쐬고 싶은 모양인지 계속해서 시선을 밖으로 두었다.

덩달아 접시를 비우지 못한 선우가 하늘을 데리고 바깥으로 나왔다. 가고 싶은 곳이 있냐고 물었을 때 하늘은 한강이 보고 싶다고 했다. 예상치 못한 그녀의 말에도 이유를 묻지 않고 선우는 차를 한강으로 몰았다.

강이 내려다보이는 카페에 앉아 가만히 강물을 바라보던 하늘이 고개를 들어 올려 별을 바라보다 다시 강물을 바라보기를 반복했다.

"아저씨. 봄이가 크면 누굴 닮을까요?"

"너 닮겠지."

"입매랑 코가 완전 아저씬데요?"

"눈은 너잖아."

"우리 둘 다 닮았네요."

당연한 말이었지만 봄이 선우와 자신을 반반씩 나눠 닮았다는 사실에 하늘은 괜히 기분이 좋아졌다.

"공부는 잘할까요? 아니다. 공부 말고 우리 다른 거 시켜요."

"연하늘."

"네?"

"봄이 얘기 말고 오늘은 다른 얘기 해. 예전처럼."

선우의 말에 하늘은 한동안 말없이 남자를 빤히 바라보다 이내 제 곁에 있는 선우의 손을 맞잡았다. 잊고 있었다. 선우의 체온이 남들보다 유달리 높다는 사실을.

"예전부터 이렇게 한강을 보면서 커피도 마시고 대화도 하고 그러고 싶었어요. 이유는 모르겠어요. 이유는 모르겠지만 이렇게 지내는 게 평범하게 사는 거라고 느껴졌던 것 같아요."

"그전에는. 그전에는 평범하다고 생각하지 않았어?"

"네. 평범하다고 하기엔…… 외로웠던 것 같아요. 그런데요 지금은 어떤지 알아요? 남편도 있고, 아이도 있고, 매일 아침을 챙기고, 남편의 퇴근을 기다리고, 저녁을 차리고. 평범하다고 느껴져서 너무 행복해요."

"나도 그랬어. 평범하지 않았거든. 물론 지금도 딱히 평범하다고 느껴지진 않지만. 결혼? 그런 건 생각해 본 적도 없었지. 원하지도 않았고. 그러니 당연히 아이는 상상도 하지 않았지."

뜨거운 김이 오르는 커피를 한 모금 마신 선우가 옅게 웃었다.

"그런데 지금은 평범하게 느껴져서 좋다. 나도 평범한 가장이 된 것 같아서."

두 사람의 시선이 부딪혔다. 가만히 웃고 있던 하늘이 잡고 있던 손에 힘을 주었다.

호텔 룸 안으로 들어오자마자 껍질이 벗겨지듯 입술이 쓸렸다. 헉헉대는 숨소리마저 남자에 의해 집어삼켜졌다. 하늘은 제 옷을 벗기는 남자의 셔츠 단추를 풀다 어느새 흥분으로 뜨거워진 눈을 비볐다.

다시금 서로를 향한 두 눈이 맞닿았다. '아저씨.' 하고 나지막이 불렀을 때 하늘은 제 목덜미로 와 닿는 뜨거운 숨결에 숨을 힘겹게 들이켰다. 하늘은 선우의 목덜미에 제 입술을 묻고 눈을 꼭 감았다.

오랜만에 저를 받아들이는 그녀가 힘들지 않게 강하게 하늘을 안으면서도 선우는 다독이는 것을 멈추지 않았다.

남자의 따뜻하고 부드러운 입술이 한시도 떨어지지 않고 하늘에게로 닿았다.

하늘은 저를 원하는 남자의 세심한 촉감에 손등으로 두 눈을 가렸다.

"왜 나 안 봐."

"아저씨."

"그래."

"나 좋아요. 지금 너무 좋아요."

고백을 하듯 자신의 심경을 털어놓는다. 여전히 그녀는 솔직하다. 하늘을 향한 남자의 따스한 눈동자가 세심하게 달라붙었다.

"내가 널 많이 사랑하나 보다."

아직도 손등으로 눈을 가리고 있는 하늘의 손바닥 위로 입술을 진득이 붙인 선우가 낮게 속삭였다.

"난 네가 행복해야 행복해."

그녀로 인해 제 모든 퍼즐 조각이 자리를 찾아간다. 빈틈없이 공간을 메우고, 너를 향한 애정이 접착제가 되어 조각들을 이어

붙인다. 그리고 흩어져 있던 조각이 맞춰졌다.
그림이 완성되었다. 그건 사랑이었다.

—The end

작가 후기

순수하고 맑아서 연재 내내 나를 기분 좋게 했던 하늘이, 그런
하늘이를 보는 선우가 내 심정이 아니었나 하는 생각이 든다.

연재 내내 가장 많이 받았던 질문이 '진짜 하늘이 같은 여자가
있을까요?' 였는데 그래도 없진 않을 거라 짐작해 본다. 어딘가에
는 있었으면 좋겠다는 내 바람을 담아서.

내가 타락했다고 세상 사람들이 다 타락한 건 아니니까. 어딘
가에는 있지 않을까.

벌써 〈당신을 주세요〉로 세 번째 호흡을 맞추고 있는 정시연
팀장님께 정말 감사하다는 말씀을 드리고 싶고, 예쁜 표지와 더불
어 폰트를 신경 쓴다는 내 말에 직접 폰트까지 만들어 주신 디자
이너님께 감사하다는 말씀을 전하며.

—2015년 07월 여름 초입에서
반해수(사유수) 드림.

당신을 주세요

초판 2쇄 찍음 2015년 11월 26일
초판 2쇄 펴냄 2015년 12월 2일

지은이 | 반해수
펴낸이 | 정 필
펴낸곳 | (주)뿔미디어

출판등록 | 2002년 9월 11일 (제1081-1-132호)
주소 | 경기도 부천시 원미구 소향로 17, 303(두성프라자)
전화 | 032)651-6513 / 팩스 | 032)651-6094
E-mail | dahyangs@naver.com
블로그 | http://blog.naver.com/dahyangs
홈페이지 | http://bbulmedia.com

값 9,000원

ISBN 979-11-315-6550-6 03810

www.bbulmedia.com

www.bbulmedia.com